# Mhairi McFarlane

## MA CHI È
## QUELLA RAGAZZA?

Traduzione di
Ilaria Katerinov

HarperCollins

ISBN 978-88-6905-327-6

Titolo originale dell'edizione in lingua inglese:
Who's That Girl?
HarperCollins *Publishers*
© 2016 Mhairi McFarlane
Traduzione di Ilaria Katerinov

Mhairi McFarlane detiene il diritto morale
di essere identificata come autrice dell'opera.

© 2018 HarperCollins Italia S.p.A., Milano
Prima edizione HarperCollins
giugno 2018

MISTO
Carta da fonti gestite
in maniera responsabile
FSC
www.fsc.org     FSC® C005461

Questo libro è prodotto con carta FSC® certificata con un sistema di controllo di
parte terza indipendente per garantire una gestione forestale responsabile.

# 1

La vita vista da un telefono è una bugia. Edie la immaginava come un diagramma in un libro di fisica, o la copertina di quel disco dei Pink Floyd: un raggio di luce bianca che passa attraverso un prisma, si spezza e forma un arcobaleno.

Insomma, si chiedeva, quanto artificio era stipato in quell'unica, bella fotografia? Ne ammirò la seducente falsità sullo schermo un po' unto che le scaldava la mano mentre era in fila al bar dell'albergo.

Intorno a lei ferveva l'attività, una realtà caotica, trasandata e sudaticcia, accompagnata dalle note di *Where Did Our Love Go?* delle Supremes. Una natura morta in cui ogni cosa era perfetta e ogni immagine era ritoccata.

Ecco la non-verità numero uno: lei e Louis sembravano apprezzare molto la reciproca compagnia. Per entrare nell'inquadratura, Edie aveva posato la testa sulla sua spalla. Civettava, sorrideva con aria misteriosa. Lui faceva quel mezzo ghigno soddisfatto, un po' alla 007, che diceva: *Ehi, la vita è meravigliosa, che sarà mai?* Infatti non era niente di che.

Da cinque ore formavano una coppia platonica – la wedding planner aveva preteso che gli invitati fossero tutti accoppiati, come sull'Arca di Noè – e ormai si irritavano a vicenda, anche per via del caldo, dell'alcol e dei vestiti da cerimonia con le cinture che diventavano sempre più strette, come il manicotto per misurare la pressione.

Come tutti i tacchi alti a sufficienza per le occasioni speciali, anche quelli di Edie erano passati da essere traballanti e dolorosi, ma più o meno tollerabili, a due pugnali che infliggevano un dolore mitologico pari a quello di chi avesse rinunciato alla coda da sirena in cambio dell'amore di un principe e di un paio di décolleté numero trentasette.

Non-verità numero due: la composizione della foto. Edie, una festaiola inveterata, guardava l'obiettivo da sotto un paio di ciglia finte che sembravano spazzole dell'autolavaggio. Si intravedeva la metà superiore dell'abito rosso, che issava il seno pallido e teneva a freno lo stomaco. Louis stava a testa bassa e mostrava zigomi ancora più affilati del solito, degni di un serial killer in un romanzo di Bret Easton Ellis.

Tutto ciò perché si erano inquadrati dall'alto e avevano scartato altre cinque foto meno riuscite, discutendo su chi preferiva quale. Edie aveva le occhiaie, Louis sembrava malato, le espressioni erano un po' troppo studiate, le ombre non cadevano lusinghiere. *Okay, un'altra, un'altra! In posa, clic, flash.* Mezza dozzina di scatti, ed ecco: in quella stavano bene entrambi, ma non così tanto da dare l'impressione di essersi *sforzati.*

«Perché al giorno d'oggi fanno tutti quell'espressione, come se avessero in bocca una prugna acerba?» aveva chiesto il padre di Edie l'ultima volta che era stata a trovarlo. «Per sembrare più magri e con le labbra più carnose, immagino. Ma nella vita reale non somigli per niente a quella smorfia che fai nelle foto. Che strano.»

Louis, che era un professionista di Instagram e una prugna molto acerba, regolò l'esposizione e il contrasto. «E ora filtriamoci a morte.»

Selezionò il filtro *Amaro*, che li annegò in una fiabesca nube di limonata. La carnagione si uniformò perfettamente. L'atmosfera si fece cinematografica e sognante: sembrava che avessero catturato un momento perfetto. *Dovevi – non – esserci.*

E poi c'era la didascalia. L'inganno peggiore di tutti. Louis la digitò e premette *Pubblica.*

Congratulazioni, Jack & Charlotte! Una giornata splendida! Siamo felicissimi per voi <3 #coppiaperfetta con una #vitaperfetta.

Tutto ciò era perlopiù a beneficio degli altri dipendenti dell'agenzia Ad Hoc, che avevano accampato scuse raffinate per risparmiarsi il viaggio da Londra a Harrogate. La migliore cartina al tornasole della popolarità consiste in varie centinaia di chilometri di autostrada.

Iniziarono a piovere *like* di ammirazione. *Oh, accidenti, anche voi siete una #coppiaperfetta!* «Peccato che io sia gay!» rispose Louis. *Sarebbe il minore dei nostri problemi,* pensò Edie. Tutti sapevano come funzionava con Louis: se parlava male di tutti con te, voleva dire che parlava male di te con tutti.

E ovviamente Louis non aveva smesso di brontolare sottovoce a proposito di quel *bellissimo* matrimonio. Edie pensava che criticare il grande giorno di qualcuno equivalesse a prenderlo in giro per come mangia o per il diametro delle sue caviglie. Le persone perbene capiscono istintivamente che non si fa.

*Pensavo davvero che Charlotte avrebbe scelto qualcosa di più pulito, minimalista. Come il matrimonio di Carolyn Bessette con JFK junior. Tutti quegli Swarovski sull'abito fanno un po' Pronuptia, no? Quando arriva il momento di scegliere il vestito da sposa,*

*anche le donne di buon gusto impazziscono e diventano principes-*
*se Disney. Non ne posso più di questi bouquet di rose con le perle e*
*i nastri bianchi intorno al gambo, come un moncherino con una fa-*
*sciatura! Se l'ha già fatto la moglie di un calciatore, non si può più*
*fare. E mi spiace, ma le spose abbronzate sono volgari. Bleah, quel*
*Buck's Fizz: due sorsi e via, nel vaso di una pianta. Non sopporto*
*il succo d'arancia usato per dissimulare lo champagne da quattro*
*soldi. Guarda il* DJ*, avrà cinquant'anni, dove ha pescato quella giac-*
*ca di pelle a blouson, cosa siamo, nel 1983? Sembra uscito da* Top
Gear. *Scommetto che ora metterà* Sex on Fire *dei Kings Of Leon e*
*poi un lento di Toni Braxton. Perché i matrimoni non possono es-*
*sere più* MODERNI?

L'Old Swan di Harrogate non era, come suggeriva già il
nome, un hotel moderno. Poteva vantare, nientemeno, di essere il luogo in cui si era rifugiata Agatha Christie durante i
suoi *giorni perduti* negli anni Venti, benché a dire il vero non
ci fosse granché di entusiasmante nel trovarsi in uno stato
di fuga psicogena.

Edie amava quel posto. Non le sarebbe dispiaciuto scappare dalla sua vita e chiudersi in una di quelle stanze con i
letti a baldacchino. Lo Swan era un luogo confortante sotto
ogni profilo: la facciata coperta d'edera, il porticato dall'aria
solida, il profumo di colazione e di comfort.

Era stata una tiepida giornata estiva – *Che fortuna han-*
*no avuto con il tempo,* era banalmente iniziata così quasi ogni
conversazione – e le portefinestre del bar erano aperte sul
giardino inondato di luce dorata. I bambini nei loro gilet lucidi scorrazzavano facendo l'aeroplano, ubriachi di Coca-
Cola e della novità di essere ancora alzati a quell'ora.

Tuttavia, per motivi diversi da quelli descritti da Louis,
era il matrimonio peggiore a cui Edie avesse mai partecipato.

Mentre ordinava al bar si ritrovò accanto a un gruppo di

donne sulla settantina, o forse sull'ottantina, vestite da maschiette anni Venti. Indovinò che fossero lì per un Weekend con Delitto; poco prima aveva visto arrivare un pullman da Scarborough.

C'era una *sospettata* senza gambe, in sedia a rotelle. Portava un diadema di piume, lunghe collane di perle annodate e un boa di struzzo bianco. Sorseggiava prosecco da una bottiglia mignon con una cannuccia. Edie avrebbe voluto abbracciarla e/o tifare per lei.

«Come sei elegante» disse a Edie una delle signore. Edie sorrise e rispose: «Grazie! Anche lei!».

«Mi ricordi qualcuno. Norma! A chi somiglia questa bella ragazza?»

Edie sfoderò il sorriso ebete di chi viene ispezionato da un gruppetto di anziane brille.

«A Clara Bow!» esclamò un'altra.

«Ecco!» dissero tutte in coro. «*Aaah*. Clara Bow!»

Non era la prima volta che Edie riceveva un complimento del genere. Suo padre le diceva che aveva una faccia *vecchio stile*. «Hai l'aria di una che dovrebbe mettersi un cappello a cloche e un paio di guanti e andare alla stazione ferroviaria, come in un film in bianco e nero. Ma non un film muto: il sonoro ti si addice di più.»

Edie non riteneva di essere *così* chiacchierona, quanto piuttosto che suo padre e sua sorella fossero taciturni.

Aveva capelli corvini lunghi fino alle spalle e folte sopracciglia scure la cui sagoma andava preservata con cura, attraverso la depilazione con il filo, affinché continuassero a somigliare alle sopracciglia di un'attrice e non a due millepiedi. Incorniciavano occhi grandi ed espressivi, in un viso a forma di cuore con la bocca piccola.

Un ragazzo crudele ma eloquente, a una festa, le aveva

detto che sembrava *una bambola vittoriana rianimata da uno stregone*. In quel periodo stava attraversando la sua fase goth adolescenziale, ma era consapevole di avere ancora quell'aspetto quando non aveva dormito abbastanza e guardava in cagnesco qualcuno.

Una volta Louis le aveva detto, come se non stesse parlando di lei e benché entrambi sapessero che era così: «Le facce infantili non invecchiano bene; ecco perché è una tragedia che abbiano sparato a Lennon e non a McCartney».

«Sei qui con tuo marito?» chiese un'altra donna mentre Edie recuperava il vino bianco e il vodka tonic.

«No, niente marito. Sono single» disse Edie, suscitando molti sguardi e *oooh* di meraviglia.

«C'è tutto il tempo. Prima ti vuoi divertire, eh?» disse un'altra delle maschiette.

Edie sorrise e fu tentata di rispondere: *Ho trentacinque anni e mi sto divertendo pochissimo*, ma poi ci ripensò e disse invece: «Già, ahahah!».

«Vieni dallo Yorkshire?» chiese un'altra.

«No, vivo a Londra. La famiglia della sposa è di...»

Louis uscì dal ristorante e le fece cenno di raggiungerlo con un movimento circolare e concitato della mano, sibilando: «Edie!».

«Edie! Ma che bel nome!» dissero in coro le donne, guardandola con rinnovata adorazione. Edie trovava commovente e un po' inquietante quell'improvvisa celebrità. Ecco che effetto fa il prosecco bevuto con la cannuccia.

«Lei è il gentiluomo che accompagna questa giovane signora?» chiesero a Louis quando si avvicinò.

«No, mie care, a me piace il pisello» fece lui, prendendo il bicchiere dalle mani di Edie, che trasalì.

«Eh? Chi ha detto che gli piace?» chiese una delle donne.

«Il pisello.» Louis fletté il bicipite, un gesto che secondo Edie non chiariva granché il messaggio.

«Ah, Norma, sta dicendo che gli piacciono *gli uomini*. È un vedovo allegro» disse un'altra in tono disinvolto.

Tutti gli sguardi si girarono su Louis, il vedovo non-tanto-allegro.

«Ormai preferisco un bagno caldo e una partita a Scarabeo» intervenne un'altra ancora. «A Barbara, invece, il pisello continua a non dispiacere.»

«Allora, chi di voi è stata?» chiese Louis, guardando i loro costumi. «Chi è la sospettata principale?»

«Non c'è ancora stato un delitto» rispose una di loro. «Pare che verrà trovato un cadavere al terzo piano.»

«Be', immagino che possiate escludere lei» disse Louis con una strizzata d'occhio, indicando la donna in carrozzina.

«*Louis!*» boccheggiò Edie.

Fortunatamente risero tutte.

«Sheila si toglieva i calli con una spilla da balia. Meglio non scherzare con Sheila.»

«A quanto pare ha esagerato.»

Edie rabbrividì di nuovo, ma le signore si piegarono in due dal ridere. Non riusciva a crederci: Louis aveva trovato il suo pubblico.

«Piacere di avervi conosciute, ragazze» disse Louis, e quelle quasi lo applaudirono. Edie giaceva dimenticata in un angolo: l'ultima ruota del carro.

«Torniamo a sederci: al tavolo degli sposi stanno iniziando a fare sul serio» le disse Louis. «Cominciano i discorsi.»

Con un peso sul cuore, Edie si accomiatò dalle signore. Era il momento che temeva di più.

Un'Udienza con la *Hashtag-Coppia-Perfetta* dalla *Hashtag-Vita-Perfetta*.

# 2

«L'ha avuto gratis, quello?» abbaiò il sessantenne con l'apparecchio acustico, vestito da gentiluomo di campagna, guardando il bicchiere nella mano di Edie. Lei e Louis erano stati assegnati al tavolo dei *vari ed eventuali, spaiati, senza niente in comune*. Gli altri commensali si erano dati precipitosamente alla macchia nell'intervallo tra la cena e l'apertura delle danze. Quell'uomo invece era rimasto a tavola, insieme alla moglie dall'aria timida e con indosso altrettanto tweed.

«Ehm, no... Posso portarle qualcosa, se desidera?»

«No, non ti scomodare. Uno si deve sorbire queste cerimonie interminabili e ti spennano pure. Come se la lista nozze non fosse già vergognosa di suo. Quattrocento sterline per un inguardabile frullino per dolci, quei farabutti. Sta' zitta, Deirdre, lo sai che ho ragione.»

Edie sprofondò sulla sedia e cercò di non ridere, perché anche a lei il KitchenAid sembrava una truffa.

Bevve il vino bianco acido e ringraziò Dio per il dono dell'alcol, che le permetteva di sopportare quella giornata. Al tavolo d'onore il microfono venne passato allo sposo, Jack, che picchiettò una forchetta sul bicchiere e tossì nel pugno. La neosuocera lo strattonò per la manica. Lui alzò una mano e disse: «Scusate, gente, un attimo solo».

«Cos'è questa moda balzana di mettersi le scarpe marroni con un completo blu e una cravatta rosa?» disse l'uomo con l'apparecchio acustico, parlando dello sposo. «Sembra un legame di lavanda.»

Edie trovava molto elegante il total look Paul Smith sfoggiato da Jack, che era alto e snello, ma non aveva intenzione di difenderlo.

«Cos'è un *legame di lavanda*?» chiese Louis.

«Un matrimonio di copertura, per nascondere la propria identità. Quando i propri interessi risiedono *altrove*.»

«Ah, ho capito. Ne abbiamo uno anche noi» sorrise, stringendo a sé Edie.

«Mi perdoni se non svengo per lo shock» fece l'uomo, guardando il ciuffo cotonato di Louis. «Avevo capito che lei è uno a cui piace *annusare i fiori*.»

Quel giorno Edie aveva sentito un numero di eufemismi fantasiosi per *omosessuale* maggiore di quanto si fosse ragionevolmente aspettata.

«Pensi che ti scomoderai mai a sposarti?» chiese Louis sottovoce.

«Penso che la domanda sia piuttosto: il matrimonio si scomoderà mai a venire da me?» ribatté Edie.

«Tesoro, c'è un mucchio di gente che ti sposerebbe. Sei così *moglie*. Ti guardo e penso: MOGLIAMI TUTTO.»

Edie rise, ma era una risata vuota. «Mi stupisco che non me lo facciano sapere, allora.»

«Sei un enigma, sai...» disse Louis, battendo la cannuccia sul fondo del bicchiere. Edie sentì tendere i muscoli dello stomaco, perché con Louis i ragionamenti sconclusionati portavano sempre a conclusioni assurde e dolorose.

«Nah, non è vero.»

«Voglio dire che non resti mai a corto di ammiratori. Sei la regina di tutte le feste. Però sei sempre sola.»

«Penso sia perché *essere un ammiratore di* non vuol dire necessariamente *desiderare una relazione con*» disse Edie in tono neutro, facendo correre lo sguardo sugli invitati e sperando di imbattersi in qualche altro argomento di conversazione.

«Pensi di essere tu quella che ha paura di legarsi, oppure loro?» chiese Louis, scostando la cannuccia per bere.

«Oh, li respingo con una specie di forza centrifuga, direi. O è centripeta?»

«*Davvero?*» fece Louis. «Guarda che io dico sul serio.»

Edie sospirò. «Mi sono piaciute delle persone, sono piaciuta a delle persone. Non mi è mai piaciuto qualcuno a cui piacessi altrettanto nello stesso momento. Vedi, è semplice.»

«Forse quella particolare persona non sa che tu sei interessata? Sei difficile da interpretare.»

«Forse» disse Edie, sperando che dirsi d'accordo servisse a chiudere la conversazione.

«Quindi nessuno ti ha mai promesso una vita felice? E tu non hai mai spezzato cuori?»

«Be', no.»

«Allora sei un paradosso, splendida Edie Thompson. La ragazza che tutti volevano... e che nessuno sceglieva.»

Edie scoppiò a ridere: proprio la reazione che Louis voleva suscitare. «La ragazza che nessuno sceglieva! Accidenti, Louis, grazie tante!»

«Ma tesoro, io non sono diverso da te: niente matrimonio in vista per il povero Louis. Ho trentaquattro anni: un'età che, misurata in anni gay, mi rende decrepito.»

Ovviamente era una sciocchezza. Louis non voleva un matrimonio più di quanto volesse un cancro. Passava tutto il tempo alla ricerca di incontri fugaci su Grindr, l'ultimo dei quali con un uomo ricco e irsuto che chiamava Chewbecca – ribattezzando se stesso *Principessa Louis*. Era solo un modo per rivendicare il diritto di prendere in giro Edie.

«Ti ho detto che sei bellissima, diva che non sei altro» si imbronciò Louis, come se fosse stata Edie a offenderlo. Bisognava dargli atto della precisa coreografia della sua crudeltà: una serie di passi scrupolosamente selezionati, eseguiti con agilità e disciplina.

«Signore e signori, scusate il ritardo...» disse lo sposo al microfono, finalmente.

Il discorso un po' anemico di Jack toccò tutti i punti che doveva toccare, in base agli elenchi puntati che si trovano cercando su Internet. Disse che le damigelle erano splendide, ringraziò tutti per essere lì. Lesse biglietti inviati da parenti che non erano potuti venire. Ringraziò l'hotel per l'ospitalità ed entrambe le coppie di genitori per il loro sostegno.

Quando terminò con la promessa: «Non so cos'ho fatto per meritarti, Charlotte. Passerò il resto della vita a cercare di non farti pentire della tua decisione» Edie si trattenne a stento dal trancannare in un sorso la flûte di champagne pronta per il brindisi.

Il discorso del testimone dello sposo, Craig, fu in egual misura divertente e scandaloso, con una serie di gag sugli exploit sessuali di Jack all'università. Craig sembrava pensare che quei racconti fossero adatti all'occasione, perché *Lo facevamo tutti!* ed erano tutti *dei gran bravi ragazzi* – Jack aveva fatto una buona università, la Durham. Sentendo menzionare una partita di rugby chiamata *scommessa del maiale*, Jack sbottò: «Magari quella lasciala fuori, eh?» e Craig passò direttamente al brindisi: «A Jack e Charlotte, amici!»

La sposa sfoggiava un sorrisetto forzato e sua madre aveva la faccia di una che sta subendo una colonscopia.

Il microfono fu consegnato alla damigella d'onore di Charlotte, Lucie.

Edie aveva sentito molto parlare della leggenda di Lucie Maguire, dagli aneddoti che Charlotte raccontava in ufficio in tono ammirato. Era un'agente immobiliare di strabiliante successo – «Ti venderebbe una casa col gabinetto in giardino!» – madre di gemelli difficili che erano stati espulsi dall'asilo nido – «Hanno uno spirito indomito, quei due – e campionessa di Quidditch – «Un gioco tratto da un libro per bambini» – le aveva spiegato Jack. «E poi cosa, i campionati di Gioco del Miele di Winnie Pooh?» aveva ribattuto Edie.

Lucie non aveva peli sulla lingua – traduzione: era maleducata – non sopportava gli stupidi – insultava la gente – e non si faceva mettere i piedi in testa – insultava a morte la gente.

Insomma, secondo Edie, Lucie era una persona che nessuno avrebbe scelto come migliore amica a meno di un'estinzione di massa causata da una pandemia, e probabilmente nemmeno in quel caso.

«Salve a tutti» disse Lucie con il suo accento elegante e la voce ferma, posandosi una mano sul fianco drappeggiato in seta rosa salmone: «Mi chiamo Lucie e sono la damigella d'onore e la migliore amica di Charlotte fin dai tempi del St Andrews».

Edie si aspettava quasi che la frase proseguisse con: *Dove mi sono laureata con il massimo dei voti, la lode e il bacio accademico.*

«E ora, una simpatica sorpresa per i nostri piccioncini.»

Edie si alzò a sedere diritta e pensò: *Davvero? Una sorpresa a un pranzo di nozze, senza diritto di veto degli sposi? Ahia...*

«Volevo inventarmi qualcosa di veramente speciale per

il grande giorno della mia migliore amica, e alla fine ho scelto questo. Congratulazioni, Jack e Charlotte. Questo è per voi. Ah, e per far tornare le rime ho dovuto chiamarvi *Charlack*, come *Brangelina*. Spero non vi dispiaccia.»

Rime? Ogni stomaco nella sala si contrasse all'unisono.

«Allora, al mio *un, due, tre...*»

Le altre due damigelle, paonazze, estrassero delle campanelle e iniziarono a scuoterle a ritmo di musica. Avevano in volto l'espressione di chi ha fatto pace da tempo col proprio destino, ma la loro rassegnazione non bastò a stemperare l'orrore del momento.

Lucie iniziò a cantare. Aveva voce a sufficienza per un'esibizione a cappella, ma lo shock del canto senza accompagnamento gettò ugualmente tutti gli astanti nella sconcertata postura tipica dell'inglese imbarazzato: occhi sbarrati, schiena ritta e denti digrignati. Sulla melodia di *Le cose che piacciono a me* da *Tutti insieme appassionatamente*, intonò:

*Segugi e narcisi, galosce e stivali*
*I film con George Clooney dopo il telegiornale*
*Un Land Rover Explorer e una tazza di tè,*
*Son queste le cose che piacciono a Charlack!*

Edie faticava a comprendere come qualcuno potesse considerarla una buona idea. Come non fosse sorto il minimo dubbio durante la fase di progettazione e sviluppo. Inoltre, *Charlack* sembrava il nome di un cattivo del *Doctor Who*. Uno dei cattivi-schiappa del *Doctor Who*.

*La casa in campagna e il brunch nel weekend,*
*La Formula Uno, sciare a Méribel,*

17

*lunghi pranzi in famiglia e un cicchetto col caffè,*
*Son queste le cose che piacciono a Charlack!*
*Vernice fresca, dim sum e mascara,*
*Il rugby e Wimbledon e per giunta Netflix,*
*Son queste le cose che piacciono a Charlack!*

Edie non poteva rischiare di perdere la compostezza guardando Louis, che senza dubbio in quel momento stava andando in autocombustione. Il tavolo d'onore si era trincerato nel mutismo.

*Quando c'è tanto lavoro da far!*
*Quando il telefono non la smette di squillar!*
*Quando si sentono tristi e avviliti*
*Potranno ricordare queste belle cose*
*E non saranno più così giùùùùùùùùùùùù!*

Edie mantenne un'espressione neutra mentre Lucie si sgolava sull'ultima nota con un braccio disteso, e sperò tantissimo che quell'orrore fosse finito. E invece no: Lucie si accingeva a intonare un'altra strofa.

In quel breve interludio, l'uomo con l'apparecchio acustico si rivolse alla moglie.

«Cos'è questa follia? Chi ha illuso questa donna di saper cantare? Dio, che tormento inenarrabile.»

Lucie proseguì con la strofa successiva, ma l'uditorio era rimasto pietrificato dal commento di Apparecchio Acustico, che evidentemente non si era reso conto di parlare a voce così alta. Si sentiva anche la moglie che cercava invano di zittirlo. «Santo cielo, e ora cosa ci aspetta? Credevo di essere a un matrimonio, non a un karaoke di periferia. Mi sento come il principe Filippo quand'è costretto ad as-

sistere a una danza tribale con le chiappe di fuori. Pianta-
la, Deirdre, è cattivo gusto, ecco cos'è.»

Lo *sssssshhh!* intriso di saliva della moglie raggiunse un
picco di isteria soffocata, mentre una risatina nervosa si
spandeva per la sala.

Edie percepì che Louis, scosso dagli spasmi lì accanto a
lei, aveva ceduto all'ilarità.

*La pubblicità e i bei cagnolini*
*Gli aerei e il chow mein con riso e involtini*
*I cofanetti di Tiffany avvolti in un fiocco*
*Son queste le cose che piacciono a Charlack!*

«... finirà mai questa tortura? Non mi stupisce che il paese
stia andando a rotoli, se esibire con tanta volgarità i propri
difetti è considerata una forma di intrattenimento accettabi-
le. Eh? Be', dubito che qualcuno possa sentirmi sopra l'ugo-
la d'oro di Kiri Te Cagna. Questo è il genere di storia che finisce con le parole: "Prima di volgere l'arma contro di sé".»

Edie non sapeva da che parte guardare. Il fatto che il di-
sturbatore fosse al suo tavolo la faceva sentire complice,
come se fosse lei a suggerirgli le battute.

Il suo sguardo fu attratto da Jack, che la stava fissando e
si teneva una mano davanti alla bocca. Nei suoi occhi danzavano le parole: *Ma che succede, sono tutti impazziti?!*

Avrebbe dovuto immaginarlo: non solo Jack trovava divertente quella scena, ma aveva scelto Edie come compagna
di risate. Le venne quasi da sorridere, di riflesso, ma poi si riprese e distolse subito lo sguardo. *Oh no, no che non te lo per-*
*metto. E tantomeno oggi.*

«Faccio un salto al bagno» mormorò, e fuggì dalla scena
del crimine.

# 3

Mentre si lavava le mani, Edie si convinceva sempre più di aver fatto male ad accettare quell'invito. Aveva valutato tutti i pro e i contro, ma aveva ignorato il più importante dei contro: sarebbe stata una giornata orribile.

Quando l'invito era piovuto nella sua email era iniziata la battaglia. Sarebbe stato facile accampare la scusa di una vacanza. Ma avrebbe dovuto agire per tempo: un soggiorno prenotato immediatamente dopo la ricezione dell'invito sarebbe apparso sospetto.

Tuttavia, come accade a chiunque sia immerso sino al collo in un'attività illecita, trovava molto difficile giudicare fino a che punto si stesse esponendo. Forse la sua assenza non sarebbe neanche stata notata, o forse ci sarebbe stata un'enorme e metaforica freccia lampeggiante sopra il suo posto a tavola, con scritto MMH, NIENTE EDIE, EH? CHISSÀ PERCHÉ.

Quindi aveva tentennato finché Charlotte, mentre erano di fronte al distributore di acqua-calda-in-bicchierini-di-plastica, non le aveva detto: «Edie, ma tu vieni, vero? Al matrimonio, intendo. Non ho ancora ricevuto il tuo RSPV». Sullo sfondo, Jack aveva alzato la testa di scatto.

Edie aveva fatto un sorriso tirato e aveva detto: «Ohmacertochesìnonvedol'oragraziemille».

Dopo essersi scavata la fossa da sola con la sua boccaccia, si era detta che andarci non solo sarebbe stato politicamente saggio, ma le avrebbe *fatto bene*. Come se fosse una buona idea affrontare le occasioni sociali con lo stesso spirito delle esercitazioni dei Marine.

Mentre la bella coppia si scambiava gli anelli e le promesse, Edie aveva previsto di non provare emozioni. Le emozioni sarebbero volate via come palloncini, ponendo fine a tutta quell'assurda confusione. Certo, come no. E se suo nonno avesse avuto tre palle sarebbe stato un flipper.

Invece si sentiva intorpidita, tesa e fuori posto. E poi, con lo scorrere dell'alcol, le sembrava di percepire una dolorosa oppressione al petto.

Tolse le mani dal getto d'aria calda dell'asciugamani elettrico. Una delle ciglia finte si era staccata: la rimise a posto premendola tra pollice e indice.

Se doveva essere sincera, il vero motivo della sua presenza quel giorno era l'orgoglio. Non presentarsi sarebbe equivalso a sventolare una gigantesca bandiera bianca con su scritto *Non ce la posso fare*. Ai suoi stessi occhi, oltre che a quelli degli altri.

Quando si guardava allo specchio di un bagno – senza più la magia dei filtri di Instagram, con il trucco colato e gli occhi iniettati di sangue per l'alcol – Edie si disprezzava sempre. Che problema aveva? Com'era arrivata fin lì? Nessuna persona ragionevole si sarebbe sentita in quel modo.

Trasse un respiro profondo e aprì la porta del bagno. *Tra poche ore me ne andrò a dormire,* si disse. Con un po' di fortuna, per allora Lucie avrebbe smesso di cantare.

Mentre tornava indietro, passando per il bar anziché attraverso le forche caudine del ristorante, si sentì attratta dai suoni che provenivano dal giardino e dall'aria fresca e ancora tiepida.

Avrebbe gradito un po' di solitudine, ma aggirarsi per i giardini con aria malinconica non era proprio lo stato d'animo che voleva proiettare.

Ah, ecco, il cellulare poteva fungere da utile diversivo: con il pretesto di scattare una foto panoramica dell'albergo poteva aggirarsi a piacimento per il parco. Nessuno fa caso a una persona sola se smanetta con il telefono.

Con cautela avanzò sull'erba con i piedi tormentati dalle scarpe. La missione jihadista di Lucie sembrava terminata, perché dalle porte aperte del ristorante-discoteca uscivano le note di *By Your Side* di Sade.

Alcune pensionate del Weekend con Delitto stavano fumando di nascosto sulle panchine. Era una bella scena, le sarebbe piaciuto unirsi a loro. Le dispiaceva che quel giorno la felicità altrui dovesse raschiarle l'anima in quel modo, come una paglietta di ferro per le pentole. È così che si inizia a guarire, si disse.

Era abbastanza lontana dall'albergo per sentirsi distaccata dal matrimonio, per riuscire a vederlo da fuori, come spettatrice. La distanza la aiutò a calmarsi. Girò il telefono in orizzontale e lo tenne con entrambe le mani per ritrarre l'albergo al tramonto. Mentre faceva esperimenti con il flash e studiava i risultati, maledicendo le sue mani tremanti e cambiando l'inquadratura, vide una sagoma che avanzava sul prato con aria decisa. Abbassò il telefono.

Era Jack. Avrebbe dovuto riconoscerlo prima. Spettava davvero allo sposo radunare tutti nel salone per assistere all'apertura delle danze? Edie aveva sperato di potersi, *oo-ops*, perdere quel magico momento.

Jack la raggiunse e si infilò le mani in tasca. «Ciao, Edie.»

22

«Ciao?»

«Che ci fai quaggiù? Dentro ci sono i bagni, se devi andarci.»

Edie stava per ridere, ma si trattenne in tempo. «Stavo solo facendo una foto all'albergo. È così bello, con tutte le luci.»

Jack si guardò alle spalle come per controllare che fosse vero. «Ero venuto a salutarti e non ti trovavo da nessuna parte. Temevo che fossi scappata con qualcuno.»

«E chi?»

«Non lo so. Invece eccoti qui a fare l'asociale.»

Le sorrise, in quel suo modo così *adorante*. Edie pensava che *ti fa sentire l'unica persona nella stanza* fosse un modo di dire, finché non aveva conosciuto Jack.

«Non faccio l'asociale!» esclamò risentita.

«Dobbiamo affrontare l'argomento tabù» disse Jack, e Edie si sentì serrare la gola.

«Cosa...?»

«L'atrocità paragonabile a Pearl Harbor che è stata perpetrata là dentro.»

Edie si rilassò, e rise per il sollievo. Ci era quasi cascata.

«Te ne sei andata prima che costringesse le damigelle a gorgheggiare in stile scat. Oddio, Edie, è stata la cosa peggiore mai successa nella storia del mondo. Compresa quella volta che ho sorpreso mio padre a leggere una rivista pornografica.»

Edie sogghignò un altro po'. «Che ne pensa Charlotte?»

«Ti sembrerà strano, ma è più preoccupata che suo zio Morris offenda Lucie commentando la sua esibizione. A quanto pare ha le inibizioni *ridotte* perché è nelle prime fasi della demenza senile. Onestamente però credo che le sue obiezioni siano più che ragionevoli. Forse non è lui quello affetto da demenza.»

«Oh no, povero zio Morris. E povera Charlotte.»

«Non sprecare troppa compassione per lei. Tutti tollerano zio Morris solo perché è ricco sfondato, mentre aspettano di incassare la loro parte quando morirà.»

Edie disse: «Ah» e si ricordò che non si trovava tra gente come lei. Si era illusa che là dentro ci fosse almeno uno dei *suoi*, e invece anche Jack era uno di *loro*. Per sempre, ormai.

«È bizzarra, tutta questa storia» disse Jack, girandosi a indicare il trambusto, nelle luci gialle dell'hotel. «Io. *Sposato...*»

Edie trovava irritante che lui si aspettasse di sentirla partecipare a quell'autocommiserazione nostalgica. Jack aveva smesso da molto tempo di metterla in copia nei suoi processi decisionali. Anzi, non l'aveva mai fatto.

«Be', è stata una tua scelta, Jack. O forse ti aspettavi una porchetta in compagnia? Una festa con le spogliarelliste? O magari pensavi di assistere a una circoncisione?»

«Ahahah. Non perderai mai la tua capacità di scioccare il prossimo, E.T.»

Anche quello la irritava. Jack lo Scapolo non l'aveva mai trovata *scioccante*. Interessante e spiritosa, quello sì. Adesso invece era diventata una tipa eccentrica, scurrile e *insposabile. Che nessuno sceglieva.*

«Comunque» disse, in tono allegro ma sbrigativo. «È ora di tornare dentro. Non puoi perderti la festa più costosa che hai mai dato e mai darai in vita tua.»

«Oh, Edie. Forza.»

«Cosa?»

Edie era di nuovo tesa: si chiedeva cosa ci facessero loro due lì insieme nel crepuscolo; si chiedeva cosa ci fosse sotto. Incrociò le braccia.

«Mi fa molto piacere che tu sia venuta, oggi. Non sai quanto. Sono più felice di vedere te che chiunque altro.»

24

*A parte la tua sposa?* pensò Edie, ma non lo disse. «Grazie.»
Cos'altro poteva rispondere?

«Per favore, non pensare che non possiamo essere amici. Non è cambiato niente.»

Edie non capiva. Se erano sempre stati solo buoni amici, allora era ovvio che il matrimonio non avrebbe cambiato niente. Le venne in mente che non aveva mai capito Jack, e che quello era un problema.

Mentre lei esitava pensando a come rispondere, lui disse: «Ho capito, sai. Tu mi credi un vigliacco».

«Eh?»

«Scelgo cose che non mi si addicono fino in fondo.»

«Ma... in che senso?»

Edie sapeva che non era la domanda giusta da fare. Quella conversazione era sleale e ogni aspetto di quella situazione era orribile. Jack aveva sposato un'altra. Non avrebbe dovuto dire cose ambigue a una collega, nascosto da una siepe. Edie aveva capito già da un po' che Jack era una brutta persona, o quantomeno una persona molto debole, e quel comportamento non faceva che confermarlo. Tuttavia le stava facendo penzolare sotto il naso la promessa di argomenti che lei desiderava affrontare da tanto tempo.

«A volte uno non sa che fare, hai presente?» Jack scrollò la testa, sospirò e strofinò sull'erba la punta di una stringata Paul Smith.

«Non proprio. Sposarsi è una decisione abbastanza semplice, o sì o no. C'è scritto anche nei voti di nozze.»

«Non volevo dire... questo, di preciso. Charlie è fantastica, ovviamente. Volevo dire che... tutto questo... bailamme. Oh, non lo so.» Era molto più ubriaco di quanto le fosse sembrato all'inizio.

«Cosa vuoi che ti dica?» gli chiese, con meno emozione possibile.

«*Edie*. Smettila. Sto cercando di dirti che sei importante per me. Non penso che tu lo sappia.»

Edie non sapeva che rispondere, e nello spazio in cui avrebbe dovuto inserirsi la sua risposta Jack mormorò: «Oddio» fece un passo avanti, si sporse verso di lei e la baciò.

# 4

Quasi vacillò per la sorpresa quando sentì la guancia appena rasata di lui strusciare sulla sua, e la pressione delle sue labbra calde e bagnate di birra. L'informazione *Jack ti sta baciando* era così stratosferica che non riuscì a penetrare la sua corteccia cerebrale tutta in una volta. La comprensione doveva procedere per gradi.

1. Jack ti sta baciando. Il giorno del suo matrimonio. Non sembra possibile, vero?! Eppure gira voce che stia SUCCEDENDO DAVVERO.
2. Sarà un bacio rapido, a bocca chiusa? È stato un errore? Voleva baciarti sulla guancia e ha sbagliato mira?
3. Okay, no, è proprio un bacio-*bacio*...Ma che gli prende? *Che cavolo sta facendo?*
4. Che cavolo sto facendo TU? Ora si direbbe che tu stia ricambiando il bacio. Sei proprio sicura di volerlo fare? Attendo risposta.
5. RISPONDI. È urgente.

Si erano baciati. Quando finalmente Edie colse l'enormità della situazione, e il suo ruolo in essa, si tirò indietro.
Vide muoversi qualcosa alla sua destra e poi vide Char-

lotte dietro di loro, con l'abito bianco che riluceva come un osso nel crepuscolo. Anche Jack la vide. Per un istante formarono un quadretto bizzarro, mentre si guardavano l'un l'altra. Era come vedere un fulmine sapendo che a breve sarebbe arrivato il tuono.

«Charlotte...» disse Jack. Fu interrotto da un grido, o per meglio dire da una specie di ululato greve che proveniva dalla neo-Mrs Marshall. «Ehi, Charlotte, non stavamo...»

«Stronzo! Stronzo bastardo!» strillò Charlotte. «Come hai potuto farmi questo? Come hai potuto, cazzo? Ti odio! Brutto...» gli si gettò addosso e lo prese a pugni e a schiaffi, mentre lui cercava di fermarla agguantandola per i polsi.

Edie restò a guardarli inespressiva, con un improvviso, intenso desiderio di vomitare.

Qualche ora prima, Louis le aveva descritto il suo orrore per le spose coinvolte a qualsiasi titolo nella gestione amministrativa durante il loro grande giorno. Dovevano levitare su polvere di stelle, e qualsiasi cosa somigliasse al lavoro le avrebbe trascinate di nuovo a terra, contaminandole. «Non si dovrebbe mai veder sudare le ballerine.» A Edie era sembrato che Louis avesse inghiottito una copia del galateo.

C'era effettivamente qualcosa di aberrante nel vedere una persona vestita in modo così leggiadro e femminile intenta a fare una scenata a qualcuno. Ecco Charlotte – pettinatura a banana, brillantini sulle clavicole, abito a balze che frusciava come carta velina – avventarsi sul neosposo con le mani dalle unghie laccate, una delle quali sfoggiava l'enorme e brillante anello di fidanzamento e la fede d'oro bianco.

«Non è come sembra» disse Edie, e sentì la sua voce che pronunciava quelle parole come se fosse quella di un'estranea. Era esattamente come sembrava.

Charlotte interruppe per un momento la colluttazione con Jack. «*Vaffanculo puttana del cazzo*» ringhiò, contorcendo di rabbia il bel viso dal trucco leggero. Non c'erano virgole né punti esclamativi in quell'affermazione, solo certezza. Edie era sicura di non aver mai sentito Charlotte dire una parolaccia. All'improvviso si rese conto che non era fuggita dalla scena del crimine per via dello strano convincimento che scappare l'avrebbe fatta apparire *colpevole* e che quindi sarebbe stato meglio restare lì dov'era e spiegare tutto.

Quando finalmente comprese la follia di quell'idea, se la diede a gambe. Mentre correva verso l'albergo, notò che stavano arrivando i primi spettatori confusi e incuriositi dalle grida della sposa.

Okay, tanto per cominciare Edie doveva vomitare, ma non nei bagni che usavano tutti: troppo vistoso. Doveva raggiungere la sua stanza.

Tirò fuori dalla borsetta la chiave dell'albergo con il portachiavi di metallo mentre svoltava rapidamente verso l'ingresso principale. Passando da lì avrebbe incrociato meno persone.

Il suo unico obiettivo, in quel momento, era assicurarsi di espellere la cena a base di pollo, che sentiva risalire verso la luce, in un luogo appropriato. Sapeva che subito dopo sarebbe iniziato un futuro orribile, atroce, disperato. Ma una cosa alla volta.

Mentre correva su per le scale e lungo i corridoi deserti dell'albergo, le sembrava impossibile che il tempo si ostinasse ancora a scorrere e che quell'universo alternativo fosse diventato un'implacabile realtà. Che non ci fosse un orologio magico su cui poter spostare le lancette e impedire lo svolgimento di tutta quella tragica epopea.

Edie non poteva tornare indietro e scegliere di non uscire in giardino. Non poteva scorrere a ritroso, come quando si riavvolgono le vecchie videocassette, e dire qualcos'altro a Jack, e magari andarsene appena lui iniziava a filosofeggiare. O semplicemente posizionarsi in un punto da cui veder arrivare Charlotte, con lo strascico del vestito posato sul braccio, che si domandava perché Jack stesse spettegolando con Edie, e veniva a dirgli che era ora di tagliare la torta.

No. Ormai Edie era la donna che aveva baciato lo sposo al suo pranzo di nozze, e non c'era modo di cambiare il passato. In quel preciso istante, se avesse avuto una macchina del tempo, la prima voce all'ordine del giorno non sarebbe stata *assassinare Hitler*.

Si precipitò nella stanza deserta, il cui disordine le ricordò che poco prima si era lisciata i capelli e si era guardata nello specchio a figura intera e si era fatta un tè con il latte a lunga conservazione. Chiuse a chiave la porta, tirò la maniglia per controllare di essere al sicuro e scalciò via le scarpe.

Entrò in bagno, scostò i capelli e venne scossa da un conato, due, tre, e si rialzò a sedere asciugandosi la bocca. Quando si appoggiò al lavabo e si trovò di fronte il suo riflesso nello specchio, non riuscì quasi a guardarsi in faccia.

Iniziarono i negoziati.

Charlotte sapeva che era stato Jack a seguire lei? Che era stato lui a baciare lei? Ma non poteva difendersi in quel modo. Spettava a Jack dare spiegazioni.

Pensò a cosa avrebbero detto tutti. Doveva andarsene subito. Si rimise in piedi e controllò l'ora: le nove e quattordici di sera. Troppo tardi per prendere un treno? Poteva chiamare un taxi? Fino a Londra? Senza preavviso? Sarebbe costato un patrimonio. Ma era disposta a pagare. Solo che all'arrivo del taxi avrebbe dovuto passare dalla reception con i bagagli, e sarebbe stato come marciare verso il patibolo.

Restava una sola possibilità: nascondersi. Restare barricata lì dentro.

La gravità dell'accaduto continuava a ruggirle nelle orecchie, le si infrangeva addosso come le onde del mare. Da sotto si sentiva ancora la musica, gli squittii metallici e i gridolini di *Hung Up* di Madonna sembravano prenderla in giro. *Time goes by, so slowly.*

Era diventato un film dell'orrore, in cui gli schizzi di sangue e le grida sono alternati in un triste paradosso alle risate fuori campo della sitcom che l'ignara vittima stava guardando. j

Edie si torse le mani, digrignò i denti e camminò su e giù per la stanza, e per un attimo pensò di tornare di sotto e affrontare tutta quella gente, gridando: «È stato lui!» pur sapendo che nulla avrebbe più potuto cancellare la lettera scarlatta che si stagliava su di lei.

Era impossibile non andare a controllare online, benché non volesse, benché l'idea la ripugnasse in ogni fibra del suo essere. Dal suo letto a baldacchino fissò angosciata lo schermo retroilluminato del telefono. A ogni *clic* le veniva da vomitare di nuovo. Fin lì niente.

La calma prima della tempesta. Foto della sposa nella navata, gli sposi che sorridono mentre firmano il registro, un post di Charlotte che dice: «Champagne per i nervi!» con tantissimi *like*. Cosa avrebbe detto la gente? Cosa stava succedendo al piano di sotto?

«Edie? Edie!»

Sentendo picchiare alla porta le sembrò che il cuore le uscisse dal petto come nei cartoni animati.

«Edie, sono Louis. Farai meglio a lasciarmi entrare.»

Solo allora Edie si accorse che la musica si era fermata.

# 5

L'atteggiamento insolitamente nervoso di Louis non aiutò Edie a tenere a bada il panico. Sperò contro ogni logica che Louis entrasse e le dicesse: *Si è sgonfiato tutto, che ci fai rinchiusa quassù?*

Andò ad aprire sulle gambe tremanti, lo fece entrare e richiuse subito la porta, come se ci fosse davvero un assassino a piede libero nello Swan. Louis la guardò come se all'improvviso si trovasse davanti un personaggio famoso. Si mise le mani sui fianchi sotto la giacca del completo. «Ehm, quindi... cosa *diavolo* è successo?»

«Oddio, cosa dicono che è successo, tutti quanti?!» piagnucolò Edie.

«Jack e Charlotte...» Louis si interruppe, incapace di rinunciare alla pausa a effetto, come se stesse per annunciare il vincitore di un talent show. «... Si sono lasciati.»

Edie trasalì e tornò a sedersi sul letto per non stramazzare a terra. Sapeva di aver rovinato il loro matrimonio, ma addirittura che fossero arrivati alla separazione, il giorno stesso delle nozze...? Non le sembrava possibile. Non era un'eventualità che potesse ragionevolmente verificarsi.

«Non può essere vero» mormorò.

«Charlotte è tornata a casa dei suoi» disse Louis, che

aveva iniziato a divertirsi, «e Jack è qui in giro da qualche parte, penso, rintanato con una bottiglia di whisky e gli amici dell'addio al celibato. C'è stata una scenata pazzesca, l'isteria totale. Era il caos, credimi. Charlotte gli ha tirato addosso la fede nuziale.»

Edie chiuse gli occhi e si aggrappò a una colonna del baldacchino con la mano sudata; la stanza le girava intorno. «Cosa dicono di me?»

«Che Charlotte vi ha sorpresi insieme. Che avevate una relazione.»

«Non avevamo una relazione!»

«E allora che è successo?»

Edie esitò: era la prima volta che lo raccontava a voce alta. «Sono andata in giardino e... lui mi ha baciata. Solo per un momento.»

«Aspetta, stai dicendo che non stavate facendo sesso?»

Edie restò a bocca aperta. «Eh? No!! Certo che no! Come avremmo potuto... mi prendi in giro?»

«C'è chi dice di sì, sai. Che lo stavate facendo, o stavate per farlo.»

Edie sapeva che Louis era incline alle esagerazioni e al melodramma, ma non capiva se quello fosse uno di quei casi. Sì, poteva immaginare che si fosse scatenato il telefono senza fili. Come se la verità non fosse già abbastanza orribile...

«Eravamo a pochi metri dall'albergo!»

«Sì, penso sia più il genere di incontro che avviene sul cofano di una macchina, dopo la mezzanotte. E di solito, be'... non con lo sposo. Quindi ti ha baciata?»

Edie annuì.

«Ma avete una relazione, no?»

«No!»

Oddio, era una tortura. Tutti credevano all'ultimissima cosa al mondo che lei avrebbe voluto. Avrebbe preferito mostrarsi nuda in pubblico che essere al centro di quel tipo di attenzione.

«Be'... okay, tesoro. Quindi arriva Jack e, senza preavviso, ti fa: "Ti stai divertendo al mio matrimonio? Ah, già che ci siamo, ecco la mia lingua"?»

«Ha iniziato a dire che significavo molto per lui come amica... credo fosse molto ubriaco... e un momento dopo mi stava baciando.»

«E tu non hai ricambiato?»

«No! Cioè, quasi per niente, insomma, ero sotto shock.»

«*Mmh.* Un po' strano che tu girassi lì fuori da sola... come ti ha trovato? Sicura che non gli avevi scritto un messaggio?»

«Ero uscita per scattare una foto. Posso mostrarti la foto!» gli sventolò davanti il telefono. «Inoltre, qui non ci sono messaggi!» disse, come se si aspettasse un processo e potesse sigillare il telefono in un sacchetto ermetico per le prove. Sarebbe apparsa davanti alla corte dell'opinione pubblica. Avrebbe preferito di gran lunga un processo vero. «Louis, pensaci un attimo» lo scongiurò. «Perché avrei dovuto provarci con lui proprio oggi?»

«E perché lui avrebbe fatto una cosa del genere senza preavviso? Stai omettendo qualcosa, Edie. Per forza.»

«Ci scrivevamo messaggi al lavoro. Chattavamo. Tutto qui. Eravamo amici. Niente di più.»

«Flirtavate?»

«Un po'. Forse.»

Non poteva non dare niente a Louis e ottenere il suo voto di fiducia: quello lo sapeva.

Lui si morse il labbro, soppesando le informazioni. «Ti credo. Penso però che faticherai a farti credere da qualcun altro. Le voci hanno già fatto il giro di Harrogate, e la verità corre meno delle bugie. E poi...»

La pausa di Louis indusse Edie a strabuzzare gli occhi. «E poi cosa?!»

Lui abbassò la voce. «Solo due persone si prenderanno la colpa di tutto questo: tu e Jack. Lui è il tipo d'uomo che cade in un pozzo pieno di merda e riemerge con un orologio d'oro al polso. Non vorrei sembrarti cinico, ma hai bisogno di una strategia di pubbliche relazioni. Devi far sapere a tutti che è stato lui a baciare te e non viceversa.»

«E come?»

«Farò il possibile» annunciò, magnanimo. «Dovresti ragionarci, però. Lavoriamo nella pubblicità. Devi occuparti della gestione di una crisi per il tuo brand.»

Edie annuì. Doveva mettere da parte tutto ciò che sapeva sul conto di Louis e fidarsi di lui. Non puoi permetterti di dubitare di un amico che si offre di aiutarti nel momento del bisogno.

«Secondo te Jack e Charlotte hanno chiuso per sempre?» chiese, con un tremito nella voce.

Louis scrollò le spalle. «Non so se perdonerei mai una cosa così. Voglio dire, la vergogna... tu ci riusciresti?»

Edie scosse la testa, avvilita. Non ci aveva ancora pensato. Si era concentrata sulla propria sopravvivenza. Ma ora pensò a cosa avrebbe dovuto affrontare Charlotte, dal momento che tutti avrebbero saputo di quel massacro.

Qualcuno bussò alla porta: un tonfo, come se un predatore selvatico ci si fosse tuffato sopra. Edie e Louis sobbalzarono.

«EVIE THOMPSON! Sono Lucie Maguire! Sono la damigella d'onore! Apri questa porta *immediatamente*!»

Edie e Louise si guardarono con tanto d'occhi.

«*Evie!* Lo so che sei lì dentro, *stronzetta*. Vieni fuori e *assumiti le tue responsabilità.*»

«Dille che è la tua stanza!» sibilò Edie a Louis.

«Eh? E se va a cercarci nella mia stanza?»

«Non sei in quella stanza.»

«Ci sarò più tardi.»

«Allora dille che anche quella è la tua stanza.»

«Ma capirà che ho mentito su questa stanza.»

«Louis!» esclamò Edie, in preda alla disperazione. «*Diglielo.*»

Lui fece una smorfia e disse a voce alta: «Ciao Lucie, sono Louis. Non Edie.»

«Dov'è Evie? Questa è la sua stanza! Me l'hanno detto alla reception! Non prendermi in giro, sono di umore *molto battagliero.*»

Louis mostrò alla porta entrambi i medi alzati e cantilenò: «*No, quetta è la mia cameletta. C'è Louisino qui dentlo*».

«Fammi entrare. Conosci questa ragazza? Dimmi dove posso trovarla.»

«Preferirei di no. Sono nudo.»

«Vestiti, allora.»

«Sono nudo, in compagnia di un'altra persona altrettanto nuda. Capito?»

«È lei?»

«No, è un uomo. Un *uomo.* Ora, se non ti spiace, vorremmo proseguire.»

Una pausa. «Sai dov'è quella puttana?»

«No. Mi pareva che avessimo chiarito che ho altri impegni.»

«Be', se la vedi dille che userò le sue tette come paraorecchi.»

«Riferirò!»

Edie rabbrividì.

Una pausa. «Inoltre, posso dire che è di pessimo gusto fare sesso mentre la vita di una donna è rovinata? Stiamo cercando tutti di renderci utili e tu te ne stai quassù, nudo.»

«Sono fatto così. Sempre nudo nei momenti di crisi. È in queste occasioni che do il meglio di me.»

Si sentirono schiocchi di lingua e i passi pesanti di Lucie che si allontanava. Pur negli abissi della disperazione, Louis ed Edie non riuscirono a trattenere una risatina.

«Come farò a uscire di qui sana e salva?»

«*Mmh.* Potremmo assistere a scene di violenza femminile. Fossi in te me ne andrei prima di tutti.»

Edie aveva già escogitato quel piano. La reception era sempre aperta: poteva fuggire all'alba. Ragionò che neanche gli invitati più vendicativi sarebbero rimasti appostati lì alle cinque e mezza del mattino. Certo, su Lucie non c'erano certezze.

«Guarda il lato positivo: Lucie non può farti soffrire più di quanto abbiamo già sofferto con la sua esibizione a cena.»

Edie rise debolmente e le sembrò passato un secolo da quel momento in cui qualcun altro, non lei, era al centro dell'attenzione per i motivi sbagliati.

«Penso di poter uscire, ora» disse Louis.

Al pensiero di restare di nuovo sola, Edie si sentì invadere dallo sconforto. «Louis» disse, sentendo la voce che si incrinava, «so che ho sbagliato, ma non ho mai voluto creare un casino del genere. Ci sto malissimo. Mi odieranno tutti.»

«Non ti odieranno» rispose Louis, poco convinto. «L'importante è che tu faccia sapere a tutti che è stato Jack a saltarti addosso e non viceversa.»

Sapevano entrambi che a) non sarebbero riusciti a farlo sapere a tutti, e b) nessuno sarebbe stato incline ad assolvere Edie perdendo così un personaggio cruciale del gossip *Non Indovinerai Mai Cos'è Successo*. Quella narrazione aveva bisogno di una seduttrice.

«Siamo ancora amici, vero? Mi sembra di non avere più amici...»

«Piccola, certo che lo siamo.» Louis la strinse in un abbraccio breve, forte, brusco.

Dopo avergli richiuso la porta alle spalle, Edie tornò a sedersi sul letto. Ogni rumore nell'albergo la spaventava. Immaginava una processione di gente che si metteva in fila, con Lucie Maguire sul fondo, per insultarla e fare cose terribili alle sue tette.

Quando se la sentì, tornò a controllare online. Ancora nulla, solo un inquietante silenzio. Non vedeva alcun commento che alludesse all'accaduto, nessuno le aveva tolto l'amicizia su Facebook – ma sarebbe successo, senza dubbio.

Eppure... col passare del tempo, all'improvviso, mista al panico la assalì un'idea orribile. Si sforzò di scacciarla. Era solo paranoia. Non c'era bisogno di controllare. Certamente si sbagliava.

Okay, doveva guardarci. Solo per assicurarsi di essere effettivamente paranoica. Posò le dita tremanti sul touch screen.

Oddio. *No.* Sbatté le palpebre per scacciare le lacrime e ricaricò la pagina e la ricaricò di nuovo e si convinse di aver visto male. E invece no.

Louis aveva cancellato la foto di loro due insieme.

# 6

Edie non avrebbe mai voluto essere quella donna. L'Altra. Chi lo vorrebbe? Chi, sano di mente, potrebbe volere la sofferenza, il dolore di quel ruolo, senza nessuno vicino a consolarti? Non è forse una regola di tutte le sceneggiature? Nessun cattivo pensa di esserlo.

Da tempo Edie aveva la sensazione che la sua vita fosse deragliata, e ora doveva affrontare la realtà: forse non sarebbe più tornata sui binari giusti.

Non era andata sempre così. Dopo una giovinezza romantica e vagabonda, a zonzo per Londra negli anni successivi alla laurea, verso i venticinque aveva messo la testa a posto con la sua anima gemella, un giovane poeta del Nord di nome Matt: un ragazzo difficile, intenso e complicato, nonché sosia di Alain Delon.

Era stato il glorioso culmine di una reinvenzione personale tramite cui la disordinata Edith era diventata Edie, la scrittrice carina e simpatica che affronta la vita di petto e acciuffa Londra per la collottola.

Erano ben assortiti. La gente li invidiava. Edie fantasticava sul matrimonio, immaginava persino dei figli; ma, visti i sempre più frequenti sbalzi d'umore di Matt, forse era meglio che restassero fantasie.

Dopo tre anni di lotta contro il difficile, l'intenso e il complicato, Edie si sentiva logorata dai tentativi di capirlo e tirarlo su di morale.

Si erano lasciati, ed era una cosa molto triste, ma Edie aveva ventinove anni. Non era a corto di uomini appostati dietro le quinte e pronti ad aiutarla a raccogliere i cocci. Ipotizzava che uno di loro si sarebbe rivelato il principe azzurro: l'avrebbe visto comparire oltre l'orizzonte dei trenta, con un mazzo di fiori in mano.

E invece, chissà perché, non era mai comparso. La condizione di *single* era passata da un disservizio temporaneo a uno stato permanente. Non c'era nessuno di cui valesse la pena innamorarsi, finché non era arrivato Jack. Del quale non avrebbe assolutamente dovuto innamorarsi.

Scegliamo mai di chi innamorarci? Edie aveva passato tante lunghe serate con l'unica compagnia di Netflix, quindi aveva avuto tutto il tempo di riflettere su quella domanda.

Ripensava spesso a quel primo incontro con Jack, nell'agenzia pubblicitaria in cui lavorava come copywriter. Charlotte era un'ambiziosa account executive e aveva convinto il loro capo, Richard, ad assumere Jack, benché le relazioni tra colleghi fossero severamente vietate.

Edie non aveva badato più di tanto all'arrivo di Jack Marshall, a parte immaginare che fosse un altro superstakanovista che andava in palestra prima del lavoro.

Poi: «Edie, ti presento il mio fidanzato!» aveva annunciato Charlotte dall'altro capo del tavolo, alla fine dell'estate precedente, nell'enoteca italiana in cui andavano ogni venerdì. «Edie ti piacerà, è il clown dell'ufficio.» Un complimento ambiguo, ma Edie lo prese come tale e sorrise.

Si alzò e si sporse sopra il tavolo, che stranamente era appoggiato per metà sul marciapiede e per metà dentro il ristorante, e strinse la punta delle dita di Jack anziché la mano. In seguito si sarebbe meravigliata della completa indifferenza provata in quel momento. A prima vista Jack sembrava fatto apposta per Charlotte, con il suo completo elegante, i capelli biondo scuro e la corporatura snella, ed Edie tornò alla sua conversazione.

Nelle settimane successive sorprese Jack a scoccarle un'occhiata ogni tanto e immaginò che stesse semplicemente cercando di ambientarsi nel nuovo ufficio. Charlotte era un'amazzone delle ricche contee meridionali, perciò sembrava improbabile che Jack ammirasse una ragazza delle Midlands che si copriva i capelli bianchi con la tintura liquirizia L'Oreal e si vestiva come Velma di *Scooby Doo*.

Un giorno in pausa pranzo stava leggendo un libro di Jon Ronson e mangiando una mela alla scrivania quando si accorse che Jack la fissava. Prima che potesse arrossire, Jack disse: «Aggrotti moltissimo la fronte mentre leggi, lo sapevi?».

«Elvis prendeva a schiaffi Priscilla Presley ogni volta che aggrottava la fronte» disse Edie.

«Eh? Sul serio?»

«Sì. Non voleva che le venissero le rughe.»

«Wow. Che stronzo. Devo vendere la mia copia di *Live in Vegas*. Ma tu non devi preoccuparti.»

«Non mi prenderai a schiaffi?» sorrise Edie.

«Ahahah! No. Niente rughe.»

Edie annuì, mormorò un grazie e tornò al suo libro. Era stata oggetto di un corteggiamento? Ne dubitava. Ma non molto tempo dopo si sentì di nuovo addosso lo sguardo di Jack, quando un cliente che passava di lì, Olly il Vinaio, le prestò un'attenzione particolare.

«La mia piccola Edie! Come stai?» disse Olly, palesemente alterato dall'alcol assunto a pranzo. «Che splendida camicetta. Mi ricordi tantissimo mia figlia, sai? Non le somiglia, Richard? È identica a Vanessa.»

Il capo di Edie, Richard, balbettò il genere di conferma che si dà a uno con cui bisogna essere d'accordo per forza, per soldi.

Edie lo ringraziò e si augurò che tutti in ufficio sapessero che non aveva fatto nulla per attirare quelle attenzioni imbevute di whisky.

Mentre Richard lo accompagnava lontano dalla scrivania, Edie vide aprirsi una finestra della chat di Google. Jack.

"Signorina, potrei dirle, in modo assolutamente platonico, quanto mi piacerebbe fare sesso con lei?"

Edie strabuzzò gli occhi e poi notò le virgolette. Si trattenne a stento dal ridere a voce alta. Poi, gratificata, rispose:

Be', Olly è un cliente stimato. È uno di famiglia... di quelle famiglie in cui si ammazzano tra loro *faccetta che vomita*

Senza saperlo, era affondata. Aveva abboccato all'esca di Jack. La discesa nel baratro inizia con un solo passo.

L'unica cosa peggiore dei suoi approcci è il suo vino. Hai provato il Pinot Grigio? BLEAH.

Credo di aver scritto un testo promozionale in cui parlo del sentore acidulo di prugna verde e della finitura lunga di melone: perfetto per i lunghi pomeriggi in giardino che sfumano nella sera.

Traduzione: un vino da bere su una panchina del parco, all'a-
roma di collutorio misto a pipì agli asparagi

Il bouquet si potrebbe definire insistente.

Sono andato a cercarlo davvero, così, giusto per ridere. "Una
miscela fruttata di aromi intensi e fragranze asprigne. Vi
sentirete trasportati in un vigneto italiano." Vi sentirete trasportati al pronto soccorso, al limite.

Se quel genere di familiarità istantanea fosse provenuta
da un collega single, Edie l'avrebbe considerata un palese
corteggiamento. *Ovvio.* Ma Jack era il ragazzo di Charlotte
e Charlotte era seduta lì accanto, quindi non poteva essere
un corteggiamento. Era una chat e basta.

Diventarono amici di penna virtuale. Quasi ogni mattina Jack trovava qualche battuta sarcastica per dare avvio
alla giornata. Un'esca perfetta per una persona di spirito
come Edie, da cui Jack sembrava ipnotizzato. Era un uomo
sicuro di sé, che si nutriva di sarcasmo e caffè americano.

Nella noia della vita d'ufficio, il trillo che accompagnava la comparsa sullo schermo di un nuovo messaggio di
Jack si legò inestricabilmente al piacere e alla ricompensa.
Edie era come una cavia da laboratorio in un esperimento
scientifico, che premeva la leva per ricevere la nocciolina.
E in base a quell'analogia, presto o tardi si sarebbe becca-
ta una scossa elettrica e avrebbe mostrato in atto i mecca-
nismi della dipendenza, continuando a premere la leva in
cerca di altre noccioline.

Era solo un modo per divertirsi un po'.

Anche quando la conversazione virava su argomenti
lievemente più seri e personali. Tra un aneddoto e l'altro,

tra le risate e il cameratismo, Edie si ritrovava a dirgli cose che non aveva mai detto a nessuno a Londra.

Si accorse che diventava di malumore ogni venerdì pomeriggio – un buffo rovesciamento – quando pensava che fino a lunedì non avrebbe più provato quella sintonia speciale.

E poi iniziarono gli SMS scherzosi di Jack nel weekend – *ho visto questo e ho pensato a te* – e i like ai suoi tweet, e ogni tanto persino l'esplosiva notifica del fatto che lui aveva messo *Mi piace* a una sua vecchia foto sepolta negli archivi di Facebook. Era la vera cartina al tornasole del corteggiamento tramite social media.

A volte Jack confessava in presenza di Charlotte, durante l'uscita di gruppo del venerdì sera, che quel giorno aveva colpevolmente distratto Edie dal lavoro. Charlotte schioccava la lingua, rimproverava Jack e chiedeva scusa a Edie... e in quei momenti Edie si sentiva un po' in colpa.

Ma perché? Per una conversazione che Jack ammetteva apertamente, di fronte alla sua fidanzata, e che era stato lui ad avviare? Se fosse stato qualcosa di riprovevole l'avrebbe tenuto segreto, no?

C'era negazione plausibile a sufficienza per parcheggiarci un autobus.

# 7

Quello che Charlotte non sapeva, e che Edie non ammetteva a se stessa, era che il diavolo si annida nei dettagli.

Probabilmente Charlotte non avrebbe mostrato tanta nonchalance se avesse saputo che Jack faceva il geloso per-scherzo-ma-mica-tanto ogni volta che Edie aveva un appuntamento. «Oh Dio, immagina che stress averti come fidanzata...» diceva. «Farti tenere a bada quella linguaccia per presentarti ai genitori, ai quali porteresti in regalo salsicce e sanguinacci.»

Entrambi immaginavano quell'ideale intangibile e accompagnavano le risate con sospiri di felicità. Edie si fingeva scandalizzata da quelle continue prese in giro sulle usanze culinarie dell'Inghilterra settentrionale, quando in realtà trovava entusiasmante che lui la immaginasse come la sua metà. E con una tale *tenerezza*.

Jack interpretava il ruolo del migliore amico, del confidente e, be', di una specie di fidanzato. A Edie stava benissimo.

Alla fine capì di aver oltrepassato, senza volerlo, un confine invisibile. Il suo errore non era consistito in un'unica, grande decisione, ma in una serie di scelte più piccole, inconsapevoli.

Tuttavia non avrebbe mai agito finché lui fosse rimasto

con Charlotte, quindi cosa c'era di male? Una cotta dava un po' di pepe alla giornata, era una gioia senza calorie, non cancerogena, gratuita.

Poi, però, scoprì che invece un costo c'era. Accadde circa quattro mesi dopo la prima chat su Google.

Jack non avrebbe mai chiesto un mutuo, e certamente non per una casa in estrema periferia. Un giorno a pranzo Charlotte stappò una bottiglia di Moët e distribuì bicchieri di plastica. «Abbiamo comprato casa!»

Cosa? Jack non le aveva detto niente? Eppure si dicevano praticamente tutto...

A Edie sembrò un tradimento. Come amava ripetere la sua amica Hannah, la realtà le aveva assestato uno schiaffo in faccia.

Appena Jack tornò alla sua scrivania, gli scrisse: *Non me l'aspettavo!*

Uff, lo so. Mi ha preso per sfinimento e alla fine l'ha avuta vinta. Abbracciami e dimmi che andrà tutto bene, E.T. x

Tutto lì? Non aveva altro da aggiungere?

Edie si sentiva devastata da quel nuovo sviluppo. Avrebbe potuto insistere con Jack, farsi dire perché le aveva nascosto una cosa del genere, ma d'altronde non erano affari suoi. Si sarebbe intromessa nella sua vita con Charlotte e avrebbe lasciato intendere di pensare che le spettassero di diritto quelle confidenze. Non era proprio il caso. Ragionò con se stessa: *Be', tu esci a cena con altri uomini, no? E lui non può comprare casa con la sua ragazza?*

Ma quella situazione costrinse Edie a confrontarsi con le speranze che aveva lasciato crescere lentamente dentro di sé, senza neppure accorgersene.

Decise di evitare gli scambi di battute, e all'inizio anche lui mantenne le distanze. Ma dopo un po', vedendolo riapparire su G-chat frizzante come sempre, diventò difficile cambiare marcia senza esporsi troppo. Edie doveva fingere che fosse ordinaria amministrazione.

Una storia iniziata con tanta leggerezza era diventata fonte di grandi ansie. Passava le serate a rileggere le email e i messaggi di Jack, in cerca delle prove dei suoi sentimenti per lei. *Ecco il bersaglio.*

Inoltre Jack aveva ricominciato a dire che Charlotte voleva cose che lui non voleva: matrimonio, bambini. Stufe a legna e fuoristrada.

Ora Edie evitava quei discorsi, e al contempo evitava anche ciò che quei discorsi le dicevano sul conto di Jack. Si rifiutava di guardare il grande cartello lampeggiante che diceva: NON PROCEDERE OLTRE. PRESENZA DI SOSTANZE TOSSICHE. LA DIREZIONE NON SI ASSUME ALCUNA RESPONSABILITÀ.

Intuì che Jack avesse parlato a Charlotte delle loro chat non perché le ritenesse innocenti, ma perché era un bugiardo esperto, di quelli che si nascondono in piena vista.

C'era una sola persona con cui Edie poteva parlarne: la sua migliore amica Hannah, che senza alcun riguardo se n'era andata a vivere a Edimburgo.

Tirò fuori tutta la storia una sera sul tardi, in un pub di quelli frequentati per lo più da vecchietti, sul Royal Mile, durante un weekend lungo trascorso lassù nel profondo nord.

«Sai» disse, cercando disperatamente di parlare in tono leggero, «forse me la caverei meglio se capissi lui e Charlotte. Sono così *diversi.*»

Hannah scosse la testa, sprezzante. «I burloni egoisti preferiscono sempre le donne indipendenti. Nutrono un rispetto di fondo per i soldi e l'efficienza. Se non per la fedeltà.»

In quelle parole riecheggiava una spiacevole verità.

«Prendilo come *un* segno del fatto che non lo conosci bene quanto pensavi, e non come *il* segno che lei è la donna sbagliata per lui» proseguì Hannah, sistemandosi i capelli castani nello chignon.

Quel genere di buonsenso non era ciò che Edie voleva sentire. Voleva sentirsi dire che Jack era disperatamente innamorato di lei e non aveva ancora trovato il coraggio di dirglielo.

«Non è stata una tua idea, lo sai» disse Hannah mangiucchiando pistacchi dal pacchetto aperto che si stavano dividendo. «Non volevi ritrovarti a questo punto. Lui ti prende in giro e non gliene frega niente se ti fa soffrire, purché si diverta lui. Vuole le farfalle nello stomaco e le montagne russe, quelle che non senti quando sei in una relazione stabile. Tu sei gentile e disponibile, e alcuni uomini se ne approfittano.»

Edie sapeva che c'era un'altra definizione che Hannah aveva omesso. *Bisognosa d'affetto.* Jack sfruttava una vulnerabilità che Edie faticava ad ammettere con se stessa.

D'altro canto, Hannah, stava con il suo caro e affidabile Pete fin dai tempi dell'università. Forse non capiva quant'era complicata la giungla là fuori.

«Ma secondo te è consapevole di avermi ferita? Perché magari non ha capito che lui non mi è indifferente...» disse Edie.

Hannah scosse la testa. «Lo sa, lo sa. Altrimenti perché ti avrebbe tenute nascoste certe cose? Perché non chiederti: "Ehi, che te ne pare di questo appartamento che andiamo a vedere sabato?".»

Edie annuì, cupa. «Non prendermi in giro, ma è possibile che sia confuso sui suoi sentimenti?»

«Non così confuso da non riuscire a controfirmare un rogito. Questo è il punto. Se volesse stare con te, a quest'ora starebbe con te. Per quanto sia infatuato, non ti vuole abbastanza per darsi da fare.»

Hannah godeva di una dispensa speciale che le permetteva di parlare chiaro e tondo, perché era un chirurgo – nefrologo – e se diceva di aver passato una brutta giornata significava che era morto qualcuno. «Ne ho perso uno sul tavolo» era una frase che rimetteva sempre in prospettiva le lamentele di Edie.

Edie non riuscì a controbattere a quell'ultima obiezione logica. Le tremò il labbro. «Merda, Hannah, mi ha spiazzato. Mi sembra che nessun altro al mondo sarà mai l'uomo giusto per me, se non posso avere lui. E ho trentacinque anni. Quindi probabilmente ho ragione.»

Hannah le posò una mano sulla spalla. «Edith...» – gli amici dei tempi della scuola non praticavano il revisionismo di *Edie* – «non è l'uomo giusto per te. Se tratta di merda la sua ragazza comportandosi così, vuol dire che tratterebbe di merda anche te, se finiste insieme. Questa è un'eterna verità, e lo sai.»

Ma Edie non poteva permettere che fosse vero, benché sapesse che era più vero di ciò che Darwin aveva detto delle scimmie.

Piagnucolò che *forse* lui non aveva intenzione di far soffrire Charlotte.

«Ahahah!» si sbellicò Hannah. «Ah no, aspetta, dicevi sul serio?»

«Inoltre» disse Edie, sapendo che stava raschiando il fondo della calza della Befana, dove in genere ci sono quelle noci per cui non si trova mai lo schiaccianoci, «una volta mi ha detto che sono misteriosa e incuto soggezione, perché sono libera e indipendente. Forse pensa che sarei un rischio...»

«Ah già, così libera ed emancipata che nel fine settimana vieni a piangere per lui in un'altra nazione! Proprio il genere di cosa che dicono i bugiardi manipolatori» disse Hannah. «*Bleah*. Scusa, Edith, ma questo tizio non mi piace proprio.»

Lei era più o meno d'accordo, eppure pensava che se Hannah avesse conosciuto Jack e fosse stata esposta a tutta la forza del suo fascino, avrebbe capito. E forse non avrebbe dovuto dirle tutte quelle cose, perché se Hannah e Jack si fossero mai incontrati, avrebbe dovuto lavorare sodo per ripulirgli l'immagine. Era un tale trionfo della speranza sulla razionalità che si domandò se quell'uomo le avesse fatto perdere il senno.

Quindi, tutto considerato, Edie avrebbe dovuto prevedere il fidanzamento.

Eppure il venerdì in cui vide Charlotte con le guance arrossate per l'emozione, e una segretaria che tubava stringendole le dita della mano sinistra... fu come se qualcuno le avesse infilato un uncino nello stomaco, l'avesse attaccato a un camion e avesse premuto l'acceleratore.

Edie finse di non aver visto, andò a incontrare un cliente, e non tornò. Quella sera ricevette un messaggio.

Ciao, tu. Dov'eri oggi? Non ti ho vista al Luigi's dopo il lavoro. E insomma, mi sposo, che ne dici? Povero me, che ansia. Stiamo diventando grandi? Ti prego, dimmi di no... non sono ancora pronto per la poltrona reclinabile, E.T. Jx

Lanciò il telefono dall'altra parte della stanza, bevve tre quarti di bottiglia di gin e si mise a ballare *Caught Out*

*There* cantando a voce così alta che la coppia al piano di sotto si lamentò.

Per molti versi era peggio che se lei e Jack avessero consumato una vera relazione fisica. Quell'infedeltà sarebbe stata incontrovertibile: avrebbe legittimato la rabbia e il dolore. Ma una relazione emotiva richiedeva che le due persone trovassero un accordo sul fatto che suddetta relazione fosse reale, anche se una delle due era visibilmente a pezzi. Una volta suo padre le aveva parlato della *sovrapposizione quantistica*, un principio della fisica che, in pratica, permetteva a qualcosa di esistere e non esistere allo stesso tempo. Ecco, lei e Jack erano così.

Non poteva lamentarsi. Non avrebbe mai dovuto invischiarsi con qualcuno che stava con qualcun altro.

Era come andare alla polizia per denunciare di essere stati minacciati con un coltello durante una compravendita di droga.

# 8

Edie scoprì che il problema di svegliarsi dopo un giorno come quello appena trascorso erano quei pochi secondi di libertà prima di ricordare l'accaduto. Un'evasione psicologica in cui non si arrivava alla rete perimetrale.

Alla fine era crollata verso le quattro del mattino, per poi riaprire gli occhi alle cinque con la sveglia programmata sul telefono. Per un istante non ricordò dove fosse, perché stesse guardando un baldacchino a fiori e perché si sentisse così stremata. Quando le tornò in mente, fu brutto esattamente come la prima volta in cui aveva compreso il suo destino.

Si alzò dal letto e corse in bagno, si strofinò un asciugamano sugli occhi gonfi, si lanciò sul viso dei cosmetici a caso. Stipò nel trolley tutto ciò che possedeva, deglutì e tirò indietro le spalle. Non sarebbe dovuto succedere. A quell'ora avrebbe dovuto dormire per riprendersi dagli stravizi della serata, per poi dividere un'abbondante colazione con gli altri reduci del dopo sbornia all'all you can eat nel bar dell'albergo. Invece le toccava quello.

Nel silenzio di tomba dell'alba di una domenica, il cuore le rintronava in petto: *tu-tum tu-tum*.

Ogni traccia di stanchezza dovuta all'unica ora di sonno inquieto fu spazzata via dalla mastodontica scarica di adrenalina che la assalì quando girò la chiave per aprire la porta. Quasi si aspettava di trovare gente addormentata sulla moquette del corridoio, con in mano armi di fortuna come ferri da stiro o bastoni appendiabiti, e un filo invisibile teso sulla soglia a mo' di trappola.

L'hotel era immerso nel silenzio e Edie rabbrividì come se il cigolio del trolley producesse il frastuono di un jet al decollo. Abbassò la maniglia e sollevò la valigia. Ragionò: quante persone saranno rimaste sveglie per fare la ronda intorno all'edificio? Quale percentuale degli invitati, escluso Louis, sarebbe riuscita a identificarla a vista come la Peccatrice?

Trasse un respiro profondo e premette il pulsante per chiamare l'ascensore, mentre sentiva sulla pelle l'aria frizzante di una mattina d'estate, ma anche il sudore dovuto alla paura e al senso di colpa. Come nell'episodio di vomito della sera prima, sapeva che una volta risolto il problema concreto di uscire da lì sarebbe iniziata la tortura psicologica, e sarebbe stata molto peggio.

L'uomo di mezz'età alla reception la guardò sorpreso quando la vide uscire dall'ascensore con la valigia e la sentì dire, con voce roca: «Vorrei il conto, per favore».

L'uomo la fissò per un momento e fece due più due, e Edie si sentì una celebrità per tutti i motivi sbagliati. Da qualche parte, in borsa, aveva un paio di occhiali da sole, ma non li avrebbe inforcati finché non fosse uscita all'aperto. Solo Stevie Wonder aveva il permesso di tenere gli occhiali scuri al chiuso senza sembrare un cretino, una grande verità che valeva anche in circostanze drammatiche come quelle. Avrebbe voluto che Hannah fosse lì con lei. Avrebbe voluto avere una persona al suo fianco che garantisse per la sua onestà. Ma sapeva che anche Hannah gliene avrebbe dette, in quel momento.

«Potrebbe chiamarmi un taxi per la stazione?» disse. «Aspetto qui fuori.»

L'uomo annuì imbarazzato: aveva capito. Nel suo stato, Edie non riuscì a non chiedersi se l'uomo stesse pensando: *Ne sarà valsa davvero la pena, per questa donna?*

Uscì dalla porta girevole nel parcheggio e si ritrovò davanti un altro essere umano. Cercò di non trasalire alla vista della quarantenne dai capelli ricci con un neonato in braccio e un bimbetto che le scorrazzava intorno. Per fortuna Edie non la conosceva, e la donna le sorrise per riflesso, il che le confermò che non sapeva davvero chi fosse.

«Buongiorno!» disse Edie con una voce briosa da sergente maggiore.

«Buongiorno! Bella giornata, vero?»

«Splendida.» *Orribile.*

«Si è alzata presto!» Gli occhi della donna si spostarono da Edie alla sua valigia e poi di nuovo su di lei. «E lei non deve vedersela con questi qui» disse cullando il bambino più piccolo, che scrutava Edie con un'espressione sospettosa.

«Ahahah, no, ma ho un mucchio di lavoro da sbrigare, in realtà. Un progetto importante.»

*Oddio, taxi, ti prego, arriva presto.*

«Deve fare molta strada?»

«Londra.» Edie deglutì, aveva la bocca secca. «Lei?»

«Cheltenham, ma non partiremo finché non si sveglia sua signoria. Ha esagerato col vino rosso, stavolta. Anche lei è stata al matrimonio?»

*Merda.*

«Ehm... sì.» Edie strinse più forte la maniglia del trolley.

«È stato orribile, no? Stanley! Non scavare la terra, per favore. Solo giochi puliti, altrimenti torniamo dentro.»

Edie non avrebbe potuto sentirsi più grata per l'interesse di Stanley nei confronti del fango.

«A quanto pare Charlotte ha sorpreso Jack che se la faceva con un'invitata. Incredibile» disse la donna. «Le sembra possibile? Andare con un'altra il giorno del proprio matrimonio!»

«Bah» disse Edie, cercando di assumere un'espressione incredula-ma-anche-disinteressata. «Wow.» Scrollò la testa.

La donna spostò il bambino sull'altra anca avvolta in un pantalone di Zara. «Non lo sapeva?»

*Merda.*

«Ehm, sapevo... che era successo qualcosa. Non sapevo cosa, di preciso» mentì Edie molto in fretta. *Pensa. Pensa a qualcosa da dire per tenerla occupata.* «Ora dove sono?» domandò sbadatamente.

«Charlotte se n'è andata con i suoi genitori. Lei conosce i suoi? Hanno quella grande casa bianca dall'altra parte del prato comune.»

«Ah sì, certo.»

«Poveretta, poveretta. Non riesco a immaginare cosa stia passando.»

«No, dev'essere orribile.»

Ora la donna stava guardando Edie più attentamente. Si stava domandando cosa ci facesse realmente lì fuori dall'albergo prima delle sei del mattino, con l'aria scarmigliata di chi sta facendo la camminata della vergogna, a ostentare una conoscenza inverosimilmente limitata del terremoto accaduto la sera prima.

«Come conosce Jack e Charlotte?» chiese la donna in tono esitante, come a cercare conferma di un'intuizione.

«Siamo colleghi.»

Seguirono alcuni dolorosi secondi in cui la faccia della donna si distese in una maschera di consapevolezza. Era come se avesse visto sopra la spalla di Edie un manifesto con scritto WANTED.

Finalmente arrivò il taxi, e per poco Edie non si gettò a braccia aperte sul parabrezza per il sollievo. «Ci vediamo!» disse alla donna, che la fissava inebetita senza accorgersi che Stanley stava mangiando manciate di terra.

Edie saltò come una pulce sul sedile posteriore e disse al tassista di partire alla svelta, prima che quella donna iniziasse a urlare e ad accusarlo di favoreggiamento.

# 9

Mentre il taxi percorreva strade quasi deserte, Edie non riuscì a non guardare il telefono. Immaginò di spiegare a suo padre, per cui era difficile capire perché ci si facesse i selfie con la faccia da papera, come mai in un momento come quello volesse scoprire cose che sicuramente l'avrebbero sconvolta. Perché nel grande palazzo di vetro online, pieno di specchi deformanti, abita ormai metà della nostra reputazione.

Edie aveva una dozzina di nuovi messaggi su Facebook. Li aprì, nauseata dai presentimenti. Erano lontani conoscenti, la versione reinventata per i social media delle truffe con il *phishing*: fingersi preoccupati e solidali per raccogliere informazioni. Accidenti, erano proprio spudorati.

È una vita che non ci sentiamo! Ho saputo che è successo qualcosa al matrimonio di ieri. Tutto bene? Laura x

Quanto tempo! Spero tutto bene. E... wow, ma è vero quello che si dice in giro? Cos'è successo, Edie? Spero che sia tutto a posto nella tua azienda. Dall'ultima volta che ci siamo sentite ho avuto un secondo figlio! In bocca al lupo per tutto, Kate

Ciao. Sai cosa dicono quelli di Ad Hoc? Ho pensato di dovertelo dire... non so se sia vero. Terry. PS abbiamo lavorato insieme nel 2008-2009

Edie sussultò e premette *cancella-cancella-cancella*, scor-
rendo appena le prime righe di ogni messaggio. È una vita
che non... cancella.

Aveva messaggi – 3 – nella casella Altri, cioè scritti da
persone che non erano suoi amici. Immaginò che fossero più espliciti. *Sei una disgustosa cagna in calore* era tutto
ciò che un tale Spencer avesse da dire. Cancellò e bloccò
la persona.

Cancellò e bloccò anche una perfetta estranea di nome
Rebecca, che usava un mucchio di parole che non si sarebbero potute pubblicare su un giornale per famiglie. Edie
non era turbata dal linguaggio, ma la ferocia che c'era dietro era spaventosa. Come se davvero quella donna fosse
determinata a picchiare a sangue Edie, se solo fosse riuscita a metterle le mani addosso.

A tal proposito...

Edie. Sono Lucie, la damigella d'onore di Charlotte e sua migliore amica fin dall'università. Poiché sei troppo codarda
per affrontarmi e hai coinvolto il tuo ridicolo amico Lewis
nei tuoi sporchi giochetti (esatto, ho capito che vi siete
scambiati le stanze, e spero che ti sia piaciuto il cartello che
ti ho lasciato sulla porta, "Si prega di non disturbare, MI STO
SCOPANDO IL MARITO DI UN'ALTRA"), sono costretta a scri-
verti qui che genere di persona sei. Non è un'esagerazione
dire che sei la persona più orribile che io abbia mai conosciuto e di cui abbia mai sentito parlare. Un conto è cercare
di rubare l'uomo a un'altra donna, ma farlo LETTERALMEN-

TE IL GIORNO DEL LORO MATRIMONIO è al di là dell'umana comprensione. Spero che tu capisca che hai rovinato la vita di una donna e le hai fatto sprecare chissà quante migliaia di sterline in location, catering e trasporti. Penso anche che la sposa non vorrà tenersi le fotografie. Intendi risarcirla? Penso proprio di no.

So che Jack è un bravo ragazzo, nonostante questo errore, e non dubito per un istante che tu gliel'abbia offerta su un piatto d'argento, per cercare di farli lasciare.

Sarai contenta, ora che hai ottenuto quello che volevi: ma invece non lo sarai, perché le persone orribili non sono mai felici.

Lucie Maguire

Quantomeno aveva imparato il suo vero nome, inoltre sembrava che Louis avesse ricevuto un bel souvenir di quell'avventura.

Nel complesso era uno strano insieme di attenzioni ed emarginazione. Edie vedeva che il numero dei suoi amici era calato, eppure tante persone volevano parlare con lei: arrivò un altro paio di notifiche mentre era sull'app. Aprì il profilo di Charlotte, sentendo una stretta allo stomaco, e vide: *Questo link potrebbe essere errato.* Lo era, e di molto. Non biasimava Charlotte per essersi cancellata. Anzi, ecco un piccolo segno di rispetto che poteva tributarle: fare lo stesso.

Disattivò il suo profilo. Perché fornire una discarica per i rifiuti tossici?

«Parte di buon'ora» commentò il tassista.

«Sì» rispose Edie, in tono stanco e monocorde. «Ho molto lavoro.»

«Il primo treno parte tra un po'.»

«Oh, allora prenderò un caffè mentre aspetto.»

«Anche il bar potrebbe essere ancora chiuso.»

«Ah. Va bene.»

Passò le ore successive ad aspettare una coincidenza per Leeds, nascondendosi nei bagni per paura di incrociare altri invitati al matrimonio, e poi fissando nel vuoto fuori da finestrini sporchi, provando una disgustosa miscela di apatia e terrore. Non era una lieve battuta d'arresto, se ne rendeva conto: era una di quelle catastrofi che quasi ti sbalzano fuori dalla macchinina dell'autoscontro. Si sentiva così moralmente sporca che le sembrava di aver bisogno di una trasfusione totale di sangue.

Poteva chiamare Hannah. Ma non sarebbe riuscita ad affrontarla, non ancora. Hannah si sarebbe scagliata contro Jack ma forse non avrebbe considerato molto migliore il ruolo di Edie nella vicenda. Da parte sua, Edie non riusciva ancora a vedere la situazione con sufficiente distacco per capire come l'avrebbero considerata anche le persone più vicine a lei. E se la sua migliore amica le avesse fatto mancare il suo sostegno, sarebbe collassata completamente.

Dopo aver riformulato il messaggio tre o quattro volte, si arrischiò a scrivere a Jack.

Non so proprio cosa dire, ma cos'è successo e perché? Chiamami se puoi. E.

Nessuna risposta. Non pensava che ne sarebbe arrivata una. Mai, forse. Doveva scrivere anche a Charlotte, ma ci sarebbe voluto più tempo e più riflessione.

Quando entrò nel suo minuscolo appartamento, si buttò sul divano e scoppiò a piangere a dirotto. Avrebbe solo voluto gridare quelle lamentele infantili: *È un'ingiustizia* oppure *Non è colpa mia*.

Era tutta colpa di Jack. Aveva scelto lui di sposare una donna e baciarne un'altra, ed entrambe stavano pagando un prezzo troppo altro. Edie era furiosa con Jack, ma soprattutto non riusciva a capirlo. Seppure avesse deciso di volerla anche solo come amante, perché compiere il peggior atto di disonestà possibile poche ore dopo lo scambio delle fedi?

All'ora di pranzo trovò la calma necessaria per telefonare al loro capo, Richard. Licenziarsi senza avere un altro lavoro non era solo un disastro professionale, ma anche personale. Detestava l'idea di deludere Richard e rabbrividiva al pensiero che il suo comportamento l'avrebbe disgustato. Un conto è sentirsi disprezzati dalle Lucie Maguire di turno, un altro è sapere di disgustare persone della cui opinione ti importa qualcosa.

Richard era nero, bellissimo e sempre impeccabilmente vestito. Edie immaginava che sarebbe uscito dai rottami di un incidente aereo sistemandosi un gemello sul polsino, con l'ultimo bottone slacciato sul gilet. «Lui non suda» aveva detto Jack, una volta. «Né letteralmente né metaforicamente. Mai.»

Sua moglie era un avvocato di grido e avevano due figli dalle maniere così impeccabili da risultare inquietanti. I colleghi li avevano soprannominati di nascosto *gli Obama*.

Tutti pensavano che Richard avesse un debole per Edie e che lei fosse la sua *preferita*. Edie non sapeva se fosse vero. Se sì, doveva pensare che dipendesse dal fatto che il suo modo di relazionarsi con una persona intelligente come Richard era improntato sull'assoluta sincerità. Molte altre persone reagivano al suo intelletto superiore raccontandogli balle, il che, per usare un'espressione tipica di Richard, era una mossa poco astuta.

Rispose immediatamente al cellulare. «Edie.»

«Richard, mi dispiace tanto disturbarti di domenica.»

«Okay, possiamo omettere la spiegazione del perché.»

«... possiamo?»

«Louis mi ha gentilmente aggiornato sui fatti.»

Mettendo da parte ciò che la cosa le diceva a proposito della lealtà di Louis, Edie disse: «Mi dispiace molto, Richard, ma devo dare le dimissioni. Non verrò in ufficio domani, quindi non devi preoccuparti dell'atmosfera o cose del genere.»

«Sei contrattualmente obbligata a darmi quattro settimane di preavviso.»

«Lo so. Ma viste le circostanze ho pensato che avresti potuto... abbonarmele. Posso prendere una parte di queste settimane come ferie non godute?»

«Non ho ben capito quale metà della coppia infelice verrà e quale no. Sono condannato ad avere due dipendenti in meno e un terzo che piange tutto il tempo?»

«Scusa» disse Edie con un filo di voce.

Richard sospirò. «Perché mai ho accettato un'eccezione alla regola *niente coppie*? Certo, anche quando i tuoi dipendenti non stanno formalmente insieme non è una garanzia, eh.»

Edie non disse nulla.

«Senti, le tue attività nel tempo libero non sono affari miei tranne quando interferiscono con i miei affari.»

«Richard, mi dispiace. Se conoscessi un modo per tornare tornerei, credimi, lo farei.»

«Non voglio prendere decisioni troppo avventate, e nemmeno che le prenda tu. Si dà il caso che io abbia pensato a una soluzione che potrebbe andar bene per entrambi. C'è un lavoro da fare con pochissimo preavviso. Te ne avrei parlato domani. Hai mai sentito nominare l'attore Elliot Owen?»

«Ehm, sì. È in quel telefilm cappa e spada?»

La conversazione aveva preso una piega surreale.

«Proprio lui. Un mio amico che lavora in una casa editrice mi ha scongiurato *in ginocchio* di prestargli un copywriter per scrivere l'autobiografia di questo tizio, dato che il ghostwriter precedente ha dato buca all'ultimo minuto. O al primo, ovvero il minuto in cui si sono conosciuti.»

«Okay...» Edie fece una smorfia.

«È tornato a casa, a Nottingham, per fare non so cosa in televisione. Per la reputazione e non per soldi, o così mi dicono. C'è una finestra di tre mesi a iniziare da oggi per tirargli fuori tutti i suoi aneddoti più esilaranti prima che parta per l'America. Poi quattro o sei settimane per trascrivere il tutto. Sei di Nottingham anche tu, sbaglio? Quindi va'. Va' a trovare i tuoi genitori. L'editore paga bene. Poi, alla fine, vedremo come siamo messi in ufficio.»

«Non ho mai fatto la ghostwriter; non so come si fa» ammise Edie.

«No, ma quanto potrà mai essere difficile? Sarà uno di quei lavoretti semplici, dovrai fingere che quel bel ragazzino dalla testa vuota a soli venticinque anni abbia accumulato una vita intera di saggezza, tanto i lettori guarderanno solo le fotografie. Sai scrivere abbastanza bene per farlo sembrare capace di esprimersi in modo intellegibile.»

Edie tacque.

«Sul serio, è stenografia pura e semplice. Lui parla, tu riformuli le sue spacconate in qualcosa di minimamente coerente.»

Edie tentennò. Da un lato, sembrava una follia. Dall'altro, il suo capo le stava offrendo un modo per pagare l'affitto nel prossimo futuro. E Richard aveva ragione: in alternativa poteva obbligarla, come da contratto, a lavorare in ufficio per quelle quattro settimane.

«Okay» disse. «Grazie per questa occasione.»

«Ottimo. Inizi martedì: i suoi collaboratori si metteranno in contatto con te. Ti spediranno la rassegna stampa via corriere, quindi scrivimi un messaggio con l'indirizzo dei tuoi. A proposito – e te lo riferisco con un'alzata di sopracciglio complice – loro vogliono, testuali parole, "scavare a fondo nel personaggio e tirar fuori qualcosa di davvero succoso". Cerca di ignorare gli argomenti di cui ha già parlato la stampa.»

«*Mmh-mmh*» fece Edie, con la ferma convinzione di chi promette di fare qualcosa che non sa come fare.

«Riferiscimi come sta andando, ogni tanto.»

«Sarà fatto.»

Ci fu una pausa, durante la quale Richard fece un altro gran sospiro.

«Questa parte della conversazione è strettamente riservata. Non potrebbe importarmene di meno di chi ha ragione o torto e di chi ha fatto cosa nel vostro gioco della bottiglia con Jack Marshall. Ma trovo deludenti i tuoi gusti.»

Edie ne fu sorpresa e riuscì a dire soltanto: «Oh?».

«Mi sei sempre sembrata una donna intelligente, oltre che competente. Lui è una persona irrilevante. Impara a riconoscere le persone irrilevanti. Da uno che non sa neppure chi è non puoi aspettarti che gli importi qualcosa di chi sei tu.»

Meravigliata, Edie annuì obbediente e poi ricordò che erano al telefono. «Okay. Grazie, Richard.»

«Ah, Edie? Sono certo che non sia necessario dirlo, ma date le circostanze non voglio lasciare nulla al caso.»

«Sì?»

«Il consiglio era di scavare a fondo nel personaggio, non di entrargli nelle mutande. E lasciamo da parte la faccenda del *succoso*. Per carità di Dio, non finire a letto con Elliot Owen.»

# 10

Edie pagò un biglietto di prima classe per tornare a Nottingham, benché costasse molto di più, viaggiando di lunedì. L'ultimo lusso della condannata a morte: un Big Mac con patatine extralarge.

Era sgradevole, lo sapeva, paragonare la propria città natale alla sedia elettrica. Tuttavia...

Tra i venti e trent'anni, chiunque sia riuscito a fuggire a Londra rabbrividisce al pensiero di tornare a vivere in provincia. Edie era una di loro. Loro erano quelli che ce l'avevano fatta, e ogni weekend si godevano il successo. Al venerdì, quando beveva nei pub più gremiti di Soho, Edie si sentiva al centro dell'universo.

Poi, lentamente, il vento era cambiato. La gente si sposava e si metteva a fare figli, e voleva buone scuole e un giardino. Tanto nel weekend non sarebbero comunque andati in giro a esplorare la ricca offerta culturale e le centinaia di negozietti particolari della città. Anche chi non aveva famiglia si stancava di fare il pendolare, della concorrenza spietata, dei prezzi assurdi degli immobili, del modo in cui la geografia di Londra rendeva impossibile la spontaneità sociale.

Gradualmente, le stesse persone che avevano proclamato a voce alta, dopo qualche pinta, che il resto del paese era una discarica retrograda e abitata solo da elettori dell'UKIP, iniziavano a idealizzare la provincia. Trovarsi a due passi da casa dei nonni, portare a spasso il cane, un pub di quartiere dove tutti ti conoscono per nome. Arrivare in centro in dieci minuti era una comodità desiderabile, non più una conseguenza del vivere nella contea del Nienteshire.

Come diceva Charlotte per giustificare il mutuo a St Albans: «Adesso che puoi trovare un caffè decente e bere un cocktail quasi ovunque, non c'è più bisogno di vivere a Londra».

E di nuovo Edie era quella strana, perché non la pensava così. Londra non era una questione di cocktail, per lei. Le era sempre sembrato e continuava a sembrarle un successo straordinario. Londra era l'anonimato, era la libertà. A Londra Edie si era reinventata. Un indirizzo a Londra, benché solo un piccolo bilocale in affitto a Stockwell, era quasi tutto ciò che poteva dire di aver costruito, a trentacinque anni. Sì, tutti gli amici che aveva avuto all'altra agenzia prima di Ad Hoc se n'erano andati dalla città. Dopo i trent'anni scattava l'esodo. Ma Edie era rimasta lì.

Guardando la campagna fuori dai finestrini del treno, continuava a pensare: FERMATI. *Stai andando nella direzione sbagliata.*

Tornava a casa solo a Natale, se poteva. Era orribile, per lei. Era particolarmente difficile perché le sembrava che tutti gli altri tornassero in una scena bucolica da pubblicità del supermercato, in fattorie con le travi di legno e le pareti coperte d'edera e la neve spray sui davanzali. Si parlava animatamente delle tradizioni: il salmone affumicato e il pigiama pulito la vigilia di Natale, Frank Sinatra mentre si aprivano i regali, champagne e tartine, partite a Monopoli, fiocchi di neve e gattini.

La procedura standard per Edie era la seguente: si inventava un motivo per cui doveva lavorare fino alla mattina della vigilia e malediceva gli anni in cui la vigilia cadeva nel weekend prolungando la sua agonia.

Si sentiva in colpa per la voce delusa di suo padre: «Oh, non riesci proprio a partire prima? Oh, okay».

Richard doveva cacciarla fisicamente dall'ufficio. «Non voglio andarmene» si lamentava lei.

«Sei condannata a una piacevole cittadina di provincia con un bel lago per le gare di canottaggio dell'università, porca miseria, non a Mordor. Ora vattene: stai solo leggendo il sito di BBC News e quelli delle pulizie vogliono entrare.»

Edie prendeva il treno a St. Pancras, finendo su quello pieno di ritardatari ubriachi. Arrivata a Nottingham, andava subito da Marks & Spencer, dove comprava tutto il cibo che riusciva a trasportare e un grande mazzo di fiori. Poi saliva su un taxi per Forest Fields, una decina di minuti a nord del centro città.

Si faceva lasciare in fondo alla strada, così sua sorella Meg non sentiva il rombo del motore e non le faceva la predica su quanto fosse ecologicamente preferibile arrivare lì in autobus: «Guarda» le avrebbe detto non appena fosse entrata in casa, mettendole in mano l'orario degli autobus. Cosa che le faceva venire voglia di spostarsi unicamente su un trono d'oro zecchino a motore alimentato da lacrime di unicorno.

Cercava di non avvilirsi troppo mentre entrava nella vecchia e angusta villetta bifamiliare avvolta in una nube di fumo di sigaretta, libri impilati contro le pareti e sulle scale, carta da parati che si staccava. Edie salutava con un abbraccio suo padre Gerry, nel suo maglione mangiato dalle tarme, il volto spigoloso come una statua dell'Isola di Pasqua. Non si sarebbe mai indovinato che Edie, suo padre e Meg fossero parenti, perché non si somigliavano affatto e Edie non riusciva a non considerare rivelatore quel dettaglio.

Meg aveva un viso molto rotondo, mentre Edie aveva il mento affilato, gli occhi piccoli e azzurri, mentre quelli di Edie erano scuri e grandi come quelli di una bambola, e si ossigenava solo in parte i capelli castani che portava in dreadlock infeltriti raccolti in una coda di cavallo alta, che la faceva sembrare un ananas.

Edie metteva la spesa in frigo mentre Meg si aggirava in cucina lamentandosi perché il pollo toccava i suoi würstel al tofu, e in sostanza si comportava come se avesse ospite in casa la famiglia reale saudita.

Meg era una vegana militante, e se Edie voleva qualcosa di simile a un arrosto natalizio doveva portarselo e lottare per i suoi diritti. Si era offerta di portare la famiglia in un pub per il pranzo di Natale, ma Meg lo considerava uno scandaloso sfruttamento del proletariato costretto a lavorare nei giorni di festa.

Con sollievo, Edie infilava i fiori in una brocca che, nel caos della cucina, era un po' come disegnare un vezzoso neo su un cadavere. Poi, con falsa allegria, stappava una bottiglia di vino. Se lo scolava per affogare almeno in parte i dispiaceri ed evitare di ricadere nell'annuale contesa con suo padre e sua sorella: fumare sulla soglia della porta sul retro, con l'aria gelida e puzzolente di fumo che rientrava in cucina, equivaleva o meno a *non fumare in casa*?

Da tempo avevano eliminato i regali dal Natale. Il padre di Edie percepiva una pensione dall'università e Meg era praticamente disoccupata, e in ogni caso nessuno avrebbe saputo cosa regalare all'altro. Quindi si ubriacavano mentre Edie cercava di preparare sette portate in una piccola cucina senza che carne e latticini *osassero guardare* in direzione degli spartani ingredienti di Meg.

Meg si arrabbiava sempre di più perché l'insensibile Edie osava calpestare il loro stile di vita anti-crudeltà, e Edie, ubriaca di spumante cava, si tratteneva a stento dal ribattere che le sembrava molto crudele nei confronti del suo appetito.

Con sua sorella e suo padre parcheggiati davanti a una replica dell'*Uomo di neve*, Edie doveva spostare i mucchi di copie impolverate del *New Scientist* dal tavolo della sala da pranzo, che veniva usato una volta l'anno, solo in quell'occasione, e trovare stoviglie pulite e più o meno simili tra loro.

Consumavano un pranzo raffazzonato con al centro una Striscia di Gaza fatta di candele che separava il cibo di Edie, degno di Enrico VIII, dal banchetto di fagioli dell'irritata Meg. Se il padre commetteva l'errore di fare i complimenti a Edie per uno dei suoi piatti, Meg diceva: «Il succulento sapore dell'omicidio. Il gusto della macellazione violenta. Mi tocca mangiare con la morte nelle narici».

A quel punto, solitamente Edie ribatteva: «Be', e noi dobbiamo mangiare con i piagnistei hippie nelle orecchie» e Meg: «Sì, perché qualsiasi cosa si discosti dalle tue scelte è *hippie*. Perché non te ne vai a pranzo dalla regina, contessa dei miei stivali». E così via.

Eccola, la magia del Natale. Se riuscivano a mettersi d'accordo su un programma televisivo, trovavano qualche ora di tregua; ma se gli animi si scaldavano, o se Meg iniziava a parlare di politica, era l'inizio della fine.

Due anni addietro si era verificato uno scontro più acceso del solito, quando Meg aveva tenuto un lungo comizio sullo scandalo dei mancati finanziamenti alla sanità pubblica. Edie era sbottata: «Lo sai come si finanzia la sanità? Con le tasse, provenienti dalle persone che hanno un lavoro e *pagano le tasse*».

Nel litigio che ne era seguito, Meg l'aveva tacciata di essere uno *scimpanzé consumista* e una *nazista in gonnella*, e Edie aveva risposto che «alcuni nazisti erano donne quindi non ha alcun senso, e lo sapresti se al college avessi studiato invece di saltare le lezioni per farti le canne e dare dei fascisti ai professori». Un'osservazione che aveva contribuito molto a calmare le acque.

Il padre era andato in sala da pranzo a suonare il vecchio pianoforte. Per lui, cercare di appianare i litigi tra le figlie era come disinnescare una bomba: c'era il rischio di tagliare il filo sbagliato. Meglio starne fuori.

A metà pomeriggio Edie aveva ricevuto un messaggio da Jack:

Dobbiamo parlare del fatto che questo sia, in sostanza, il giorno peggiore mai inventato?

e le era venuta voglia di baciare il telefono; si era esibita in una piroetta abbracciandolo e canticchiando sottovoce. Le poche ore felici in cui si era scambiata messaggi con Jack erano state l'unico piacere di quella giornata. Lui la capiva, anche lui odiava il Natale! Anime gemelle! E le sue battute sui suoceri erano così divertenti!

L'unico altro sollievo, in quell'esperienza, era riuscire a bere una pinta a Santo Stefano con Hannah e Nick, i vecchi amici di scuola, ma ogni anno diventava più difficile. Hannah aveva una splendida casa a Edimburgo e aveva iniziato a invitare i genitori da lei, mentre Nick aveva una moglie – una vera nazista in gonnella, a quanto Edie aveva potuto vedere – e un bambino piccolo, e ultimamente diceva che non lo lasciavano uscire.

Il 27, il giorno in cui tornava a Londra, Edie era praticamente euforica. Cercava di non darlo a vedere al padre, ma la fretta con cui faceva i bagagli e l'allegria che provava erano difficili da nascondere.

Le due emozioni principali durante le visite a casa erano il senso di colpa e la delusione, che si alimentavano a vicenda. Più si sentiva delusa, più si sentiva in colpa. Nonostante le migliori intenzioni, non riusciva mai a nascondere del tutto il fatto che detestava trovarsi lì, costretta a interpretare la sua parte nel film a tre voci di Mike Leigh in cui erano intrappolati.

Riusciva a sopravvivere a quell'incubo solo perché sapeva che poi sarebbe tornata alla sua vita londinese. Tutto dipendeva da quel cast di persone giù al Sud che la vedevano come la simpatica e spiritosa Edie, che ce l'aveva fatta e ora si godeva la vita. Che non era una fallita o una figlia assente. Che non era una sorella detestabile.

Adesso si trovava di nuovo reinventata, ma non era stata lei a reinventarsi. Era la Edie disprezzata, la puttana rovinafamiglie. Londra la odiava, adesso. E neanche Nottingham la voleva o la capiva.

Mentre il treno entrava nella stazione d'arrivo, gli occhi le si riempirono di lacrime calde. Tre mesi in quel posto. E dire che di solito *Natale* è sinonimo di un periodo di serenità, no?

# 11

Il padre di Edie era felicissimo di vederla, il che le fece provare il consueto rimorso. Aveva valutato la possibilità di andare in albergo e aveva stabilito che era impossibile, perché avrebbe ferito profondamente suo padre e perché, comunque, albergo + affitto di Londra = cifra esorbitante. Niente da fare, doveva tornare a casa. Spiacente, Meg.

«Tre mesi?» aveva detto suo padre. «Non stavi a casa così a lungo fin da prima dell'università!»

Edie si sforzò di sorridere e gli diede ragione. Si abbracciarono nell'angusto ingresso dalle pareti con l'intonaco ruvido che le ricordava il risolatte. Trascinò il trolley ai piedi delle scale e posò la giacca sul corrimano. Vivevano in quella casa minuscola ma accogliente fin da quando suo padre era andato in prepensionamento per motivi di salute, quand'erano ancora bambine. Aveva avuto un esaurimento nervoso, ma loro non lo chiamavano mai con quel nome.

«Siamo diventati una famiglia pienamente vegana» annunciò Meg a mo' di saluto, uscendo dalla cucina. Indossava una maglietta con la foto segnaletica di Jane Fonda col pugno alzato e un paio di leggings a stampa geometrica che facevano difetto sull'inguine. «Quindi non portare in casa alcuna sostanza contenente carne o latticini, altrimenti va dritta nella spazzatura.»

«Non dire sciocchezze, Megan» disse il padre, tutto allegro. «Potrà ben mangiarsi una fettina di bacon ogni tanto, se le va».

«Bacon?» strepitò Meg. «No che *non può*! Hai mai sentito il rantolo di un maiale agonizzante?»

«No, ma se me lo canticchi cercherò di impararlo.»

Come al solito, lei e Meg non parlavano davvero dell'argomento di cui stavano discutendo. L'oggetto del contendere non era il bacon, ma il fatto che Meg respingeva suo sorella come una forza ribelle che avesse invaso il suo territorio.

Non era sempre stato così. Quand'erano piccole Edie era un'eroina per lei, che le trotterellava dietro come un anatroccolo, e Edie era fin troppo protettiva, quasi più madre che sorella maggiore. Le cose avevano iniziato a cambiare quando Edie era andata all'università e si era trasferita a Londra. Al suo ritorno aveva scoperto di essere diventata un cattivo da operetta. La sua popolarità, un tempo così semplice nella sua potenza, si era irrancidita completamente. E una volta perduta, era impossibile riconquistarla. Meg covava un rancore perenne, come se Edie fosse un gigantesco imbroglio, e ogni parola che le usciva di bocca non faceva che confermarlo. Un sacco di volte era sbottata e aveva gridato a Meg: «Qual è il tuo problema?» ma non era una domanda retorica. Edie sospettava che il problema fosse che, secondo sua sorella, le sue scelte di vita la qualificavano come una venduta al Sistema: una persona falsa, superficiale, senza principi.

«Non importa, posso mangiare carne quando sono fuori casa» disse Edie, cercando di mantenere la promessa fatta a se stessa: niente litigi almeno il primo giorno.

Meg sbuffò, irritata da quello stratagemma così tipico di sua sorella.

Un deciso picchiettio di nocche sul legno sottile della porta di casa fece trasalire tutti.

«Ti sei portata i rinforzi?» chiese il padre.

Edie lo aggirò e andò ad aprire, temendo che potesse trattarsi di un pezzo di cacca in una scatola con il fiocco, o qualcosa del genere, con su scritto *Saluti dall'ufficio*. A quel punto avrebbe dovuto spiegare tutto.

«Thompson?» disse un corriere in motocicletta, e le porse una busta formato A4 chiedendole di firmare la ricevuta elettronica su un palmare. L'adrenalina si placò quando Edie vide il timbro della casa editrice e capì che erano gli Archivi Elliot Owen.

Quando richiuse la porta vide il padre e la sorella che la guardavano, di nuovo, come se gli fosse piombata in casa Joan Collins.

«Ritagli di giornale. Per un'intervista che devo fare a un attore, per la sua autobiografia» spiegò.

«Che progetto interessante» disse il padre, in tono cortese. «Posso aver visto qualche suo film?»

«La serie fantasy *Sangue & Oro*. Se l'hai vista.»

«Ah no. Non mi sembrava il mio genere. Ho letto Tolkien, con i nani in armatura sono a posto per il resto della vita.»

«La serie che è stata accusata di sessismo, ogni cinque minuti dicono: "Oh, guarda, mi sono uscite le tette dal corsetto di lucertola, *di nuovo*"» spiegò Meg, e Edie rise.

«Esattamente.»

Ancora una volta Meg sembrò irritata dal fatto che sua sorella fosse d'accordo con lei. «Perché scrivi un libro su di lui, allora?» domandò.

«Per i soldi» rispose Edie.

«Non devi dire di sì a tutti quelli che ti pagano, sai.»

«No, solo ad alcuni, per non morire di fame. Posso portare le mie cose in camera mia, papà?» chiese Edie, prima che Meg prendesse il via.

«Sì, certo. Ho tolto il bucato da lì e gli armadi sono quasi tutti liberi.»

Edie lo ringraziò, si mise la busta sottobraccio e portò l'enorme valigia su per le scale ingombre di libri.

Si sentiva addosso lo sguardo di Meg, sospettoso e imbronciato. Avrebbe potuto spiegarle che non era tornata a casa per rovinarle la vita, o per pavoneggiarsi, e che la sua esistenza era andata a rotoli in modo spettacolare.

Ma a cosa sarebbe servito? Se anche le avesse creduto, senza dubbio avrebbe pensato che Edie se la fosse cercata, comportandosi da schiava sessuale del patriarcato o qualcosa del genere.

Non che lei fosse in disaccordo con gran parte dei principi di Meg, semplicemente non intendeva diventare vegana in prima persona. Ma di fatto non serviva a nulla dirsi d'accordo con Meg, perché le sue opinioni esistevano al solo scopo di rimarcare la differenza tra se stessa e quasi tutto il resto del mondo, in particolare la sorella maggiore. Quando Edie le dava ragione, lei la considerava una mancanza di rispetto e una macchia sul proprio onore.

Edie si lasciò cadere sul letto: notò con gratitudine che suo padre aveva messo lenzuola pulite, e per giunta erano un paio blu sbiadito e risalente alla sua infanzia. Pensò di disfare i bagagli, ma sarebbe stato come acconsentire a una permanenza prolungata.

Aveva sperato che, se non altro, Nottingham l'avrebbe consolata dopo ciò che le era successo a Londra. Stare lì seduta a guardare i vecchi armadi a muro, che risalivano ai

tempi in cui suo padre si dilettava ancora di falegnameria, e il vuoto di quella stanza senza più le sue cose dentro
– a parte qualche vecchio vestito su appendiabiti di plastica
dentro gli armadi – la fece sentire peggio di prima.

Lì nel vuoto, nulla le impediva più di ululare: non c'era
nessuna routine a cui aggrapparsi. Posò il beauty case davanti allo specchio, quello in cui si era guardata mille volte da ragazzina per applicare grandi quantità di kohl prima di uscire a bere un miscuglio illecito inventati da lei e
Hannah: il Poke, una miscela di porto e coca.

Tirò fuori il telefono dalla tasca della giacca e vide un
messaggio di Louis.

Ehi bellezza, come va? Xx

Non benissimo, ma grazie di avermelo chiesto. Hai parlato
con Richard? X

Sì, volevo risparmiarti la seccatura. È rimasto imperturbabile come sempre. Quanto starai via? Sentiamo tutti la tua
mancanza, sai <3

Come no! Edie ci avrebbe scommesso che dicevano tutti così. Louis era una tale serpe. Per lui era un sogno che si
avverava: una catastrofe che si collocava nell'intersezione sul
diagramma di Venn della sfera personale e di quella professionale. Sapeva fare lo spettatore entusiasta e il grande fac-
cendiere, bisbigliare all'orecchio di tutti, avere l'unica linea
diretta con la cattiva della situazione. Per Edie era il Vie-
tnam, per lui *House of Cards*. Aveva cancellato le foto da Instagram per prendere le distanze da Edie, e aveva chiamato Richard solo per smuovere le acque e per farsi un'idea del

destino di lei. E ora voleva che lei gli dicesse se era stata licenziata, così avrebbe potuto diffondere anche quella notizia.

Mi fa piacere. Tre mesi.

ODDIO, tre mesi! Aspettativa retribuita?

Louis la credeva stupida? Edie sapeva benissimo che in quel preciso momento lui avrebbe alzato gli occhi dal telefono e avrebbe detto: «Dio, ma senti qua, ha vinto tre mesi di vacanza per aver rovinato il matrimonio di Jack e Charlotte». Un falso amico era l'unico genere di amico che restasse a Edie in quell'ufficio, e questo lo sapevano entrambi.

Non un'aspettativa, ma un progetto a Nottingham. Come sta Charlotte?

Nessuna risposta. Ma certo. Il fatto che Edie chiedesse di Charlotte non si intonava con la versione ufficiale, e Louis non ci guadagnava niente a rispondere.

Si alzò dal letto e corse giù dalle scale. Suo padre era in cucina e stava pescando una bustina di tè da una tazza.

«Volevo dire che stasera offro io la cena, per ringraziarti dell'ospitalità! Potremmo andare fuori. O ordinare fish and chips. O solo chips per Meg. Come preferite.»

«Cucino io» annunciò Meg dal salotto. «I fagioli sono già a mollo. E poi quel fish and chips non usa aree separate per la preparazione degli alimenti. Gliel'ho chiesto, ho scoperto che è tutto contaminato. Quindi non gli do più un soldo.»

*Ma certo, figuriamoci*, pensò Edie.

«Be', okay. Magari domani?» disse, con una stretta al cuore, quando vide suo padre che annuiva. Meg era una pessima cuoca. Era un dato di fatto. Non aveva mai incontrato un condimento che le piacesse. L'uniforme consistenza di tutti i suoi piatti, stufati, brasati e stracotti era *poltiglia per nulla appetitosa*. Disprezzava le ricette perché ponevano vincoli alla sua creatività; in pratica si limitava a tritare roba e mescolarla ad altra roba.

La maggior parte dei pessimi cuochi è consapevole di esserlo e limita l'esposizione altrui alla propria cucina, in modo da non rappresentare un pericolo pubblico. Meg invece era felicemente ignara o stranamente sadica: più Edie giocherellava con il cibo, più il padre si dichiarava *piacevolmente sazio*, e più lei versava cucchiaiate e diceva: «È ricco di ferro» o cose del genere.

C'era una devozione aggressiva nel modo in cui imponeva loro quel cibo: non era il cibo a dover diventare più buono, erano le loro menti a doversi aprire.

Tornò al piano di sopra pensando che quella sera avrebbe mangiato il Paté di Fogna di Meg per farla contenta, e poi l'indomani sarebbe andata al supermercato per cercare di riempire la dispensa di roba commestibile. Forse avrebbe persino nascosto un pacchetto di würstel dentro a un sacchetto di riso.

Non sapeva cosa fare nel bel mezzo di un lunedì pomeriggio fuori dall'ufficio. Sentiva fisicamente la mancanza della vita a cui non poteva tornare. Ora non ne era più separata solo dalla geografia. Non poteva neppure sfogarsi con un bel pianto e scendere a cena con gli occhi rossi e gonfi, perché poi avrebbe dovuto spiegare qual era il problema. La busta con il suo nome giaceva al centro del letto.

Al diavolo. Non poteva evitare Elliot Owen. Probabilmente era una delle poche donne nel paese per cui quell'opportunità fosse sprecata.

# 12

Era strano conoscere una persona attraverso la sua rassegna stampa, ma Edie immaginò che fosse passato un po' di tempo dall'ultima volta che Elliot aveva incontrato qualcuno che non avesse già letto in giro di lui.

Com'era quella citazione a proposito di Paul Newman? Qualcosa del tipo: «Era gentile quanto ci si potrebbe aspettare da un uomo che non si sente dire di no da venticinque anni».

Il fotogenicamente malinconico Elliot Owen non doveva sentire la parola *no* da almeno cinque. Dalle labbra di una donna, poi, forse non l'aveva mai sentita.

La sua biografia non era molto interessante. Aveva trentun anni, e non venticinque come aveva detto Richard. La stessa età di Meg, ma si era dato più da fare. Nato in un'agiata famiglia borghese nell'elegante quartiere di West Bridgford a Nottingham, aveva frequentato una scuola statale più prestigiosa di quella di Edie, aveva partecipato a un laboratorio teatrale per una televisione locale, era stato scoperto da uno scout. Si era trasferito a Londra ed era finito in un noioso telefilm medico, dopodiché aveva trascorso un po' di tempo in una soap opera e poi in una sitcom che era durata poche puntate.

Aveva interpretato l'oggetto del desiderio della protagonista in un video di una terribile band emo-rock americana per una canzone intitolata *Crumple Zone*, che aveva riscosso un grandissimo successo negli States e l'aveva reso famoso, fruttandogli il ruolo in *Sangue & Oro* con cui aveva definitivamente sfondato.

Nei panni del principe Wulfroarer, nell'epica e turbolenta serie fantasy nota per le pugnalate alle spalle, le grida belluine, le tette di fuori, gli intrighi e le tette di fuori, all'improvviso era diventato un sex symbol avvolto in una pelle di lupo. Nobile e spavaldo condottiero del Nord – il suo motto: *Per le spade dei miei Fratelli!* – si innamora di una servetta di nome Malleflead. Purtroppo sarà la sua rovina, perché anche il machiavellico conte Bragstard concupisce quella fanciulla. Il principe Wulfy muore quindi, infilzato su una lama affilata, al termine dell'ultima stagione, rivolgendo queste tragiche parole alla sua inconsolabile concubina, prima di mordere la capsula di sangue finto: «Io sono il mio Regno» – il suo intercalare preferito – «ma sacrificherei tutto per te». La sua morte aveva sollevato una ridda di ipotesi sul rischio che le spettatrici abbandonassero la serie in massa.

Edie era rassegnata all'idea che Elliot fosse, nella migliore delle ipotesi, noioso; nella peggiore un moccioso viziato e insopportabile. Il fatto che il ghostwriter precedente se ne fosse andato subito era un pessimo segno.

Non pensava che quell'aspettativa costituisse un pregiudizio da parte sua: era semplice logica. Prendi un ego maschile, fagli piovere addosso tutte quelle attenzioni, pagalo milioni, circondalo di fan adoranti, assumi una persona il cui lavoro consiste unicamente nell'asciugargli le ascelle con un phon, e così via. Per sopravvivere a tutto ciò *senza* diventare stronzi occorre essere una persona di grande carattere. E quindi bisognava scommettere sul fatto che la persona in questione, oltre ad aver ricevuto tutti quei doni da Madre Natura, fosse anche una specie di Gandhi.

Tanto vale andare alla ricevitoria all'angolo e aspettarsi che un terno al lotto ti paghi il mutuo.

Edie sfogliò le foto di lui sul set, nei panorami selvaggi e bellissimi del paese dell'est Europa che rappresentava Porto di Pasqua, o forse era Valledorata. Non aveva visto molte puntate di *Sangue & Oro* e non ricordava mai i toponimi.

Elliot, che aveva i capelli castano scuro un po' ricci, per *Sangue & Oro* se li era dovuti tingere di nero corvino; inoltre aveva dovuto mettere lenti a contatto color verde drago. Aveva una di quelle mandibole squadrate che un disegnatore avrebbe saputo riprodurre con tre tratti di matita e labbra carnose che Edie gli invidiava, perché le aveva sempre desiderate così.

Era chiaro perché fosse così famoso. Non era una bellezza sensibile o interessante, a modesto avviso di Edie. Era una bellezza da pin-up, così banale da essere ridicola, fatta apposta per piacere alle ragazzine dal palato ancora facile. L'equivalente sessuale del frappé alla fragola.

Alla Ad Hoc, Charlotte e le altre colleghe si struggevano e sospiravano per Elliot Owen, al che lei commentava: «Mah, sembra quello con la T-shirt APPRENDISTA BARISTA che ti fa il cappuccino amaro e con la polvere di caffè dentro» e Jack rideva e le dava ragione. Poi Jack riferiva le voci secondo cui Elliot giocava per il Manchester City, non per il Manchester United e tutte le donne dicevano in coro: *Noooooo.*

Edie doveva mettersi al lavoro: dopo la rassegna stampa aveva da leggere anche un mucchio di autobiografie di celebrità, e non era una prospettiva piacevole. Perlomeno così non gli avrebbe fatto domande scontate, dandogli una scusa per andarsene.

Avrebbe iniziato da suo un recente profilo apparso in un supplemento domenicale. Sfogliò una serie di foto bluastre di Elliot, l'avambraccio sulla fronte, con l'espressione di chi ha appena ricevuto una pessima notizia. Titolo: IL RE DEL FANTASY.

*Le buone maniere impongono di non tenere accesi gli abbaglianti per non accecare chi proviene dalla direzione opposta. Quando Elliot Owen entra a lunghi passi nella penombra del ristorante alla moda dell'East Village che ha scelto per il nostro incontro, non si può fare a meno di domandarsi se gli piacerebbe accendere i fari al massimo. Quando chiede dove sia il suo tavolo, le cameriere rischiano di sfracellarsi, accecate dall'intensità del suo sguardo.*

Ma santo cielo, sul serio?

*Raymond Chandler parlò una volta di "una bionda che avrebbe fatto fare a un vescovo un buco in una finestra istoriata". Nel ventunesimo secolo, Owen è un bruno che potrebbe ridurre un monastero in tizzoni fumanti.*

Sì, è così che funziona la religione, pensò Edie: è solo che le suore non hanno incontrato uomini abbastanza fighi, quindi si sono rassegnate a sposare il figlio di Dio come ripiego. *Che gente.*

*Con maniere impeccabili, Elliot mi chiede cosa prendo.*
*«Coca Light, vero?» Chiama la cameriera, che ci sta an-*
*cora fissando. Se Elliot se n'è accorto, non lo dà a vedere:*
*un gentiluomo vecchio stampo, nei panni moderni di cami-*
*cia e jeans. «Possiamo avere una Coca Light e... che birre*
*avete?» La cameriera trema mentre gli offre una Budwei-*
*ser. «Ah, non mi piace molto la Budweiser. Evidentemente*
*non ho ancora passato abbastanza tempo qui» dice con quel*
*sorriso pigro e devastante, e la cameriera rischia di ovulare*
*seduta stante. «Ma va bene lo stesso.» E cosa intende per*
*qui? L'America, o i riflettori sotto cui si trova ora? Sem-*
*bra spuntato dal nulla... «O da Nottingham, come preferia-*
*mo chiamarla» mi corregge, acuto come un'aquila. Ecco di*
*nuovo quel sorriso disarmante.*

*Cristo, ma queste sono fesserie di prima categoria*, pensò
Edie. *Incredibile: Uomo Ordina Birra*. È solo una persona, fa
la cacca come tutti noi. Inoltre, perché prende in giro Nottingham? Edie sentì ribollire in sé l'indignazione e capì che
era un po' ipocrita.

*New York non è a corto di celebrità e i suoi abitanti più in*
*vista sono ben allenati a ignorare le persone famose. Ma*
*Elliot Owen è così incandescente, al momento, che anche*
*chi non ci sta guardando sta comunque guardando.*

Come si fa di preciso a guardare e *non* guardare allo
stesso tempo? Edie avrebbe voluto chiederlo alla giornalista. Inoltre era curiosa di sapere come si facesse ad accom-
pagnare qualcuno al proprio tavolo e contemporaneamen-
te soccombere in un incidente stradale. Ah, e anche cosa
volesse dire *rischiare di ovulare*.

*Il motivo, ovviamente, è* Sangue & Oro, *la serie fantasy che ha scatenato le fantasie femminili grazie al suo eroico, tormentato, tragico protagonista, il principe Wulfroarer. Con una bellezza byroniana che saprebbe slacciare un corsetto a trenta passi di distanza, Owen solcava i panorami selvaggi delle Otto Isole come un Heathcliff guerriero fuso con Mr Darcy. E come Mr Darcy, il suo cuore freddo e fiero si era sciolto per una donna di classe sociale inferiore. Nelle mani di un attore meno abile, il principe avrebbe potuto...*

*Oddio, basta,* pensò Edie, e iniziò a scorrere rapidamente il resto. Ecco, lì parlava della serie ambientata a Nottingham.

*Ora ha il mondo in pugno, eppure chiarisce di non essere interessato a fare guadagni facili interpretando ruoli decorativi. Il suo primo lavoro, dopo aver appeso al chiodo l'armatura di Wulfroarer, è una serie poliziesca piuttosto cruda e relativamente a basso budget, ambientata nella sua città natale, Nottingham, e intitolata* Gun City.

*Scritto e diretto da Archie Puce, l'ex enfant terrible della cinematografia britannica che ha fatto furore vincendo un* BAFTA *con il film di fantascienza* Interregnum *ed è famoso per l'abitudine di spingere al limite i suoi attori e far passare le pene dell'inferno agli studios e ai giornalisti.*

*Owen e la sua co-star americana, Greta Alan, hanno accettato una netta riduzione dello stipendio per far parte di* Gun City, *nei panni dei due detective che svelano il mistero del corpo di una donna, rinvenuto senza abiti e a gambe e braccia aperte in una fontana del centro città, il giorno di Natale.*

84

«*Quando Archie mi ha contattato ero entusiasta*» rac-
conta Elliot. «*Tutti vogliono fare buona impressione sulle persone difficili da impressionare, e Archie appartiene
sicuramente a questa categoria. Quando mi ha spiegato
l'idea alla base di* Gun City, *ovvero puntare i riflettori sui
veri problemi di ordine pubblico che affliggono la regione,
ho capito che non avrei mai lasciato questo ruolo a qualcun
altro. Non da ultimo perché è la città in cui sono nato. È
bello passare un po' di tempo a casa.*»

Edie non avrebbe dovuto sentirsi indispettita, ma quella roba la irritava moltissimo. Come se la città dovesse essere grata al ricco espatriato Elliot Owen che le dava visibi-
lità quale violenta metropoli criminale.

Il resto della rassegna stampa non era all'altezza di
quell'agiografia in tempesta ormonale. I quotidiani e le ri-
viste femminili erano interessati soprattutto al fatto che Elliot uscisse con una bella attrice britannica di nome Heather Lily – *Erica Giglio*? Due fiori? Estremamente fragrante.

Apparivano insieme nelle ultime foto dei paparazzi da
New York, Elliot con quel tipico outfit da tempo libero:
giubbotto da netturbino sicuramente costosissimo e scar-
poni malandati ad arte, con due bicchieri di Starbucks in
mano. La fidanzata era solo un nasino perfetto che spun-
tava da sotto una massa di folti capelli biondi, seguita da
una pallina di pelo al guinzaglio. Perché le starlette hanno sempre un cagnolino? Forse per evitare le associazioni
mentali con le vecchie gattare.

*Mmh.* Edie doveva ammettere che la foto numero cinque ritraeva molto bene l'angolo del mento di Elliot, mentre
si sporgeva dal marciapiede per chiamare un taxi. Si scoprì
risucchiata in quel vortice di banalità e pensò che la società

era ridotta davvero male, se trovava affascinante l'idea di una coppia che prende un caffè.

Rimise i ritagli nella busta e si sdraiò sul letto. Suo padre doveva ancora trovare i soldi o la voglia per risolvere il problema dell'umidità nel retro della casa, quindi le pareti bianco sporco di quella stanza si afflosciavano e si gonfiavano come una torta nuziale lasciata sotto la pioggia. Gli spettrali resti della sua identità adolescenziale riempivano la stanza: le macchie di unto lasciate sulle pareti dai gommini per attaccare i poster, i pezzi di adesivi strappati, la fase New Kids on the Block.

Un tempo Edie era ossessionata dalle decalcomanie fosforescenti e aveva tempestato il soffitto blu scuro della sua stanza con una costellazione di stelle, mezzelune e comete di carta verdastra.

Restò sdraiata sul letto a fissare l'universo sul soffitto, nella luce torbida del tardo pomeriggio. Tanti anni prima se ne stava distesa lì a pensare che il mondo era grande e che un giorno ci si sarebbe avventurata.

Era andata proprio bene.

# 13

«Dove si va, cara?» chiese il tassista, mentre entrambi guardavano verso ettari di deserto popolati solo da brutti container squadrati e qualche roulotte.

Sembrava proprio che fare drammi – nel senso di girare film drammatici – fosse meno entusiasmante di quanto Edie si fosse aspettata. Quando gli assistenti le avevano comunicato i dettagli del suo primo incontro sul set con Elliot Owen, si aspettava che le dessero appuntamento in un vecchio municipio che stavano riadattando per farne una biblioteca infestata dai fantasmi, o qualcosa del genere.

Invece aveva ricevuto le coordinate di una zona industriale a sud della città, vicino a un ippodromo. Una distesa di fango. *Oh.*

Vide alcuni camion in lontananza e forse qualche essere umano.

«Va bene qui, grazie» disse, dubbiosa, chiedendosi se avesse fatto bene a mettersi un po' di tacco e il suo amato cappottino scozzese con il cappuccio di pelliccia marrone. Jack le chiedeva sempre se fosse *vero gerbillo*. Doveva SMETTERLA di pensare a Jack.

Avanzò a passo cauto verso i vaghi segni di vita in lontananza: uomini in piumino North Face con i walkie-talkie. Stringendo gli occhi riusciva a intravedere, dietro di loro, alcuni riflettori e forse cineprese.

Avvicinandosi, Edie capì che il puntino che le era sembrato qualcuno che raccontava una storia buffa in tono concitato era in realtà un tizio che stava facendo una piazzata. Un uomo magro con gli occhiali e un berretto di lana lungo e stretto era nel pieno di una crisi di nervi: saltellava qua e là gesticolando contro un membro del team North Face dall'aria profondamente costernata.

Erano radunati in circolo e guardavano qualcosa. Man mano che le persone si spostavano, Edie riuscì a vedere cosa c'era al centro dell'attenzione: un nano da giardino con una campanella sul cappello che reggeva un annaffiatoio con un gesto elegante.

Edie sospettò, a causa dell'atmosfera di soggezione e reverenza, che l'urlatore fosse l'*enfant terrible* Archie Puce, e che fosse ancora *terrible* benché non più *enfant*. Si era avvicinata abbastanza da sentire cosa dicevano.

«... indietro e prendimi quello CHE TI HO CHIESTO, PORCA PUTTANA, COSA CAZZO È QUESTA ROBA? Riesci a cogliere il significato del Buddha, Clive? Ti rendi conto del perché questa scena in cui Garratt fa a pezzi una statua di buddha per la RABBIA è IRONICA? Cioè, perché mi scomodo a CREARE ARTE SE DOVETE PRENDERMI PER IL CULO IN QUESTO MODO?»

Molte scrollate di testa, labbra mordicchiate e piedi strusciati. *Cavolo*, pensò Edie, *nemmeno le dive fanno una scenata alle dieci di mattina del primo giorno di riprese.*

Archie agitò un mazzo di fogli che aveva in mano e iniziò a leggere.

*Garratt vede la statuina di terracotta e, infuriato e inorridito dalla sua paradossale giustapposizione con l'efferata scena del crimine che la circonda, distrugge la sorridente e panciuta icona della pace scagliandola ripetutamente contro la recinzione. Insieme a lei va in mille pezzi anche la speranza di Garratt.*

Archie alzò lo sguardo su Clive. «Forse dovevo essere più esplicito, per i duri di comprendonio. Sta commettendo un atto di *iconoclastia*. Cos'è l'iconoclastia, per favore?»

Clive aveva un'aria molto avvilita e molto pallida. Si grattò una guancia. «Spaccare... roba religiosa?»

«Oh, ecco una *rivelazione*. Roba religiosa, dici. Quindi, da un lato abbiamo Buddha, un sapiente illuminato del sesto secolo avanti Cristo nonché fondatore di una religione. Cosa abbiamo invece qui, come suo sostituto?»

Archie lo raccolse.

«Un nano. Uno stronzetto con la barba a punta che si trova nei giardini di periferia. Ci rendiamo conto della differenza? Cosa sta a significare la distruzione di un nano da giardino? *Il trionfo del buon gusto?*»

Edie fu colta all'improvviso da un irrefrenabile accesso di ilarità e dovette ricacciare indietro una risata starnazzante.

Archie lesse la scritta sulla base. «Ninbert. Quindi abbiamo due possibilità, Clive. O troviamo una nuova religione basata SUL CULTO DI QUESTO NINBERT DEL CAZZO OPPURE COMPRIAMO LA STATUA GIUSTA. QUALE DELLE DUE TI SEMBRA PIÙ FATTIBILE TENENDO CONTO DELLE NOSTRE TEMPISTICHE?»

Clive si trovava nella spiacevolissima situazione in cui, durante una scenata, sei costretto a spiegare l'inaccettabile e a scavarti così una fossa sempre più profonda.

«Scusi, era solo un negozio di roba da giardino, non avevano i buddha e... poi ho paragonato le dimensioni...»

«Dimensioni?» chiese Archie. Clive annuì. «La mia testa ha dimensioni paragonabili a quella di una grossa zucca. Farei bene a sostituire la mia testa con una grossa zucca, Clive?»

L'altro scosse la testa.

Archie lanciò Ninbert in aria e gli sferrò un calcio con la punta della scarpa, inducendo tutti i presenti a chinarsi e a ripararsi la testa con le mani.

«Cosa c'è lì dentro?» chiese Archie, vedendo un altro sacchetto dello stesso negozio dietro le gambe di Clive.

«Ehm. Un altro...»

«Tiralo fuori!» strillò Archie.

Clive estrasse sconsolatamente il secondo nano, che se ne stava sdraiato su un fianco a fumare con noncuranza una pipetta per le bolle di sapone; il che, date le circostanze, sembrava avere buone probabilità di far arrabbiare Archie. «E questo chi è, Tonto Baggins?» Controllò il nome: *Boddywinkle.*

Con uno zelo inquietante, calciò via anche quello.

«Questa produzione» disse, togliendosi il berretto e lanciandolo a terra, «è un *covo di idioti.*»

Un tuttofare si avvicinò nervosamente, piegato in due, per raccoglierlo.

*«Lascia il mio berretto dove l'ho messo, stronzo!»* gridò Archie.

Il tuttofare tornò indietro e posò di nuovo il berretto a terra.

Ci fu un momento di silenzio in cui nessuno aprì bocca per non beccarsi qualche insulto. Edie non poteva indietreggiare senza essere notata. Restò immobile, come un piccolo mammifero scosso dai brividi davanti a una tigre

90

in un vecchio documentario. Purtroppo gli occhi sbarrati di Archie stavano correndo su ciascuno dei presenti in cerca di carne fresca, e Edie si era resa particolarmente vistosa, vestendosi come una bibliotecaria carina in un film indipendente, invece di mettersi una felpa di pile come tutti.

«E tu chi cazzo sei?»

Si schiarì la voce mentre tutti si giravano a guardarla. «Edie Thompson. Sono una copywriter... sono qui per intervistare Elliot Owen.»

Archie la ignorò. «Dato che hai deciso di unirti a noi senza un invito, sentiamo che ne pensi del Buddha sostituito da Ninbert e/o da Boddywinkle.»

«Non ho letto la scena.»

«Be', neanche Clive, questo è chiaro.»

«Be'...» Edie stava sudando nella giacca. «Perché dovrebbe esserci una statua di Buddha in una zona industriale di Colwick?»

Ci fu una pausa in cui Archie Puce divenne... be', violaceo. Poi i suoi lineamenti si contorsero in modo spiacevole, come se gli fosse venuto in mente qualcosa di astuto e allo stesso tempo avesse scoreggiato riuscendo a passare inosservato. «E cosa ci fa un nano del cazzo in una zona industriale, allora?»

«Forse perché lei ha mandato Clive a comprarlo?»

Edie non poteva esserne sicura, ma percepì un istante di sconcerto seguito da alcune risate soppresse con uno sbuffo dal naso. Una donna dall'aria stanca, che stava al fianco di Archie e che fino a quel momento era rimasta neutrale, si fece avanti e disse in tono brusco: «Posso vedere un documento?».

Edie posò la borsa per cercare il portafogli e il capannello di persone si disperse tra i borbottii. Quando Edie rialzò lo sguardo, Archie stava tornando verso il set e la pressione dell'aria si era considerevolmente ridotta.

«Quando ha detto che ti avrebbe vista?» chiese la donna, restituendole la patente con aria disgustata.

«Ha detto solo di venire alle dieci.»

«Va bene, aspetta qui.»

La donna girò sui talloni e lasciò Edie con la sensazione che presentarsi nel luogo e all'ora stabilita fosse stato presuntuoso da parte sua.

Dopo dieci minuti, l'irascibile donna con il walkie-talkie tornò da Edie. «Elliot non può vederti oggi, mi dispiace.»

«Oh, posso...»

«Tutto qui. Mi spiace.»

«Okay...» Edie cercò di aggiungere qualcosa ma la donna si era già voltata. Chiamò un taxi dal cellulare e cercò di non sentirsi stupida sotto gli sguardi incuriositi dei passanti.

In condizioni normali sarebbe stata molto felice di ritrovarsi con quello che, di fatto, era un giorno di ferie retribuito. Ma il tempo libero sembrava molto meno attraente ora che aveva tutta quell'ansia e la coscienza sporca, e nessuna tana online in cui rifugiarsi. Voleva tenersi occupatissima per scacciare i brutti pensieri.

Inoltre, pur rendendosi conto che Elliot Owen era un uomo importante, sospettava di aver avuto il primo assaggio del comportamento che aveva indotto il biografo precedente ad abbandonarlo. Aveva il pessimo presentimento che a lei non sarebbe andata molto meglio: sarebbe stata ciò che Boddywinkle era stato per Ninbert.

# 14

Finalmente Jack rispose a Edie, sei giorni dopo aver tolto la sicura a una bomba a mano e averla lanciata addosso a un gruppo di persone per poi filarsela prima che si diradasse il fumo.

Edie si stava preparando per quella che si sarebbe potuta enfaticamente definire *una serata fuori*, truccandosi davanti al vecchio e lattiginoso specchio con la cornice rossa della sua adolescenza, frugando in un beauty case pieno di matite per gli occhi rotte e ombretti senza coperchio.

Sul display del suo telefono apparve il nome che un tempo le dava un brivido di eccitazione, ma che ora la rattristava soltanto. Le tornò in mente la sensazione delle labbra di lui sulle proprie, prima che lei si tirasse indietro. Fino a quel momento non si era concessa di pensarci.

Ciao. Scusa per tutto quanto. Ho sentito che sei al Nord, in questo periodo. Stammi bene. Jx

Tutto lì?!

Tremando leggermente, Edie digitò tre risposte diverse, in vario grado di furia e di sarcasmo, e le cancellò una dopo l'altra. Quell'uomo aveva giocato con il suo cuore come se fosse una scatola di pastelli e non si era *mai* preso la responsabilità delle sue azioni.

Ma se si fosse lasciata trascinare dalle emozioni, lui avrebbe potuto semplicemente abbandonare la conversazione. Come faceva Jack a tutelarsi sempre dalle ripercussioni? Be', no, non poteva tutelarsi, non senza l'aiuto di Edie. Quindi Edie doveva fare un bel respiro ed essere furba.

Ciao a te. "Cosa ti è saltato in mente" sarà forse una frase fatta, ma: cosa ti è saltato in mente?

La risposta fu quasi immediata.

Nulla, evidentemente. E neanche a te, lo so. Scusa se ti ho invitato a un matrimonio con dei postumi al posto del pranzo. Santo cielo. Jx

Ed era così che i raggiri di Jack avevano rischiato di farla impazzire. Pochi secondi dopo aver ricevuto quella risposta apparentemente autocritica Edie si rese conto che Jack le aveva sì chiesto scusa, ma al contempo aveva reso inutile salvare uno screenshot della conversazione per usarla come prova della sua colpevolezza. A lei sembrava il solito charme disinvolto di Jack: *Non traggo conclusioni dal fatto che tu abbia risposto al bacio per un momento,* ma chiunque altro l'avrebbe interpretato come un concorso di colpa.

Doveva trovare una domanda diretta da fargli, dalla quale non potesse svicolare. Si fece forza e digitò:

Ma perché hai deciso di baciarmi?!

«Edie! Dobbiamo andare!» chiamò suo padre dal piano di sotto. Si era offerto volontario alla guida per la loro cena fuori. Edie aveva pensato che il modo migliore per convincere suo padre e Meg a uscire fosse promettere di pagare, ma lasciar scegliere a loro il ristorante. Il che significava che l'avrebbe scelto sua sorella.

Mentre si stipavano sul sedile posteriore della vecchia Volvo del padre, dal pavimento ricoperto di vecchi giornali, Edie si chiese: *Perché a Meg va bene che papà usi combustibili fossili ma non che lo facciano i tassisti?*

Meg si produsse in una lunga predica sulla necessità di premiare i locali che offrivano valide opzioni vegane, per giustificare la scelta dell'Annie's Burger Shack. Edie sospettava che quella presa di posizione etica si riducesse al fatto che sua sorella aveva voglia di mangiare un hamburger. Era un sollievo che non avesse scelto una caffetteria piena di bitorzoluti dischi di tempeh ripieni di semi e hamburger di canapa che sembravano mangime per uccelli.

Mentre la macchina procedeva verso il centro città cercò di non tirar fuori il telefono dalla tasca ogni sedici secondi per controllare se Jack avesse risposto. *Prova un po' a fare l'evasivo ADESSO, brutto stronzo.*

Quando si furono seduti da Annie's, ebbero letto i menu e ordinato da bere, tombola: finalmente si degnò di rispondere. Edie aveva iniziato a digrignare i denti al pensiero che lui la stesse semplicemente ignorando.

Ero ubriaco e su di giri, e pensavo che io e te avessimo un legame speciale. Ero travolto dagli eventi, non ci stavo con la testa. Sul serio, E.T., non so come scusarmi. Non meritavi tutto questo.

Bel lavoro, complimenti. *Pensavo che avessimo un legame speciale.* Il soprannome. Anche questa volta, nulla che si potesse far circolare in giro senza che persone già prevenute la interpretassero come una tacita conferma del fatto che lei andava dietro a lui. Ma forse stava dando troppa importanza alla cosa: Jack era davvero così furbo da pararsi il sedere in quel modo? Edie temette di essere paranoica. *Solo perché sei paranoica non vuol dire che non ti stiano addosso.*

Si chiese se dovesse importarle qualcosa dell'opinione di *quella gente.* Però le importava, non poteva farci niente. Poteva chiedere un altr...?

«Ehm...» tossì suo padre, e accennò al telefono da cui Edie non riusciva a staccare gli occhi. «C'è qualche cosa di interessante?»

«Ah, no!» Girò il telefono rivolgendo lo schermo verso il basso, con un certo sforzo. Non aveva intenzione di discutere di Problemi Di Cuore con il suo confuso padre e la sua ostile sorella, e soprattutto non quando il succo della storia era un errore terribile commesso da lei. Sentiva il disperato bisogno di dedicarsi all'ordinaria amministrazione, anche a costo di annoiarsi. «È un bel ristorante» disse con entusiasmo finto-cortese.

Annie's era ospitato in un vecchio magazzino dai soffitti alti nel Lace Market, una location piuttosto elegante per un fast food: si sentivano ticchettare le scarpe sul parquet e la musica di sottofondo faceva vibrare le finiture di ferro battuto. Guardando suo padre in un maglione a trecce sbiadito e Meg con la sua salopette di denim, Edie si rese conto che da molto tempo loro tre non andavano da qualche parte insieme.

Al suo compleanno di solito li portava nel pub sotto casa e rifiutava energicamente le profferte alimentari di suo padre, fingendo di non voler infastidirlo ma in realtà sapendo che non aveva abbastanza soldi e che in quell'occasione sarebbe stato troppo imbarazzante che fosse lei a pagare.

Arrivarono tre bottiglie di birra e Edie sentì di dover ostentare allegria nonostante il cattivo umore. Dopotutto era stata lei a proporre di uscire a cena.

«Ottima scelta, Meg» disse mentre brindavano.

Sua sorella la guardò impassibile, chiaramente cercando di capire quale sorta di inganno ci fosse sotto. Edie pensò che il suo entusiasmo potesse contaminare l'intero Annie's, quindi si affrettò ad aggiungere: «Ehm... vieni qui spesso?».

«No, non me lo posso permettere. Ci sono stata una volta, quando l'ospizio ha organizzato un'uscita di gruppo.»

Meg lavorava tre giorni alla settimana in un ospizio per gli anziani, i malati e gli infermi gravi. Era un impiego nobile ed encomiabile, ma scarsamente retribuito, per cui Meg pensava che le conferisse una patina di santità, e la sua santità aveva un prezzo che lei non era disposta a pagare. Percepiva un sussidio dal governo che – a giudizio di Edie – non le spettava fino in fondo, mentre suo padre si faceva carico di tutte le altre spese. Edie aveva cercato di convincere sua sorella a cercarsi un lavoro a tempo pieno o meglio retribuito nel settore del sociale, ma era come cercare di domare un leone indossando il vestito di carne di Lady Gaga.

Quindi quel suo *non me lo posso permettere* era imbevuto della sua consueta ostentazione di moralità e rigore e lasciava intendere che Edie non potesse averne idea, dato che faceva la bella vita. Ma non era per volontà divina che Edie aveva più soldi di Meg. Quel trucchetto di lavorare cinque giorni alla settimana anziché tre non era un segreto ben custodito dalle élite, giusto?

«Si sono divertiti?» chiese il padre a Meg, versandosi altra birra.

«È stato un po' un incubo. C'era anche Roy, hai presente, quello con i tumori alle ossa? Gli è venuto mal di testa perché ha mangiato troppo in fretta il gelato alla birra analcolica e ha mangiato troppi anelli di cipolla e ha iniziato a vomitare ovunque. Quelli del tavolo accanto ci hanno fatto una scenata vergognosa.»

Per Meg *una scenata vergognosa* poteva significare invariabilmente richiedere la condanna a morte di Roy o scegliere di allontanarsi dal raggio di gettata del vomito.

«Forse non hanno capito che Roy stava poco bene» disse il padre.

«Be', mi sembra evidente che qualcuno sta poco bene se vomita a spruzzo.»

«Mi riferivo al cancro. Vomitare in pubblico è una palese violazione del contratto sociale.» Il padre di Edie le scoccò un'occhiata complice e lei pensò: *Non provarci neppure, non mi lascerò coinvolgere.*

«È stato *involontario*, non è che volesse vomitare apposta» disse Meg con il fuoco negli occhi; suo padre cercò di calmarla e le assicurò che stava solo scherzando. Meg cominciò a fissarla e lei capì che sua sorella stava pensando: *Si comporta così solo quando ci sei tu.*

Controllò nervosamente il telefono e vide che aveva ricevuto un messaggio da Louis. Quasi certamente qualcosa che era meglio lasciare per dopo, ma non riuscì a resistere. Altrimenti non sarebbe riuscita a smettere di pensarci.

Hola E. Come te la passi a casa? Okay, GRANDE notizia...
Jack e Charlotte si sono RIMESSI INSIEME. Ci credi? X

Guardò il telefono, lo posò di nuovo con un tonfo e tracannò la birra. Sì, ci poteva credere. Ora capì che se l'era quasi aspettato. Cosa aveva detto Louis a proposito di Jack? Che era una specie di Houdini della parlantina sciolta. Potevi legargli le mani e gettarlo in una vasca e prima della fine dello spettacolo si sarebbe liberato.

Si sorprese ad avere una reazione più intensa di quanto si aspettasse. Non perché volesse ancora Jack per sé. O quantomeno non le sembrava di volerlo. Quel nuovo sviluppo la fece ululare in silenzio per la rabbia e la frustrazione. Gli sposi si erano riconciliati. Jack era stato perdonato. Neanche questa volta aveva pagato il conto delle sue malefatte – be', senza contare il costo del matrimonio, ma probabilmente l'avevano pagato i genitori della sposa – e quel bacio non significava altro che la confusione di un momento.

Il tempismo di Jack nel fare pace con lei non era stato accidentale. Aveva capito che Edie sarebbe venuta a saperlo e che l'avrebbe odiato.

Wow. Quindi tutto è perdonato? Ex

Forse non proprio TUTTO. Ma lui è tornato a St Albans. A quanto pare è andato a Harrogate per chiedere scusa ai genitori e alle sorelle di lei. Ha messo su tutta la tournée Mi-Dispiace-Non-So-Cosa-Mi-Sia-Preso, come non si vedeva più dai tempi di Hugh Grant con la prostituta. (Non ti sto dando della prostituta!)

MA CERTO CHE NO. *Grazie, Louis. Si può sempre contare su di te per rigirare un po' il coltello.*

Le veniva da piangere, da gridare, da lanciare il telefono al capo opposto della stanza. Le azioni di Jack le avevano rovinato la vita, ma per lei non ci sarebbe stato perdono né riconciliazione.

«Cosa prendete?» chiese la giovane, prosperosa, cordiale cameriera con l'anello al naso e i capelli color magenta legati con un fazzoletto da contadinella, che teneva una penna sospesa sopra un bloc notes.

Edie non riusciva a concentrarsi.

«Ehm... un cheeseburger, per favore» disse.

Una pausa, durante la quale la cameriera parve perplessa e disse: «Un hamburger semplice, con formaggio?»

«Sì?»

«Carne?»

«Dove?»

«Vuole un hamburger di carne, non vegetariano o vegano?»

«Ah. Sì, di carne.»

«E come contorno?»

«Patatine?»

«Abbiamo patatine a ricciolo, a fette con salsa cajun o solo a fette.»

«Va bene» disse Edie. «Cioè, le patatine normali.»

«Qualche salsa?»

*Dio santo, smettila di chiedermi cose.*

«Solo ketchup, grazie.»

«Il ketchup è sul tavolo.»

La cameriera indicò con la penna.

«Ah, sì. Grazie.»

Suo padre sembrò perplesso e Meg la scrutò con diffidenza, come se la sospettasse di fingere disinteresse per rimarcare la propria superiorità da brava londinese. Ordinarono entrambi in modo più dettagliato – «Il Lemmy vegano, con patatine semplici e senape americana» – che fece capire a Edie come non fosse entrata affatto nello spirito della cosa.

«E una porzione di anelli di cipolla» propose, per recuperare terreno. «Per tutti.»

«Per il verme solitario» disse suo padre.

Si proibì di pensare a Jack. *Non merita i tuoi pensieri.*

# 15

Edie stava pensando a Jack. *Jack e Charlotte si sono rimessi insieme.* Non provava rancore solo per il fatto che si fossero riconciliati e che lui l'avesse passata liscia; il problema era che se Jack era tornato nelle grazie di Charlotte, Edie restava l'unica vera cattiva della situazione.

Gli amici avrebbero mormorato a proposito di Jack in privato, ma in pubblico no, perché sarebbe stato sleale nei confronti di Charlotte. Avrebbero dovuto ridistribuire il peso della loro disapprovazione e scaricarlo tutto su di lei. Quindi ora la versione ufficiale dei fatti diventava: di nuovo insieme nonostante tutto, una volta sradicata l'erbaccia di quella sgualdrina. Dunque Charlotte poteva perdonare Jack ma non Edie?

*Ping,* un altro messaggio da Louis.

PS. Senti, non so quale sia il momento migliore per dirtelo, ma dopo che J & C si sono chiariti, Lucie ha mandato a tutto l'ufficio un'email in cui chiedeva di stampare e firmare una petizione perché tu venissi licenziata. Ma nessuno l'ha firmata. Xx

... non ancora. Edie si sentì addosso il peso della vergogna. Non poteva tornare indietro, qualsiasi cosa avesse detto Richard. Anche se Jack e/o Charlotte se ne fossero andati di loro volontà, lei sarebbe stata comunque fischiata. Perché doveva essere lei e non Jack a rimetterci il lavoro? Perché lui poteva tenersi l'impiego e la moglie?

«Devono proprio cercarti così spesso dal lavoro?» disse suo padre quando Edie rimise il telefono a faccia in giù sul tavolo.

«Non è lavoro, papà, alle sette e mezza di sera» disse Meg, in tono finto-dolce.

«Oh.» Il padre sgranò gli occhi. «Qualcuno ti fa la corte?»

«No» disse Edie, con decisione. Poi, con uno sforzo non indifferente: «Scusa. Un amico mi tartassa per una cosa legata al lavoro. Com'è andata la vostra giornata?».

«Non male, grazie» rispose suo padre. «Radio Four e giardinaggio. Hai già posato gli occhi sull'inafferrabile star?»

«Dice che ci vedremo domenica a casa dei suoi genitori a West Bridgford. Be', lo dice la sua assistente. Ci crederò quando lo vedrò.»

«Domenica? Che strani orari di lavoro hai.»

«Devo essere disponibile quando lo è lui. Oggi ho passato la giornata a leggere il resto della sua rassegna stampa. Ma come si fa a riempire un libro con la storia di un trentunenne? Dovrò metterci molta zavorra.»

«È così stupido scrivere libri su persone che hanno recitato nei film anziché sui volontari delle associazioni umanitarie, che hanno *davvero* contribuito alla società» osservò sua sorella.

«*Mmh*, già» disse Edie, annuendo. «È vero. O su chiunque abbia trentun anni, in realtà.»

Lo disse senza rendersi conto che suonava come una frecciatina a Meg.

«Ma certo, *Yoda*.»

È stancante avere accanto una persona che ti disprezza e non lo nasconde neppure.

Arrivarono i piatti e Edie fu felice che qualcosa potesse distendere un po' l'atmosfera, anche se era solo il semplice piacere di riempirsi lo stomaco. Continuarono a parlare del più e del meno mentre mangiavano e bevevano un secondo giro di birre, e Edie fece un mucchio di domande su cose e persone che non vedeva da tempo, a Nottingham. Meg non trovò appigli per lamentarsi della sua *altezzosità*.

«Bleah, mi sento come se le mie budella stessero cercando di lavorarmi a maglia un gilet di manzo» disse suo padre sospirando e accarezzandosi lo stomaco.

«Il tuo colon faticherà a smaltire tutte quelle proteine animali in decomposizione» disse Meg.

«Il mio colon sta benissimo» la rassicurò suo padre. «Smaltisce in fretta, te l'assicuro. Bel vestito, Edith» soggiunse mentre la cameriera portava via i piatti. Edie indossava un abito blu scuro a maniche lunghe, pagato pochissimo, che aveva tirato fuori dalla valigia senza stirarlo. Non lo indossava spesso, perché aveva sul petto una larga striscia di pizzo che faceva da finestra panoramica sulla scollatura. Tuttavia, aveva pensato che quella sera nessuno avrebbe voluto cogliere l'opportunità.

Nel maldestro tentativo di mostrare una paterna imparzialità, il padre commentò: «Starebbe bene anche a te, Meg».

Lei storse il naso. «No, grazie, è un abito molto *Edie*.»

«Ah, un abito *Edie*. *Brrr*» disse Edie, alzando le mani aperte in un gesto d'orrore. «Cosa potrebbe esserci di più terribile?»

«Lo sai. Fa un po': "Ti ho già presentato le mie tette?".»

«Megan! Datti una regolata» disse il padre.

Di tutti i motivi per prendere in giro Edie in quel momento, accusarla di essere una zoccola esibizionista era in assoluto il più doloroso. E davanti al padre, per giunta.

Trasse un respiro profondo. «Perché devi trattarmi così, Meg? Ho mai parlato male dei tuoi vestiti? No.»

«Dio, era una battuta» borbottò sua sorella. «Rilassati, Miss Suscettibilità.»

«E pensare che ero convinta che commentare in questo modo l'aspetto fisico di un'altra donna fosse contrario allo spirito del femminismo!»

«Ah, eccoci qua.»

«No, ci sei arrivata tu.»

Meg spruzzò il ketchup dal dispenser a forma di pomodoro in stile *diner* americano e sentenziò, in tono pensoso: «Come dice George Monbiot, se è vero che l'ipocrisia è lo scarto che intercorre tra i nostri principi e il nostro comportamento, allora è facile non essere mai ipocriti: basta non avere principi».

«Io non avrei principi?»

«Mi hai dato tu dell'ipocrita.»

«Be', grazie tante. Ah, e grazie della cena, Edie!» disse Edie, cantilenante.

«Oh, incredibile, hai dovuto rinfacciarmelo. Non ho chiesto io di venire qui.»

«A dire il vero sì.»

Meg le rivolse uno sguardo torvo e lei cercò di riacquistare l'autocontrollo, perché era abbastanza arrabbiata da lasciarsi scappare *molto* altro.

Le cose erano degenerate alla svelta.

«Al diavolo, esco a fumare» disse Meg, spingendo indietro la sedia, e sparì mentre tirava fuori le cartine Rizla dalla tasca davanti dalla salopette, che sembrava il marsupio di un canguro.

Quando riapparve la cameriera, Edie borbottò: «Il conto, per favore». Suo padre era visibilmente a disagio.

Le dispiaceva per lui. Di certo era poco piacevole avere due figlie che non si sopportavano in modo così eclatante.

«Papà, tu mantieni la pace e porta a casa Meg. Ho scritto a un amico, vado qui vicino a salutarlo, tornerò tra un'ora o due» mentì abilmente, come quando aveva quattordici anni e usciva di nascosto per incontrare un ragazzo, ma non se la sentiva ancora di affrontare un viaggio in macchina all'insegna del mutismo e poi le quattro pareti di camera sua.

Suo padre annuì, mentre Edie digitava il PIN della sua carta di credito e restituiva il terminale POS.

«Uscire stasera è stata un'ottima idea, sai» disse suo padre, e si sporse a strizzarle la spalla, lasciando implicito il corollario: *peccato che l'esecuzione sia stata orribile.*

# 16

Un amico di nome Grande Bicchiere di Vino.

Al bar del cinema-galleria d'arte lì vicino, Edie ordinò una caraffa di rosso e si trovò un angolino relativamente tranquillo. Sedette da sola, dando quasi le spalle alla sala, libera di giocare con il telefono quanto le pareva e anche di versare qualche lacrima, purché con discrezione. Aveva tutto il diritto di autocommiserarsi un po'. Si concesse di piangere tenendo le dita in orizzontale sotto gli occhi per raccogliere le lacrime. Gli altri avventori del locale erano troppo ubriachi per far caso alla donna bruna che andava in pezzi, lì in un angolo.

Era andato tutto a rotoli, sotto ogni punto di vista. Okay, non stava vivendo una *Hashtag-Vita-Perfetta*, neanche lontanamente. Però era la sua, e finora aveva più o meno funzionato. Ma adesso?

L'indomani avrebbe parlato con suo padre e gli avrebbe annunciato la sua intenzione di trasferirsi in un appartamento per i mesi successivi. Lui si sarebbe di sicuro opposto e Edie avrebbe dovuto insistere e spiegare che lei e Meg sotto lo stesso tetto erano una ricetta per la catastrofe. Sua sorella la detestava, non sapeva perché ma era un dato di fatto. E questo le risultava semplicemente intollerabile, dal momento che la odiava già tutto il resto del mondo.

Provò il bisogno improvviso e prepotente di parlare con qualcuno che le volesse bene, che la capisse, e confessargli tutto. Difficile che Hannah rispondesse a quell'ora di sabato sera...

«Edith!»

«Ciao! Ci sei?!»

«Certo che ci sono, questo è il mio telefono.»

«Lo so, ma è sabato sera.»

Edie si infilò un dito nell'orecchio libero per silenziare le altre conversazioni e *Fast Car* di Tracy Chapman.

«Stavo proprio pensando di telefonarti.»

«Vedi? Un segno del destino» commentò Edie, che già si sentiva meglio, e si sforzò di non gridare: AIUTAMI, OBI-WAN KENOBI, SEI LA MIA UNICA SPERANZA!

«Hai una voce strana, dove sei?»

«*Sono* strana. Sto piangendo un po' e sono in un bar. A Nottingham, a dire il vero.»

«Sul serio? Che coincidenza! Perché piangi?»

Edie si fece forza. «Sei pronta per una storia orribile e un bel mucchio di *te l'avevo detto*? Ehi, aspetta, ma perché è una coincidenza?»

«Anch'io sono a Nottingham, dai miei genitori. Tu dove ti trovi?»

«Ehm... Broadwalk? No, aspetta, Broadway. Il cinema.»

«Puoi aspettare dieci minuti? Prendo un taxi e arrivo.»

Se poteva aspettare dieci minuti? Si trattenne a stento dall'esibirsi in un balletto di gioia e dall'intonare un grido di battaglia.

Un quarto d'ora dopo apparve Hannah, i pugni affondati nelle tasche della giacca, la coda di cavallo che dondolava qua e là mentre cercava Edie dentro al locale. Portava grossi occhiali da segretaria anni Ottanta con la montatura colorata che, chissà come, la facevano sembrare ancora più bella. Se li avesse indossati Edie sarebbe sembrata la moglie di un serial killer.

Salutò l'amica con la mano e indicò i bicchieri di rosso che aveva davanti. Hannah era alta, magra e bellissima come sempre: aveva saltato completamente la fase grassottella e brufolosa dell'adolescenza. Era nata trentacinquenne, in tutti i sensi. L'unico segno del passare del tempo era il reticolo di rughette sulla sua delicata pelle gallese, visibile però solo da vicino, come la vernice sulla porcellana.

Si abbracciarono sopra il tavolo e Edie disse, senza riuscire del tutto a fermare le lacrime: «Oh, che bello vederti. Cosa ci fai qui? A casa, voglio dire?».

«Te lo dico tra un momento. Tu stai bene? Tuo padre sta bene? Tua sorella?»

«Stanno bene. Il problema sono io. Ho fatto una cazzata.»

Le raccontò del massacro nuziale. Hannah ascoltò in silenzio, sorseggiando il vino rosso, con le sopracciglia aggrottate. «Non mi è mai piaciuto quel Jack, e di sicuro adesso non ho un'opinione migliore. In realtà pensavo che stessi per dirmi che la sua ragazza vi aveva trovati insieme nella doccia o qualcosa del genere.»

Edie restò a bocca aperta. «Non mi consideri la persona più orribile che sia mai esistita?»

«Penso che tu abbia commesso una leggerezza nella foga del momento, ma non saresti certo la prima a fare una cosa del genere. Inoltre ti è saltato addosso lui, no?»

«Sì, ma io ho ricambiato il bacio» rispose Edie, imbronciata. «Ho baciato il *marito* di un'altra, Hannah, il giorno del loro *matrimonio*. Poche ore prima avevano promesso di rinunciare a qualsiasi altro partner.»

Hannah sorseggiò il vino e piegò la testa di lato. «*Mmh.* Che impressione avresti dato, in quella situazione, se *non* avessi ricambiato il bacio? Cioè, anche se fossi rimasta lì impalata, sarebbe sembrato brutto lo stesso. Invece lui si è fatto avanti e tu sei rimasta fregata, in pratica. Non me la sento di giudicarti. Mio padre diceva sempre: devi rimproverarti solo per il male che hai fatto volontariamente. Quello è colpa tua. Del male che hai fatto per sbaglio, invece, rattristati ma lascialo andare, perché alla fin fine non è colpa tua. Solo così, tenendo a mente questa regola, sono uscita viva dalla facoltà di medicina.»

Telefonare a Hannah quella sera era stata l'idea migliore che Edie avesse avuto da un sacco di tempo a quella parte. Si sentì travolgere da una *valanga* di gratitudine e sollievo. «Mi ha colto di sorpresa, sai. Se avessi avuto il tempo di pensarci, sarebbe stato un no.»

«Stronzo tossico. Ti prego, dimmi che l'hai espulso dall'organismo?»

«Oddio, sì» annuì vigorosamente Edie. «Mi stavo già stufando di lui prima del matrimonio.»

Lo disse senza sapere se fosse del tutto vero. Avrebbe risposto a un'eventuale G-chat post-luna di miele? Probabilmente sì. Perché era una drogata, e dei drogati non c'è da fidarsi. I drogati mentono a tutti, e a se stessi in particolare.

«Se però cerchi la mia reputazione, è nel cesso. Ho dovuto cancellarmi da Facebook, ricevevo un mucchio di insulti» spiegò Edie.

«Be', sai come la penso su quel circo mediatico.» Hannah era famosa per il suo odio nei confronti dei social media. «Anch'io ho notizie, guarda caso.»

«Ah sì?»

«Io e Pete ci siamo lasciati.»

Edie si fermò con il bicchiere di vino a metà strada verso la bocca. «Cosa?» disse, incredula. «Per un attimo mi era sembrato che avessi detto che tu e Pete...?»

«Ci siamo lasciati.»

«Ma... come?» disse Edie. Hannah e Pete non potevano semplicemente *lasciarsi*, perché erano come la regina e il principe Filippo. Insieme fin dai tempi dell'università, inseparabili, si completavano le frasi a vicenda, erano ciascuno la reazione uguale e contraria dell'altro. Era impensabile. Era come assistere al divorzio dei propri genitori.

«Non so da dove cominciare» disse Hannah, e Edie le sentì uno strano tremore nella voce. «Non eravamo più felici da tanto di quel tempo che ci eravamo dimenticati che sensazione desse la felicità. Eravamo insensibili a tutto. Non riuscivo ad ammetterlo, mi mancava il coraggio. La sera a letto mi dicevo: "Domani gliene parlerò" e poi il giorno dopo non era mai quello giusto. Sono partita per un corso di aggiornamento e sono stata con un'altra persona, come per fare qualcosa di definitivo da cui non potessi tornare indietro.»

«*Tu* hai avuto un amante?!» esclamò Edie. Era letteralmente impossibile.

«Non so se si possa definire *amante*, è successo solo una volta... Ma sì, sono caduta dal treno della fedeltà con un bel tonfo. Sapevo che tra me e Pete era finita e dovevo darmi una spintarella per convincermi che era davvero così. Non gliel'ho detto. Non ne vado fiera, ma ecco come stanno le cose. Era come se dovessi dimostrare a me stessa che avevamo chiuso. Due settimane fa sono tornata a casa e l'ho lasciato.» Fece una pausa. «Ti avrei chiamato prima, ma dovevo schiarirmi le idee e poi bisognava dirlo ai genitori e tutto quanto... la sclerosi multipla di mia madre sta peggiorando, e volevo scegliere il momento giusto...»

Edie annuì. Si sentiva in dovere di mostrarsi rassicurante come Hannah aveva fatto con lei. «Non ne avevo idea. Sembravate così solidi...»

«Neanche noi ce ne rendevamo conto. O forse un po' sì, ma era come portare un peso sulle spalle. Presto o tardi ti dimentichi che lo stai trasportando e ti convinci di aver sempre avuto la gobba. Cazzo, Edith, non riesco quasi ad ammetterlo, ma mi sono scoperta a pensare: non possiamo lasciarci perché abbiamo appena fatto levigare il parquet. Sul serio, ormai stavamo insieme per i divani, le piastrelle e i pavimenti. Come se quella bella casa fosse diventata la tomba in cui eravamo sepolti insieme.»

Edie aveva dimenticato quanto Hannah fosse intelligente. Era spaventoso che fosse così brava con le parole, dal momento che era lei quella che si guadagnava da vivere scrivendo. A parti invertite, nessuno avrebbe permesso a Edie di toccare il suo sistema di filtraggio dell'urina.

«Non volevamo sposarci né avere figli, quindi era possibile separarci, capisci? E poi c'è tutto quel mantra per cui "le relazioni sono faticose e ogni cosa ha i suoi alti e bassi e le unghie dei suoi piedi ti irriteranno e devi sopportarlo e l'erba del vicino è sempre più verde" e così via... In realtà è molto difficile capire quand'è il momento di lasciarsi. Sapevo solo che mi svegliavo ogni mattina pensando che non poteva esaurirsi tutto lì fino al giorno della mia morte. Quando una relazione ti dà l'idea che la vita sia *troppo* lunga, vuol dire che è andato storto qualcosa.»

Le si stava incrinando la voce. Sorseggiò il vino. Edie si sentiva in colpa perché era chiaro che Hannah ci aveva sofferto a lungo, con lei a centinaia di chilometri di distanza e incapace di aiutarla.

«Avresti dovuto dirmelo...»

«Non volevo dirlo a voce alta finché non ero sicura. Sai come sono fatta.»

Edie annuì. Dopotutto, lei aveva fatto lo stesso a proposito del Disastro di Harrogate. Aveva aspettato finché non aveva trovato il coraggio di parlare.

«Torno a vivere a Nottingham» proseguì Hannah. «Ieri ho avuto un colloquio di lavoro al Queen's Med e mi hanno offerto il posto. Non voglio restare a Edimburgo e incrociare Pete in ogni momento. Non sopporto la storia degli amici comuni da vedere a turno, voglio darci un taglio netto e voltare pagina. Mia madre sta sempre peggio. Inizio tra due settimane.»

«Oh mio Dio! Entrambe a casa nello stesso momento, quante probabilità c'erano?»

«Tu non ti fermi, però?»

«No» disse Edie con un piccolo brivido, anche se per la prima volta non capiva perché ritenesse Londra un rifugio sicuro. «Tecnicamente ho un lavoro a cui tornare.» Come se quel pensiero rendesse più attraente la prospettiva.

Quando Hannah tornò dal bar con altri due enormi bicchieri di vino rosso che la mattina dopo si sarebbero vendicati atrocemente, Edie le disse: «Ci pensi? Siamo fortunate a ritrovarci qui insieme nel momento del bisogno».

«Be', fortunate per modo di dire» rispose Hannah, sorridendo nel bicchiere.

«Okay, le nostre vite sono un casino. Ma agli occhi del mondo, io sono una biografa di celebrità e tu una straordinaria chirurga nefrologa e abbiamo quasi una bottiglia di Shiraz da scolarci.»

Brindarono.

«Alla solidarietà» disse Hannah. «Cerchiamo Nick? L'hai sentito ultimamente?»

Edie scosse la testa e si sentì in colpa. Non vedeva Nick da diciotto mesi, a parte qualche email divertente del tipo *Questo l'avevi visto?* Avevano fatto amicizia con Nick al college. Lo si sarebbe potuto definire una persona lamentosa o, meglio ancora, incline a moderati episodi depressivi. Il che era in bizzarro contrasto con il suo lavoro di solare e vivace speaker radiofonico: teneva una trasmissione su una stazione locale in cui chiacchierava con vecchie signore e trasmetteva canzoni dei Fleetwood Mac.

A ventiquattro anni aveva compiuto una scelta dalle conseguenze catastrofiche: aveva sposato una donna acida e prepotente di nome Alice. Una volta Hannah aveva definito quella decisione *una scelta dettata dall'odio di sé.*

Sembrava che per lui fosse troppo faticoso liberarsi dal giogo dell'oppressione: era più facile rifiutare gli inviti alle occasioni sociali. Avevano un figlio piccolo, Max, e Alice aveva praticamente messo Nick in punizione per il resto della vita.

«Pensi che l'Arpia lo lasci razzolare libero?» chiese Hannah. La chiamavano in quel modo già da un po'.

«Ne dubito» disse Edie.

«Voglio parlare con lui. La vita è troppo breve per rassegnarsi a essere infelici.»

Edie annuì, ma sospettò che fosse inutile. «Dobbiamo senz'altro avvertirlo che siamo tornate.»

Ora che ci pensava, Nick era stranamente taciturno via email, anche rispetto al suo solito. Forse aspettava un secondo figlio e non voleva essere costretto a sentire le loro congratulazioni imbarazzate.

«Se cerca di evitarci possiamo sempre chiamarlo in radio durante la trasmissione» disse Hannah.

Edie si disse d'accordo. «E magari potremmo anche invitarli entrambi a uscire con noi, compresa Alice. Per voltare pagina.»

«Potremmo. Scommetto però che sulla nuova pagina ci sarà scritto: *Stronza Quanto Prima*.»

Quando tornò a casa, rincuorata, Edie si stupì di trovare suo padre sveglio, a guardare la televisione con un bicchiere di Glenmorangie.

«Erano anni che non ti aspettavo alzato» disse con un sorriso.

Edie decise di sputare il rospo, altrimenti avrebbe perso il coraggio. «Papà, domani mi troverò un altro posto dove stare. Io e Meg creiamo troppo stress a tutti.»

Lui non sembrò sorpreso. «Senti, aspetta una settimana o due. Era logico che ci volesse un po' per trovare un equilibrio.»

«Lei mi odia!» squittì Edie in un bisbiglio isterico. «Non faccio niente per provocarla e lei mi aggredisce, ogni santa volta.»

«Lo so che non fai niente, ma lei non ti odia, tesoro. È molto difficile per Megan. Ti vede come la sorella di successo che ottiene tutta la gloria e quindi se la prende con te. Non voglio giustificare il suo comportamento di stasera, e ne ho parlato anche con lei. Ma soffre davvero di invidia fraterna, credo. Aspetta che si calmino le acque. Fallo per me.»

Edie sapeva di non poter rifiutare quel favore a suo padre. Incurvò le spalle.

«Okay.»

«Ci fa bene rivederti, sai.» L'abbracciò e lei si abbandonò alla sua stretta con la sensazione di avere il cuore *zuppo*. «Non si sa mai, forse un giorno anche noi faremo bene a te.»

Lo disse con una tale leggerezza forzata, e una tale tristezza, che Edie si sforzò di pigolare: «Buonanotte» e uscì dalla stanza prima di scoppiare a piangere.

# 17

La storia di Elliot Owen era iniziata nel sobborgo *sonnolento ma ricercato* di West Bridgford. Era un luogo in cui Edie aveva vissuto, molto tempo prima. Il suo cervello era troppo piccolo per incamerare molti ricordi, ma qualcuno ne aveva. Baluginavano come fotogrammi di un vecchio filmino Super 8 senza audio. Spense il suo proiettore interno.

La casa dei genitori di Elliot era grande e confortante, l'ingresso era parzialmente nascosto dalle clematis. Di sicuro aveva una di quelle madri che gli preparava il necessario per le lezioni di economia domestica in un cestino di vimini con sopra una linda tovaglietta a quadri. Edie invece comprava i suoi ingredienti nel minimarket all'angolo, perdendo l'autobus e fumandosi una sigaretta di straforo. Suonò il campanello d'ottone, che emise un solido trillo borghese, e aspettò, con i nervi tesi per l'impazienza.

Si stupì un po' quando Elliot venne ad aprire la porta. I suoi occhi verde neon incontrarono quelli di Edie: eccolo lì, in carne – tornita – e ossa. Una circostanza al contempo scioccante e completamente banale. Era ridicolo lasciarsi sorprendere dal fatto che aprisse personalmente la porta di casa: quell'uomo doveva pur essere se stesso *qualche volta*. Non aveva certo un Alfred, neanche fosse Bruce Wayne. O sì?

«Ciao, sono Edie» lo salutò, mantenendo un'espressione neutra, e appena l'ebbe detto si sentì una stupida, perché lui aveva un cellulare attaccato all'orecchio e lei gli stava parlando sopra.

Elliot indicò il telefono e le tenne aperta la porta con una scarpa da ginnastica bianchissima. Edie entrò in casa, con i nervi a fior di pelle. Si era severamente raccomandata di non sciogliersi davanti a lui come una scolaretta, ma era impossibile.

Non importa quanto ci si dichiari indifferenti a una certa celebrità: vedere una persona famosa in carne e ossa genera una scarica isterica di dissonanza cognitiva. Edie non riusciva a farsi una ragione della prossimità di Elliot Owen, benché fosse una cosa semplice da capire.

L'uomo sbarbato dai capelli scuri con il maglione a righe, nell'ingresso di quella casa di periferia, aveva la stessa faccia dell'eroe scarmigliato che lei aveva visto sul campo di battaglia in televisione. Il suo cervello ruggiva: È *lui*, è lui! *Oddio, è davvero lui!*

Okay, la vista di Elliot non la fece svenire, né la fece *quasi ovulare*. Era solo un ragazzo, benché più simmetrico, levigato, pulito e con più zigomi del ragazzo medio. Aveva la faccia di uno che profuma di mele e lenzuola fresche di bucato. E come tutte le persone famose, era più basso di quanto Edie si aspettasse, pur restando comunque alto.

Elliot aprì la porta del salotto e lei lo interpretò come un invito a sedersi.

Pensò che lui l'avrebbe seguita, invece andò in quella che doveva essere la cucina, lì accanto. Aveva chiuso solo a metà la porta del salotto, quindi Edie riuscì a sentire quasi tutto quello che diceva.

«... non è questo il punto, però. Perché dovrei? Di' a Larry che pagherò l'anticipo, e se ci riesco posso... oh cacchio, Heather, *sul serio*? Vogliamo proprio fare così? Sai com'è la mia agenda... Ah be', se la metti su questo piano...»

Edie capì all'improvviso che stava origliando una lite tra Elliot e la sua famosa fidanzata. Materiale prezioso per una notizia – be', per chi crede ai valori sballati del giornalismo nel ventunesimo secolo – si stava accumulando dall'altro lato di quella porta laccata di bianco, e ad ascoltarlo c'era solo lei. Non che potesse farsene qualcosa, se teneva al suo posto di lavoro.

Si tolse la giacca e lo posò ordinatamente sul bracciolo del divano, tirò fuori il registratore e il bloc notes. Si sentì fremere di impazienza: di nuovo si era preparata per il primo incontro e di nuovo lui aveva premuto il pulsante *pausa*. In che modo poi, di preciso, si era mostrato *difficile* con l'altro autore? Pensava forse di scrollare i bei riccioli e di arrabbiarsi già alla prima domanda? Edie si pentì di non aver parlato con il ghostwriter precedente, anche se forse non le sarebbe stato d'aiuto.

Il litigio proseguiva dietro le quinte.

«Non capisco perché ti irriti tanto, visto che *sapevi*... e cosa cazzo c'entro io con la quarantena del cane?! Ah, già, ho inventato io la rabbia, scusa, me n'ero dimenticato.»

Edie scarabocchiò *inventore della rabbia* in cima agli appunti, ridacchiò tra sé come un'idiota e poi cancellò le parole con grossi tratti di penna. Di nuovo si sentì spiazzata: in *Sangue & Oro* Elliot parlava con un accento aristocratico – *Temo di non potermi esimere, madama, dall'approfittarmi delle vostre grazie* – ma nella vita reale aveva un morbido accento delle Midlands. Non proprio Nottingham, una versione borghese, ma sempre con le vocali piatte. Gli attori sapevano passare da un accento all'altro, chi l'avrebbe mai detto!

Pensò che quel battibecco con Heather Lily non l'avrebbe lasciato dell'umore migliore per la loro chiacchierata. O magari invece l'avrebbe aiutata, magari gli avrebbe fatto abbassare le difese e l'avrebbe reso più sincero? *Pensa positivo, Edie.*

La stanza era arredata nel modo più classico per un'agiata famiglia di 2,4 persone di quella zona, benché forse un po' scialba. C'era una folta moquette beige, un divano e poltrone a fiori con quella specie di tovaglioli sullo schienale... Centrini, si chiamavano? Una credenza di quercia laccata, del tipo che sicuramente conteneva bottiglie di Advocaat e Martini Rosso. Un orologio sotto una campana di vetro con una lancetta che ondeggiava tipo metronomo e produceva un ipnotico *tic-tac-tic-tac.*

I genitori di Elliot erano in crociera, come la sua agente aveva riferito a Edie, quindi Elliot aveva scelto di stare lì anziché in albergo. L'agente si era raccomandata ripetutamente di non rivelare quell'indirizzo a nessuno, e Edie l'aveva trovato offensivo, come se dovesse andare su Reddit a scrivere: *Ehi, gente, indovinate dove sono!*

Sui ripiani della credenza facevano bella mostra di sé ritratti d'infanzia in pesanti cornici d'argento. Come previsto, Elliot era stato un bambino dall'aria angelica, incarnato marmoreo e capelli corvini. Edie capì perché l'avessero scritturato come guerriero celta.

Il fratello minore era diversissimo da lui, come Meg lo era da lei: biondo, più robusto, con lineamenti più marcati, comunque bello.

120

«... sarebbe una minaccia? Ma fai sul serio? Prendite-
lo allora, non me ne importa niente di cosa dicono le tue
amiche con la lingua biforcuta, perché, a te importa? Be',
chiaramente sì. Aspetta, *aspetta*. Quindi da un lato stai dicendo che dovrai prenderlo se io non arrivo, come se questo dovesse spingermi a partire, ma dall'altro sono un bastardo perché non parto? Che razza di stupida trappola
sarebbe... Oh, sul serio, Heather. Fa' due chiacchiere con
te stessa.»

*Sì, forse lei può chiacchierare con se stessa e tu con me, che
ne dici?*

Edie dedusse che la lite c'entrasse qualcosa con il fatto
che Elliot non mollava tutto per andare al compleanno di
Heather a New York. Di conseguenza, immaginò che Heather lo stesse minacciando di andare alla festa a braccetto
con qualcun altro. Sembrava degenerato in un tipico litigio
*non dai mai la priorità a me* e non accennava a volersi placare tanto in fretta. Edie guardò l'orologio. Era lì da venti minuti. *Tic-tac.*

Poteva controllare il telefono, ma senza Facebook e senza più amici non c'era molto che potesse distrarla. Non
apriva Twitter da secoli. Trasalì vedendo qualche insulto
anche lì: messaggi da Lucie e probabilmente da amici di
Lucie che le chiedevano come facesse a dormire di notte.
Richiuse subito l'app: non era il momento. Lesse le notizie,
disegnò fiorellini sul bloc notes, cercò di non pensare che
le persone che la odiavano avrebbero potuto riempire un
centro sociale di periferia, compreso il giardino.

Nella stanza accanto proseguiva la saga della bella gente e dei loro problemi immaginari. Controllò di nuovo l'orologio. Quarantacinque minuti. Elliot stava raggiungendo i
livelli di ritardo di Naomi Campbell: anzi, peggio, perché

lui era già fisicamente lì. Ed era perfettamente in grado di chiudere la telefonata.

Al cinquantaduesimo minuto, quando Edie si sentì stringere il petto per l'irritazione di fronte a una simile inciviltà, finalmente Elliot tacque, trafficò in cucina per qualche secondo e poi entrò in salotto.

Si buttò sul divano senza quasi guardarla. Lei aspettò delle scuse per quell'attesa prolungata, ma non arrivarono. In ogni caso, scoprì che la rabbia era una cura efficace per il timore reverenziale.

«Ciao, sono Edie» disse, e incontrò subito un ostacolo. Di solito ci si presenta per ottenere in cambio un nome, ma dato che ovviamente a lei non serviva un nome, il discorso restò in sospeso.

«Ciao. Sì. Questo progetto. Non so se hai parlato con Kirsty. Non voglio proprio farlo.»

Edie fece appello a tutte le sue riserve di cortesia e disse: «Ah. Pensavo che ci incontrassimo perché... lo volevi tu?».

«Nah. La mia agente mi ha incastrato con questa storia, ma non ne vedo proprio l'utilità. Non è altro che una botta di egocentrismo.»

*Ahahahahaha, e tu detesti occuparti del tuo ego, si capisce benissimo.*

«Allora... devo dire a tutti che il progetto è annullato? Oppure... glielo dici tu?»

«Abbiamo già firmato tutte le scartoffie, quindi sarebbe una scocciatura. Puoi semplicemente scrivere il più possibile senza di me, per il momento, e poi gli darò un'occhiata?»

*Ah fantastico, quindi vuoi i soldi ma senza lavorare. Che me-raviglia.* Se qualcuno, in futuro, le avesse confessato di trovare sexy Elliot Owen, Edie non avrebbe più fatto la

122

battuta sull'apprendista barista, ma avrebbe tirato un caffè bollente addosso a quella persona.

«Posso buttare giù qualcosa, ma ho davvero bisogno del tuo input. Mi hanno detto che l'editore vuole... ehm, *roba succosa*.»

Elliot si stava stropicciando gli occhi, ma li aprì di scatto con un'espressione non molto cordiale, come quella di un coccodrillo pungolato con un bastone. «Roba succosa? E che cazzo vorrebbe dire?»

«Ehm... Informazioni che non sono mai apparse altrove, suppongo.»

«Cioè, pettegolezzi e invasione della mia vita privata. Col cazzo. Lo sapevo che era un disastro» disse a un'invisibile terza parte, anziché a Edie, che tuttavia si sentiva altrettanto invisibile.

«Potremmo metterci d'accordo su cosa vogliamo lasciare fuori e...»

«No, no, no. È volgare.»

In un altro momento e in un altro luogo, in cui non fosse stata annientata dall'umiliazione, schiacciata dalla vergogna, involontariamente scaraventata nella sua città natale e costretta a uno sgradevole incontro con un narcisista dallo sguardo torvo, Edie avrebbe forse gestito la situazione con più diplomazia. Invece fremeva di rabbia.

«Non capisco il tuo atteggiamento. Hai accettato il progetto e presumibilmente hai accettato i soldi. L'idea sarebbe che io e te collaboriamo per tirare fuori un buon libro.»

Elliot sgranò gli occhi e finalmente, quantomeno, Edie seppe di avere la sua attenzione.

«Ah sì, *tu* scriverai un *buon libro*. Ma dai! Sappiamo entrambi che è uno di quei lavoretti facili, quelle schifezze che si trovano nella sezione delle offerte al supermercato. Tipo autobiografia di un calciatore, *Come sono andato nel pallone*, o qualcosa del genere.»

Edie aveva già in mente diversi titoli per l'autobiografia di Eliot. «Be', verrà sicuramente una schifezza se non ti lasci intervistare a sufficienza.»

Lui si passò una mano tra i capelli e di nuovo sembrò guardare dietro le quinte verso una figura immaginaria. «Sono spiacente di averti delusa.»

Edie si sentì profondamente umiliata e parlò prima di riflettere. «Non è delusione, è fastidio all'idea di dover lavorare con una persona così poco professionale. E molto viziata.»

«Ehi!» Elliot sbarrò gli occhi.

Aveva esagerato, lo sapevano entrambi.

«Questa dovrebbe essere la fase in cui si instaura un rapporto, quella in cui si conquista la fiducia del soggetto» disse Elliot, in tono melodrammatico. «Sai cosa ti dico...» – una pausa, durante la quale lui si rese conto di non ricordare il nome di lei – «abbiamo capito che non può funzionare.» Si alzò in piedi e si stirò il maglione grigio a righe sopra lo stomaco piatto. «Grazie tante per l'incontro.»

«Già, grazie a te» ribatté Edie con la stessa intonazione sarcastica, e andò subito alla porta per conto suo, per risparmiargli uno sforzo che non avrebbe comunque fatto.

# 18

*Che figlio di puttana! Ma ti rendi conto? Che stronzo intergalattico.*

Edie stava rivangando mentalmente lo scambio di battute di quel breve colloquio e ci mancò poco che si mettesse a declamarne passi scelti in mezzo alla strada.

Sentì vibrare il telefono in tasca e lo tirò fuori. *Richard.* La sua marcia rabbiosa verso la fermata dell'autobus si interruppe bruscamente. Lasciò squillare senza rispondere e vide apparire sullo schermo le minacciose parole *Nuovo messaggio vocale.*

Forse voleva essere una chiamata di cortesia, per controllare come andavano le cose. *Ho litigato con lui e il progetto è cancellato*, si immaginò rispondere. *Ah, e forse la sua agente verrà a sapere che sono stata... schietta.*

Sentì la gola serrarsi. Sarebbe stata una conversazione davvero, ehm, *spiacevole.* Persino peggiore di quella sul matrimonio. Perlomeno in quel caso non si era sentita altrettanto responsabile nei confronti del suo capo. E lui aveva avuto pietà di lei e le aveva offerto quell'ancora di salvezza. Edie sapeva che Richard voleva tenere lei in ufficio, non Jack: lei gli stava simpatica, mentre Jack non gli piaceva granché, e Richard diceva sempre che dare lavoro a persone che ti stanno simpatiche è una scelta economicamente vantaggiosa. Forse avrebbe persino preferito Edie a Charlotte, se si fosse arrivati a uno scontro diretto, e una delle sue migliori account manager l'avesse messo di fronte a un ultimatum: *o lei o me*.

E adesso stava ripagando quella fiducia mettendolo in imbarazzo con l'editore e deludendolo profondamente. Almeno l'ultimo ghost se n'era andato senza bruciarsi tutti i ponti alle spalle. E poi Edie era stata avvertita che Elliot era un tipo difficile. Elliot Owen era una star, la stronzaggine faceva parte del personaggio. Ecco cosa l'aveva irritata per tutto il – breve – corso della loro conversazione: il fatto che loro due non fossero su un piano di parità rispetto al diritto di perdere la pazienza. Lui poteva essere scorbutico quanto voleva, lei invece doveva mantenere la calma anche di fronte all'arroganza più sfacciata. Avrebbe dovuto dire paroline dolci, persuaderlo e convincerlo, ma nella sua ira per quel lungo ritardo aveva perso di vista la missione.

Non vedeva altra possibilità che richiamare Richard e ammettere il suo errore. Il disgusto e la delusione di Richard... non avrebbe potuto sopportarli. Non poteva perdere un altro amico. Uno dei pochissimi amici veri.

C'era un possibile piano B. Si sarebbe azzardata a provarlo? Era una prospettiva terribile, ma tutto considerato era la meno terribile delle due. Vacillò. Fissò il *nuovo messaggio vocale* con il cuore in gola.

Era improbabile che servisse a qualcosa, ma avrebbe dovuto almeno cercare di scoprire se c'era una possibilità di salvezza. Richard avrebbe sicuramente preteso che lei ci provasse.

Con il piombo nelle scarpe e lo stomaco ripieno di cuscinetti a sfera, tornò indietro verso la casa di Elliot e suonò di nuovo il campanello. Questa volta il nervosismo di Edie non c'entrava con il fatto che lui fosse famoso, benché certamente quel dettaglio non le fosse d'aiuto.

Uno dei lati negativi dell'incontro con una celebrità è sapere che poi ti prenderai mentalmente a calci per ogni cosa stupida che hai detto, mentre la persona famosa si dimenticherà di te dopo cinque secondi. Non c'era dubbio che da quel giorno in poi Edie avrebbe tremato da capo a piedi come Gollum ogni volta che avesse sentito nominare Elliot Owen. Forse sarebbe stato un tremito ancora peggiore di quello provocato da *Charlack*.

Lui aprì la porta, si appoggiò allo stipite e la guardò con espressione insondabile, a parte la piega irritata delle labbra.

Edie si schiarì la voce. «Ciao di nuovo. Ehm, okay, non è andata proprio come previsto. Sta' a sentire, e dimmi che ne pensi. Io scrivo una prima bozza e tu vedi se ti piace. Facciamo qualche intervista, ma scegli tu gli argomenti di cui vuoi parlare. E stiamo a vedere che succede.»

«Un momento fa mi era parso di capire che ero un bastardo senza la minima professionalità.»

Edie si trattenne dal dire: *Be', certo che lo sei* e disse invece: «Scusa, non dovevo sbottare in quel modo. Ovviamente non penso quello che...».

Elliot la interruppe. «Ti hanno detto di tornare indietro e convincermi?»

«No.»

Incrociò le braccia. «Bugiarda.»

«È la verità!»

«La risposta resta sempre no, mi spiace.»

«Senti. *Per favore*, possiamo... Mi trovo in una posizione difficile...»

«Scendi pure dallo sgabello, non ti servirà suonare il blues della disperazione.»

Aveva la lingua più affilata del previsto. Vedendo che stava per chiudere la porta, Edie si mise a gridare.

«Fermo, aspetta! Nessuno mi ha detto di chiederti scusa. Ma *devo* scrivere questo libro. Non posso tornare in ufficio e affrontare tutti i miei colleghi. Ti prego.»

Elliot riaprì la porta. «Perché no? Hai insultato anche loro?»

«Ho baciato il marito di un'altra il giorno del loro matrimonio. Marito e moglie sono entrambi miei colleghi. Al momento tutta l'azienda mi odia. Ho chiesto di essere licenziata e invece il mio capo mi ha assegnato questo libro da scrivere, in attesa che gli animi si calmino.»

*Arrrgh, ma sta' un po' zitta, Edie.*

Forse sarebbe stato meglio omettere quella parte, soprattutto a giudicare da come Elliot la stava guardando. Era stata una scommessa audace. Aveva pensato che fare appello alla pietà di Elliot fosse l'ultima speranza che le restava; ma lui avrebbe potuto riferire quella storia a qualcun altro e farla sembrare una squilibrata incompetente, e in quel modo imbarazzare ulteriormente Richard. Ma non sapeva che altro fare, a parte puntargli una pistola addosso.

Ci fu un momento di silenzio. Elliot spostò il peso del corpo da un piede all'altro e aggrottò la fronte. «Hai baciato il marito di un'altra il giorno del loro matrimonio. Ma sulla guancia?»

«No. Un bacio *bacio*.»

Elliot inarcò le sopracciglia. «Cristo.»

«Già.»

«Davanti a chi?»

Quelle domande da parte sua potevano essere interpretate, pur con cautela, come un buon segno.

«Nessuno, pensavamo che... e poi la sposa ci ha visto.»

«Mi prendi in giro?»

«No. Si sono lasciati lì su due piedi. A questo punto devo specificare che è stato lui a baciare me. Io non avrei mai fatto una cosa del genere, credimi.»

«Non sono sicuro che sia tu la persona per cui dovrei dispiacermi, in questo aneddoto, ma se lo dici tu...» Nel suo tono c'era un'inattesa vena divertita.

«Forse non lo sono. Ti sto solo pregando di non rispedirmi a Londra, per il momento. Anch'io sono di Nottingham, quindi è bello essere a casa...»

Era una palese e codarda bugia, si disse.

«Ma non sono fortunata come te, la mia famiglia è tutta a casa. Ahahah.»

Okay, ora stava parlando a vanvera. Elliot incrociò le braccia. La sua espressione si fece di nuovo imperscrutabile, ma Edie aveva il sospetto di avere appena conquistato una seconda chance. Se fosse stato un no, a quell'ora la porta sarebbe stata già chiusa.

«Per favore» insistette. «Almeno proviamoci, a scrivere questo libro. Dovrà pur esserci un sistema per farlo funzionare, in modo che io...»

Elliot alzò una mano. «Ma niente spazzatura sulla mia vita sentimentale, non sopporto quella roba.»

«D'accordo» disse Edie, incredula e sconcertata. «Dovrai approvare tutto quello che scrivo, quindi non ci saranno sorprese. Sono piuttosto brava a scrivere. Il mio libro potrebbe persino piacerti.»

Elliot assunse un'espressione scettica e si grattò la nuca. «Farò un tentativo, ma non ti prometto niente.»

Edie avrebbe voluto sferrare un pugno in aria e buttarsi in ginocchio. «Ma certo. È chiaro.»

«Venerdì non ho molte scene da girare, dovrei finire entro il pomeriggio. Vogliamo parlarne davanti a una birra?»

Lei gli sorrise. «Mi sembra un'ottima idea.»

«Bene. Chiederò a Kirsty di comunicarti i dettagli» disse, poi le chiuse la porta in faccia.

Edie tornò giù per la strada a passo molto più sciolto, sorridendo come un'idiota per il sollievo. Elliot era... non si sarebbe spinta a definirlo *simpatico*. Quantomeno però non era un mostro. Forse sarebbe riuscita a scovare un nucleo di umanità in lui, da enfatizzare a beneficio delle fan.

Ascoltò il messaggio e premette il pulsante di chiamata. «Richard! Ciao...»

# 19

Suo padre doveva aver fatto a Meg un discorsetto più serio di quanto Edie avesse immaginato. Meg era più taciturna, appariva contrita e si scusò persino.

«Mi dispiace per aver detto una cattiveria sul tuo vestito» borbottò quel bollente martedì mattina, mentre Edie era in cucina a preparare il tè. Il padre era al supermercato. «Voleva essere una battuta.»

«Non ti preoccupare» rispose lei. Voleva sfruttare quel momento per dire qualcosa tipo: *Sono una donna di sani principi, sai.* Poi ebbe due pensieri paralleli: *Non approfittartene* e *Chi te lo fa fare?* Inoltre, forse, la donna che si andava a nascondere per la vergogna nella propria città natale non era nella posizione migliore per fare una dichiarazione del genere.

Ma Edie era felice di quel temporaneo *cessate il fuoco.*

«Vuoi?» chiese, indicando le bustine di tè.

«Ah, no. Tra un minuto arrivano Winnie e Kez.»

Meg aveva accennato che quel pomeriggio sarebbero venute le sue amiche per un barbecue. Edie si era rallegrata – «Oooh, un barbecue!» – e aveva pensato di invitare anche Hannah. Poi si era ricordata che si trattava di un barbecue *di Meg.* Sulla brace ci sarebbero stati hamburger di soia e salsicce di tofu. Inoltre, spesso gli amici di sua sorella si comportavano come l'Ufficio Prevenzione Divertimento. In realtà Edie aveva conosciuto Winnie e Kez qualche tempo prima e le erano sembrate più docili di certi attivisti tutti d'un pezzo che appartenevano alla cerchia delle amicizie di Meg. Nessuno di loro lavorava di mercoledì, però?

Alla fine, dato che Meg non la invitò al barbecue e lei non voleva partecipare, le sembrò meglio andarsene in camera sua per non stare in mezzo ai piedi. Iniziò a prendere appunti per la Storia di Elliot Owen, basandosi sul libro che stava consultando, *Come si scrive un romanzo*. Il problema era la scarsità di dati a disposizione. Elliot avrebbe almeno potuto farle il favore di avere un passato interessante. *Era un bel ragazzo e poi è diventato famoso* non era una narrazione particolarmente avvincente.

Dopo mezz'ora al computer, Edie sentì musica e rumori provenire dal giardino. Guardò fuori dalla finestra della sua stanza e restò a bocca aperta. «Ma cosa...?»

Lì davanti a lei si estendeva un'invereconda e inattesa nudità: né Winnie né Kez indossavano alcunché dalla cintola in su.

Winnie, una prosperosa venticinquenne dai capelli ricci, presentava appendici mammarie di dimensioni ragguardevoli, che dondolavano delicatamente come le mammelle di una mucca, mentre lei controllava gli involti di stagnola in cottura sul grill. Quando la vide sporgersi Edie si spaventò, e temette che si arrostisse le tette. Kez era l'esatto opposto: così magra e allampanata che al primo sguardo la si sarebbe potuta scambiare per un adolescente maschio. Aveva i rasta, un grosso tatuaggio sulla pancia piattissima e piercing ai capezzoli come i bulloni di Frankenstein.

Per fortuna Meg era vestita. Indossava una specie di salopette a pantaloni corti con sotto una canottiera a righe. Bevevano tutte da lattine di Strongbow, fumavano sigarette arrotolate e ascoltavano musica con un vecchio registratore a due cassette, con i bassi che rintronavano in stile hip hop anni Ottanta. Una di loro si era portata un cane grigio, magro e rognoso, che sedeva sul patio di cemento con il muso appoggiato sulle zampe e l'aria di provare lo stesso imbarazzo di Edie.

*Ma insomma...,* pensò. *Uno è libero di celebrare il proprio corpo e sentire il vento sulla pelle dove meglio crede,* ma un mercoledì pomeriggio nel giardino del padre di un'amica non le sembrava rientrare nell'ordine naturale delle cose. C'è un motivo se la società elabora dei tabù. Inoltre, su quello stretto giardino si affacciava una dozzina di finestre: la loro casa sarebbe diventata una calamita per i pervertiti. Edie immaginò di dire tutto ciò a voce alta e capì che sarebbe suonata come un'ottantatreenne che scrive lettere di protesta ai giornali.

Controllò l'orologio. Suo padre sarebbe tornato presto. Non voleva trovarsi lì al suo ritorno e assistere ai suoi imbarazzati tentativi di condurre una conversazione con quelle due. Corse giù dalle scale, prese la borsa in cucina e si affacciò dalla porta sul retro. Le ragazze erano radunate intorno al barbecue a mangiare pannocchie.

«Ciao» disse, riparandosi gli occhi dal sole e sforzandosi di non fissare alcun capezzolo. «Per caso vi serve qualcosa dai negozi? Mi è venuta una gran voglia di un Magnum alla menta.»

Loro la guardarono inespressive e Meg disse: «Nah, siamo a posto, grazie».

*A posto e* NUDE. *E poi cosa, Meg?*

«Oh, d'accordo.»

«Scusate!» La testa di una donna spuntò da sopra lo steccato del giardino sul lato destro: l'altra metà della loro bifamiliare. Una donna sulla settantina, pesantemente incipriata, molto magra, con i capelli tinti di castano scuro e spettinati. Anche lei teneva sollevata una sigaretta accesa. L'idea di *prendere un po' d'aria fresca* era un concetto relativo da quelle parti.

«*Scusate.* Perché dovremmo guardare tutti le vostre nudità e sentire l'odore delle vostre sigarette farcite? Abbiate un po' di rispetto per il prossimo.»

Edie restò a bocca aperta. Vide Meg restare a bocca aperta. Winnie e Kez, malgrado gli effetti delle sigarette farcite, restarono a bocca aperta.

«Mettetevi qualcosa addosso, santo cielo. Siete donne, ma non siete signore.» La donna che invece *a quanto pareva* era una signora tirò una boccata dalla sigaretta, soffiò fuori il fumo e le squadrò. «Oddio, a ben guardare non sono neanche sicura che *quella* sia una donna.» Indicò Kez.

«Non ci interessano le sue idee fasciste sul buoncostume, vecchia megera» disse Meg. «La sessualizzazione occidentale del seno non è un nostro problema.»

«Dubito che qualcuno sessualizzerà tanto presto Stanlio e Ollio. Guarda in che stato sono!»

«Ah, bene, complimenti per il *body shaming*. Questa è proprietà privata, non può obbligarci a fare niente.»

«Per caso chiede anche agli uomini di coprirsi il petto?» domandò Winnie alla vicina, riparandosi gli occhi dal sole con una mano.

«No, cara, perché non hanno le tette.»

«Non tutte le donne hanno il seno e non tutti i maschi

biologici sono uomini, in ogni caso» disse Meg. «Non imponga a tutti le sue nozioni preconcette e il suo approccio normativo all'identità di genere.»

«Penso che quell'erba ti abbia dato alla testa, tesoro.»

«*Capezzolo libero!*» gridò Meg.

«Be', i tuoi capezzoli non sono liberi. Non che per me sia un problema.»

«Soffro di impetigine!»

Era la prima volta che Edie ne sentiva parlare. Tuttavia era felice che sua sorella fosse vestita.

La donna scoppiò in una risata da cattivo dei film e la sua testa sparì di nuovo dietro lo steccato.

«Oddio, non sapevo di avere Margaret Thatcher come vicina di casa» disse Meg scrollando la testa.

Kez, indifferente alla scenata, stava spruzzando senape fluorescente in un panino per hot dog.

Edie pensò che fosse il momento giusto per battere in ritirata. Era arrivata alla porta di casa quando sentì delle grida dal giardino, e non erano grida di gioia: erano ululati da far gelare il sangue.

Tornò fuori di corsa e vide che la vicina era di nuovo in giardino e rideva a crepapelle mentre inzuppava le tre donne con un tubo per annaffiare, che imbracciava come un fucile in un western, tenendo la sigaretta nell'altra mano. E quelle tre danzavano sotto l'acqua, si riparavano il viso, lasciavano dondolare i seni. Se qualche pervertito stava guardando la scena da una finestra, tutti i suoi sogni bagnati si stavano avverando.

«Chiamo la polizia, vecchia strega!» strillò Meg, paonazza, con i dreadlock chiari appiccicati alla faccia bagnata, quando l'acqua smise di scrosciare.

«Fa' pure, tesoro. Non dubito che la polizia sarà interessa-

135

ta alle droghe che state assumendo. Anzi, ora la chiamo io. Che ne dite, eh?» La sua testa sparì di nuovo.

Meg si asciugò il viso su uno strofinaccio unto. «Pazza furiosa» borbottò.

«Non pensi che chiamerà la polizia, vero?» chiese Edie, nervosa.

Non era solo l'erba. Da tempo sospettava che suo padre fosse rimasto indietro sul fronte delle incombenze amministrative, come il canone della televisione e quella lampadina dei freni fulminata sulla macchina. In parte perché era a corto di soldi, ma forse era anche un retaggio dell'esaurimento nervoso. Quando poteva, Edie gli ricordava i pagamenti da saldare; ma quasi mai era lì per controllare la situazione.

La polizia sulla soglia, di fronte a sua sorella strafatta, ad altre due scalmanate con le tette al vento e una vicina invadente e chiacchierona? Edie non riusciva a immaginare come potesse andare a finire bene.

Passando davanti alla casa della vicina, mentre andava al negozio, si fermò. D'impulso, con una certa apprensione, andò a bussare alla porta di legno sottile con i pannelli di vetro istoriati a spirale.

«Buongiorno» disse.

«E tu chi sei?» chiese la donna. Vista nella sua interezza indossava una vestaglia azzurra e rosa, un modello che Edie non pensava venisse più prodotto dagli anni Cinquanta.

«Sono Edie, vivo nella casa accanto.»

«Ah, anche tu sei stufa del topless?»

«Ehm, no. Vivo in *quella* casa accanto. Stava parlando con mia sorella, prima. È quella vestita.»

La donna si appoggiò allo stipite e la squadrò da capo a piedi. «Non ti avevo mai vista da queste parti.»

«No, vivo a Londra.»

«Ah.»

«Volevo solo dire... so che mia sorella può essere un po' pesante...» Edie abbassò la voce; Meg l'avrebbe uccisa se l'avesse sentita dire così. «Ma per favore, non cominciamo a chiamare la polizia. Non ce n'è bisogno. Non ci saranno molte altre giornate abbastanza calde per prendere il sole in topless. L'episodio non si ripeterà, penso.»

Edie sperava sinceramente che quello non fosse l'episodio numero 702 e il nudismo il nuovo hobby di Meg.

La donna la guardò da sotto palpebre pesanti e rugose, sormontate da sopracciglia sottili e depilate a forma di porte da croquet, con un risultato da film horror dell'epoca del muto.

«Quindi tornerai presto a Londra?»

Edie non sapeva se la domanda fosse conciliatoria, quindi stette al gioco. «Ehm, no, per ora lavoro qui.»

«Che lavoro fai?»

«Scrivo. Faccio copywriting. Al momento sto scrivendo un libro su un attore.»

«Quale attore?»

Edie esitò. «Uno di *Sangue & Oro*.»

La donna tirò una boccata dalla sigaretta ed espirò uno sbuffo di fumo degno di una locomotiva. Edie si sforzò di non tossire. «Aaah, il bel principe! Mi piace, quello!»

Edie non riuscì a non vantarsi per un momento. «Ehm, sì. Il principe.»

«È di queste parti?»

«Sì. Be', Bridgford.»

«Non denuncerò tua sorella alla polizia se mi fai vedere un po' di questo libro.»

Edie restò sorpresa. «Ho dovuto firmare clausole di riservatezza. Non ho il permesso.»

La donna gettò la testa all'indietro e scoppiò a ridere. «E a chi vuoi che lo racconti, tesoro mio? Ai miei uccellini?»

Edie si morse l'interno della guancia. Effettivamente sembrava improbabile che quella donna rappresentasse un rischio per la sicurezza. E i contenuti dell'autobiografia erano del tutto inoffensivi. Tuttavia Edie non se la sentiva di rischiare.

«Non posso, mi spiace.»

La donna le rivolse un ghigno malvagio e deliziato. «Allora l'affare salta.»

*Vecchia megera.* Poi pensò che aveva una corposa rassegna stampa su Elliot. Poteva farle leggere quella, così non avrebbe scoperto niente che non doveva, giusto?

«Non c'è tanta roba e non è tanto emozionante. Non l'ho ancora neppure intervistato. Lo vedrò venerdì per la prima volta. Quindi, va bene.»

«La prossima settimana?»

«Okay. E lei si chiama...?»

«Margot. Ci vediamo la prossima settimana.»

La porta le si richiuse in faccia e Edie pensò: *Questo quartiere è pieno di matti.*

# 20

Edie fece un giro del pub senza vedere Elliot e solo poi lo scorse nascosto in un angolo, la versione hollywoodiana di uno che cerca di passare inosservato. *Non ci sono zigomi scolpiti da vedere, qui: circolare.* Indossava un maglione scuro e un paio di jeans, con un berretto di lana nero tirato sopra le orecchie, totalmente fuori stagione, che gli dava l'aria di un fotomodello nei panni di un pescatore criminale. *Com'è buffa la gente famosa.*

«Sei a posto così?» gli chiese sorridendo. Elliot era seduto davanti a tre quarti di pinta di birra.

«Sì, grazie. Scusa, ne prenderei una anche a te ma ho trovato un angolo sicuro ed è meglio che non mi muova più da qui.»

«Certo» disse Edie. *Bugiardo e pigro.* Lo Stratford Haven non era certo un territorio ostile: un pub vecchio stile popolato da uomini di mezz'età e squadre sportive dell'università. Nella prima serata di un venerdì era affollato ma non troppo.

Dopo essersi procurata il suo gin tonic da persona qualunque, Edie tirò fuori il registratore e lo posò sul tavolo.

«Prenderò anche appunti su carta.» Aveva imparato che la gente parla di più se non la si guarda negli occhi.

Elliot annuì. Aveva un'espressione strana, che Edie non riusciva bene a interpretare: una miscela di attenzione e apprensione. Era palesemente a disagio. Forse ormai frequentava solo i ristoranti stellati.

«Pensavo che potremmo iniziare dal tuo amore per la recitazione» disse Edie sorseggiando il suo drink e sentendosi un po' stupida. «Quando hai capito che era quello che volevi fare?»

Si era congratulata con se stessa perché era un buon primo argomento da affrontare: adulto e adulatore.

Elliot fece ondeggiare la Harvest Pale nel bicchiere. «*Mmh.*»

«Non ti piace la domanda?» disse Edie, in tono guardingo. Intendeva trattarlo con i guanti di velluto, con la massima delicatezza possibile.

«No, la domanda va bene. Alla gente importano davvero queste cose? La mia *arte*. Ahahah.»

Bevve un sorso di birra.

Mentre lei cercava di capirlo, Elliot la guardava storto con i suoi occhi chiari incorniciati da ciglia scure. Il famoso sguardo che slacciava corsetti, o così si diceva. Edie lo trovava decisamente più freddo e burbero che eccitante.

«Sì, la gente è molto interessata.»

«Ma non tu» disse lui con un sorrisetto.

«In che senso? Certo che mi interessa!» protestò Edie, improvvisamente imbarazzata. Quell'uomo aveva un modo strano di coglierla alla sprovvista.

«Certo, come no.» Il sorrisetto diventò un sorriso soddisfatto. Un sorriso da *ti ho sgamata.*

«Hai un accento più settentrionale di quanto mi aspettassi.»

Stranamente, a quell'osservazione apparentemente inno-

140

cua lui si chiuse di nuovo a riccio. Assunse ancora quell'espressione dura, ma la voce restò pacata. «Sono originario di queste parti. Come dovrei parlare? Non ho frequentato l'accademia d'arte drammatica; o per caso non hai letto la mia pagina di Wikipedia?»

«No, non intendevo... Anch'io sono di qui, ma ho un accento più meridionale del tuo.»

«È vero.»

Edie decise di non insistere. Sembrava che non ne dicesse una giusta.

«Ehi, ho un'idea...» disse Elliot.

Lei fece un sorrisetto educato.

«Che ne dici se anch'io faccio domande a te?»

«Ehm... in che senso?»

«Cioè, in modo che sembri più una conversazione e meno un interrogatorio. Tu mi chiedi delle cose, io ti chiedo delle cose.»

Ehi, un attimo: quello non era l'egocentrismo snob che Edie immaginava fosse inscritto nel DNA degli attori.

Tuttavia aveva anche immaginato di trovarsi davanti un uomo capriccioso, quindi restava da vedere quanto in fretta si sarebbe tolto quello sfizio.

«Se preferisci...»

Elliot si stiracchiò e si mise a sedere diritto. «Recitare... La scuola non mi piaceva e non ero molto popolare.»

Edie inarcò un sopracciglio senza accorgersene. Tutte le celebrità raccontavano quella storia da Cenerentola.

«Giuro, è la verità» disse lui, che le aveva letto lo scetticismo in faccia. «Non me la cavo affatto bene in gruppo. Non ho una personalità gregaria. Crescere da maschio è un unico lungo allenamento al gioco di squadra. Paradossalmente non sono bravo a fingere di essere qualcosa che non sono, quando interpreto me stesso, se capisci cosa intendo.»

A dire il vero Edie lo capiva. Al loro primo incontro lui non aveva dissimulato granché.

«Poi un insegnante con cui andavo d'accordo mi ha consigliato di iscrivermi al gruppo di teatro ed è scattato qualcosa. È stato fantastico, non avevo mai provato quella sensazione e non l'ho più provata. Quel senso di: *Non sapevo che era questo che cercavo finché non l'ho trovato.*»

Edie trascrisse tutto sul bloc notes, ed Elliot si grattò un orecchio sotto il berretto.

«Non senti caldo con quel cappello?» gli chiese. Traduzione cortese di: che cosa diavolo ci fai con quel coso addosso al chiuso?

«Un po'. Ma non posso togliermelo.»

Lei ridacchiò. «Perché?»

«Verrei importunato.»

Doveva andarci con i piedi di piombo. Andavano più d'accordo di prima, ma per un pelo.

«So che sei un volto conosciuto, ma qui non siamo alla Chiltern Firehouse. Questo è un pub di provincia. Penso che non avrai problemi, purché non salti fuori un addio al nubilato.»

Elliot la fissò con la mandibola serrata per la concentrazione, come se cercasse di capire se scherzava.

«Allora facciamo le cose a modo tuo» disse, e si tolse il berretto. Edie si sentì fiera di sé. Un po' di contatto con la realtà non poteva che far bene a quell'uomo.

«E tu?» chiese Elliot. «Come sei finita a scrivere la *mio*-grafia di un attore?»

Edie rise. È più intelligente di quanto pensassi. Effettivamente c'era scritto che era un tipo sveglio, in quell'articolo sul supplemento domenicale, ma lei non ci aveva creduto perché l'informazione era inframmezzata da tutte quelle svenevolezze erotiche.

«Me la sono sempre cavata bene con le parole. Mi sono laureata in letteratura inglese a Sheffield, poi mi sono trasferita a Londra e ho iniziato a lavorare come copywriter.» Fece una pausa. «Vedi, niente di interessante.»

«*Chiunque* è interessante» replicò Elliot. «Prima lezione di recitazione.»

«Non è affatto vero. Seconda lezione di pubblicità.»

Elliot rise, mostrando denti molto bianchi e diritti, da star del cinema, e Edie sorrise e si rimproverò per il piccolo brivido che aveva provato. Lui si sarebbe dimenticato il suo nome entro l'indomani. Anzi, forse non lo sapeva neppure in quel momento.

Si avvicinò un uomo con i capelli bianchi e un giubbotto impermeabile. «Scusate, io e il mio amico ci chiedevamo... Lei è quello della televisione? Quello con i pipistrelli assassini?»

«Sì» rispose Elliot con un sorriso allenato, porgendogli la mano.

«Mi chiedevo, potrei avere un autografo per mia figlia? È una sua grande fan.»

«Ma certo. Ha carta e penna?»

«Ehm... no.»

Edie si affrettò a strappare un foglio dal suo notes e gli porse una penna. Elliot chiese il nome della figlia e scrisse una dedica, firmando con uno scarabocchio e uno svolazzo. L'uomo aveva l'aria di uno che avrebbe voluto fermarsi ancora ma non sapeva più cosa dire, quindi indietreggiò.

«Ecco qua, sono spacciato. Presumo che tu conosca i numeri dei radiotaxi di queste parti» disse Elliot.

Per poco Edie non gli rise in faccia. «Non per fare... ehm, san Tommaso, ma era una sola persona. Penso che ce la caveremo.»

«Non capisci proprio, eh? È come essere in giro con mia nonna. "Oooh, Elliot, non avranno visto tutti quel tuo telefilm, non è neppure sulla televisione normale."»

Lo disse con tanta tenerezza che Edie scoppiò a ridere.

«È colpa dei cellulari» riprese lui. «Il mondo non andava così a rotoli prima dei cellulari. Ora cosa sta facendo?» chiese, indicando con la testa il cacciatore di autografi.

Edie buttò uno sguardo. «Non vedo... Aspetta. Sta parlando con il suo amico e guarda il telefono.»

«Ecco, come ti dicevo. Chiunque sotto i settant'anni ha un cellulare, al giorno d'oggi, no? Sta scrivendo un messaggio per dire dove mi ha visto.»

Smisero di parlare quando una cameriera venne a prendere il bicchiere vuoto di Elliot. Oh. No, non era venuta a prendere il bicchiere.

«Scusa se ti disturbo, potrei avere una foto?»

«Certo. La scatti tu?» chiese Elliot a Edie, con disinvoltura. Lei accettò in silenzio l'iPhone della donna, inquadrò e scattò. La cameriera con la camicetta della divisa si sporgeva verso Elliot, che la abbracciava sorridente.

«Ti trovo fantastico» disse la donna. Tremava un po'. «E potresti autografarmi questo?» Spinse un sottobicchiere verso di lui.

Elliot prese la penna di Edie e firmò. «Ecco qui» disse, e la cameriera indietreggiò con una mano sulla bocca mormorando: «Non ci posso credere, grazie mille».

«E le fotocamere dentro i telefoni, ovviamente. Magia pura» borbottò Elliot.

All'improvviso Edie percepì molte paia d'occhi sulla

sua schiena. Si guardò alle spalle e vide che tutti i presenti nel pub li stavano guardando. Erano spuntati anche alcuni telefoni.

«Adesso hai capito a che serviva il berretto?» disse Elliot.

Edie ebbe la sensazione di trovarsi in un film horror dove gli zombie avevano appena annusato la sua carne fresca. La sensazione che tutti siano silenziosamente iperconsapevoli della tua presenza, ma fingano di non esserlo è estremamente inquietante.

«Uh» disse, e cercò di concentrarsi sui suoi appunti. «La recitazione. La compagnia teatrale della scuola...»

Riuscirono a parlare degli anni delle scuola per altri cinque minuti o giù di lì, poi la porta del pub si aprì rumorosamente ed entrò un gruppo di ragazze. Iniziò subito un gran parlottio e molti colli si allungarono. L'uomo con l'impermeabile salutò le ragazze e fece il cenno del capo *lui-è-laggiù* più discreto del mondo. Oh, porca miseria, Elliot aveva ragione.

«Quante sono?» chiese lui, che era girato dall'altra parte.

Edie le contò, «Cinque, no, sei» come se fosse un poliziotto di New York. *Mezza dozzina di uomini armati a ore nove, coprimi.* Insomma, era assurdo: una manciata di ragazzine del liceo con molto eyeliner e i lustrini sulle scarpe da ginnastica non li avrebbe messi fisicamente in pericolo. Eppure incutevano una strana soggezione.

«Si può uscire dalla porta sul retro, no?» chiese Elliot.

«Be... sì» disse Edie girandosi a guardare.

«Puoi chiamare un taxi e chiedergli di fermarsi nel parcheggio? Vado a nascondermi nel bagno degli uomini. Scrivimi un messaggio quando arriva il taxi.»

«Va bene» disse lei, stranamente nervosa all'idea di restare sola con quella gente. Elliot andò verso il bagno e tutte le teste si girarono per seguire i suoi movimenti. Edie chiamò il taxi. Tenne il telefono premuto sull'orecchio anche dopo il termine della chiamata, per tenere a bada le ragazze che sembravano pronte ad avvicinarsi appena lei avesse finito di parlare.

Infilò le sue cose in borsa e, pochi minuti dopo, provò un moto di sollievo quando vide un'auto con i colori dei taxi locali fuori dalla finestra del retro. Accidenti, doveva scrivere a Elliot ma non aveva il suo numero. Sotto gli occhi di tutti, si fiondò nel corridoio e bussò alla porta del bagno degli uomini. Nessuna risposta. Spinse nervosamente la porta e vide un uomo che usava l'orinatoio e un cubicolo con la porta chiusa.

«Ehi!» chiamò, spaventando l'uomo che rischiò di farsi la pipì sulle scarpe. «È arrivato il taxi.»

Elliot apparve rimettendosi il berretto.

Corsero fuori dalla porta, Edie davanti. Era incredibilmente strano filarsela in quel modo da un tranquillo pub di catena che serviva salsicce, purè e giochi a quiz e divideva un parcheggio con il supermercato lì accanto. La fama internazionale non sembrava un'eventualità plausibile, da quelle parti.

«Dove si va, tesoro?» le chiese il tassista, e guardò incuriosito Elliot che si era accucciato sul sedile posteriore con il berretto tirato fin sotto le sopracciglia.

«Vada verso il centro città» disse Edie, e il tassista parve ancora più perplesso. Elliot sprofondò sul sedile fin quasi sotto l'altezza dei finestrini quando passarono davanti alle ragazze che nel frattempo si erano radunate sulla strada, fuori dall'ingresso principale del pub, e che ora si vedevano sfuggire la preda. Alcune fotografarono con i telefoni il taxi che se ne andava, come fossero fotografi della stampa.

Pochi istanti dopo, mentre si avvicinavano al Trent Bridge, il tassista accostò di colpo.

«Qualcosa non va?» chiese Edie.

«Non porto da nessuna parte un lestofante che scappa dalla polizia. Forza, scendete. Tentate la sorte.»

Edie si girò verso Elliot, che le stava porgendo una banconota da venti sterline tra pollice e indice. Lei la passò al tassista, mormorando: «Non è come crede».

Il tassista guardò irritato Elliot, sospirò, prese la banconota e ripartì.

«Che strada?» chiese.

«Strade? Dove andiamo noi non ci servono strade» mormorò Elliot nel colletto della giacca.

«Eh?»

«Per caso conosci altri pub *tranquilli*?» le chiese.

«Penso di sì...» cominciò lei, poi capì di essere stata arrogante. Non conosceva Elliot Owen e non capiva la sua vita più di quanto la capisse la più sfegatata delle sue ammiratrici.

La persona seduta accanto a lei era un estraneo. Gli avrebbe accordato il livello base di rispetto e da quel momento in poi l'avrebbe trattato come tale.

# 21

«Posso confessarti un segreto? È una cosa orribile. Non stai ancora registrando, vero?»

Edie scosse la testa. Aveva posizionato il dittafono accanto a sé, dove auspicabilmente sarebbe rimasto invisibile agli altri avventori, ma non l'aveva ancora acceso.

Annuì e si sentì in colpa per averlo preso in giro per la storia del berretto. Elliot se l'era rimesso in testa e ora sembrava un animale braccato.

L'aveva portato al Peacock, un pub a nord del centro città. Con la testa di cervo alla parete, la carta da parati damascata, le grosse candele da cui colava la cera e l'atmosfera di accogliente eccentricità, sembrava il salotto ingombro di cianfrusaglie a casa di uno zio alcolista. Un giradischi sul bancone suonava *Innervisions* di Stevie Wonder.

«Mi sono reso conto davvero di quanta gente vedeva *Sangue & Oro* quando una quattordicenne mi ha rincorso fuori da un negozio a Muswell Hill, come in uno sketch di Benny Hill con il sessismo alla rovescia. Sono andato a casa e ho capito questo: non c'è il pulsante *off*. Una volta che diventi famoso, non tornerai mai a essere una persona qualunque. Il diavolo non offre rimborsi. Quello che hai dato via non lo rivedrai più.»

Edie si rammaricò di non aver acceso il registratore: non si aspettava roba così interessante. «Sei pentito di aver fatto *Sangue & Oro*?» gli chiese.

«No, la serie mi piaceva. Mi piace il fatto che ora posso scegliermi le sceneggiature. È il mestiere che volevo fare. Vorrei solo che...» Scrutò di nuovo Edie con aria guardinga. «Preferirei essere un caratterista. Non voglio tutte queste seccature.»

Edie lo interpretò come *seccature da parte delle donne* e annuì. Stava per fare una battuta, dicendo che neanche lei apprezzava la fatica di essere un sex symbol, e poi pensò che era una cattiva idea per diverse ragioni. Indossava il suo cappottino a quadri scozzesi, una vecchia maglietta e una collana con un ananas di plastica. Di lì a cinque anni ne avrebbe compiuti quaranta: forse era ora di ripensare il guardaroba.

«Il fatto che il successo ti porti una nuova serie di problemi, senza necessariamente risolvere tutti quelli vecchi, è stata una sorpresa. Secondo te sono un cretino che si lamenta troppo? I soldi fanno piacere, ovvio.»

Edie sorrise. «Non mi sembri un cretino. Anzi, quello che dici è molto interessante. Ho sempre pensato che le persone famose apprezzassero segretamente tutte le scocciature.»

«Alcune sì» disse Elliot. «La verità è che è stato divertente, buffo ed entusiasmante per circa cinque minuti, poi la novità è sbiadita e non è più tornata. Non posso più prendere la metropolitana.»

«Ah no?»

«No. Essere riconosciuto in un luogo chiuso è terribile. Non vale la pena di rischiare. Per farmene una ragione mi è bastata una spiacevole esperienza sulla Circle Line con alcune scolarette americane con troppa caffeina in corpo.»

Edie disse «Oh» e guardò Elliot disegnare un otto sul tavolo con il fondo del bicchiere.

«Il mio migliore amico di qui, Al, a volte mi dice cose del tipo: "Ah, non mi va di raccontarti cos'ho fatto, sono stato soltanto in campeggio con i bambini" e il punto è che si diverte più di me. E tu?»

«Cosa, il campeggio?» chiese Edie. «Non vedo come possa essere una vacanza, essendo peggio della vita reale.»

Elliot rise. «Chiedevo se ti diverti oppure no. Sei felice?»

«*Mmh*...» Edie non sapeva cosa dire. Non ricordava quando era stata l'ultima volta in cui qualcuno le aveva fatto quella domanda. Nemmeno lei se l'era posta spesso, di recente.

«Forse non tanto felice. Insomma, ti ho raccontato cos'è successo al lavoro. Cioè, al matrimonio.»

«Frequentavi il marito di un'altra?»

«No...» Si agitò sulla sedia e pensò che era molto imbarazzante esporsi in quel modo, parlando di sé a un estraneo. Non era come un appuntamento, in cui potevi tirar fuori i tuoi aneddoti più divertenti. Non c'era da stupirsi che Elliot non lo trovasse uno spasso. «Era il fidanzato di una mia collega. Ci scrivevamo in chat, tutto qui. Ha iniziato lui. A un certo punto mi sono innamorata. In quelle chat parlavamo... insomma, sai, di cose *profonde*. Poi mi ha dato una bella mazzata andando a vivere con lei, dopo aver detto che non voleva impegnarsi. Non sapevo cosa ci fosse mai stato tra me e lui. E il giorno del loro matrimonio, per ragioni che non capirò mai, finalmente ha deciso di provarci con me.» Deglutì e aggiunse: «Gli uomini».

«Oookaaay» disse Elliot, facendo ruotare il bicchiere tra le mani. «Passiamo alla visualizzazione, come dice la mia psicanalista.»

«Hai una psicanalista?»

«Sono un attore che passa metà dell'anno in America, secondo te non ce l'ho?» ribatté lui, serissimo. «Ora scommetto che mi chiederai se prendo dei sonniferi.»

Edie rise.

«Cosa volevi che succedesse tra te e...»

«Jack. Niente, se stava ancora con Charlotte. Non volevo che diventasse il mio amante. Non farei mai una cosa del genere.»

«E cosa volevi che andasse diversamente? Prima o poi lui sarebbe andato avanti con la sua vita, no?»

«Be'... probabilmente volevo che la lasciasse.»

«La storia nella tua testa era che lui si sarebbe innamorato di te e avrebbe lasciato lei per mettersi con te? Non ti sto giudicando, cerco solo di capire.»

Ci aveva preso in pieno. Intanto Stevie Wonder gorgheggiava *Don't You Worry 'Bout a Thing*.

*Fai presto tu, Stevie, a dire di non preoccuparsi...*

«Sì. Cioè, non capivo perché Jack volesse così tanto del mio tempo ma non... me.»

Perché stava raccontando tutto ciò a *Elliot Owen*? Tragico.

«E per tutto quel tempo hai aspettato che lui prendesse una decisione, tiro a indovinare? Tu non avevi intenzione di dirgli cosa provavi?»

«No.» Edie non ci aveva mai neppure pensato.

«Aspettavi che lui ti desse cose che non aveva mai detto di volerti dare e che tu non avevi mai chiesto. Avresti potuto chiedergli cosa significava per lui quello che c'era tra voi. Ma non l'hai fatto. Gli hai delegato in automatico tutto il potere. E non mi sembra che lui l'abbia usato responsabilmente.»

Edie annuì, avvilita.

151

«Nella mia esperienza, il silenzio speranzoso è una tattica DAF.»

«DAF?»

«Destinata al fallimento.»

«È un'espressione da psicoterapeuti?»

Elliott scoppiò a ridere e Edie iniziò a pentirsi di non aver detto: «No, faccio io le domande e tu rispondi, questi sono i patti». Lui l'aveva appena fatta a pezzi in tre semplici mosse.

«Aspettare che gli altri ti leggano nel pensiero non funziona mai.» Elliot bevve un sorso di birra. «Uno dei miei insegnanti di recitazione diceva sempre che l'unica cosa che arriva a chi aspetta è il cancro. Era un tipo allegro.»

Edie fece un sorriso tirato.

«Non sto dicendo che è colpa tua; è una cosa che facciamo tutti. Puoi soltanto guardare negli occhi la situazione, trarne un insegnamento e cercare di evitare che si ripeta.»

«Grazie, Oprah.» Edie si assicurò di dirlo con un sorriso, per evitare di offenderlo.

«Benvenuta sul mio divano» disse Elliot, e risero entrambi. «Il pensiero di andare in terapia mi sembrava ridicolo, ma ho scoperto che può essere utile, sai, e non necessariamente ti monta la testa. Ti aiuta ad allargare l'inquadratura e a vedere in che modo partecipi al tuo destino. Oppure no.»

Edie si disse educatamente d'accordo; lo capiva, ma di sicuro non pensava che il fardello di essere Elliot Owen meritasse un intervento psichiatrico. Inoltre si trattenne dal dire che non le sembrava che la sua relazione con Heater Lily andasse a gonfie vele.

In quel preciso istante, come se Dio fosse un regista che non temeva di usare le armi dell'assurdo, dagli altoparlanti del pub uscirono le prime note di *Crumple Zone*, la ballata emo rock inestricabilmente associata al viso di Elliot. Lui sbuffò, si tirò il berretto sugli occhi e sprofondò sulla sedia.

«Ti rendi conto? Pensavo che mi avrebbero pagato bene per indossare un giubbotto Levi's, socchiudere gli occhi, guardare il tramonto e guidare una Mustang nel deserto della California, in quel video. Ed era una canzone così brutta che *nessuno* l'avrebbe mai visto.»

Edie ridacchiò. *Hannah non ci crederà mai...*

Accesero il registratore e riuscirono a raccogliere altri quaranta minuti circa di materiale piuttosto scialbo sulle prime esperienze attoriali di Elliot. Edie sperò di poter usare anche le rivelazioni che le aveva fatto in via confidenziale. Nei panni di se stesso, sapeva essere abilmente spiritoso e sorprendentemente incisivo. Nei panni di Elliot Owen l'Attore, diventava teso, più blando, più diretto.

I loro bicchieri erano vuoti.

«Ti spiace se me ne vado?» le chiese, controllando un orologio senza dubbio costosissimo, nascosto sotto la manica della giacca.

«Oddio, ma certo, certo» disse Edie, in imbarazzo per aver suggerito un altro drink, come se il nuovo idolo del grande schermo non avesse di meglio da fare un venerdì sera.

«Te la cavi da solo?» gli chiese.

Elliot sorrise con quei denti innaturalmente bianchi. «Sì, c'è un parcheggio dei taxi proprio qui davanti. Grazie, mamma.»

Edie arrossì.

# 22

Edie sapeva che il suo telefono – un iPhone unto dalla semplice custodia nera, come sfondo una spensierata Marilyn Monroe in abitino prendisole con un fiore in mano – poteva svolgere molte funzioni, ma non l'aveva mai considerato un'arma. E invece scoprì di avere in mano una bomba che poteva scoppiare da un momento all'altro. Che cosa aveva detto Elliot? *Il mondo non andava così a rotoli prima che inventassero i cellulari.*

Appena lui se ne fu andato, Edie iniziò a pensare che forse avrebbe potuto abituarsi a vivere di nuovo in quella città e venire a patti con la sua situazione. L'atmosfera nel pub era stata così accogliente, per un momento, che si era sentita quasi soddisfatta. Poi sullo schermo arrivò la notifica di un'email da Louis.

Un'email di venerdì sera? Cosa poteva esserci di così importante? Niente di buono. Provò la consueta scarica di adrenalina e si sentì annodare lo stomaco mentre sbloccava il telefono.

Ciao, tesoro. Spero che vada tutto bene lassù al Nord. Allora... Charlotte ha appena postato questo su Facebook. Ho pensato che dovevi vederlo. Credo che dovrebbe metterci una pietra sopra, sinceramente, ma a quanto pare serba molto rancore. Stasera sono tutti ubriachi, penso. Baci, L. xx

Sotto quel messaggio c'era uno screenshot di Facebook con un post di Charlotte e i relativi commenti.

Ciao, sono tornata, finalmente. E sì, io e Jack stiamo ancora insieme. Il giorno del matrimonio c'è stato un piccolo imprevisto (neanche tanto piccolo), ma ora abbiamo voltato pagina. Non sai mai chi sono i tuoi veri amici finché non arriva un momento come questo, e allora si scopre che certe persone non vogliono affatto il tuo bene.

*Poteva andare peggio,* pensò Edie, anche se la pelle le formicolava di vergogna mentre leggeva. Vide che la prima a tuffarsi sotto il post era la sua acerrima nemica Lucie Maguire.

Bentornata, C! Non è stata colpa tua se quella disgraziata si è infiltrata nel tuo giorno speciale. Morirà da sola e il suo culone verrà sbranato da gatti affamati. Ci sarà da mangiare per tutti! Ahahah. Tanti baci a te e al tuo bel maritino. L xxx

A più di cento miglia di distanza, Edie sussultò come se l'avessero schiaffeggiata. Una persona che nemmeno conosceva la odiava fino a quel punto. Ehi, aspetta. *Decine* di persone che non conosceva la odiavano fino a quel punto.

Lucie ha ragione. Che stronza. E poi, be'... uno non dovrebbe lasciarsi tentare da una donna PIÙ BELLA della moglie? È di nuovo la storia di Camilla e Diana.

Ma chi era lei? Non l'ho neppure notata.

155

Sadie, non l'ha notata nessuno finché non si è buttata addosso allo sposo. Ti sembra possibile avere così poca classe?

Sul serio, qual era? È qui su Facebook?

Faccia tonda, capelli scuri, tette grandi, vestito rosso. Corto. E troppo, troppo truccata. No, è scomparsa! Puttanella.

Aaah ho capito chi è, credo. Si buttava addosso a tutti i maschi e le tette le uscivano dal vestito. Bleah, che orrore.

Edie avrebbe voluto sapere da dove provenissero quelle informazioni, ma la campagna denigratoria viveva di vita propria, alimentata da un motore interno, e non aveva alcun bisogno dei fatti come carburante, bastavano le emozioni.

Se mai si sposerà, spero che qualcuno le rovini il grande giorno. ⊗

Ahahahaha nessuno la sposerà mai, QUELLA. NESSUNO. È un cesso a pedali.

Ha un fidanzato? Mi pareva che fosse lì con qualcuno.

Un migliore-amico-gay. È una di quelle che restano single a vita.

Oddio, chissà perché. E chissà perché era GELOSA.

Qualcuno ha una foto di questa puttana? Voglio ridere della sua sfiga.

L'ultimo commento era di Charlotte:

Signore, vi ringrazio molto per avermi difesa, vi voglio bene.
Ora però dovrò cancellare questo post, perché non voglio
più che quella donna sia nominata sul mio profilo. Non è
nessuno. C xxx

Edie smise di leggere e alzò lo sguardo. Le girava la testa e aveva la nausea. Era come se quelle persone parlassero di qualcun altro, ma non era così: parlavano di lei. Il suo
nome, il suo aspetto, il suo comportamento. Il gioco della
pentolaccia in versione virtuale. Sentì squillare il telefono.
Era Louis.

«Pronto?»

«Edie, ciao. Senti, quell'email che ti ho mandato... Can-
cellala, non la leggere.»

«L'ho già letta.»

«Oh, merda! Appena te l'ho mandata mi sono pentito.
Stai bene, tesoro?»

«Non proprio» rispose con un filo di voce.

«Oh, *no*. Oddio, mi sento così in colpa. Non mi andava
che la gente parlasse alle tue spalle e ho pensato che qualcun altro potesse mandarti il link.»

Louis era davvero un sadico della peggior specie. Di
quelli manipolatori e codardi. Voleva l'emozione violenta
di trasmettere quelle informazioni, e poi il gusto di raccogliere le prime reazioni di Edie. E che lei lo ringraziasse di
averlo fatto, che lo rassicurasse. *No, non ti preoccupare, hai
fatto bene a mandarmelo.*

Poiché Louis era l'unica persona che si qualificasse come
suo alleato, se avesse litigato anche con lui sarebbe rimasta
completamente sola. Be', ma chi voleva prendere in giro?

Era già sola. Ma no, non aveva voglia di farsi un altro nemico, per quanto lui lo meritasse. *Hai vinto tu, Louis.*

«Non capisco...» Edie deglutì. Aveva la bocca raggelata da un dolore freddo, duro, che le si era propagato al naso e alle orecchie. «Non capisco perché tutti dicano che sono una persona orribile quando è stata un'idea di Jack.»

«Lo so» sospirò generosamente Louis. «Le chiappe di Jack si salvano sempre, eh? Secondo me parlano male anche di lui, ma non in faccia a Charlotte.»

«E perché lei se l'è ripreso?» Edie sentì una lacrima scorrere sulla guancia. L'asciugò e si proibì di farsi tremare la voce. *Non dare a Louis questa soddisfazione.*

«Per lo stesso motivo per cui tu gli hai permesso di baciarti, immagino» disse Louis, con una cattiveria squisitamente mirata.

«Grazie, Louis! Grazie tante!» ribatté lei a voce così alta che alcune persone nel pub si girarono a guardarla.

«Nooo, tesoro» fece lui, la serpe. «Voglio dire, è *affascinante*, no? E tecnicamente sono sposati. C'è stato un lasso di tempo in cui Charl avrebbe potuto ottenere un annullamento. Chiaramente Jack l'ha battuta sul tempo, ahahah.»

Edie desiderava soltanto che quella telefonata finisse.

«Come va con quell'attore? Non riesco a *credere* che conoscerai Elliot Owen, io mi ammazzerei di seghe.»

«Sì, lo vedo tra un minuto in effetti, quindi devo andare. A presto!»

Chiuse la comunicazione. Quella telefonata sarebbe sicuramente servita a fornire nuove munizioni contro di lei in ufficio. Sapeva esattamente come avrebbe agito Louis: avrebbe lasciato cadere con aria innocente un pezzo di carne nella gabbia per poi godersi il truculento finale. Edie aveva pensato di chiedere a Richard di mantenere il segreto, poi però aveva preferito non esagerare con le richieste.

Avrebbe pagato per quella scortesia nei confronti di Louis, naturalmente – immaginava già la piega irritata delle sue labbra in quel momento – ma d'altra parte era difficile distinguere tra Louis il nemico e Louis l'amico.

Cancellò l'email e la rimosse anche dal cestino. Aveva pensato di scrivere lei stessa a Charlotte per spiegarsi in qualche modo e porgere le sue scuse più sentite, dopo che si fossero calmate le acque. Ora capiva che avrebbe solo gettato altra benzina sul fuoco, senza ottenere assolutamente nulla. Aveva fantasticato che fosse possibile ricucire una parte dello strappo strisciando e minimizzando l'accaduto, ma sapeva che non era così. Aveva rovinato le nozze di Charlotte e quasi anche il suo matrimonio, non c'era altro da dire.

Senza dubbio Jack aveva lasciato intendere che Edie gli fosse saltata addosso, ed era stato quello a farlo tornare nelle grazie della moglie. Finì di bere il vino.

Il Peacock sorgeva in fondo a Mansfield Road, quindi poteva tornare a casa a piedi. Al tramonto e nel frastuono di un venerdì sera che per tutti gli altri stava appena iniziando, solcò le strade della sua giovinezza, passando davanti a botteghe d'antiquariato, un negozio di alimentari caraibici, edicole, pub vecchio stile e uno strano negozio dall'aria desolata che sembrava vendere tutù da ballerina e baffi finti. Alcuni uomini le fischiarono dietro dalla porta di un fast food di pollo fritto e lei li ignorò, irritata.

In quel momento, da qualche parte a Londra, tutti i suoi colleghi si stavano stipando nell'enoteca italiana e la stavano allegramente facendo a pezzi, mentre lei era lassù, bandita dal regno, disprezzata da tutti. Le dispiaceva

che Nottingham fosse associata a quel tormento e quell'e-
silio, e le parole crudeli di quei commenti la tormentava-
no. Era davvero una predatrice grottesca? *Forse è così che
ci si sente a guardarsi allo specchio, e a vedersi per come ci ve-
dono gli altri.*

Quando riuscì ad aprire la porta di casa trovò Meg ad
aspettarla nell'ingresso con un'espressione che, anche in
quel momentaccio, le fece quasi venire da ridere: mento
abbassato, sguardo torvo da sotto le sopracciglia, guance
gonfie per l'indignazione. Somigliava così tanto a Meg la
bambina bisbetica che Edie provò un fremito d'amore ma-
terno. Poi capì che non si trattava di un'umoristica simula-
zione di capricci infantili. Sua sorella era davvero furiosa.

«HAI CHIESTO SCUSA PER CONTO MIO?! Come hai OSATO?»

«Cos...?»

«Quella vecchia nazista della casa accanto ricomincia a
rompermi le palle e se ne esce che: "Ah, e tua sorella dice
che la smetterai di tirare fuori le tette e bla bla bla" e io
dico: "COME SAREBBE?" e lei dice che sei ANDATA a PARLARE
con LEI e hai DETTO che MI DISPIACEVA? Come si fa a TRADI-
RE così la FIDUCIA altrui?»

«Megan, cosa sono tutti questi strilli?» chiese il padre
dal salotto.

«Non ho detto così, le ho chiesto di non chiamare la
polizia...»

«Non le hai promesso che non saremmo più state in
topless?»

«Ho detto che probabilmente non...»

«Oddio, perché sei così stronza?!» gridò Meg. Aveva
raggiunto un tale livello di collera che nessuna spiegazione sarebbe mai stata sufficiente. «Dovevi per forza andare
lì e farmi sembrare una brutta persona, quando lei ci aveva

160

aggredite senza motivo. Sei una bigotta! Così bigotta che sei segretamente d'accordo con lei!»

«Meg» disse Edie, sentendosi in corpo un vulcano di rabbia che non riusciva a placare. «VAFFANCULO E LASCIAMI IN PACE. PER SEMPRE.»

Il volume della sua voce lasciò Meg momentaneamente spiazzata. Edie la spintonò per passare e corse su per le scale, col fiatone, poi sbatté la porta della sua stanza con tanta forza che calcolò che suo padre avrebbe aspettato almeno un'ora prima di azzardarsi a parlarle. Al diavolo, al diavolo tutti quanti: doveva andarsene da lì, era un disastro.

Si guardò intorno in quella stanza anonima e vide la valigia non ancora disfatta, un chiaro emblema dei suoi sentimenti.

Si gettò sul letto a faccia in giù e scoprì che non aveva le energie per piangere. Invece si domandò quante persone avrebbe fatto soffrire se avesse preso troppe aspirine e avesse aspettato di scivolare via. Suo padre. Meg, forse. Ma Meg l'avrebbe considerato il più spudorato dei trucchi per mettersi al centro dell'attenzione. Hannah. Nick. Richard. Un numero di persone piuttosto ristretto, per una donna di trentacinque anni.

Finalmente se ne rese conto: la sua reputazione funzionava come l'anonimato di Elliot. Ormai l'aveva data via e non l'avrebbe più riavuta indietro.

# 23

*Devi mangiare!* è una di quelle stupide ammonizioni, pensò Edie.

Non devi mangiare per forza, a meno di essere in preda a una malattia debilitante e purché il cibo sia disponibile quando ne hai bisogno. Si può andare avanti benissimo mangiando il minimo indispensabile.

E Edie non aveva appetito. Ogni volta che si trovava un piatto davanti le si annodava lo stomaco al ricordo di quei commenti sotto il post di Charlotte. Continuava persino a rimuginare su alcune delle accuse più scandalose: si buttava addosso a tutti gli uomini? Possibile che fosse vero, anche se lei pensava il contrario? Si buttava senza accorgersene?

In ogni caso, indubbiamente, erano molte di più le persone che la odiavano rispetto a quelle che la amavano; un pensiero inquietante. In parte si negava il cibo per punirsi. Essendo una delle creature più ripugnanti della società, sopravviveva con una mostruosa dieta a base di forchettate del gumbo ai piselli e arancia di Meg – così sgradevole da rappresentare in sostanza un atto di aggressione – curry di seitan e datteri – un appuntamento culinario con Satana – e qualche pacchetto di Hula Hoops al gusto barbecue.

L'unica persona che sembrava non accorgersi del suo digiuno era il padre. Probabilmente aveva pensato che l'aspetto esangue e la sofferenza palpabile di Edie fossero dovuti alla permanenza obbligata in quella casa. Lei avrebbe potuto spiegargli come stavano le cose, ma poi si sarebbe sentita meglio? La sola idea le dava i brividi.

Quando si faceva coraggio per sorridergli, cercava di puntare lo sguardo su un orizzonte futuro in cui sarebbe stata felice. Di nuovo a Londra, in un'altra agenzia, dove magari avrebbe conosciuto qualcuno. E la storia del matrimonio sarebbe rimasta nulla più che un fremito momentaneo quando qualcuno le avrebbe chiesto: «Ma eri *tu* quella?» come se stesse parlando di una vecchia leggenda metropolitana.

Lei e Meg non si rivolgevano la parola. La temperatura in quella casa era scesa sottozero. Edie sospettava che sua sorella tenesse in camera un calendario da cui depennava le settimane che mancavano alla sua partenza.

In una tiepida giornata in cui Meg era fortunatamente all'ospizio e il padre era nella stanza degli ospiti a correggere compiti d'esame – lavorava ancora per la Open University – Edie sedeva in giardino ad aspettare una chiamata dell'assistente di Elliot e intanto leggeva un romanzo giallo, cercando di convincersi che le cose sarebbero potute andare peggio: avrebbe potuto essere inseguita da un assassino. Ma quel metodo non funzionava granché: Edie avrebbe preferito lo Squartatore Silenzioso a Lucie Maguire.

Una testa spuntò da sopra lo steccato. «Allora, dov'è il mio libro?»

Era la vicina troppo truccata, la nemesi di Meg. Edie sperava che se ne fosse dimenticata. Non voleva neanche pensare all'ira di sua sorella se l'avesse sorpresa a casa della vicina. Inoltre aveva intuito che quella donna era un'eccentrica della peggior specie e, vedendo le bottiglie che accumulava nella raccolta differenziata del vetro, aveva dedotto che fosse una di quelle persone che Richard definiva *fluidi potenzialmente volatili*.

«Ehm. È sicura di volerlo?»

«Ti ho già detto di sì. O vuoi tirarti indietro dal nostro accordo? Non ho chiamato gli sbirri per tua sorella.»

Malgrado tutto, Edie sorrise della parola *sbirri*. La donna si reggeva allo steccato e la fissava con quei suoi occhietti carichi di aspettativa. All'improvviso, percepì che quella donna si sentiva sola. La sua visita era più importante di quanto avesse pensato.

«Potrei venire da lei ora?» disse.

«Ora va bene» disse la donna, e scomparve dietro la staccionata.

Edie si tolse gli occhiali da sole e attraversò la casa, recuperando il computer dalla cucina. *Mmh*, doveva dire a suo padre dove stava andando? L'avrebbe reso complice involontario delle sue malefatte, se Meg avesse fatto domande. Guardò l'orologio: Meg non sarebbe tornata prima di qualche ora. Meglio sbrigarsela senza dare nell'occhio.

Bussò alla casa accanto con il computer sottobraccio e si sentì stupida. La donna aprì.

«Ciao! Margaret, vero?»

«Margot!»

«Margot, scusa. Io sono Edie.»

«Sì, me l'hai già detto. Pensavo di essere io la vecchia smemorata.» Margot indossava una maglia di mohair, che la faceva sembrare un gigantesco coniglio bianco, e pantaloni palazzo di seta frusciante. Aveva uno spesso strato di trucco e l'onnipresente sigaretta in mano.

Edie fece un sorriso-smorfia e pensò: *Povera me, sarà un lavoraccio.* L'interno della casa era pervaso dall'aroma caldo del tabacco, ormai sorprendentemente anacronistico. L'arredamento non sarebbe potuto essere più diverso dalla semplicità borghese da professore in pensione della casa di suo padre. La moquette era spessa e rosa pastello, i lampadari a forma di goccia.

Margot condusse Edie in salotto, che conteneva un gigantesco televisore a schermo piatto e due bellissimi pappagallini grigi e gialli che cinguettavano e saltellavano in una gabbia a cupola. Vaporose tende color crema e oro con mantovane di pizzo erano legate con cordoni da cui penzolavano nappe. Buffi soprammobili erano sparsi qua e là: una sfera di cristallo con dentro luci al LED e un alberello di plastica con le foglie di metallo. Edie aveva la sensazione che tutti quegli oggetti provenissero da cataloghi di cui ignorava l'esistenza. C'era un vaso di gigli orientali dai petali che viravano al giallo ocra e una pioggia di polline che si raccoglieva sul pavimento.

Margot si sedette in poltrona davanti al caminetto elettrico, accanto a un posacenere a forma di cigno, un bicchiere e una bottiglia di cognac Martell. Sembrava che non avesse ancora iniziato a consumare la dose quotidiana, ma Edie non poteva esserne certa.

Si sedette con cautela su un divano color pesca troppo imbottito e disse: «Se apro il computer posso mostrarti...».

Edie aveva selezionato una pagina di banalissime informazioni sul passato di Elliot, materiali quasi interamente tratti da altre fonti e rielaborati per evitare accuse di plagio, e zero rischi se Margot avesse tentato di rivenderli al *Daily Mail.*

«Oh.» Margot agitò una mano ossuta. «Non ci vedo, cara, è troppo piccolo. Dovrai leggermelo tu.»

Edie si accomodò sul divano e covò pensieri da adolescente rancorosa. È ridicolo, *perché devo farlo per forza?*

«Devi scusarmi, è molto frammentario ed è ancora una prima bozza.»

Si schiarì la voce e iniziò a leggere. Santo cielo, visto così sembrava già un piattume, ma letto a voce alta era ancora peggio.

*Fu allora che Elliot trovò rifugio nella recitazione... i suoi genitori avevano sperato che si iscrivesse a legge o a medicina, ma ben presto capirono quant'era importante per lui... bla bla Oliver Twist bla bla... l'odore del cerone.*

Imbarazzata per quel tedio, Edie non alzò lo sguardo finché non fu interrotta da uno strano ronzio. Margot si era appisolata.

Per un momento pensò che fingesse per fare scena.

«Margot? Margot!»

La donna si svegliò di soprassalto, la guardò e scoppiò in una risata anarchica. «Oh, santo cielo! Oh, scusa! Mi sono addormentata... e ti avevo chiesto io di leggerlo. Oh povera me, ahahah.»

Edie sorrise e cercò di non offendersi.

«È un po' *banale*, però, non ti sembra? È davvero una persona così noiosa? Che peccato. Dov'è la trasgressione? Dove sono gli aneddoti?»

Edie si sentì un po' offesa per conto di Elliot.

«Non è noioso. Penso che stia solo molto attento a ciò che dice, dal momento che è così famoso.»

«Perché?»

«Potrebbe cacciarsi nei guai.»

«Con chi?»

«Be'... la stampa potrebbe prendere le cose fuori contesto.»

«Allora da' loro il contesto. Sei tu la scrittrice, dolcezza.» Margot la guardò. «Hai proprio una faccia da bambola. Sei sposata? Ti vedi con qualcuno?»

«No e no.»

«Buon per te. Il matrimonio è un gravissimo errore.»

Margot si sporse verso di lei e Edie tirò un po' in dentro la pancia, imbarazzata.

«Sei giovane e bella, perché non ci provi con quel ragazzo, già che ci sei? Magari gli darai un po' di brio, un po' di vita. Oppure è omosessuale? Purtroppo i migliori lo sono tutti.»

Edie rise. «Non sono più tanto giovane, ho trentacinque anni. E neppure bella, ma grazie lo stesso.»

Margot scrollò la sigaretta nel posacenere. «Che peccato. Non ci crederai finché non sarà troppo tardi. Non sprecare la gioventù nell'ansia, tesoro. Ti aspettano tanti anni di vecchiaia e bruttezza.»

Edie rise educatamente, di nuovo.

«Facevo l'attrice» disse Margot.

«Davvero?» chiese lei, incredula ma cortese, e di nuovo desiderò andarsene. E se quella donna fosse stata una pazza visionaria?

«Non una di quelle brave» disse Margot. «Facevo abbastanza schifo. Ma ero *bella da guardare*, tesoro.»

Edie sorrise. «Hai recitato in qualcosa che io possa aver sentito nominare?»

«Ne dubito, sei troppo giovane. Ho una foto di uno spettacolo, qui... *La ragazza del piano di sopra*, si intitolava. Era una farsa. Non se ne fanno più, oggi. A parte le avventure di tua sorella.»

Si alzò, e per un attimo sembrò un fauno barcollante su

un paio di gambe nuove, poi ritrovò l'equilibrio e andò a prendere una cornice con una foto in bianco e nero da un armadietto dei liquori.

«È una foto promozionale. Siamo andati in tournée in tutta l'Inghilterra.»

Edie prese la foto dalle mani di Margot, piene di macchie d'età. «Questa sei tu?» chiese, sapendo di suonare incredula e che l'incredulità era un po' scortese.

«Era il 1958, quindi avevo ventisette anni.»

«Come ti chiamavi? Cioè, avevi un nome d'arte?»

«No, usavo il mio vero nome, Margot Howell. Il mio agente voleva che lo cambiassi, penso che avesse ragione.»

Wow. Margot era *strabiliante*.

Edie voleva riempirla di complimenti ma senza insultarla. Depennò mentalmente le prime due reazioni: *Sembri così giovane!* e *Com'eri bella!* e alla fine optò per: «Che foto straordinaria».

Margot non era carina, da giovane: era uno schianto, una cantante francese anni Sessanta mescolata a Diana Rigg negli *Avengers*.

Gli zigomi, che restavano ancora di tutto rispetto, e gli occhi enormi emanavano una sensualità prorompente. La Giovane Margot scrutava nell'obiettivo da dietro gorghi di eyeliner nero, i lineamenti esaltati alla perfezione da una folta frangia scura, mentre il resto dei capelli era raccolto.

Indossava un abito da cocktail nero, attillato e scollato, stretto sotto il seno in un clamoroso vitino di vespa. Aveva gambe snelle, accavallate in una posa elegante, e reggeva una sigaretta. Il tabacco era un amore che durava da tutta la vita, a quanto pareva.

Era circondata da uomini in smoking che le offrivano accendini. Era una scena così ben composta e piena di glamour che meritava di diventare uno di quei poster appesi in ogni dormitorio universitario, come il bacio a Parigi o Marilyn sulla grata.

«È stupenda!» disse Edie con un mezzo sospiro.

«Quelli sì che erano bei tempi» commentò Margot.

Si riprese la foto e la rimise sul mobile, e a Eddie parve che avesse gradito la sua reazione. Non riuscì a non sentirsi melodrammaticamente triste per una donna un tempo così bella e ora prigioniera in quella casa con due pappagallini.

Sentì squillare il suo telefono e fu colpevolmente felice di avere una scusa per andarsene.

«È mio padre, meglio che risponda» disse.

Margot annuì. «Il tuo attore... Direi che se è il suo libro, e c'è sopra il suo nome, può metterci dentro tutto il cavolo che gli pare.»

Edie annuì di rimando e rispose al telefono.

# 24

Edie incrociò suo padre all'ingresso, mentre lui le diceva al telefono: «Ma cosa ci fai lì?».

Chiusero la telefonata simultaneamente.

«Papà, non dire a Meg che sono stata a casa di Margot, va bene?»

«Quella vecchia sociopatica?»

«Non è un bel modo di chiamare mia sorella» scherzò Edie.

«Perché sei andata a trovarla?»

Decise di omettere la parte con le tette, la cannabis e le minacce di chiamare la polizia. «Voleva leggere il mio libro. Sapevi che da giovane era un'attrice?»

«Evidentemente si è immersa con il metodo Stanislavskij nella parte di una vecchia arpia intrisa di brandy. Le litigate che abbiamo fatto sulla situazione del giardino! È convinta di vivere nella Versailles di Nottingham Nord. Le sta andando via la vista. O forse il cervello.»

«*Ssh*» disse Edie, consapevole che le pareti non erano molto spesse.

«Bah, figurati. Quella donna non si offende mai. Magari lo facesse, ogni tanto.»

«È particolare, ma molto... energica. E sincera.»

«*Mmh*. Sincera e saggia non sono la stessa cosa.»

Il telefono di Edie squillò di nuovo: era Richard.

«Ah, roba di lavoro» disse, e corse su per le scale con il cuore in gola.

«Ciao, Edie. Ho brutte notizie, purtroppo. Il progetto del libro è cancellato.»

«Cosa? Perché?» Edie era scioccata, e stranamente triste, mentre si richiudeva alle spalle la porta della sua stanza. Non aveva voluto quel lavoro, ma appena aveva cominciato a sentirlo suo, le era stato strappato via.

«Il *talent*, come lo chiamano probabilmente in modo ironico, ha cambiato di nuovo idea. Gli attori sono tutti matti, eh?»

Edie deglutì con forza e disse: «L'ultima volta che l'ho visto mi è sembrato che fosse convinto...».

«Oh, nessuno sta dicendo che hai sbagliato qualcosa. La buona notizia è che ti pagheranno una percentuale sostanziosa della cifra prevista, per scusarsi di averti fatto perdere tempo. Quindi tutto è bene quel che finisce *quasi* bene. Ora dobbiamo vederci, io e te, e decidere il modo migliore per reintegrarti nella società civile di quaggiù. Io e Jack Marshall abbiamo raggiunto un accordo tra persone adulte, stabilendo che lui debba portare il suo grande talento in un'altra agenzia.»

Edie si sentì cadere le braccia. Immaginava già i commenti: *E ha fatto anche perdere il lavoro a Jack!*

«Quindi dipende tutto da come tu e Charlotte riuscite a convivere. Non ho dubbi che possiate farcela.»

«Richard, non sarà possibile. Lei mi odia a morte.»

«Scommetto che non ti sceglierebbe come ostetrica o come esecutrice del suo testamento, adesso come adesso; ma ogni ostacolo è sormontabile, soprattutto quando una

171

persona vuole continuare a percepire lo stipendio. Organizzerò una chiacchierata riappacificatrice tra noi tre che sarà breve, andrà dritta al punto e non vi farà versare neppure una lacrima. Potrei versarne qualcuna io, però.»

Edie stava per strepitare: *No!* ma se lo rimangiò in tempo. Quello era il suo capo, ed era stata lei a causargli tutte quelle scocciature. Tuttavia non voleva mai più trovarsi nella stessa stanza con Charlotte, se poteva evitarlo. Inoltre, l'incontro con Richard sarebbe stato come stringersi la mano nell'ufficio del preside, ma nel cortile della scuola poteva succedere di tutto.

«Suggerirò a Charlotte che, se è in grado di risolvere il problema del suo matrimonio, allora può risolverlo anche sul posto di lavoro.»

«Grazie» mormorò Edie. Gradiva quell'offerta quanto un'emorragia rettale, ma era pur vero che Richard stava cercando di risolvere il *suo* problema.

Emise suoni di assenso fingendo ottimismo e chiuse la telefonata. Perché Elliot aveva cambiato di nuovo idea? Quella corsa da un capo all'altro della città era stata davvero così terribile? O forse aveva trovato Edie un'impicciona poco professionale? Be', in tal caso non era solo il suo orgoglio professionale a essere ferito, ma il suo orgoglio e basta. Gli aveva raccontato della sua vita e lui aveva mostrato interesse. *Mostrato,* appunto: tutta scena, ma d'altronde era un attore.

Le squillò di nuovo il telefono, un numero di cellulare sconosciuto, e fu tentata di non rispondere. Ebbe lo spiacevole pensiero che potesse essere qualche amica di Charlotte, o lei stessa, che chiamava per un avvertimento mafioso del tipo: *Non ti conviene tornare all'Ad Hoc.*

Doveva lasciarlo squillare? Esitò, e poi le venne in mente che, se c'era un problema da affrontare, probabilmente era meglio levarsi il pensiero.

«Pronto?»

«Edie? Ciao, sono Elliot.»

«Elliot!» esclamò, a voce un po' troppo alta. «Ciao! Che sorpresa...»

Nel disordine della sua stanza vide il reggiseno della sera prima abbandonato sul pavimento e si girò per non dover guardare le coppe D a fiori di Marks & Spencer mentre parlava con una delle *100 persone più belle del 2014* della rivista *People*.

«Ciao, volevo scusarmi per aver annullato il progetto.»

«Ah sì. Ti è passata la voglia? Spero che le mie domande non fossero troppo brutte.»

«No, certo che no... non ti hanno detto perché è stato annullato?»

«Solo che avevi cambiato idea.»

«Oh, accidenti. Mi avrai creduto un vero stronzo.»

Edie si affrettò a negare in tono vago. Quella sì che era una sorpresa: Elliot si era preso la briga di procurarsi il suo numero di cellulare invece di mandarle un messaggio tramite la sua agente.

«È per via di un'altra autrice. Jan qualcosa. Sta scrivendo un libro non autorizzato su di me. Ecco perché la mia agente mi ha costretto a scrivere questo, per bruciare l'altro sul tempo. L'idea è che non possiamo impedirle di scriverlo, ma possiamo azzerarle le vendite perché la gente comprerà il libro ufficiale e non il suo. Non ne sapevi niente?»

«No.»

*Ma sarebbe stato carino che qualcuno me lo dicesse.*

«Già. Sta parlando con tutti i miei amici e parenti, cerca di scovare qualche scandalo. E ieri è riuscita a raggirare mia nonna, dicendole che io ero al corrente di tutto. Mia nonna le ha raccontato un sacco di cose e poi, quando le abbiamo spiegato chi è questa Jan, è scoppiata a piangere, temendo di avermi deluso. Sai, capisco che pensino che con me vale tutto, perché ho rinunciato al diritto alla privacy quando ho accettato di recitare in un telefilm. Non sono d'accordo con loro, ma comprendo la logica. Ma cosa cazzo ha fatto di male mia nonna? Come fai a dormire la notte dopo aver fatto piangere una donna di ottantatré anni?»

«È terribile!» esclamò Edie, con sentimento. «Non puoi diffidarla dall'usare l'intervista?»

«La legge sulla revoca del consenso... è una storia lunga, ma in pratica no. Una volta ottenuto il consenso non c'è più niente da fare.»

«Ahia. Mi dispiace, Elliot. Non lo sapevo.»

«Ha scritto qualcosa sulla pagina Facebook della mia vecchia scuola, cercando *aneddoti* su di me. Un mio amico ha finto di avere qualcosa da offrire, e nei messaggi privati era tutto un "voglio solo sapere con chi è andato a letto". È disgustoso. Ieri sera ho perso la pazienza. Come mai ci giriamo intorno, facciamo un libro perché lei sta facendo un libro, e lasciamo che sia lei a dettare le regole? Al diavolo. Sì, questa tizia guadagnerà un mucchio di soldi. E se riuscirà ancora a guardarsi allo specchio, buon per lei. Quanto a me preferisco un dignitoso silenzio. Non ho bisogno di soldi.»

La sua riluttanza si spiegava molto meglio, ora. E se Edie fosse stata informata, perlomeno avrebbe affrontato la situazione in modo molto diverso.

«Non avevo idea di tutta questa storia, Elliot. Ne hai parlato con lo scrittore con cui lavoravi prima di me? L'altro ghostwriter?»

«Ah, *quello*. Ha detto che se non potevo offrirgli roba più scandalosa di quella scovata da Jan saremmo sembrati ridicoli. L'ho mandato a quel paese.»

Oh. Edie aveva dato per scontato che Elliot Owen fosse una persona volgare e insopportabile. E invece adesso scopriva di aver posseduto appena un terzo delle informazioni. Giudicare senza conoscere tutti i fatti: non era proprio quello che stavano facendo i suoi detrattori online?

«Mi dispiace molto» disse. Non aveva più niente da perdere con la sincerità. «Mi sono sbagliata di grosso, Elliot. Ho pensato che tu prendessi sottogamba tutta questa storia perché non riuscivi a deciderti, e non sapevo che ci fossero... pressioni esterne. Ora capisco perfettamente perché non ti andava di fare quel libro.»

«*Viziato*, mi pare tu abbia detto» le ricordò Elliot con un sorriso nella voce. «No, avevi ragione. Non ti ho mostrato il mio lato migliore, al nostro primo incontro, per via della rottura con Heather.»

«Vi siete lasciati? Mi dispiace.»

«Non serve, a me non dispiace affatto. Stavamo insieme per affari. Lei affronta le relazioni interpersonali come un laboratorio di falegnameria.»

«Ahahah.»

Per la seconda volta, quel giorno, Edie intuì che Elliot si sentiva solo. Altrimenti perché le avrebbe raccontato tutte quelle cose?

«Comunque, volevo scusarmi con te. Non hai detto che non volevi tornare a Londra?»

«Oh, già. Be', sopravvivrò. Ma grazie per aver pensato a me» disse Edie.

Una pausa, durante la quale forse si chiesero entrambi dove trovare le parole per dire: *Goditi il resto della vita* e dileguarsi con grazia.

«Sai, è proprio un peccato non poter scrivere il libro.»

«Mi sembra impossibile che l'idea ti allettasse così tanto...»

Aveva scoperto come trattare Elliot, e non era tanto diverso dal modo in cui trattava Richard. In fondo lui sapeva accettare la sincerità. Il suo sbaglio era consistito nel pensare che Elliot fosse molto meno intelligente di lei. Un errore di valutazione.

Decise di esprimere a voce alta un pensiero che si era cristallizzato compiutamente solo a casa di Margot.

«Mi è venuta un'idea assurda. Sai quando siamo dovuti scappare dallo Stratford Haven? Quando ti ho costretto a toglierti il berretto? Mi domandavo se non fosse meglio abbandonare quella sterile vanità e comporre invece un'istantanea di cosa vuol dire essere te, in un momento come questo. *La vita dentro la bolla.* Potremmo usare quell'aneddoto come introduzione nel primo capitolo e presentarlo come una conversazione, piuttosto che fingere che sia tu a scrivere in prima persona.»

«*Mmh*, sì. Idea interessante. Purché l'editore non la trovi *eccessiva.*»

«All'editore deve piacere quello che piace a te, no?»

«Immagino di sì.»

«Comunque, non sto cercando di convincerti. Penso che al posto tuo non lo farei.»

«Ah, be', okay.» Pausa. «Piacere di averti conosciuta, Edie. Bellissimo nome, tra parentesi.»

«Grazie» rispose, imbarazzata. *A una persona famosa piace il mio nome!*

«Ci si vede in giro.»

«Okay. Ciao!»

Al termine della telefonata Edie si sentì nervosa, insoddisfatta, stranamente dilaniata.

Sì, se la faceva sotto al pensiero di dover tornare a Londra, ma non era solo quello. Si era abituata all'idea di scrivere il libro e finalmente aveva instaurato un rapporto con il soggetto della biografia. Non le piaceva stare a Nottingham, ma ora doveva prendere un treno e sparire di nuovo. Ancora questioni irrisolte. Era condannata a lasciarsi indietro questioni irrisolte per l'eternità.

Aggiunse Elliot ai contatti del telefono, come souvenir, per vantarsi con gli amici. Non dubitava che lui cambiasse numero ogni settimana, come uno spacciatore, ma era comunque bello avere il suo numero.

Il telefono squillò.

Elliot Owen.

*Eh?*

«Pronto?»

«Edie. Okay, ora penserai che sono una primadonna insopportabile, un cretino viziato. A proposito della tua idea...»

«Sì?»

«È buona. Facciamolo.»

# 25

Non serve un folto gruppo di amici fotogenici, checché ne
dica chiunque. Qualsiasi bugia raccontino i media e la pubblicità – e nessuno lo sapeva meglio di Edie – ne bastano
pochi ma buoni. E nel suo caso, magari un po' meno falsi.

Stava camminando al tramonto, con una bottiglia di
vino e una di champagne che tintinnavano dolcemente in
un sacchetto, e rifletteva su quel tema.

Ora capiva che i suoi anni di superficiale popolarità a
Londra non erano stati pieni di buoni amici, ma soltanto di
conoscenti. Ed era bastato un solo incidente spiacevole per
trasformarli tutti in nemici. La loro stima per lei era volata
via come un castello di sabbia nel vento, perché non era costruita su fondamenta solide.

Non poteva neppure contattare un'amica che non lavorava in Ad Hoc, Louisa. Aveva lasciato l'agenzia anni prima per la concorrenza, ma erano rimaste in contatto e si
vedevano ogni mese e mezzo o giù di lì per una chiacchierata innaffiata di vino. Di recente Louisa era rimasta incinta ed era andata via da Londra, quindi le serate con Edie
si erano interrotte all'improvviso. Dopo l'arrivo del bambino, Edie era andata a trovarla, portando animali di pezza
e facendo moine al piccolo, e aveva cercato di comprendere

le difficoltà dell'allattamento al seno. Ma era chiaro che, se la loro superficiale amicizia era sopravvissuta alla separazione fisica, togliendo anche l'alcol e la vicinanza geografica non restava più nulla. Louisa continuava a domandarsi quando Edie avrebbe fatto un figlio, Edie continuava a scherzare a denti stretti dicendo che non aveva ancora trovato un donatore di sperma, e la relazione si era lentamente dissolta per consenso reciproco.

Era sicura che Louisa, che se ne stava a casa con un neonato urlante e un marito che lavorava fino a tardi in ufficio con donne sconosciute, avrebbe giudicato con severità un bacio dato a un collega-sposo, in qualsiasi contesto. Immaginava già l'espressione sofferta, e sentiva il silenzio pesante che avrebbe accolto la sua confessione al Pizza Express di St Albans: Louisa avrebbe finto di occuparsi del bambino per non guardarla negli occhi.

Comunque, era molto più probabile che Louisa fosse già venuta a saperlo e sperasse di non essere contaminata da una sua telefonata. Quasi sicuramente Edie non avrebbe più avuto sue notizie.

È sorprendente e umiliante constatare quanto tempo passiamo con persone per cui significhiamo così poco, e che significano così poco per noi.

Una volta Hannah aveva definito un vero amico come *una persona da cui ti lasceresti vedere con una vestaglia macchiata di vomito*, e in base a quel criterio – il loro cocktail adolescenziale, il Poke, era una droga devastante – lei si qualificava come vera amica.

Edie non si sentiva così bene da tanto tempo. Mentre andava a cena nel nuovo appartamento di Hannah, e il sole filtrava tra i rami degli alberi nelle strade tranquille, si sentì quasi in pace. Il post di Charlotte minacciava di invaderle i pensieri, ma lei lo scacciò via e lo chiuse dietro una metaforica porta mentale. Avrebbe forzato la serratura e sarebbe uscito, prima o poi. Edie stava perdendo il sonno per colpa di quei commenti, ma si copriva diligentemente le occhiaie con la cipria.

Tirò fuori il telefono e controllò il numero civico. *Oh, accidenti. Niente male, Hannah.* The Park era un quartiere residenziale privato appena fuori dal centro città, pieno di splendide case vittoriane di mattoni rosa e rivestite di edera, il tutto illuminato da lampioni a gas. Edie avrebbe scommesso che Hannah non fosse disposta a rinunciare alla New Town di Edimburgo per andare a stare in una topaia qualunque, ma quel nuovo appartamento era ancora meglio del previsto. Occupava la metà inferiore di una gigantesca casa dall'aria gotica che sorgeva sulla curva di una strada alberata.

«Dio, Hannah. Questo posto è incredibile» disse, porgendole il sacchetto del supermercato, quando l'amica venne ad aprire una gigantesca porta ad arco. Hannah portava i suoi grandi occhiali, maglione largo e jeans attillati, e stava meglio di Edie col suo vestito.

Dietro di lei si apriva un grande atrio pieno di luce e con un tappeto persiano, che portava in un salotto con finestre a tutta altezza e un grande camino.

«Guarda quel rosone sul soffitto!» disse Edie, allungando il collo.

«Ah sì, la casa è piena di finiture originali. Siamo tutti abbastanza vecchi da emozionarci per i rosoni sul soffitto, eh?»

«Dubito che Nick si emozionerà. Viene davvero?»

«Sì, ma fa il misterioso. Un mucchio di "ti dirò come sto quando ci vediamo". Ah, be'.»

In quel momento suonò il campanello e Hannah andò

ad aprire. Edie guardò gli scatoloni ancora mezzi pieni, la palma tozza in un cesto di vimini, e invidiò l'amica che aveva un posto da chiamare casa. Si rese conto che il suo appartamento a Stockwell le era sempre sembrato un alloggio temporaneo, una sosta di passaggio verso qualcos'altro. *Un'altra persona*, immaginò.

Nick entrò nella stanza con una bottiglia di vino rosso in mano. Aveva una corporatura snella con i lineamenti marcati e i capelli biondi tagliati corti. Tutti gli davano dieci anni di meno. Si vestiva sempre bene, in modo discreto; quel giorno con una camicia a quadretti piccoli, un giubbotto casual e polacchini scamosciati. Parlava con un tono di voce pacato che nascondeva un incredibile senso dell'umorismo. Era perennemente deluso dal mondo, da tutto ciò che il mondo conteneva e, forse in misura ancor maggiore, da se stesso.

Lui e Edie si salutarono con un abbraccio.

«Come stai?» gli chiese lei.

«Di merda. Tu?»

Edie rise. «Uno schifo.»

«Anch'io, però abbiamo da bere» disse Hannah. «Iniziamo dal frizzantino?» Andò in cucina a prendere i bicchieri.

E in quell'istante nulla poteva più essere brutto quanto prima. Edie si considerò fortunata, per la prima volta da chissà quanto. Sì, aveva incassato un duro colpo, ma con quelle due persone accanto non poteva andare tutto storto. Sapeva che era un puro caso che fossero tutti e tre insieme, e si sentì in colpa. Avrebbe potuto fare uno sforzo maggiore per vedere gli amici negli ultimi anni.

«Io e Alice ci siamo lasciati» disse Nick mentre Hannah gli porgeva un bicchiere da mezza pinta pieno di champagne. «Ecco le mie notizie. Vecchie, ormai. Un anno fa.»

«Oddio» esclamò Hannah, e lei e Edie produssero versi imbarazzati e schiocchi di lingua che si fermarono solo per lasciare spazio a un autentico rimpianto.

«Un anno! E perché non ce l'hai detto?» chiese Hannah.

«Volevo risparmiarvi la fatica di dover fingere che fosse una brutta notizia» rispose Nick, con un sorrisetto, che le due ricambiarono sentendosi in colpa.

Nick bevve un lungo sorso. «Non serve che mi chiediate perché ci ho messo così tanto. Non lo so. Ma la parte brutta è che non posso vedere Max.»

«In che senso?» chiese Edie.

«Alice ha detto che il bambino non voleva vedermi e quindi non potevo vedere lui. Sono andato da un giudice a dire che non era vero e che volevo vederlo, ma ci è voluto un sacco di tempo. E quando sono andati a parlare con Max, be', lui non voleva più vedermi davvero. Ha solo sette anni, probabilmente si sta già dimenticando di me. Sua madre gli ripeteva in continuazione che lui non vuole vedermi. Perciò eccoci qua.»

Ci fu una breve pausa riempita solo dal mormorio basso della radio di Hannah, sintonizzata su una stazione di jazz.

«È orribile. Perché non vuole fartelo vedere?»

«Dice che sono un pessimo padre, che quando stavamo insieme non avevo mai tempo per lui. E se non volevo più stare con lei, non potevo vedere lui.»

«Puoi ricorrere in appello?» chiese Edie.

«No. Non c'è niente da fare, dev'essere Max a cambiare idea. Posso solo continuare a mandargli regali per Natale e il compleanno. E pagare. Trovo *giusto* pagare, sia chiaro.» Indicò le amiche una dopo l'altra con umorismo nero e bevve altro champagne. Edie trovò un po' preoccupante l'intensità e la velocità con cui beveva. «Ma sapete, è bello che lei pensi ancora che almeno i miei soldi sono ancora buoni.»

«Senti, Nick, sarò sincera. Credevo già che tua moglie fosse stronza, ma ora sono senza parole» disse Hannah.

«Ho sempre pensato che avrebbe reagito così. È uno dei motivi per cui ci ho messo tanto ad andarmene. L'altro motivo è che sono un idiota pigro. Cosa c'è per cena, a proposito?»

Edie e Hannah lo guardavano a bocca aperta. Hannah si riprese per prima.

«Pensavo di farvi le pappardelle al pesto d'ortica, ma non trovo metà della roba della cucina, quindi mi chiedevo: fish and chips va bene lo stesso?»

«Salsa di erbacce? Sembra disgustoso!» disse Nick.

«È una ricetta della televisione!»

«Dove vivo io, l'ortica è roba su cui pisciano i cani.»

«Ti sei appena guadagnato il diritto di andare a prendere il fish and chips.»

«Bene, così posso fumare una sigaretta per la strada.»

Decisero che Edie poteva tenere compagnia a Nick nella breve camminata giù per il colle, e Hannah avrebbe passato il tempo ad aprire gli scatoloni della cucina che contenevano i piatti e il ketchup.

Partirono armati di una lista contenente merluzzo, patatine, purè di piselli e intingoli vari.

«Avresti dovuto dirci cos'era successo con Alice, sai. Non ti avremmo mai abbandonato in un momento di crisi. Mi sento così in colpa... Ti mandavo video di gatti per email e non sapevo.»

Nick si accese una sigaretta e se la sfilò dalla bocca mentre camminavano. «C'è sempre tempo per i video di gatti. Ah, grazie. Non è stata una crisi, però. È stata una lenta epifania, alla fine ho capito che ero saltato a piè pari in una pozzanghera di merda che mi era arrivata fin sopra le ginocchia.»

Edie annuì. «Non vedere Max... dev'essere terribile.»

«È brutto, sì. Affronto il problema non affrontandolo. Non ci penso. Se ci pensassi impazzirei. Affrontare le ingiustizie è sopravvalutato, secondo me. E a te invece cos'è successo? Hannah mi ha detto che hai vissuto una specie di dramma a un matrimonio e sei stata scomunicata, giù al Sud.»

Per la prima volta Edie pensò che la sua storia non fosse la più brutta. La raccontò a Nick.

«Mi sembra almeno altrettanto colpa sua, sinceramente, se non di più. Perché se la prendono tutti con te? Sei single. Lui si era letteralmente appena sposato.»

«Grazie di averlo detto. Non lo so. È più facile dare la colpa a me, suppongo.»

«Tutti ci abbiamo provato con la Thompson una volta o l'altra, non c'è bisogno di farne un dramma.»

Edie venne colta alla sprovvista e ricordò le avances di Nick, alimentate dal sidro, a Rock City, quando avevano diciannove anni, e un confuso tentativo da parte di lui di dichiararle un amore sincero e carnale. Lei l'aveva respinto, ma con grazia e maturità sorprendenti per quell'età. Era una delle poche cose del suo passato che ricordava senza sentirsi in colpa.

Edie arrossì e Nick sorrise.

Lei fece spallucce e borbottò: «I matrimoni... la gente si convince che siano importanti, no?».

«Oh, sì, la gente si agita da morire. A quanto ho capito, per l'intera giornata non si dovrebbe tentare di fare sesso con nessun altro, pensa.»

Edie rise. E sospirò.

«So di aver rovinato il matrimonio di qualcuno. Dovrò conviverci per il resto della vita. Non sarà facile, sapendo che non ho scelto io di farlo; mi è successo e basta. Sembro una codarda, ma andata è davvero così.»

«Certo che è andata così. Tu non hai fatto niente di male. Smetti di dare così peso alle parole degli altri. Sei una di quelle persone che la gente vuole avere sempre intorno. Illumini ogni stanza in cui entri, mia cara.»

«Oh, grazie» fece lei, imbarazzata, e notò con sollievo che avevano una strada da attraversare. «E tu? Hai voltato pagina, ti vedi con qualcuna?»

«Solo le quattro mura della mia tana da divorziato nel quartiere di Sneinton.»

Edie aveva dimenticato che splendido senso dell'umorismo nero avesse Nick. Aveva lasciato sbiadire l'amicizia a causa della moglie pazza, certo, ma anche perché pensava che non avessero più molto in comune, e lui era a molte miglia di distanza. Un misto di ignoranza e pigrizia.

Si misero in fila al fish & chips e, mentre parlavano, Edie si vide riflessa nel bancone di acciaio inox. Vide una persona dalla faccia stanca ma che, forse solo per un istante, sembrava felice.

# 26

«Le cene fish and chips sembrano più buone all'aperto, ma non sono male neanche in una casa nuova che ha un odore diverso e in cui metà della roba è ancora negli scatoloni» disse Hannah. «Io e Pete abbiamo cenato così, la sera in cui ci siamo trasferiti nella casa di Edimburgo. È stato meraviglioso.»

Mangiavano da involti di carta e vaschette di plastica in una stanza rischiarata da lumini da tè e da una grande lampada Tiffany. Tutti gli spigoli sembravano smussati dallo champagne e dal vino, che bevevano da larghe coppe di vetro. Hannah aveva sempre splendidi accessori da persona adulta.

«Siamo tutti single per la prima volta dai tempi del college, quindi» osservò.

«Io ero single prima che andasse di moda» disse Edie, raschiando il fondo del purè di piselli, simile a quello che mangiava al luna park: uno dei pochi bei ricordi dell'infanzia.

«E adesso che facciamo? Andiamo su siti di incontri e iniziamo a depilarci le parti intime?» disse Hannah. «Se c'è un lato positivo nelle relazioni a lungo termine è la libertà di non star troppo dietro ai peli. Le mode tricologiche vanno e vengono e tu puoi fregartene.»

«Comunque, i peli sono tornati di moda. Il peloso è il nuovo calvo» disse Edie.

«Non ho intenzione di depilarmi le palle per una donna» disse Nick. «E non ho dubbi che non ci sia richiesta di palle nude. Quand'è che la gente ha iniziato ad apprezzare cose così macabre?»

«Quando hanno inventato Internet» disse Hannah. «E tutti hanno iniziato a preoccuparsi che la loro vita non fosse all'altezza.»

«Ecco, ci siamo» disse Edie a Nick, poi pensò che il suo era un ottimo caso di studio per la lezione di Hannah dal titolo: *I social media sono il male*.

«La società per come la conosciamo è fottuta» disse Hannah, spruzzando rumorosamente il dispenser del ketchup sulle patatine. «Online fingono tutti di avere una vita bellissima. Mentono per omissione. Poi le persone si sentono costantemente inadeguate, ansiose e invidiose. Tutta la nostra vita è un casino che sta in piedi a malapena, ma se guardi online, trovi solo ostentazione.»

«Almeno io non posso essere accusata di rendere insicuro nessuno» disse Edie. «La mia vita è un incidente stradale. Ho dovuto chiudere tutti gli account. L'unico di cui sento la mancanza è Instagram. Lì ci sono solo gatti, tramonti e uova con l'avocado.»

Hannah si pulì le mani dalla pastella.

«Sto cercando di capire cosa sarebbe successo dopo il matrimonio, prima di Facebook» disse Edie. Era così bello avere finalmente qualcuno con cui parlarne. «Tutti avrebbero comunque parlato male di me, ma non avrei saputo i dettagli. Oggi vediamo cose che non dovremmo vedere.»

«Esatto! Ed è così disumanizzante» disse Hannah. «Ecco

187

il punto. Sappiamo molte più cose l'uno dell'altro rispetto a prima, eppure non ci eravamo mai capiti così poco.»

«Come sei profonda. Penso che dovremmo essere a una tavola rotonda a sorseggiare acqua» disse Nick, trangugiando l'ultimo pezzo di merluzzo. «A uno di quei talk show in terza serata intitolato *Ma guardate come ci siamo ridotti* o qualcosa del genere. Lo farei alla radio con voi due come ospiti, ma so già che iniziereste a cianciare di peli pubici.»

Edie scoppiò a ridere. «Non avete uno scarto di dieci secondi prima della messa in onda?»

«No, è un mito, è tutto in diretta. Abbiamo un sistema per chiedere scusa a cose fatte.»

«La trasmissione va bene?» chiese Hannah.

«Non benissimo» rispose Nick, sorseggiando il vino. «Gli ascolti sono in calo. Aspetto sempre che uno dei presentatori più anziani dia di matto e organizzi un golpe, e che licenzino tutti tranne me.»

Edie rise di nuovo. «Jack è stato licenziato da Ad Hoc. Era lui il marito» spiegò all'amico.

Calò un breve silenzio. Nick non sapeva cosa dire e Hannah sembrava chiedersi se dire o non dire ciò che pensava.

«Non ti dispiace per lui, vero?» chiese.

«No, non proprio» rispose Edie. «Mi dispiace di aver causato tutti questi problemi.»

Avrebbe potuto essere un momento di tensione, ma fu interrotto da un grande gatto bianco e nero, con due piattini da caffè al posto degli occhi, che serpeggiò intorno ai loro piedi. Li fissò e loro lo fissarono, in un reciproco: *Chi cazzo saresti tu?*

«Non sapevo che avessi un gatto!» esclamò Edie.

«Infatti non ce l'ho!» gridò Hannah, e strillarono tutti.

«Perché gridiamo? È solo un gatto» disse Nick.

Il micio abbassò le orecchie e corse via. Ulteriori indagini evidenziarono che nell'appartamento di Hannah c'era una gattaiola lasciata dagli inquilini precedenti, che in quel momento dondolava ancora nella brezza dopo l'uscita dell'ospite indesiderato.

Quando si furono calmati ed ebbero messo un po' di pesce per il gatto fuori dalla porticina, Hannah disse: «Visto che siamo in vena di parlare di cose importanti... Edith, sai perché questo Jack non ha scelto di stare con te? Ci ho riflettuto».

«Suppongo per i soliti motivi per cui la gente preferisce una persona a un'altra» disse Edie, imbarazzata nonostante l'alcol. «Charlotte somiglia alla moglie di Andy Murray.»

*«Biiip.* Risposta sbagliata. Tu avresti scoperto la sua vera natura, prima o poi. Era attratto dalla tua intelligenza, ma troppo pigro ed egoista per volere una persona così faticosa come compagna di vita. Ti ha tenuta a debita distanza, si è goduto il brivido e si è sposato con quella tranquilla.»

Edie annuì. «Effettivamente Charlotte ha sempre adorato Jack. A me lui piaceva, ma non lo veneravo in quel modo. Credo che questo abbia contato qualcosa.»

Era sempre stato difficile analizzare quella situazione senza l'amarezza da *volpe e uva,* e ora diventava ancora più difficile con il senso di colpa legato allo *scandalo delle nozze.*

«Se lui non era cotto di te, perché ti è saltato addosso al matrimonio?» chiese Nick.

«Perché non l'ha fatto prima, vuoi dire?»

«Perché probabilmente tu avresti saltato più forte! Forse avresti pensato che significasse qualcosa! E lui non voleva rischiare di ottenere davvero ciò che voleva. Troppa fatica» disse Hannah.

Edie era *troppa fatica.* Era quello il punto, no? Era una

spiegazione che non lusingava neppure il suo ego. L'amore per lei non vinceva su tutto.

Ed era la prima volta che il tempismo di quel bacio acquisiva un briciolo di senso. Jack non l'aveva baciata nel momento in cui lei rappresentava la tentazione più grande, ma in quello in cui era meno pericolosa. Finì di bere lo champagne e porse il bicchiere per chiederne altro.

«Fantastico. È possibile che voi due abbiate risolto l'enigma di Jack.»

Hannah alzò di nuovo la bottiglia. «L'hai trasformato in qualcosa che non era. Noi donne ci siamo portate, credo. Per quanto adulte e indipendenti pensiamo di essere, fin dall'infanzia abbiamo una malattia mentale che ci spinge a credere che a un certo punto arriverà un uomo su un cavallo bianco e risolverà tutti i nostri problemi. E quando non arriva, o arriva e non riesce a risolvere i problemi, pensiamo di aver sbagliato qualcosa. Ma quell'uomo non è mai esistito.»

«Vorrei che ci fosse un uomo a cavallo in grado di risolvere tutti i miei problemi» disse Nick. «Mi porterebbe la testa di Alice in un sacco.»

Seguì una breve discussione in cui Hannah comunicò a Nick le sue opinioni altrettanto schiette su Alice, e lui si disse più o meno d'accordo e ammise che aveva commesso un errore fatale scambiando una persona prepotente per una dinamica e carismatica.

Dopo l'esperienza con Jack, Edie era molto meno incline a giudicare Nick. Sì, il legame con Alice l'Aceto era incomprensibile, visto da fuori. Ma Hannah riusciva chiaramente a vedere che Jack era un bugiardo superficiale e una perdita di tempo, che si sarebbe seduto sul cuore di Edie e l'avrebbe schiacciato come un petafono, mentre lei era così drogata di ossitocina, o comunque si chiamasse l'ormone dell'amore, da non ragionare più lucidamente quand'era in preda ai suoi effetti. Forse era una semplice questione di chimica: era difficile accettare che una persona che dava tanto piacere potesse anche causare dolore.

Raccolsero i detriti della cena in un sacco della spazzatura e si stravaccarono sui divani.

«Ne ho abbastanza di questi discorsi deprimenti. Com'è Elliot Owen?» chiese Nick.

«Se tu me l'avessi chiesto prima, ti avrei detto che è uno stronzo incline alle scenate isteriche. Poi però ho scoperto che gli fanno pressione da tutti i fronti. È una brava persona, direi.»

«È assurdamente bello?» chiese Hannah.

«Sì, forse. Cioè, sì.»

«Non capisco mai questa domanda» disse Nick. «No, sullo schermo è circondato da un campo di distorsione della realtà, ma nella vita vera ha la faccia da zucca di Halloween.»

Risero tutti.

«Aspetta, aspetta, ho capito. Se ti innamori di lui, e hai una storia con un attore famoso, sarà... *Nottingham Hill*» disse Nick.

Edie fece una smorfia sofferta.

«Dio, però, la ceretta allo scroto...» aggiunse lui.

Hannah assunse un'espressione interrogativa. «Eh?»

«Sto tornando alla conversazione di prima. Pensi che gli attori si depilino?» chiese Nick.

«Che faccio, lo chiedo a Elliot e dico che è per il libro?» ribatté Edie.

«Nick, sei eccessivamente turbato da questa idea delle palle depilate» disse Hannah.

«Ho visto uno, in palestra. Non ne voglio parlare. Il procedimento legale è ancora in corso.»

«Se mai più andrò a letto con qualcuno, dirò: "Mi scuso in anticipo" sperando di avere una copertura legale» disse Edie, appoggiandosi allo schienale e chiudendo gli occhi.

«Potrei procurarmi delle mutande con su scritto *Attenzione: contenuti espliciti*» disse Nick.

Edie riaprì gli occhi. «È fantastico essere di nuovo insieme, noi tre, vero?»

«Approfittiamone. Facciamo delle cose, anziché dire: "Sì benissimo, Che bella idea" e poi non farle mai» propose Hannah.

«Sono d'accordo» disse Edie, e Nick annuì. «Chi prepara la prossima cena? Io so cucinare, ma non c'è tanto spazio da mio padre.»

«Io ho spazio ma non so cucinare. Vieni a cucinare da me, Edith?»

«Affare fatto!»

Il quel clima di buonumore si udì un miagolio del gatto intruso, che aveva deciso che il merluzzo impanato gli piaceva molto.

# 27

Nessun maschio della specie umana fissava Edie da un bel po'. Non in senso buono, quantomeno.

Quello era il senso buono? Non riusciva a capirlo.

L'uomo che, una settimana più tardi, le aprì la porta dell'elegante residenza degli Owen aveva poco meno di trent'anni ed era alto più di un metro e ottanta, con il fisico da rugbista. Aveva i capelli biondi, un'ombra di barba e una bellezza ruvida, virile, che per alcune donne era irresistibile.

Infilò le mani nelle tasche della felpa col cappuccio e sorrise, come se lui e Edie condividessero già un segreto.

«Ciao. Posso aiutarti? Spero di sì.»

Edie sorrise e balbettò: «Ehm... sono qui per vedere Elliot...».

«Oddio, non perdere tempo con lui. Noi non ne perdiamo. È un damerino incipriato. Una femminuccia. Una checca persa.»

Edie rise apertamente.

Lui le porse la mano. «Sono Fraser. Suo fratello.»

Ma certo! L'altro ragazzo della foto.

«E tu sei...?»

«Edie Thompson. Sono la ghostwriter dell'autobiografia di Elliot.»

«E perché dovresti lavorare al posto di quel pigrone? Può scriverseli da solo i suoi pensierini, no? Sempre che ne abbia.»

Edie sghignazzò.

Dall'interno si udì la voce di Elliot. «Fraz, lascia entrare Edie in casa, per favore!»

Fraser si fece da parte, i pugni ancora stretti nelle tasche della felpa.

«Lo sto facendo nero a ping pong» disse. «Non dargli una scusa per tirarsi fuori prima che io finisca di spennarlo.»

Elliot era all'ingresso e si stava pulendo la fronte con il colletto della maglietta blu scuro. I riccioli neri erano madidi di sudore, e una mano reggeva una racchetta da ping pong. Gli occhi e la pelle rilucevano per lo sforzo. Santo cielo.

Edie deglutì e per un attimo rischiò di liquefarsi. *Povera me, se solo potessi scattarti una foto di nascosto la venderei per* UN SACCO *di soldi.*

Doveva essere strano sapere di avere intorno persone che nutrivano pensieri rapaci sulla possibilità di monetizzare la tua esistenza, anche se poi non lo facevano.

«Ti spiace se finiamo la partita?» chiese Elliot. «Altrimenti non me lo perdonerà mai.»

«Può giocare anche lei!» propose Fraser.

«Magari non vuole.»

«Volentieri» disse Edie. «Non mi dispiace.» Inoltre l'avrebbe aiutata a conoscere meglio Elliot Owen.

Appese la borsa al corrimano delle scale e li seguì in cucina.

Elliot aprì un gigantesco frigorifero doppio e le porse una bottiglia di birra.

Lei esitò, sorpresa dalla mancanza di parole di accompagnamento, ed Elliot disse: «Ah scusa... tu bevi?».

«Hai passato troppo tempo in America. In Inghilterra la domanda è: "Devi guidare?".»

«Questa è buona!» rise Fraser.

«Fraser, fa' il bravo» sbottò Elliot, e Edie si rilassò, consapevole di trovarsi in mezzo a una dinamica fraterna un po' difficile. Se ne intendeva. Molto.

«Devi guidare?» le chiese allora in tono ostentatamente beneducato.

«No, una birra andrà benissimo, grazie.»

Accettò la bottiglia fredda e l'apribottiglie, levò il tappo e lo lanciò nel cestino come aveva fatto Elliot. Era così figa, totalmente a suo agio a casa di una persona famosa! Ehi, aspetta. Aveva anche detto di praticare uno sport. Non era detto che filasse liscio anche quello.

«Non preoccuparti, Fraser è in visita qui da Guildford solo per qualche giorno» disse Elliot.

«Cosa fai lì?» gli chiese Edie.

«Il consulente finanziario.» Era difficile immaginare Fraser dare consigli di finanza a chicchessia. Sembrava più un bagnino della piscina o un presentatore di programmi per bambini.

Fuori dalle portefinestre della cucina si apriva un giardino bellissimo: una distesa uniforme di erba ben tenuta con aiuole lungo il bordo, alberi e alti muri che lo riparavano completamente alla vista. Chissà com'era crescere in un posto così. Un grande tavolo da ping pong troneggiava al centro del prato.

«Cinque minuti, promesso» disse Elliot, e Edie fece un cenno con la mano a indicare di non preoccuparsi, andò a sedersi su una sedia di ferro battuto sul patio e li osservò saltellare qua e là. Non era certo la scena più brutta del mondo.

Quello che doveva essere il telefono di Elliot, posato accanto al gomito di Edie sopra quella che sembrava una sceneggiatura, trillava per una nuova notifica ogni tre secondi e lo schermo si accendeva in continuazione, come un allarme antifurto. *Uff.* Avrebbe dovuto ricordarselo: se i modi di Elliot le sembravano spicci e bruschi, forse era semplicemente colpa di quel sovraccarico di stimoli.

«Edie, ti va di giocare?» le chiese Fraser. Lei annuì e si alzò. Si era messa una tutina nera con lo scollo all'americana, una scelta leggermente più modaiola del solito. Sperò che la tutina restasse ferma anche se avesse saltellato.

Prese la racchetta di Elliot, dal manico ancora caldo, e fece rimbalzare la pallina. La lanciò a bassa velocità verso Fraser, che la colpì e la mandò indietro.

«Inizi lentamente, mi piace il tuo stile» disse lui.

«Fraser!» gridò Elliot, andando a sedersi al posto di Edie. «Niente volgarità.»

«Volgarità! Non c'era niente di volgare. Se ti sembra di sì, è la tua mente a essere volgare.» Fraser lanciò una volée all'indirizzo di Edie. «E poi, *volgarità*? Dove siamo, nel 1931? In un romanzo di P.B. Wodehouse?»

«*P.G.* Wodehouse.»

Edie ridacchiò. Non era brava a giocare a ping pong, ma non importava. Nel giro di pochi minuti si ritrovò a saltare, ridere e fingere di bisticciare con Fraser a proposito delle regole, paonazza per lo sforzo e del tutto incurante della possibilità che il suo sedere, visto dall'angolazione di Elliot, sembrasse un sacco della spazzatura pieno di yogurt.

«Sei molto più brava di mio fratello» disse Fraser. Elliot alzò gli occhi dal telefono e lo guardò in cagnesco.

«Un'ultima partita, Edie?»

«Posso fare un'altra partita?» chiese lei di rimando a Elliot.

«Sei tu il capo» disse lui, in tono cordiale, alzandosi. «Un'altra birra?»

«Sì, grazie!»

Ehi, aspetta. Edie si stava divertendo. Da molto tempo non pensava più che divertirsi fosse possibile, e certamente non a Nottingham, e assolutamente non in compagnia dell'attore-primadonna.

Qualcuno le stava picchiettando una spalla e lei, ansimando e ridendo, ravviandosi una ciocca di capelli bagnati di sudore, si girò e vide Elliot che le porgeva una birra.

Lui le sorrise, lei gli sorrise e un certo pezzo del puzzle andò al suo posto.

# 28

Se Edie aveva imparato qualcosa, stando vicina a Elliot, era che l'ammirazione non è una risorsa naturale illimitata. Il corpo non riesce a sostenerla. Prima o poi si stanca dell'ammirazione e decide che vuole un panino.

Quindi, se *Non ci credo, sto bevendo una birra che mi ha dato* ELLIOT OWEN, *Non ci credo, sono seduta su una sedia sulla quale poco fa si è seduto* ELLIOT OWEN restò il suo ripetitivo monologo interiore per quasi tutta la partita di ping pong, alla lunga era semplicemente impossibile continuare a sentirsi meravigliata dalla sua fama. Alla fine diventò: *Ah, Elliot? Sì, è laggiù, mi sta preparando il pranzo. Capirai, niente di che.*

Mangiarono enormi baguette al formaggio al bancone della cucina. Fraser rinunciò: «Vado a bere qualche birra con i ragazzi» e uscì, sbattendo rumorosamente la porta.

«Scusa per mio fratello. Ti prego di non denunciarlo per molestie sessuali.»

«Ahahah. È simpatico.» Con un gesto elegante, Edie tirò fuori dal panino una spessa fetta di cheddar. Evidentemente Elliot non era uno di quegli attori inappetenti.

«È un pericolo pubblico. Tu hai fratelli o sorelle?»

«Una sorella minore, Meg. È... Sì, possiamo definire anche lei un pericolo pubblico.»

«La mentalità del figlio maggiore esiste davvero, eh?» disse Elliot porgendole uno strappo di carta da cucina.

«Sì, davvero. Loro hanno un genitore in più e tu hai avuto un figlio.»

«Esatto» rise lui, appallottolando il tovagliolo e guardandola da sopra la bottiglia di birra.

Edie notò che il suo umorismo asciutto tornava alla ribalta in assenza di Fraser. Con il fratello minore era guardingo e un po' esasperato. Quella relazione normale e conflittuale lo rendeva più umano. Per un attimo, lei pensò che avrebbe potuto sedersi tra loro davanti al televisore e avrebbero riso e commentato il programma come se si conoscessero da anni. Anche se in realtà, se non ci fosse stato di mezzo quel lavoro, quei ragazzi ricchi dei quartieri alti non avrebbero avuto niente a che fare con lei.

Accese il registratore e lo posizionò sul bancone come a dire: *Adesso si lavora*. Chiese a Elliot come si fosse sentito la prima volta che era tornato a casa nei panni di una celebrità.

«Con gli amici, non ti mentirò, a volte è strano. Ti fa capire quant'è vero quel proverbio per cui "Non ci si può fare nuovi vecchi amici". I tuoi migliori amici sanno che sei sempre tu, e se te la tiri troppo te lo fanno notare. Devi solo essere ancora capace di ascoltarli. Con quelli nuovi è più difficile. C'è sempre sotto una domanda implicita: riderebbero lo stesso delle tue battute se tu lavorassi in un fast food? Bisogna avere un buon istinto. E poi scopri che esiste una strana sottocategoria: tu ne fai parte, anche se è composta principalmente da maschi...»

Edie si alzò a sedere diritta. «Cioè?»

«Le persone che ti detestano a priori: sono quelle talmente sicure che se ti conoscessero ti disprezzerebbero che si portano avanti col lavoro. È frustrante, ma spesso sono proprio le persone intelligenti a cui vorresti piacere.»

Oh, accidenti. Le aveva letto nel pensiero. «Non è sempre vero» mormorò Edie, con una vocetta che ammetteva il contrario.

«Il paradosso della fama: le persone si rifiutano di trattarti normalmente e poi si lamentano che non sei normale. Mettici questo, nel tuo cosiddetto libro.» disse lui con un sorriso sornione, picchiettando il registratore.

Edie pensò che non aveva mai immaginato che Elliot potesse essere spiritoso. Doveva tornare sull'argomento, ostentare sicurezza di sé, esercitare un po' di autorità.

«È così anche per le relazioni sentimentali?»

Lui si sporse e spense il registratore. «Vuoi sapere se Heather è stata un catastrofico errore di giudizio, e se nelle sue vene scorre una granita?»

Edie rise. «In realtà no.»

«Volevamo cose diverse, si dice così, giusto? Lei voleva continuare a essere una gallina petulante e io volevo scaraventarla con un razzo fino al nucleo solare. Inoltre puoi scrivere che Heater è uno spirito libero, e non penso che qualcuno riuscirà mai a farle mettere la testa a posto. Un eufemismo per dire che è fedele quanto una scimmia bonobo.»

Edie rise ancora e pensò che adesso Elliot le ricordava Hannah. *Le parole sono il mio territorio, smettila di essere così disinvoltamente bravo con le parole, ti ricordo che fai un altro lavoro.* Doveva essere uno di quegli attori a cui i registi permettevano di improvvisare.

«Devo farti la domanda standard: cosa ti ha attratto di quella donna bellissima?» chiese.

Elliot sorrise. «È stato uno di quegli incontri combinati, i suoi collaboratori si sono messi in contatto con i miei e hanno organizzato una cena.» Scrollò le spalle. «Ero lusingato. Sbagliando si impara. O magari no.»

Edie sorrise e non seppe che dire.

«Vuoi un sedile più morbido, tra parentesi?»

«Ehm, okay, certo.»

Seguì Elliot in salotto, la scena del loro primo, meno fausto incontro. C'era uno stereo acceso e Edie riconobbe la canzone con un brivido.

«Ti dispiace se spegniamo la musica? Mi rovina la concentrazione.»

«Oh. Certo.» Elliot abbassò il volume fino a un sussurro appena udibile.

Edie tremò. «Non si può proprio spegnere?»

Lui parve sorpreso ma poi spense lo stereo e lei, un po' imbarazzata all'idea di essergli sembrata una scocciatrice dopo tutta la spensieratezza del ping pong, confessò: «Quell'album è legato a brutti ricordi per me».

«Ah, okay...»

Edie trafficò con il dittafono e riuscì a far parlare Elliot per un'altra mezz'ora del *riallineamento mentale* richiesto a chi diventa famoso. Trovava davvero interessante sentir parlare di quel viaggio che così poche persone compiono: verso le prime pagine dei giornali, un mondo nel quale tutti pensano di conoscerti.

Diventava monosillabico ed evasivo solo quando parlavano dell'effetto della fama sulle opportunità con le donne.

«Non so in che modo parlare di tutto questo senza sembrare irritante. E poi è un'invasione della privacy di altre persone.»

«Tu dici così, ma Heather scrive di voi due su Twitter.»

Era un trucchetto da tabloid, metterli l'uno contro l'altra. Le sembrò che andassero abbastanza d'accordo per fare un tentativo.

«Ti riferisci alla sua foto di gatti che si toccano le zampine, con l'hashtag #questipotevamoesserenoi?»

Edie annuì.

«Scopro di aver avuto una relazione con un'adolescente e non me n'ero reso conto. Mi sento praticamente un pedofilo. Questo però non ce lo mettere, nel libro.»

Edie rise. «Certo che no!»

«Non eravamo d'accordo che anch'io potevo farti delle domande?»

«Non ti ho annoiato abbastanza la prima volta?»

«Ah, ottimo tentativo di depistaggio. Okay allora, tocca a me.» Elliot si appoggiò allo schienale, un piede posato sul ginocchio. «Qual è il brutto ricordo che ti suscita *Hounds of Love*?»

Ed ecco fatto, umore rovinato.

# 29

La bugia o la verità? A Edie non sembrava giusto chiedere confidenze a Elliot e poi raccontargli balle.

«Era l'album preferito di mia madre. Era una fan di Kate Bush. Mi ricorda lei. Ascoltava *Cloudbusting* a ripetizione. E poi c'è quella canzone, *Mother Stands for Comfort*, *brrr*...» Cercò di tenere la voce salda. «Non ce la posso fare.»

Elliot si rabbuiò. «Oh... Edie. E tua madre è...?»

«Morta, sì.»

L'aria sembrò appesantirsi. «Merda, mi dispiace tanto. Non pensavo che fosse qualcosa di così brutto, altrimenti non te l'avrei mai chiesto.»

«Lo so. Di solito prima o poi salta fuori, in un modo o nell'altro. Davvero, non ti stressare.»

«Come... quanti anni avevi?»

«Nove. Lei ne aveva trentasei.»

Lui tacque e Edie decise di risparmiargli la fatica di decidere se farle la domanda successiva.

«Si è suicidata. Si è buttata dal Trent Bridge. Hanno cercato di dissuaderla per mezz'ora, ma è saltata lo stesso.»

Elliot era palesemente inorridito.

«Era depressa da anni. Mio padre ha avuto un esaurimento nervoso, dopo, non riusciva più a lavorare. Era un insegnante, direttore del dipartimento di scienze. Ci siamo trasferiti da Bridgford a Forest Fields e si è messo a fare supplenze.»

Elliot si massaggiò il mento e aggrottò la fronte. «Mi dispiace tanto. Gesù, non so se riuscirò *io* ad ascoltare ancora *Hounds of Love*, quindi non riesco davvero a immaginare come devi sentirti tu.»

«È passato tanto tempo. Sto bene, davvero. Non è una ferita aperta.»

Tuttavia adesso la guardava in modo diverso, e Edie iniziò a pentirsi di averglielo detto. Aveva capito anni prima che lo status di vittima può sovrastare la propria identità. Ecco perché gran parte delle persone che aveva conosciuto da adulta – a parte Jack, quel bastardo – ricevevano la versione brusca e semplificata, cioè che la madre era morta di cancro.

Non voleva essere Quella Ragazza. La ragazza con la storia triste. Voleva definirsi da sola, non essere definita da un evento su cui non esercitava alcun controllo, accaduto un quarto di secolo prima. Ecco cosa non capivano le persone fortunate che giocavano soltanto a fare le vittime. Se sei stato davvero una vittima, non vedi l'ora di scrollarti di dosso quell'etichetta. Rimpiangi la normalità che ti è stata sottratta.

Perciò Edie ometteva molti dettagli coloriti che trasformavano le facce della gente in maschere tragiche. Che non avevano potuto vedere il corpo perché la mamma non era riaffiorata tutta intera. Che lei e Meg erano state vittima di bullismo a scuola per quel motivo. Che la famiglia della madre aveva incolpato il padre dell'accaduto e non aveva più voluto vederli, in un periodo in cui erano già sotto shock per lo sforzo di capire in che modo far funzionare la famiglia senza il quarto membro della squadra.

Quello che le era rimasto profondamente impresso, e a cui pensava ogni giorno, era il fatto che i passanti sul ponte avessero detto a sua madre: «Pensi alle sue figlie».

In quel momento si sentì girare una chiave nella toppa e Fraser saltellò nella stanza come un labrador.

«Sono tornato! Cosa mi sono perso?»

«Stiamo lavorando, Fraz» disse Elliot, massaggiandosi la nuca e sorridendo a Edie. In realtà il suo arrivo li aveva salvati entrambi da un silenzio imbarazzato.

«Lavorando, certo, come no. Ehi, Edie non dovrebbe intervistare anche me? Ho alcuni ricordi di te che vorrei condividere.»

Prima che Fraser avesse tempo di accorgersi dell'atmosfera tesa della stanza, lei disse: «Certo! Mi farebbe piacere».

«Non con lui qui, però. Devo potermi esprimere liberamente.»

«Okay per te?» chiese Edie a Elliot.

«Oh, e va bene» disse lui, fingendosi offeso.

Uscì dalla stanza e si richiuse la porta alle spalle, rivolgendo a Edie un'occhiata di scuse. Lei riaccese il registratore.

«Cosa vuoi sapere? Aneddoti d'infanzia?»

«A dire il vero stavamo parlando dell'assurdità della fama.»

«Sapevi che ormai Elliot è così famoso che sono un po' famoso anch'io in qualità di suo fratello? Sul serio. Ho avuto dei potenziali clienti con cui la conversazione era un po' forzata, poi mi hanno chiesto di lui e ho capito che volevano vedermi solo per quello.»

«Ma dai?!» Edie era sinceramente sorpresa. Tirò fuori persino il bloc notes.

«Eh sì. Una donna ci stava provando spudoratamente

con me. E quindi ho pensato a quanto debbano essere rigidi i criteri di selezione di Elliot. *Brrr.*»

Fraser si appoggiò allo schienale del divano: la sua corporatura era molto più massiccia di quella del fratello, che fino a poco prima era seduto allo stesso posto. Edie cercò tracce di Elliot nei suoi lineamenti, ma erano diversissimi. Cercò di farsi venire in mente un singolo attributo fisico che lei e Meg avessero in comune, a parte il fatto di essere entrambe femmine. Mani e piedi piccoli, forse.

«Una volta, quando recitava in quel brutto telefilm con i medici, è tornato a casa e siamo andati a prendere una pizza sulla Central Avenue. Non guardavo il suo programma, perché faceva schifo. Non sapevo che fosse famoso. Mi sono detto: *Perché fissano tutti mio fratello? Avrà mica la patta slacciata?* Poi ho capito. Be', sinceramente ho avuto un po' paura. Come se non appartenesse più a noi.»

Edie continuava a prendere appunti, senza interromperlo, nella speranza che lui continuasse a raccontare.

«All'inizio ti irrita quasi, vederlo al centro dell'attenzione in quel modo, ma poi ti rendi conto che non può neanche andare al bagno in pace, e allora ti vengono davvero i brividi. Ormai la vedo così: ci sono due Elliot, mio fratello e quell'altra persona che si vede sui giornali. Quello cerco di ignorarlo completamente.»

«Ti dava fastidio leggere di lui?»

«Sì, quando pensavo che qualcosa non fosse vero, e di solito non lo era.» Esitò, mentre giocherellava con un laccio della scarpa. «Il punto, con Elliot, è che non si fida di molte persone. Ma quando lo fa, è stupidamente leale. A scuola, se qualcuno mi guardava storto, interveniva subito. Hai visto com'è mio fratello, fisicamente non fa paura. Comunque gli è andata bene, non le ha mai prese. Era taciturno e se ne stava per conto suo, lo prendevano un po' in giro per questo. C'è un sacco di gente che adesso sostiene di conoscerlo bene... ma non è vero. So quanto gli dà fastidio che tutti vogliano essere suoi amici, e saperlo mi rende protettivo.» Si tirò sulla testa il cappuccio della felpa e se lo abbassò fino a coprire gli occhi. «*Oddio*, ma perché te lo sto dicendo? Sembro in sindrome premestruale.»

Edie rise a voce alta. Aveva pensato che essere famosi fosse quasi sempre una bella cosa. Ora invece iniziava a sospettare che la percentuale di incubo fosse superiore a quella di sogno.

Prima di andarsene, Edie si affacciò in cucina per salutare Elliot, ma lo trovò che parlava al cellulare. Fraser indugiava nell'ingresso aspettando di aprirle la porta. I fratelli Owen erano molto educati.

«Mi saluti tu Elliot?» disse. «Piacere di averti conosciuto, e grazie per l'intervista.»

«Ehi, vieni a bere qualcosa la prossima volta che sono qui? Il 20 andiamo in un locale del centro con un gruppo di amici.»

«Oh, grazie! Be', ma non sono una specie di collega di Elliot? Non vorrei intromettermi.»

«Non dire sciocchezze! Sei la benvenuta, mio fratello ti trova simpatica. E ti invito io. Forza! Se potessi lasciarmi il tuo numero...»

«Ehm, okay.» Edie sorrise, pensando che al massimo avrebbe potuto trovare una scusa e che senza dubbio lui se ne sarebbe dimenticato. Fraser segnò il suo numero sul BlackBerry.

Andò alla fermata dell'autobus, camminando sotto il

sole e ripensando all'intervista appena terminata. Era andata abbastanza bene, si disse.

Le arrivò un messaggio. Era Fraser.

E questo è il mio numero! Piacere. Fraz x

Ci stava seriamente provando con lei? Difficile a dirsi. Sembrava una persona a cui flirtare veniva naturale come respirare, e gli sguardi esasperati di Elliot in sua presenza sembravano confermarlo.

Un altro messaggio. Elliot.

Edie, ho ancora i brividi per averti costretta a parlare di quelle cose a proposito di tua madre. Scusami tanto. Ex

Rimase colpita. Lui non aveva fatto niente di male, a parte mostrarsi interessato.

Per favore, non ti preoccupare. Nessun problema. A presto! Ex

Mentre l'autobus passava accanto al campo da cricket, e Edie stava scrivendo a Hannah che aveva battuto il principe Wulfroarer a ping pong e lui le aveva preparato un panino al formaggio, ebbe un'epifania improvvisa. Qualcosa che la tormentava da tempo si trasformò in un pensiero cosciente.

*Oddio, Elliot è gay.* Ecco qual è l'informazione che non vuole salti fuori nella biografia non autorizzata. Riesaminando le prove, si accorse che ce n'erano parecchie. C'erano stati quei mormorii online, che lei aveva liquidato sulla base del fatto che ogni attore rubacuori dovesse per forza essere gay, con una apposita fidanzata di copertura. I commenti di Fraser, quasi sovrappensiero, sul fatto che suo fratello fosse una *checca persa*.

*Pensaci*, si disse: il modo in cui entrambi i fratelli Owen parlavano di Elliot, sensibile e taciturno ai tempi della scuola, e il rifugio artistico nel gruppo di teatro. Il suo disgusto per la giornalista che cercava le persone con cui era andato a letto. La sua freddezza emotiva nei confronti di Heather, quello strano commento sul fatto che stessero insieme solo per affari. La perenne reticenza a parlare delle sue conquiste.

E inoltre – Edie si sentiva in colpa a ragionare così, come una mini Margot – il fatto che lui fosse così *carino*... Insomma, sarebbe stato perfetto per la copertina di *Attitude*.

Edie aveva preso appunti su ogni sua parola e non aveva prestato molta attenzione a lui come persona.

*Paradossalmente non sono bravo a fingere di essere qualcosa che non sono, quando interpreto me stesso, se capisci cosa intendo.*

Parlava in codice. Edie non sapeva se fosse il caso di provare a farglielo ammettere apertamente...

Ripensò a quello che aveva detto il ghostwriter precedente: se non avessero rivelato almeno quanto la biografia non autorizzata, sarebbero apparsi ridicoli. E se il libro di Edie fosse stato il trionfo dell'eterosessualità, e poi Elliot avesse finalmente deciso di fare coming out? Sarebbe diventato lo zimbello di tutti!

Doveva trovare un modo per entrare in argomento con il doveroso tatto. *Mmh.*

Le arrivò un'email di Richard, un colpo all'umore equivalente a uno schiaffo in faccia.

Edie, congratulazioni per aver convinto il fuggitivo a tornare all'ovile. Che gioiello prezioso è, vorrei indossarlo a mo' di spilla. Le mie condoglianze per il fatto che la tua ricompensa consista nel dover lavorare ancora con quel cretino. L'editore vorrebbe incontrarti per sapere come sta andando, ma la buona notizia è che i tuoi capitoli di prova gli piacciono molto. Fortuna vuole che io desideri organizzare quell'incontro con te e Charlotte. Quando puoi essere a Londra la prossima settimana? Grazie, Richard.

Cercò di non farsi prendere dal panico. Doveva chiamare Richard e dirgli che non se la sentiva.

Ma no, non poteva.

Non solo sarebbe stata una codarda e un'ingrata, se avesse rifiutato – Richard pensava giustamente che quel trattamento-shock fosse l'unico modo per riportarla indietro – ma forse avrebbe persino messo a rischio il libro. Richard poteva ragionevolmente dire, e molto probabilmente avrebbe detto: *Se non vuoi fare questo, non puoi fare quello.* Era troppo intelligente per non individuare il suo tallone d'Achille.

Chissà perché, ma ora le sarebbe dispiaciuto da morire non scrivere più il libro. Doveva arrivare fino in fondo. *Perché non ti resta nient'altro,* le bisbigliò una vocina.

L'autobus svoltò sul Trent Bridge. Come al solito Edie si fissò le mani in grembo finché non furono arrivati sull'altra sponda.

# 30

Aprì gli occhi un'ora prima della sveglia, come capita a volte quando ci si aspetta una pessima giornata.

Guardò il soffitto azzurro con le macchie di umidità color acido urico e si disse che avrebbe preferito trovarsi in mille altre realtà che non fossero quella.

Sentiva fervere l'attività al piano di sotto. Suo padre e Meg pensavano che quella gita di un giorno nella capitale fosse un altro esempio della vita favolosa di Edie.

«Paga l'editore?» aveva chiesto suo padre la sera prima.

«Sì» aveva risposto lei, inespressiva.

«Che bello! Riesci a fare un po' di shopping o a vedere qualche amico prima di tornare?»

«*Mmh*, forse.»

«Ma alla fine a Nottingham non si sta troppo male, eh? Ora che c'è anche Hannah, poi!»

«Niente affatto, mi piace stare qui» aveva risposto Edie, e Meg l'aveva guardata con l'espressione da rospo, quella che le veniva quando moriva dalla voglia di dire qualcosa di sarcastico ma non si azzardava.

Edie trascinò le sue stanche membra dal letto alla doccia e poi scese al piano di sotto. Ogni singola azione che compiva quel giorno la portava più vicino all'Ora della Resa dei

Conti. Una delle realtà più difficili da spiegare a un bambino è perché l'età adulta richieda di fare così tante cose che uno preferirebbe non fare.

Il padre di Edie era al bancone della cucina, concentrato nella lettura del *Guardian*. Il quotidiano doveva essere vecchio di giorni: suo padre diceva sempre che gli ci voleva tutto quel tempo per leggerlo.

Sul bancone c'erano tre banane tagliate a rondelle, un barattolo di Nutella, uno di burro di noccioline e una pila di otto spesse fette di pane. Il vecchio e unto tostapane Breville era stato tirato fuori dal letargo, ancora incrostato dai resti dell'ultimo toast al formaggio.

«Meg ha apparecchiato per la colazione» disse lui, alzando gli occhi dal giornale. «Se tocchi qualcosa è a tuo rischio e pericolo.»

Edie guardò dubbiosa l'enorme barattolo di Nutella. «Ma questa roba è vegana?» Lo prese e lesse l'etichetta. «Latte e siero di latte?»

Suo padre ripiegò il giornale. «Mia cara figlia maggiore, prima di affrontare questo argomento, valuta che potresti benissimo avere ragione. Ma vuoi tu combattere contro il Megosauro a quest'ora del mattino?»

«Ma papà, lei mi tritura le palle ogni volta che mangio qualcosa di non vegano!»

«Lo so, lo so. Però magari falle presente questa... incongruenza in un altro momento. Nessuna delle mie figlie potrebbe mai essere accusata di un'indole mattiniera.»

Covando rancore, Edie posò il barattolo e versò i cereali in una scodella, poi si andò a sedere accanto al padre, versò il latte di soia alla vaniglia approvato da Meg e ribollì di rabbia silenziosa.

Sua sorella entrò in cucina con indosso una T-shirt dei

New Model Army e pantaloni del pigiama a fantasia scozzese, una matassa di dreadlock sulla testa. Edie ricordava i capelli lucidissimi e perfetti che aveva da bambina, perché le faceva sempre le trecce. Meg grugnì e iniziò a preparare il suo pasto ipocrita al cioccolato mentre Edie la guardava con astio.

Il padre chiacchierò amabilmente a proposito degli orari del treno e Edie si rammentò per l'ennesima volta che non doveva dare l'impressione di odiare casa sua.

«Volete che vi porti qualcosa da Londra?» chiese.

Meg sbuffò. «Penicillina? Cultura?»

«Scusa?» ribatté secca, posando il cucchiaio nei cereali.

«Da come ne parli sembra che tu stia andando dove c'è la civiltà. Tipo il contrario di *Cuore di tenebra*.»

«No, Meg, cercavo di essere gentile e cortese. Un'idea aliena, per te.»

Il padre stava girando il caffè con gesti molto vigorosi e si schiariva ripetutamente la voce.

«Be', cosa potremmo volere da Londra che qui non c'è? Ah, sì, un portachiavi a forma di Big Ben, per favore.»

Edie voleva essere generosa e gentile, e di nuovo sua sorella lo trasformava in un attacco contro le sue arie da gran donna.

«Perché sei così stronza con me, Meg? Ti chiedo se vuoi un regalo e divento subito una viziata principessa del Sud?»

«Critichi sempre Nottingham, lo sai che è la verità. Ti ho sentita con quegli snob dei tuoi amici.»

Quella storia risaliva a una conversazione frivola che Meg aveva purtroppo origliato molti anni prima. Col senno di poi, Edie non ne andava particolarmente fiera; aveva cercato di ingraziarsi alcuni colleghi snob che erano di passaggio da quelle parti per vedere il cricket. Aveva detto che Nottingham sarebbe arrivata prima solo in una gara contro Derby, o qualcosa del genere. Non avrebbe mai dovuto permettere loro di venire lì a casa, o di esprimere la loro opinione sprezzante sulla città lì nell'ingresso. E non avrebbe dovuto cercare di ingraziarseli. Sbagliando si impara... Oppure no, come diceva Elliot.

Meg fece spallucce e tornò ad assemblare panini. Ma Edie non riusciva a calmarsi, sentiva fischiare il sangue nelle orecchie. Così era lei l'unica ipocrita lì dentro, eh?

«Ah, a proposito, immagino che tu non sia più vegana, visto che fai colazione con la Nutella. Quindi ora potrò mangiare tranquillamente il mio bacon e le mie salsicce.»

Meg si girò, con la sua faccia da bambina infuriata con le guance gonfie. «Mi concedo UNO STRAPPO ALLA REGOLA e tu pensi di poterlo usare contro di me!»

«Come al solito, c'è una regola che vale per Meg e un'altra per la gente normale.»

«Oddio! Ma tu cosa fai per gli altri?! O per l'ambiente?»

«SALSICCIA!» gridò Edie. Non era il suo momento di massimo splendore come donna adulta.

«PAPÀ, DIGLIELO!» strillò Meg. Gettò sul tavolo il coltello sporco e corse fuori, precipitandosi su per le scale tra singhiozzi rumorosi.

Nel silenzio della cucina, suo padre picchiettò il cucchiaio sulla tazza. «Te l'avevo detto che rischiava di finire male.»

Edie non perdeva spesso la pazienza con suo padre, e sapeva che proprio quel giorno non era in condizioni di considerare obiettivamente le cose. Tuttavia...

«Papà! Hai sentito cos'ha detto di Londra, mi ha insultato! Ha torto. E ce l'ha sempre con me. Non può lamentarsi se ogni tanto le rispondo a tono.»

«No, non può.»

«Non trovare sempre scusanti per lei. Non aiuti nessuno, facendo così, soprattutto non lei.»

«È un peccato. Meg aveva detto che magari avremmo potuto mangiare anche noi i panini con la Nutella. Diceva che forse ti avrebbero rimessa in forze per il viaggio di oggi. Era a tanto così dall'essere conciliatoria, ma poi è andato tutto a rotoli».

«Cosa?» Edie ci restò malissimo. «Perché non me l'hai detto?»

«Pensavo che forse sarebbe stato meglio se fosse venuto da lei. Come un'offerta di pace.»

Edie posò la scodella nel lavandino, prese le sue cose e uscì di casa in silenzio. La rabbia di Meg si irradiava da dietro la porta chiusa della sua stanza.

Non voleva che le cose andassero così. Voleva ritornare ai tempi in cui si mettevano sotto il vecchio plaid peloso detto *il Lupo*, la domenica pomeriggio, e guardavano *Ghostbusters*.

Solo quando fu salita sul treno, e guardò avvilita fuori dal finestrino, se ne rese conto. Litigare con Meg non era solo una valvola di sfogo per la tensione: serviva a rendere brutta la vita lì a casa, affinché le sembrasse meno orribile dover tornare a Londra.

Be', non aveva funzionato.

# 31

Edie ricordava quando St Pancras era una rimessa dei treni cupa e minacciosa, e non quel lucente tempio del consumismo, dei weekend lunghi in Europa, del caffè americano e delle lievi ubriacature da champagne.

Mentre faceva la fila per i tornelli d'uscita cercò di capire se le sembrasse un ritorno a casa. Non percepiva molto altro, a parte il ronzio basso e lontano di ciò che l'aspettava. Un trillo sul telefono.

Edie, piccola, ci sei oggi? Ho sentito che venivi. In bocca al lupo. Sono in riunione con un cliente, quindi non riusciremo a vederci. Abbracci L x

Edie si chiese se Louis si fosse organizzato apposta per non trovarsi in ufficio, per evitare di dover prendere pubblicamente le parti di qualcuno. Non lo sapeva, o forse la sua era solo paranoia. Rispose ringraziandolo.

Gli editori del libro di Elliot lavoravano in luminosi uffici a Bloomsbury. Di solito, una riunione così importante l'avrebbe resa apprensiva: non aveva mai proposto a un editore l'autobiografia di una celebrità. Non ne aveva nemmeno mai scritta una, ma tutto sommato le sembrava un lavoro abbastanza semplice. Si sentiva un po' nervosa, ma era niente in confronto al pensiero della riunione successiva.

Quando entrò nella stanza sorrise molto, annuì molto e disse cose plausibili sulla *differenziazione nel mercato* e sul *restare fedeli alla voce di Elliot* e gli altri annuirono di rimando e dissero, anche se non proprio con queste parole: *Okay, fa' pure, ma non spaventare le ragazzine con tutto quel pessimismo.* La aiutò il fatto di essere tornata nelle loro grazie dopo aver persuaso Elliot a riprendere in mano il progetto.

Non poteva esserne certa, ma aveva la sensazione che Elliot avesse attribuito a lei tutto il merito di averlo convinto.

Dopo l'incontro con gli editori, si avvicinava l'ora terribile delle tre del pomeriggio. Dopo pranzo, Edie sorseggiò lentamente un bicchiere di Pinot Grigio, per darsi coraggio. Era inutile; la quantità di alcol necessaria per rendere tollerabile ciò che l'aspettava l'avrebbe resa ubriaca.

Gli uffici di Ad Hoc si trovavano a Smithfield, tra Soho e la City, all'ultimo piano di un ex magazzino anni Venti con le finestre alte, stretto fra un pub vittoriano che sembrava uscito da un romanzo di Dickens e quella che era stata una caffetteria italiana a conduzione familiare e che adesso era l'ennesimo sushi bar Itsu.

Alle tre meno dieci Edie uscì dal bar lì vicino – aveva evitato il locale che frequentavano sempre dopo il lavoro – e si incamminò verso l'ufficio a passo pesante, come se fosse diretta al patibolo.

Salì le scale, il cuore che martellava tra le costole, ripensando alle centinaia di volte che era entrata in quella stanza senza pensare a nulla di più preoccupante di cosa avrebbe mangiato per cena.

Sentì il sangue nelle orecchie e, spingendo la porta, si ritrovò davanti una piccola distesa di volti che la fissavano. Evidentemente aspettavano col fiato sospeso l'ora stabilita.

«Ciao» disse Edie a tutti i presenti, imbarazzata, sentendosi arrossire.

Le rispose un mormorio così lieve che forse era frutto della sua immaginazione. Era una tortura.

Si guardò intorno. Non voleva arrischiarsi a chiedere niente a nessuno, per paura che le rispondesse il silenzio, e andò invece verso l'ufficio di Richard.

Bussò, con una rapida pulsazione nel collo e le mani sudate.

«Avanti!»

Richard era alla sua scrivania. Davanti a lui, sulla sinistra, era seduta Charlotte. Le sue spalle strette, avvolte in un cardigan rosso, erano rigide. Fissava davanti a sé con aria determinata e mosse la testa meno di un centimetro per dare atto della presenza di Edie. Lei ricordò quelle spalle nude nell'abito da sposa e rabbrividì.

«Grazie di essere venuta, Edie. Siediti. E grazie a te, Charlotte, per essere qui.»

Edie si sistemò sulla sedia a destra.

Richard si appoggiò allo schienale e guardò entrambe. Indossava un impeccabile completo di tweed scuro, dal taglio perfetto, con una camicia azzurra. Sembrava uscito da un catalogo di Savile Row e passato attraverso i titoli di testa di *Mad Men*.

«Bene; non intendo accanirmi. Ciascuno di noi ha una vita privata. A volte la nostra vita privata si interseca con quella professionale. Qualsiasi siano i nostri sentimenti reciproci, abbiamo comunque bisogno di guadagnarci da vivere. Non possiamo cambiare quel che è successo. Possiamo impedire che ci faccia soffrire più del necessario, a patto di essere pragmatici.»

Edie inspirò ed espirò, pesantemente, e sperò che le funzionasse la voce.

Richard si rigirava in mano una biro d'argento massiccio, la faceva cliccare senza sosta. «Charlotte, riesci a immaginare di poter lavorare produttivamente a fianco di Edie, mettendo da parte il rancore e restando su un piano puramente professionale?»

«Sì» rispose Charlotte, con voce un po' roca. Era nervosa, e a Edie dispiacque per lei. Nessuna delle due voleva trovarsi in quella posizione. Era possibile, lontanamente possibile, che entrambe potessero piangere nei bagni al termine di quell'incontro, Charlotte sfogarsi in lacrime, Edie scusarsi in lacrime, e alla fine decidere insieme di metterci una pietra sopra?

Richard si rivolse a lei. «Edie. Ritieni possibile lasciare alla porta le questioni personali e continuare a lavorare qui, comportandoti con rispetto verso Charlotte come tua collega?»

«Sì, certo» disse Edie, con una vocetta tirata. Aveva la voce di chi si detesta, e infatti si detestava.

Richard spostò lo sguardo dall'una all'altra.

«Non sono così ingenuo da chiedervi di scambiarvi un bacio ed essere amiche...» Si interruppe per una frazione di secondo quando capì di aver scelto male le parole, ma si riprese con grande scioltezza, come in una riunione con un cliente difficile. «... e prenotare un weekend alle terme insieme. Non vi inserirò negli stessi progetti, se posso evitarlo. Ma procediamo sulla base del fatto che siamo tutti adulti; mi avete assicurato che non dovrò più convocare una o entrambe di voi in questo ufficio a causa di controversie derivanti da quello spiacevole episodio. Stiamo dando un taglio al passato, qui e ora.»

Alla parola *episodio*, Edie vide con la coda dell'occhio che Charlotte rabbrividiva.

Entrambe annuirono e mormorarono una conferma.

«Okay. Charlotte, grazie per il tuo tempo e la tua comprensione. Ora vorrei dire due parole a Edie, se puoi chiuderti la porta alle spalle.»

Charlotte si alzò, senza guardare Edie che cercava disperatamente di incrociare i suoi occhi. Le si erano drizzati tutti i peli.

Una pausa carica di tensione, dopo che la porta si fu richiusa, e poi Richard disse: «Grazie di essere qui. Non ero sicurissimo che saresti venuta».

«Ehm... grazie a te» disse Edie, e quasi si pentì di essere lì. L'adrenalina era un po' calata, sostituita dal dolore sordo dell'umiliazione e del rimpianto per la realtà attuale.

«A dispetto dell'opinione del conducente della bmw che mi ha tamponato qualche giorno fa, non sono un idiota. So che la natura di ciò che è accaduto implica che difficilmente da te proverranno problemi. Se tu dovessi incontrare qualche difficoltà, ti chiedo di mantenere la calma e venire da me. E magari evita le uscite collettive in cui scorre l'alcol, per il momento.»

Edie annuì, avvilita. Di certo non aveva intenzione di fiondarsi al bar, quel venerdì pomeriggio. Come minimo l'avrebbero fischiata.

Richard picchiettò la penna sul tappetino del mouse. «Tutto bene, per il resto? Com'è andata la riunione per il libro?»

Edie gracidò qualche rassicurazione e Richard le disse che si stava comportando bene.

«Ci vediamo qui dentro molto presto, allora» disse poi, e a lei venne da piangere. Annuì, raccolse le sue cose e si alzò. «Edie» disse Richard all'improvviso. «In qualità di amico, non di capo: aspetta che passi la tempesta. Il buonsenso prevarrà. Tratta esattamente come prima quei due divulgatori di notorietà e ignominia.»

Edie annuì vigorosamente, perché se avesse provato a parlare avrebbe pianto. *Ignominia.*

Aprì la porta, non guardò altro che l'uscita e si avviò di buon passo in quella direzione, e anche stavolta si sentì addosso ogni paio d'occhi della stanza.

«Edie» disse Charlotte, raggiungendola alla porta.

Lei si girò sorpresa. «Sì?» balbettò nervosamente.

Ecco, era forse arrivato il momento in cui Charlotte avrebbe seppellito l'ascia di guerra? Se tutti vedevano che la sposa non la odiava più, anche loro avrebbero dovuto perdonarla. No? Il sangue le pompava nelle vene come salsa chili piccante.

«È arrivata questa per te» disse Charlotte, e le porse una busta marrone formato A4 con il suo nome scarabocchiato sopra. Accennò un millesimo di sorriso. Non era neppure tecnicamente un sorriso, più una vibrazione delle labbra, ma pose fine all'espressione imperscrutabile che Charlotte aveva mantenuto nell'ufficio di Richard.

«Grazie» disse Edie, cercando di inserire in quelle sillabe la massima sincerità possibile. «Grazie di essere venuta oggi.»

«Ero già qui» rispose Charlotte, in tono placido.

«Alla riunione, voglio dire.»

«Ti auguro un buon ritorno a casa» disse Charlotte, impassibile.

«Grazie.» Edie non sapeva cos'altro aggiungere.

Non riusciva a giudicare il livello di ostilità dell'interazione. Sembrava che, con cautela, avessero ricominciato a rivolgersi la parola: che avessero fatto il primo passo, quello più difficile.

Charlotte tornò subito alla sua scrivania. Era sempre stata snella, ma Edie notò che i vestiti le stavano larghi; doveva aver perso almeno cinque chili. Neanche lei era in gran forma, lo sapeva.

Fuori, con mani tremanti, Edie strappò la busta e tirò fuori due fogli spillati. In alto erano scritte le parole:

*Petizione per l'allontanamento di Edie Thompson*

*Ti chiediamo l'elementare decenza di* ANDARTENE. *Nessuno ti vuole, qui. Se ne parli a Richard chiederemo all'ufficio informatico di cercare nelle tue email prove che possiamo usare per mostrargli che sei una stronza traditrice. Perché, diciamocelo, lo sei ☺*

Sotto c'erano le firme. Edie guardò l'elenco. Tutti i colleghi avevano firmato, tranne Louis. Lesse e rilesse il messaggio, poi lanciò i fogli nel bidone della spazzatura più vicino.

Era fatta, quindi. Alzò gli occhi sull'edificio e seppe con certezza che non vi avrebbe più rimesso piede. Doveva solo capire cosa diavolo dire a Richard. Lui le aveva chiesto di riferirgli qualsiasi problema ma, come Edie sapeva fin troppo bene, certi problemi sono semplicemente insormontabili.

# 32

Edie era sdraiata sul letto e non le veniva in mente un solo buon motivo per alzarsi. Si può definire depressione uno stato mentale che è conseguenza naturale della propria situazione? Chi sarebbe stato felice nei suoi panni?

Il telefono, attaccato al cavo del caricabatterie, fece *bzzzbzzz* come un'ape furiosa prigioniera in un bicchiere. Edie si girò e controllò i messaggi.

Non tenermi sulle spine! COM'È ANDATA? L xx

Si tirò a sedere e rispose:

Benino, mi sembrava, ma poi Charlotte mi ha consegnato la petizione mentre me ne stavo andando. Grazie di non averla firmata. E xx

<3 Ha costretto tutti a firmarla, E. Sul serio. Ignorala.

Più facile a dirsi che a farsi. Se fosse successo a lui avrebbe fatto una strage.

Grazie ⊗ Sai una cosa, però? Ne ho abbastanza di queste stronzate vendicative per qualcosa CHE HA FATTO JACK. Una persona con cui Charlotte vuole ancora passare il resto della vita. Al diavolo questo bullismo, Louis. A loro non piacerà quel che è successo, e non piace neanche a me, ma il bullismo è pur sempre bullismo. E non mi sembra che Jack lo subisca. X

Brava, fagliela pagare.

*No, Louis, fagliela pagare tu,* pensò. *Di' a tutti che ne ho abbastanza.* Lei non poteva tornare in quel posto, quindi cos'aveva da perdere?

Non sapeva ancora fino a che punto Louis si fosse mantenuto neutrale in quella guerra, ma non aveva ancora voglia di chiederglielo. Si abbracciò le ginocchia e si guardò intorno nella stanza.

Il problema di quell'esaurimento nervoso era che dava ai suoi bulli ciò che volevano. Si alzò, prese la vestaglia da dietro la porta e se la legò in vita, lentamente ma con decisione. Semplici azioni deliberate, un passo per volta. Voleva parlare con Hannah, ma Hannah aveva un lavoro vero, e forse a quell'ora era in sala operatoria.

Nick, puoi dedicare a Edie da parte di Edie I Hate Myself and I Want to Die dei Nirvana, più tardi? E xx

Non ce l'ho in playlist. Posso metterti Love Will Keep Us Together dei Captain & Tennille, che è un sentimento simile. Ti senti bene? X

Non proprio, ma ci sto lavorando. X

C'erano dei fiori in cucina. Mentre aspettava il treno a St Pancras era andata da Marks & Spencer, maledicendo Meg per aver reso così difficile, dopo il loro litigio, capire cosa sarebbe apparso generoso e cosa pieno di sottintesi. Aveva messo in una brocca alcuni tulipani lilla fuori stagione. In un altro vaso c'era un mazzo di gigli tigrati, ancora nel cellofan. Si era ricordata del triste bouquet avvizzito a casa di Margot e le era venuta in mente una cosa carina da fare.

Meg era all'ospizio e suo padre era fuori: in casa c'era silenzio. Aveva buone opportunità per fare un salto lì senza che nessuno venisse a saperlo.

Lavata e vestita, una pallida Edie bussò alla porta di Margot.

Si sentiva una girl scout con i biscotti da vendere.

Margot non parve felicissima di vederla. «Sì?»

«Ti ho portato dei fiori!» disse lei, e glieli porse. «Per ringraziarti.»

Margot li accettò socchiudendo gli occhi con aria confusa. «Per cosa?»

Non proprio la reazione che Edie si era aspettata. «Mi hai ispirato un ragionamento che ha finito per salvare l'intero progetto. Sul fatto che l'attore può mettere nel libro ciò che vuole, ricordi? Voleva andarsene, ma l'ho convinto a portare a termine il progetto, e ci sono riuscita grazie a ciò che hai detto tu.»

Edie aveva assunto l'espressione *vedi-come-sono-raggiante-ti-prego-sii-raggiante-anche-tu*, ma Margot sembrava confusa e indifferente, al limite dell'irascibilità.

«Avrebbe dovuto avere più spina dorsale fin dall'inizio. I giovani d'oggi...» borbottò.

Poi tornò in casa, ma non richiuse la porta, e Edie la seguì imbarazzata, prendendolo per un tacito, benché non molto caloroso, invito a entrare.

In fondo allo stretto corridoio vide un cucinotto in cui Margot, con la sigaretta penzolante dalle labbra, aprì un rubinetto e lasciò cadere i fiori nell'acqua.

«Vuoi bere qualcosa?» domandò.

«Oh. Ehm... Sì, grazie.»

Si udì un tintinnio di vetri e il gorgoglio di un liquido. Edie temeva che non potesse essere una tazza di tè, data la mancanza del rassicurante sibilo del bollitore. Margot tornò all'ingresso e le porse il bicchiere. Indossava un vistoso abito a portafoglio color mandarino, fermato su un fianco ossuto con una grande spilla. «Ecco, è bello forte.»

Edie vacillò, non sapendo se dire: *No, grazie, non bevo quello che sembra – e odora di, bleah – brandy alle undici del mattino* o affrontare il potenziale conflitto generato dal pretendere un analcolico e poi doversi fermare a berlo nell'atmosfera che ne sarebbe conseguita. Decise di scegliere la strada più semplice e accettò il bicchiere.

Lo sorseggiò con cautela, andando a sedersi in salotto dove l'ultima volta aveva letto il libro e Margot si era addormentata.

«Qual è il tuo problema, allora?» domandò la donna, recuperando la sigaretta accesa dal posacenere a forma di cigno.

«In che senso?»

«Sei una bella ragazza e sei triste. È chiaro che non vorresti vivere lì...» Indicò la casa accanto con un cenno del capo. «E chi vorrebbe viverci? Qualcosa ti ha portata qui. O qualcuno.»

Soffiò fuori il fumo e le puntò addosso due occhi color ghiaccio.

Edie restò colpita dalla parola *triste*. Era stata impeccabilmente beneducata e allegra con Margot, o così le era sembrato. E invece la tristezza traspariva?

«Ti ho detto perché sono qui. Per scrivere il libro.»

«*Mmh*, sì. Hai detto così.»

Edie bevve un sorso del tossico liquido bruno e si sentì in imbarazzo. Notò che la sua reazione di default, quand'era sotto attacco, consisteva nel sentirsi in colpa, mettersi sulla difensiva e mostrarsi contrita. Con Margot per di più interveniva anche un fattore Persona Anziana E Sola.

«Lui chi è?»

«Eh?»

«L'uomo che ti ha rispedito indietro da Londra come una pulce scottata.»

«Nessuno. Perché dovrebbe esserci un uomo?»

«Ah!» fece Margot, imperturbabile. «Come dici tu, tesoro. Nessun uomo. Ma certo, neanche uno. E certamente non quello a cui stai pensando adesso.»

Edie provò irritazione e imbarazzo. Eppure... Margot aveva ragione, no?

*Non hai nulla di cui vergognarti*, pensò. *Be', un po' sì, ma nella tua vergogna puoi essere sincera.*

«Era il fidanzato di una mia collega» spiegò. «Io e lui chattavamo in continuazione al lavoro. C'è un programma che si chiama G-chat, dove ci si può scrivere dei messaggi. Come l'email, ma più rapido. Lui mi ha spezzato il cuore e ha sposato la sua ragazza. Mi ha baciato il giorno del suo matrimonio e io ho ricambiato il bacio e la sposa ci ha visti e l'ha piantato in tronco. Ora si sono rimessi insieme, ma tutti mi odiano.»

Margot inarcò un sopracciglio già artificialmente inarcato.

*Ahahah, beccati questa,* pensò Edie. *Ecco uno di quegli aneddoti trasgressivi che volevi tanto.*

Margot spense la sigaretta. «Sei innamorata di lui?»

«Ehm...» Edie esitò. «Pensavo di sì, ma ora non più. Non dopo quello che ha fatto.»

«Non puoi disamorarti con la forza di volontà. O sei innamorata o non lo sei.»

«Non lo so. Non l'ho espulso completamente dalla testa, direi, no. Voglio ancora da lui risposte che non ho mai avuto.»

No che non l'aveva espulso. Qualche giorno prima si era fatta forza e aveva riletto alcune vecchie chat. Si era detta che lo faceva solo per assicurarsi di non essersi immaginata tutto. In realtà si era concessa di riesaminare il loro rapporto. Ma era rimasta colpita dal modo in cui Jack interpretava una parte. E anche lei. Un gioco a due di cui non avevano mai stabilito le regole.

Nel breve silenzio che seguì la sua ammissione, sperò che Margot le dicesse chiaro e tondo di sbarazzarsi di Jack, con una formula efficace che potesse adottare come mantra.

Invece lei bevve un sorso di brandy e disse: «È stata colpa tua quanto sua. Non lo dimenticherai finché non avrai capito questo».

«Cosa?!» esclamò incredula Edie. «Come sarebbe? Mi ha baciato lui!»

«Intendo l'intera faccenda. Come diceva quel critico teatrale, Kenneth Tynan: "Cerchiamo dei denti che si adattino alle nostre ferite"» citò Margot. «Per certi versi quell'uomo era la persona che cercavi.»

«Non è vero!» disse Edie. «Questo è incolpare la vittima. Quindi chiunque abbia avuto una brutta esperienza... o abbia subito violenza... se l'è cercata?»

Iniziava a sentirsi molto più in sintonia con le accuse di fascismo mosse da Meg nei confronti di quella donna.

«Non parlo delle altre persone, mia cara: parlo di te. Tu non sei una vittima. Quanti anni hai detto di avere? Trenta e rotti?»

Edie annuì con un brusco cenno del capo. Era sempre più furiosa.

«Be', perdonami, tesoro, ma non può essere il tuo primo errore.»

«Ah sì, ogni donna single della mia età deve avere qualche *grosso* problema. Dio!»

Margot si sporse in avanti. «Cos'hanno in comune tutti questi errori? Fatti questa domanda.»

Edie la guardò storto e bevve il brandy d'un fiato, rischiando di tossire. Fece il broncio e non rispose.

«Non ti trattavano bene. Non ti prendevano sul serio. Dico bene? Scegli uomini che ti trattano come tu tratti te stessa. Cioè male.»

Edie tirò un respiro sofferto e si alzò in piedi. Non le avevano insegnato a litigare con le persone anziane, non era nel suo DNA. Ma quando ci vuole ci vuole.

«Ti avevo portato i fiori per ringraziarti, perché mi sembrava una cosa carina. Grazie di questi insulti gratuiti, quando non mi conosci neppure.»

Margot fece una risatina amara. «Ti conosco eccome.»

Edie uscì dalla stanza e sperò che la porta di Margot avesse una semplice serratura Yale, perché non se la sentiva di chiedere aiuto.

Mentre trafficava con la porta, Margot urlò, da dietro le quinte: «Senti il bisogno di piacere agli altri. Smettila di preoccuparti così tanto. Non cambia niente».

«Splendido, grazie» rispose Edie, e si precipitò in strada.

Perché ci aveva provato? Ogni sua iniziativa andava inevitabilmente a rotoli. Meglio fare sempre il minimo indispensabile e proteggersi da ulteriori sofferenze.

Rientrò in casa, andò di sopra e si sdraiò sul letto. *Cerchiamo dei denti che si adattino alle nostre ferite.*

Era vero? Hannah aveva detto che era colpa di Jack, ma Hannah era la sua migliore amica. Elliot aveva osservato che le sue speranze con Jack sarebbero state quasi certamente disattese. Ma Margot aveva detto le cose come stavano: Edie aveva baciato un uomo sposato e ne aveva pagato il prezzo. Ripensandoci, si rese conto di essere stata molto passiva con Jack. Non le era interessato finché lei non era interessata a lui, e poi era stato sempre lui a imporre il ritmo. Lei aveva vagamente pensato di non avere il *diritto* di chiedergli spiegazioni. Di sicuro non ne aveva avuto il coraggio.

Non sapeva quanto tempo fosse passato quando sentì la chiave che girava nella porta e i passi di suo padre sulle scale.

Aveva ricevuto un'email dall'agente di Elliot. Voleva andare a trovarlo sul set l'indomani, per fare l'intervista? Probabilmente lui avrebbe avuto un po' di tempo libero.

Sì, certo, tanto non aveva niente di meglio da fare.

Si tirò su dal letto e andò da suo padre a chiedergli che cosa gli andava per la cena che avrebbe cucinato ma non mangiato.

# 33

Edie non avrebbe dimenticato facilmente come aveva trascorso l'ultimo giorno del suo trentacinquesimo anno: a guardare una donna nuda apparentemente esanime su una piramide di macerie, in un cimitero.

C'era arrivata lungo un sentiero silenzioso, passando sotto una splendida volta di rami e foglie. Veniva sempre all'Arboretum Park quand'era un'ombrosa adolescente goth. Guardava i nomi e le date sulle lapidi e pensava a quant'era breve e brutale la vita, poi si domandava se il viola le donasse e cosa le andava per cena e tornava a casa.

Quel giorno dovette passare il controllo di uno dei tizi con il walkie-talkie per essere ammessa sul set, che sorgeva su un pendio e fremeva di attività, con una troupe televisiva centrata intorno a una flessuosa e bionda modella ventenne che i truccatori stavano tingendo di grigio post mortem. Il suo corpo, pallido e immobile come una biglia, nudo tranne per una specie di grosso cerotto sull'inguine, era disteso sopra il cumulo di finte pietre di polistirolo. Tutt'intorno, persone con auricolari e cartellette gridavano istruzioni qua e là, a volte inducendo il cadavere a muoversi per magia spostando le braccia o le gambe.

Sembrava molto scomodo, oltre che imbarazzante. Edie restò scioccata da quella nudità in pubblico per un arco di tempo compreso tra i sette e i dieci minuti, e poi scoprì che lo shock, come la meraviglia, non era sostenibile. Soprattutto dal momento che tutte le altre persone presenti ostentavano completa indifferenza per quella donna nuda.

La mini montagna su cui era sdraiato il corpo non-morto era circondata da strisce a zig zag di una strana sostanza bianca che, come un assistente spiegò a Edie, componevano il pentagramma di sale che era la firma inconfondibile di quel serial killer.

C'era anche il nastro bianco e azzurro della polizia che ondeggiava nella brezza leggera, e alcune volanti parcheggiate lì intorno. Attori in giubbotti catarifrangenti si aggiravano bevendo caffè da bicchieri di carta.

Era una bella giornata, ma un'apposita macchina gettava sul set una pioggerella leggera proveniente da una rete di tubazioni. I materiali promozionali che aveva letto non dicevano forse che quella serie avrebbe denunciato la dura realtà del crimine in quella regione? Forse Edie se l'era persa, vivendo nella sua torre d'avorio londinese, ma non ricordava molti serial killer da quelle parti, né elaborate scene del crimine con mucchi di sassi, supermodelle nude e quintali di sale.

Il volume del chiacchiericcio si abbassò leggermente e si percepì un aumento della tensione quando Elliot e Greta Alan apparvero sul set, uscendo da gigantesche e lucenti roulotte parcheggiate a cento metri da lì. Archie andò a discutere con loro gesticolando con aria seria, con le cuffie intorno al collo.

Elliot aveva le mani in tasca e ascoltava attentamente. Edie sentiva lo strano desiderio di salutare Elliot – *yu-huu, sono io!* – quando lo vedeva al lavoro, come i genitori che si sbracciano per salutare i figli dalla platea dello spettacolo della scuola.

Sembrava diverso, quand'era immerso nel personaggio. Portava i capelli corti ma spettinati, un'ombra di barba e un giubbotto di pelle nera sopra una felpa col cappuccio.

La sua coprotagonista Greta era una bambolina di porcellana con i capelli rosso fiamma in boccoli larghi come lattine di Coca-Cola. Il vitino di vespa era accentuato da una giacca avvitata, una gonna a matita grigio scuro tesa su fianchi snelli. Portava grossi stivali Ugg beige da cui spuntavano due gambe a stuzzicadenti. Si appoggiò a uno dei suoi lacchè per toglierseli e sostituirli con un paio di Louboutin violentemente a punta, nere con la suola scarlatta, prima di entrare nell'inquadratura. Proprio le scarpe perfette per dare la caccia a un assassino: con quelle addosso sarebbe stato difficile inseguire anche un bambino piccolo.

Dopo il ciak – *azione!* – Elliot e Greta risalirono il pendio diretti verso il cadavere. Un attore vestito da poliziotto andò a parlare con loro.

Edie era troppo lontana per sentire i dialoghi, ma le sembrava di intuirli. Elliot era chiaramente il genere di cane sciolto che tira giù un corpo nudo da una torre di macerie prima che la scientifica abbia terminato i rilievi, per poi discutere con gli agenti in uniforme. E poi litiga con la collega come Mulder con Scully e se ne va a testa alta, da vero maschio alfa.

Edie avrà anche avuto dei pregiudizi, ma da quel primo impatto *Gun City* le sembrava una fesseria imbottita di cliché.

L'unico vero elemento di interesse era Elliot. Edie vide come cambiava postura quando si calava nel personaggio.

La linea del mento sembrava diversa, i movimenti non erano gli stessi di Elliot. Edie non avrebbe saputo dire se fosse un attore molto bravo, ma era interessante assistere a quella trasformazione.

Tuttavia, neanche la sua bellezza corvina riusciva a infondere stupore all'esperienza di veder ripetere lo stesso processo ventiquattro volte. Dio, era una noia mortale. Edie sentì rallentare la circolazione nelle gambe.

Non c'era altro da fare che consumare la batteria del telefono, ma con i social media ancora disabilitati non c'era granché da vedere neppure lì. Arrivò un messaggio da Nick e Edie lo aprì con impazienza. Nick era un buon amico di penna, era bravo con le battute.

Quando lesse il messaggio, le si strinse lo stomaco.

E., non so se lo sai, ma penso di dovertelo dire. Ti ho cercata su Facebook perché non sapevo se fossi tornata. Ho trovato questo gruppo. Che schifo. L'ho segnalato a Facebook perché violento, dovresti farlo anche tu. Nx

Era una *pagina fan* di Facebook con settantuno like: SOCIETÀ DEGLI AMMIRATORI DI EDIE THOMPSON. C'era una sua foto come immagine del profilo: quella scattata al matrimonio, con il vestito rosso. La descrizione del gruppo era: *Per chi apprezza il lavoro di Edie Thompson, l'invitata di matrimoni migliore del mondo.*

Esercitava davvero ancora tanta attrattiva su quelle persone per un solo momento di stupidità, per quanto inopportuno? Pensavano forse che quel bacio facesse parte di una relazione vera e propria? Non riconosceva quasi nessun nome dei membri del gruppo, ma il tutto le sembrò squallido e crudele. C'erano varie conversazioni sarcastiche e incredibilmente poco spiritose: *12 motivi per cui Edie dovrebbe diventare una wedding planner!* con annesse GIF animate. E poi – sorpresa! – c'era l'atroce Lucie Maguire che aizzava gli animi. Era scioccante, ma era anche ripugnante, sfinente. Edie aveva fatto una cosa brutta, okay, ma quelle non erano belle persone. E se lo erano lo nascondevano bene.

E poi lo vide. Otto parole, nero su bianco, affogate in una conversazione monotona sulle sue colpe come sciupa-famiglie. Dovette rileggerlo cinque volte per essere sicura che quel commento esistesse davvero, che gli occhi non le stessero giocando qualche scherzo. Non conosceva l'uomo che l'aveva pubblicato, ma questo Ian Connor sapeva qualcosa sul suo conto che non avrebbe dovuto sapere.

Per quanto a lungo fosse ancora vissuta, Edie non avrebbe mai capito come qualcuno avesse potuto scrivere quelle parole e poi premere *pubblica*.

Lasciò correre lo sguardo nel vuoto, senza vedere nulla. Guardò e respirò e guardò e spostò il peso del corpo da un piede all'altro e scrisse a Nick un breve ringraziamento, rimise il telefono in tasca e guardò gli uccelli nel cielo e respirò un altro po'. C'era gente in giro, ma per fortuna nessuno di così vicino da poterla vedere bene. All'improvviso si ritrovò davanti Elliot, che riempiva il suo campo visivo.

Cercò di metterlo a fuoco. Aveva pensato che lui potesse avere un atteggiamento distaccato sul set, e invece era il contrario: sembrava un ragazzino entusiasta.

«Ciao! Non ti annoi troppo, vero? Ti sembra che sia andata bene?»

«Certo» disse Edie, distrattamente. «Benissimo.»

«Che sollievo.»

Tirò fuori di nuovo il telefono e lo fissò inebetita, e poi lo rimise in tasca. Cosa stava dicendo Elliot? Doveva provare a concentrarsi. *Concentrati.* Dimentica quello che hai appena letto...

«Tutto bene? Hai l'aria di una che ha visto un fantasma.»

Senza decidere consapevolmente che fosse una buona idea dirlo a Elliot Owen, Edie iniziò a parlare.

«C'è un gruppo di Facebook su di me. Persone che mi odiano per via del matrimonio, dicono cose orribili, mi prendono in giro.» Esitò. «E qualcuno ha detto... ha detto...»

Inspirò, espirò. Sentì le lacrime uscire dagli occhi e scorrere giù per le guance: non si era accorta che stava per piangere. Non ebbe alcun preavviso. In un istante gli occhi le si riempirono e traboccarono. Un'alluvione facciale.

Si asciugò le guance con il dorso delle mani.

Elliot la guardava allarmato. «Coraggio, vieni con me.»

Edie si accorse che le sue gambe non funzionavano. Era come se avesse finalmente raggiunto il punto di sovraccarico dei sistemi, per l'eccesso di tormento psicologico, e il suo corpo avesse temporaneamente abdicato al suo regolare funzionamento.

Scrollò la testa. «Non riesco a muovermi.»

«Edie?» disse Elliot, posandole una mano sulla spalla.

Cercò di diagnosticare le proprie emozioni. Le veniva da vomitare? Forse. Stava per svenire? Altrettanto probabile. Era stranamente simile alla sensazione che provava da bambina dopo aver mangiato un bel piatto di farfalle alla carbonara. Non riusciva a capire cosa le stesse succedendo e cosa dovesse fare per alleviarlo, sapeva solo di voler uscire dalla sua pelle. La sensazione dolorosa, travolgente che ci fosse qualcosa di profondamente sbagliato.

*«Edie?»*

«Non riesco a muovermi» ripeté con voce roca.

«Stai per svenire? Sei molto pallida.»

«Sono sempre pallida» disse lei, debolmente. «Non lo so.»

Sentì tremare minacciosamente le ginocchia e pensò: *Per favore, non crollare proprio qui e adesso.* Sì, stava per svenire. Ricordava i segnali d'allarme da un paio di episodi dell'adolescenza: la sensazione che tutto si avvicinasse e si allontanasse allo stesso tempo, come negli effetti speciali dello *Squalo.*

Si aggrappò a Elliot per restare in piedi, agguantando il suo giubbotto di pelle. Per un attimo si domandò se i costumisti l'avrebbero spellata viva per aver rovinato una giacca da duemila sterline. Li stavano guardando tutti? Pensava di sì, ma non riusciva a vederlo e non voleva.

«Vuoi che chiami un medico? Ce ne sono, sul set» disse lui.

Edie scosse la testa.

«Devi sederti e bere un po' d'acqua.»

Annuì.

Con sorprendente determinazione e rapidità Elliot la cinse in vita e la sollevò. Edie si ritrovò sbalzata contro di lui e per istinto gli gettò le braccia al collo. Lui incrociò le braccia sotto il sedere di lei, come se portasse una bambina nel parcheggio di un supermercato, e si incamminò verso le roulotte.

Restò aggrappata e guardò da sopra la sua spalla tutte le persone che li fissavano, e finalmente scoprì che aspetto aveva un'osservatrice intenta a *quasi ovulare.*

Dopo un rapido e scomodo tragitto Elliot la posò accanto a una delle roulotte.

«Tutto a posto? Scusa la mossa alla Tarzan, ma sembravi proprio sul punto di stramazzare.»

«Va bene, grazie» disse Edie, asciugandosi il viso con la manica, al momento più interessata ad accertarsi che i contenuti del suo stomaco restassero a posto che a temere di essergli sembrata un sacco di patate. Se non altro non si sentiva più svenire, anche grazie all'adrenalina indotta dalla sorpresa di essere presa in braccio da un attore famoso.

«Ho fatto molta pratica sollevando donne in *Sangue & Oro*. Perlomeno non ti stavo salvando dalla pira funeraria di tuo marito, il re stupratore.» Aprì la porta della roulotte e le fece strada.

Edie reagì a quella battuta con un sorriso tirato, ma date le circostanze era il massimo di cui fosse capace.

# 34

Le roulotte degli attori sono piccole case vacanza su ruote. Un camper rock'n'roll.

«Ecco, accomodati qui» disse Elliot, indicando una panca imbottita che seguiva i contorni di un tavolo in radica. Aprì uno sportello accanto a un grande televisore a schermo piatto e domandò: «Acqua? Whisky? Whisky con acqua?».

«Whisky, grazie» rispose Edie, senza sapere se fosse una buona o una pessima idea.

Elliot versò due dita di liquore e le posò il bicchiere davanti, poi scivolò sulla panca fermandosi accanto a lei.

«Dio, Elliot. Mi dispiace tanto...»

«Smettila, non hai niente di cui scusarti. Ti va di parlarne?»

Edie provò un altro spasmo al ventre. «Un uomo, un tizio che non conosco...» Prese fiato. «Ha scritto che forse mia madre si è suicidata per la vergogna di avermi partorito.»

Elliot sgranò gli occhi. «Ma che... oh, Cristo. Wow.»

«È solo che...» Edie ricacciò indietro altre lacrime e si posò una mano sulla fronte. «Non parlo a nessuno di quello che è successo a mia madre. Dico che è morta ma non spiego come. L'unica persona a cui l'ho detto è Jack.»

«Chi è Jack?»

«L'uomo che ho baciato al matrimonio.»

«E lui l'ha detto a qualcun altro?»

«Dev'essere andata così.»

«Be', sapevi già che era uno stronzo.»

Edie ricominciò a piangere e si asciugò subito il viso.

«Ehi, calma...»

Si stupiva ancora ogni volta che Elliot parlava più come un ragazzo di Nottingham che come un principe guerriero fantasy. Era uno scenario talmente surreale, con lei in lacrime lì nella roulotte. Lui le posò un braccio sulle spalle.

«Tutti mi *disprezzano*. Già non ricordo più com'era quando non mi odiavano» disse Edie. «È una tortura.»

«Fermati un attimo. Qualcuno ha scritto una cosa orribile sul modo in cui hai perso tua madre, e *tu* ti senti in colpa? Abbiamo scoperto che quella persona avrà bisogno di *molta* psicoterapia per somigliare a un essere umano.»

Edie annuì.

«Senti. Quella lì...» Elliot prese il suo telefono, dal tavolo davanti a loro, «... non è la vita vera. Quella persona di cui parlano non sei tu. C'è un'altra versione di te, versioni multiple, versioni di altre persone, in giro per il mondo. Devi lasciarle stare, altrimenti impazzirai. Credimi. Tieni a mente queste parole: chi mi conosce meglio sa chi sono davvero.»

Edie annuì di nuovo. «Come si può essere così crudeli da tirare in mezzo mia madre? So di aver fatto una brutta cosa, ma non ho ammazzato nessuno...»

«Perché non sei reale per loro, online. Sei un'idea astratta. Non pensano che vedrai mai quello che hanno scritto, o che ti importerà se lo vedi. Sei un gioco. Una storia. E più sono numerosi, più facile diventa per loro. Il fiocco di neve non si sente responsabile della valanga. Ti assicuro che ti capisco meglio di quanto pensi.»

«Almeno tu piaci a tutti.»

«Non è vero. Angus McKinlay di *Variety* dice che ho il dono di far sembrare difficile la recitazione.»

Edie sorrise, e vide che Elliot si sforzava di farla ridere, e in quel momento lo adorò.

«Okay, però ti pagano bene» gli disse.

«Vero. E quelle spogliarelliste non si comprano il brunch da sole, credimi.»

Finalmente Edie rise, un debole gorgoglio misto a muco e lacrime.

Elliot le strinse le spalle e poi tirò via il braccio, e lei sorseggiò il whisky. Accidenti, se era forte. Ma la aiutò a calmarsi.

«Grazie.»

«Prego.»

Qualcuno bussò alla porta della roulotte.

«Sì?» disse Elliot.

Una bionda robusta con le cuffie si affacciò alla porta. «Elliot, abbiamo bisogno di te.»

«Quindici minuti al massimo.»

La donna guardò storto Edie, fece un cenno d'assenso e se ne andò.

«Elliot, vai. Davvero. Mi sento così in colpa a bloccare tutto...»

«Non dire sciocchezze. Avevo bisogno di una pausa.»

Ma lei si sentiva ancora a disagio, tanto più quando, pochi minuti dopo, la bionda riapparve, nervosa e agitata.

«Elliot. Archie chiede di te, scusa.»

«Digli che arrivo» rispose lui, calmo.

La donna avrebbe voluto aggiungere altro ma non riusciva a decidere chi, nella gerarchia, fosse più pericoloso far arrabbiare.

«Grazie» concluse Elliot, con un'intonazione inconfondibile che significava: *Adesso va' via*. Edie aveva dimenticato quanto sapeva essere spietato.

«Mi piace la barba alla George Michael» disse quando furono di nuovo soli.

«Ahahah. Sarebbe una barba da detective tormentato che dorme in macchina. Non da uno che guida la macchina ubriaco e si sfracella contro la vetrina di un negozio.»

Edie scoppiò a ridere di nuovo ed Elliot sembrò soddisfatto. «Ti senti meglio?» le chiese.

«Molto, grazie.»

In realtà, appena se ne fosse andata da lì avrebbe ricominciato a rimuginare: ma quella gentilezza era comunque gradita. Edie bevve altro whisky e scoprì che quando provava a respirare normalmente l'aria le si incastrava ancora in gola.

Fuori dalla roulotte sentirono una voce maschile, presumibilmente al telefono. Il volume si alzò man mano che l'uomo si avvicinava.

«... quanto ancora devo semplificare per farti capire? Dobbiamo iniziare da come nascono i bambini? Quando un uomo prova molto amore, il suo pene si gonfia... quel tipo di cosa? BE', STAMMI A SENTIRE BRUTTO CRETINO PUOI ANCHE PRENDERTELA IN CULO.»

Elliot si coprì gli occhi con la mano e sospirò.

Un breve silenzio, poi qualcuno picchiò alla porta della roulotte e apparve la sagoma magra di Archie Puce. Somigliava molto a Dobby l'Elfo Domestico e portava un berretto che effettivamente ricordava un calzino. Si mise le mani sui fianchi. Edie si spaventò. Solo Archie Puce avrebbe litigato con qualcuno mentre andava a litigare con qualcun altro.

«Elliot. Stiamo tutti qui a farci le seghe da mezz'ora. Molla quella ragazza e vieni da noi.»

«Archie, non ci vorrà molto. È importante.» Elliot le strinse forte il braccio, per impedirle di protestare. Adesso Edie si sentiva impregnata di senso di colpa, ma dire: *Lascia perdere, non è importante* le sembrava il colmo dell'ingratitudine.

Lo sguardo assassino di Archie si spostò sul viso rigato di lacrime di Edie.

«Non vorrei mai sembrarti un bastardo insensibile, ma non ci sarebbe qualcun altro disposto a coccolarla, e che non abbia la tariffa oraria che hai tu? Che cazzo ne so, sua mamma, magari?»

«Archie» disse Elliot, alzandosi in piedi.

«Aspetta, fammi controllare l'elenco del cast, sua madre è nel mio telefilm? AH NO. ASPETTA NON C'È. NIENTE MAMMA. CHIAMIAMO LA MAMMA.»

«Archie! Sta' zitto ed esci subito da qui, se non vuoi che sia qualcun altro a interpretare la mia parte nel tuo stupido telefilm!»

Archie sembrò sorpreso di essere trattato come lui trattava gli altri. Guardò storto Elliot, che ricambiò.

«E va bene. Non c'è bisogno di alzare tanto la cresta.» Pausa. «Voi ragazzi divertitevi, riposatevi.»

La porta della roulotte sbatté alle sue spalle.

«Mi dispiace tanto, va', ti prego, va'» disse Edie, sbigottita, mentre Elliot tornava a sedersi scrollando la testa.

«Oh, non ti preoccupare. Un litigio con Archie è un rito di passaggio. Iniziavo a preoccuparmi che non l'avessimo ancora avuto, temevo di farmi la reputazione di uno che si fa mettere i piedi in testa. Lui e Greta sono ai ferri corti sul tema del catering fin dal primo giorno» spiegò Elliot. «Inoltre non troverà nessun altro da mettere al mio posto. Voleva Jamie Dornan, prima, ma quando il suo agente ha sentito la cifra ha pensato che fosse uno scherzo telefonico.»

Edie doveva assolutamente farlo tornare sul set. «Sei stato così generoso. Sono venuta sul tuo posto di lavoro e ti ho causato un mucchio di guai...»

«Ma sta' zitta, quali guai?»

«E non ti ho neppure intervistato.»

«Sai che ti dico? Ti scriverò un'email. Ho visto la parola *relazioni* sulla lista degli argomenti. Preferirei buttare giù alcuni pensieri sul tema e chiuderla lì.»

Edie si profuse in ringraziamenti, ma il suo cervello traditore le bisbigliò: *Così non dovrò neanche chiedergli se è omosessuale.*

«Ti prego, torna al lavoro.»

Elliot guardò l'orologio. «Sì, Archie ha sofferto abbastanza, ormai.» Si fermò sulla porta della roulotte. «Sei una persona buona, Edie. La bontà ti aiuterà a superare questo momento.»

«Grazie, Elliot. Queste parole significano molto per me».

Era rimasta sola. O quantomeno sola con il telefono. Per quanto fosse gratificante ricevere complimenti da Elliot, non riusciva a non pensare che fossero utili quanto un posacenere su una motocicletta.

Una persona famosa che di lì a poche settimane non avrebbe rivisto mai più la trovava simpatica. Mentre il resto del mondo la odiava. Una cosa era certa: non avrebbe trovato pace finché non avesse scoperto chi era Ian Connor.

# 35

Edie stava facendo strani sogni in cui veniva salvata, nuda, da pire sacrificali, opera di uomini con maschere rituali che poi si rivelavano essere Lucie Maguire, quando venne svegliata da un rumore.

Dopo aver sbattuto le palpebre per qualche secondo, le venne in mente di controllare il telefono.

Auguri di compleanno da Hannah e Nick, un'occasione per rimandare la discussione degli ultimi insulti ricevuti online.

E un messaggio da Jack.

Ciao. Buon compleanno. Fai qualcosa di divertente oggi?
Spero tutto bene. J x

Come accidenti era possibile che proprio lui, tra tutti, si ricordasse quella data? Non era neanche più su Facebook... Il perfetto playboy di sempre. Poi, ricordò con un brivido l'ultimo tradimento. Pallida, con la faccia gonfia e trentasei anni sul groppone, Edie sfogò la sua rabbia sul telefono.

Hai detto in giro com'è morta mia madre? Come hai potuto?
Non mi capacito della persona che sei diventato.

Pochi secondi dopo aver premuto *invio* vide arrivare una chiamata da Jack. Non se l'aspettava; si leccò le labbra secche. Non poteva lasciarlo squillare, non poteva essere lei la codarda.

«Pronto?»

«Edie. Che vuoi dire? Detto a chi?»

Sentendo la sua voce, Edie trasalì e dovette aspettare di riprendersi. Una voce leggera e gentile, che esercitava ancora un po' di potere su di lei.

«Ho visto un orribile gruppo di Facebook in cui vengo fatta a pezzi. Un tizio che non avevo mai sentito nominare ha fatto una *battuta* dicendo che mia madre si è suicidata per colpa mia.»

Pausa.

«Oddio, ma è terribile. Ma perché dovrei c'entrarci qualcosa io?»

«Non l'ho mai detto a nessun altro.» Era un'ammissione difficile da fare.

«A nessuno?»

«No» rispose asciutta Edie.

«Neanch'io l'ho detto a nessuno...»

Edie emise un verso acido di incredulità e Jack proseguì: «... tranne a Charlotte».

«Ah, già. Charlotte, quella che mi detesta. Grazie di aver tradito la mia fiducia.»

«Solo perché, dopo quel che è successo, lei era partita a ruota libera e allora le ho detto che non ti conosceva e non sapeva cosa avevi passato.»

«Quindi più che: "Non biasimare lei per le mie colpe" era un: "Dalle un po' di tregua, le è morta la madre"? Gesù Cristo! Bell'avvocato della difesa.»

Edie detestava il sottotesto di quelle parole.

*È una povera disperata che non ha avuto la figura mater-
na, non ti aspettare che sappia orientarsi nella società.*

«Edie, Edie... non è stata una scelta ragionata, era... Sei
un tale mistero per gli altri, te ne stai sempre sulle tue, perciò mi è sembrato che se lei ti avesse conosciuta meglio non
ti avrebbe criticata così tanto.»

«Avresti potuto ottenere molto di più dicendole che eri
stato tu a baciare me, no?»

«Credimi, ci ho provato. Era la dodicesima ora dei col-
loqui di crisi.»

*Credimi.* Più facile a dirsi che a farsi.

«Se davvero ti importa qualcosa di come vengo tratta-
ta, allora scopri chi è questo Ian Connor che ha scritto quel
commento. Tanto lo verrò a sapere, in un modo o nell'altro.»

Stava bluffando. In realtà Edie si era fatta forza e aveva
cliccato sul nome. Era finita su un profilo completamente
chiuso, senza neppure una lista di amici consultabile, con
Daffy Duck come avatar. Una ricerca del nome su Google
non aveva dato alcun frutto, il che non stupiva, trattando-
si di un'accoppiata nome-cognome molto diffusa. Era in un
vicolo cieco.

«Ian Connor. Okay, vedo se riesco a scoprire chi è.»

«Bene. Ora ho un compleanno da vivere, quindi se vuoi
scusarmi.»

Gli sbatté il telefono in faccia, come la gente fa soltanto nei film.

Sentì tossire e strusciare piedi fuori dalla sua porta, poi
qualcuno bussò timidamente... e Edie si rese conto inorri-
dita che suo padre aveva ascoltato quella conversazione.
*Oddio, ti prego, fa' che non abbia sentito la parte sulla mamma...*

«Avanti!»

«Buon compleanno, figliola cara!»

Suo padre entrò nella stanza ostentando un fragile buon viso a cattivo gioco. Doveva aver sentito parecchie cose. Per un attimo sembrò intenzionato a porle delle domande, ma Edie cercò di trasmettere per via non verbale il messaggio NON LO FARE. Quando aveva undici anni, erano riusciti ad avere una conversazione su dove lui avesse lasciato i soldi di scorta per i prodotti sanitari senza mai usare le parole *mestruazioni* o *assorbenti*, come nel gioco dei mimi. Edie non vedeva perché iniziare a parlare chiaramente proprio ora.

Il padre aveva un mazzo di peonie rosa dai boccioli ancora chiusi, una scatola di cioccolatini Green & Black sottobraccio e, nell'altra mano, una bottiglia di champagne rosé.

Edie capì che quell'occasione meritava uno sfoggio di felicità ancora maggiore del solito, quindi sfoderò un sorriso a trentadue denti. «Papà, non dovevi! Sono bellissimi.»

«So quanto ti piacciono i fiori» disse lui, restando lì imbarazzato mentre Edie li prendeva. «Non sapevo cos'altro comprarti. Vuoi dei voucher?»

«Dei voucher sarebbero perfetti.» Edie gli sorrise affettuosamente e posò champagne e cioccolatini davanti allo specchio.

«Meg è all'ospizio, ma ti ha lasciato una pila dei suoi sandwich alla Nutella di contrabbando.»

«Gentile da parte sua.» *Ma so che le hai ordinato tu di prepararli, papà, e che si è lamentata per tutto il tempo.*

«Cosa vuoi fare stasera? Ci mettiamo in tiro e andiamo a cena fuori?»

«Speravo in una pizza da asporto e qualche pinta al Lion, se per te va bene.»

«Va bene, se davvero non vuoi altro.»

«Voglio esattamente questo.»

L'allegria *performativa* aveva alcuni risvolti positivi. Non rendeva Edie davvero allegra, ma era molto meglio che crogiolarsi nel dolore. Dopo aver fatto una doccia, essersi vestita, aver messo i fiori nell'acqua e aver fatto colazione con due tipi diversi di cioccolata, appurò che la cappa di tristezza si era un po' sollevata.

«Cosa pensi di fare nel tuo primo giorno da trentaseienne?» chiese suo padre da dietro il suo quotidiano vecchio di giorni.

«*Mmh*... voglio fare un po' di shopping e concedermi un pranzo in un parco, e magari trovare qualche anatra da guardare.»

«Mi sembra meraviglioso» disse suo padre, e stavolta si scambiarono un sorriso sincero. «Ci vediamo dopo, allora, quando avrò corretto qualche compito.»

Era una giornata calda e Edie decise di percorrere a piedi la ventina di minuti che la separavano dal centro città; poi oltrepassò il cimitero che era tornato a essere un giardino silenzioso pieno di morti pacifici, anziché la location barocca di un cadavere sexy e ancora caldo.

Ricordò, passando lì davanti, come si era sentita quando Elliot l'aveva presa in braccio. Mettendo da parte il fortissimo imbarazzo che aveva provato, a ripensarci era una cosa molto romantica. Elliot era sorprendentemente forte, per essere così snello.

Accadde una cosa buffa, mentre Edie camminava su e poi giù per il colle, fino in centro, con il sangue che pompava nelle vene. Sentì migliorare l'umore. Ricordò una cosa molto utile su se stessa, che era spesso incline a dimenticare: quando cadeva, era brava a rimettersi in piedi. Quando le cose andavano storte, presto o tardi lei reagiva.

Una volta al liceo era tornata da una lezione di storia e aveva detto a suo padre di aver letto una frase a proposito del cardinale Wolsey, che era *energico di fronte ai rovesci di fortuna.*

«Anch'io sono così, energica nei rovesci di fortuna.»

Suo padre aveva riso, le aveva arruffato i capelli e aveva detto: «Forse cambierai idea quando arriverai alla fine della sua storia» ma Edie l'aveva adottato ugualmente come suo motto.

Quindi, riassumendo: online tutti la prendevano a pesci in faccia. Tutto il suo ufficio aveva votato per cacciarla. Era una seduttrice e una rovinafamiglie. Sapeva di non essere come la descrivevano gli altri. Poteva farcela.

Hannah una volta le aveva detto: «Ti è già successa più o meno la cosa peggiore che poteva succederti, e sei ancora qui e stai bene. Questo ti dà molta forza. Ti rende potente».

# 36

Edie si domandò se suo padre avesse riflettuto sul numero di anni che compiva quel giorno. Non parlavano mai di sua madre. Ogni tanto lui diceva *Proprio come tua madre* o *Come direbbe vostra madre*, ma poi si irrigidivano sempre tutti e tre.

*Certe cose*, pensò Edie mentre girava la cannuccia nel caffè freddo seduta davanti a Caffè Nero, *sono troppo grandi per affrontarle a parole.*

In casa era esposta una sola foto di famiglia, mezza nascosta da altre cianfrusaglie sopra il pianoforte di suo padre in salotto. La madre di Edie le somigliava moltissimo, con quella bellezza dai toni scuri, ma con la permanente anni Ottanta e il trucco con i lustrini, in un abitino sbracciato blu con il punto vita elasticizzato.

Le figlie erano sedute in braccio a lei: Meg, una bimbetta confusa e scorbutica, Edie con una frangia tagliata in casa. Il padre sorrideva, cingeva in vita la moglie. Erano a Wollaton Park a fare un picnic, davanti a loro c'era una tovaglia distesa. Edie non sapeva se la foto fosse stata scattata da un estraneo o da un quinto partecipante al picnic. Non faceva molte domande sul passato. Quando le faceva, il viso di suo padre si rabbuiava. Era come se si sentisse colto in fallo.

Edie non riusciva a guardare quella foto senza pensare a quanto poco tempo restava loro da passare con lei. Ricordava che gli abbracci di sua madre lasciavano sulla pelle il profumo dei petali di rosa. Ricordava che la madre la lasciava salire su una sedia per mescolare l'impasto della torta con dentro l'uvetta, e insieme davano da mangiare ai loro gerbilli da compagnia, Sam e Greg. Ricordava quando legava il bavaglino a lei e a Meg e le metteva a sedere al tavolo della cucina con i colori a tempera perché scatenassero un caos creativo.

Tuttavia, c'erano anche segnali della tragedia imminente: sua madre piangeva in silenzio nei momenti più strani e inaspettati. Una volta Edie aveva pensato che fossero i gerbilli a pigolare, ma poi si era accorta che era la madre, che cercava di soffocare il rumore con una mano davanti alla bocca, mentre Edie e Meg giocavano sul pavimento del salotto. Certi giorni non si alzava dal letto e si giustificava dicendo che non le funzionavano le gambe.

Edie temeva che lei o Meg avessero fatto qualcosa di male. E ancora oggi si domandava cosa avrebbe potuto fare diversamente. C'era un cliché che però era vero: i bambini incolpano sempre se stessi. Crescendo, Edie aveva scoperto che praticamente chiunque incolpa se stesso. Tranne Jack Marshall.

E ricordava molto chiaramente il giorno in cui sua madre non era andata a prenderla a scuola. Era stata convocata nell'ufficio del preside. C'erano stati molti bisbigli nervosi e sguardi preoccupati, e poi un intoppo comunicativo lungo la catena del comando, per cui gli insegnanti avevano pensato che gliel'avrebbero detto i parenti, e invece la zia in lacrime che era venuta a prenderla pensava che gli insegnanti gliel'avessero già detto.

Zia Dawn era pallida come un cencio e non riusciva a respirare bene, mentre le stringeva forte la mano e la accompagnava a passo lesto nel breve tragitto verso casa e Edie la scrutava di sottecchi, incuriosita.

C'era un'auto della polizia parcheggiata davanti a casa loro: Edie si era domandata se fossero entrati i ladri.

Quando si era affacciata nel salotto e aveva visto suo padre che piangeva, con la testa tra le mani, in una casa stranamente affollata, aveva capito che era successo qualcosa di strano, terribile e aberrante. Cosa avevano portato via a suo padre, per farlo soffrire così tanto? Aveva controllato: Sam e Greg erano ancora lì.

Sua madre lo sapeva di sicuro. Avrebbe chiesto a lei.

Aveva strattonato il cappotto di uno zio che passava di lì e gli aveva chiesto: «Dov'è la mia mamma?».

Lui l'aveva guardata inorridito e aveva detto: «È morta! Non te l'ha detto nessuno?» e Edie aveva avuto l'impressione che fosse arrabbiato con lei perché non lo sapeva. Tutti avevano smesso di parlare e l'avevano guardata, e lei aveva detto, come se quella dello zio fosse stata solo una brutta battuta: «Voglio la mia mamma».

A lei e a Meg fu detto che la mamma era stata molto male, una malattia che era nel cervello e che l'aveva spinta a pensare che fosse una buona idea andare a nuotare; così aveva spiegato papà. E così era affogata. C'era molto su cui riflettere in quella storia. Edie sognava acqua nera come il petrolio e alghe impigliate tra i capelli della mamma, che la tiravano giù mentre lei scalciava per riaffiorare in superficie.

Edie era naturalmente incline a fare molte domande, benché capisse che erano sgradite. Dov'era andata a nuotare? Faceva freddo? L'acqua era molto profonda? Perché qualcuno non l'aveva aiutata, non c'era nessun altro a nuotare con lei?

Le risposte vaghe ed evasive che otteneva, calibrate per minimizzare l'orrore, non facevano che infittire il mistero.

Il giorno del funerale, Edie e Meg furono lasciate a guardare i cartoni animati con una vicina nervosa – molto prima di Margot a Forest Fields – come babysitter. I funerali non erano adatti ai bambini, avevano spiegato loro; e avrebbero potuto vedere tutti i parenti dopo, alla veglia. C'erano state molte tazze di tè e vino del supermercato e un gran traffico in casa. La piccola Edie aveva pensato che ci fosse un'atmosfera strana, ma non sapeva quale sarebbe stata l'atmosfera giusta per quell'occasione. Quando sua zia stava per andarsene, l'aveva sentita parlare con il loro padre nell'ingresso.

«E quelle bambine? Che ne sarà di loro?» aveva chiesto la zia, in un tono più di sfida che di rammarico. Non aveva sentito la risposta del padre, se ce ne fu una.

Edie aveva guardato Meg che stava sbattendo il suo Transformer preferito sul tavolino del salotto e si era chiesta cosa sarebbe successo, di lì in avanti. Come si faceva a vivere senza una mamma? Le mamme non erano forse considerate da tutti una presenza essenziale? Ora chi avrebbe preparato i pranzi al sacco?

Di fronte a un padre che non riusciva neanche a svolgere il ruolo di un genitore, figurarsi di due, e a una sorella di cinque anni, Edie aveva deciso di rimboccarsi le maniche. Nei mesi successivi al funerale imparò a fare i panini al prosciutto e formaggio. Scoprì dove era riposto lo spazzolone per i pavimenti e puliva da sola la gabbia di Sam e Greg. Consolava Meg quando si svegliava da un incubo. All'inizio era molto orgogliosa. Poi si sentiva esausta.

Non bastava mai. Non poteva mai bastare, lei da sola. Si sentiva come un cane che inseguiva una macchina. La persistenza dell'assenza era debilitante.

Ogni volta che il padre preparava i fagioli e bruciava il pane tostato, ogni volta che la pizza restava congelata al centro, Edie pensava, in termini vaghi: *Andrà tutto bene quando tornerà la mamma. Tornerà per il mio compleanno. Non se lo perderebbe per niente al mondo, no?*

Poi una compagna di classe di nome Siobhan le aveva detto che sua madre non era morta nuotando, ma si era buttata giù da un ponte di proposito perché era matta, e sapeva che era vero perché gliel'avevano detto i suoi genitori. Edie si era arrabbiata molto con suo padre perché Siobhan Courtney ne sapeva più di lei.

Tornata a casa, aveva chiesto se fosse vero e inveito contro il padre e lui aveva pianto, e lei si era sentita talmente in colpa da non riuscire a capire quale parte di tutta quella storia la facesse piangere di più. Da quel giorno si era instaurata un'abitudine con suo padre, destinata a continuare fino a... Be', continuava ancora.

A dieci anni, durante il triste e scricchiolante simulacro di festa di compleanno al McDonald's – suo padre era nel mezzo di quello che, avrebbe poi scoperto Edie, era un esaurimento nervoso – finalmente capì che quella perdita non sarebbe diventata meno dolorosa con il passare del tempo.

Avrebbe continuato a crescere, avrebbe fatto male in modi diversi, per sempre. Più cresceva e più domande aveva da fare a sua madre, e la severa risposta era sempre il silenzio. Per Meg era diverso: per lei la madre esisteva quasi interamente prima del tempo in cui si formano i ricordi, aveva un'idea molto più sfocata del Prima e Dopo, mentre il padre sentiva la differenza con tanta precisione che se n'era lasciato spezzare. Non poteva – o non voleva – parlarne. Nell'individualità del dolore, Edie era sola. A ripensarci, vedeva chiaramente che i primi anni della sua adolescenza, quando scappava dalla finestra della sua stanza per andare al parco a bere con i ragazzi, erano una fuga dalle pressioni della vita domestica. Tra quelle mura lavorava sodo per essere la persona di cui suo padre e sua sorella avevano bisogno. Fuori, si dava alla pazza gioia.

A volte odiava sua madre. Se un genitore muore per un incidente sei libero di sentirne la mancanza, senza esitazioni o risentimenti.

Ma per quanto Edie sapesse che la depressione era una malattia, implacabile come qualsiasi altra, il suo cuore non riusciva a razionalizzare il fatto che sua madre avesse compiuto una scelta.

Aveva mentito al medico di famiglia. Aveva deciso di non prendere i farmaci. Aveva lasciato Meg a casa da sola ed era uscita. Aveva guardato l'acqua sotto di lei, aveva pensato alla sua famiglia e aveva scelto l'acqua. Chiunque volesse fare la predica a Edie doveva prima capire che le emozioni non sono logiche e non possono mai esserlo. La loro madre non era stata portata via: se n'era andata da sola.

# 37

Le brevissime visite annuali non le avevano lasciato il tempo di esplorare la sua città d'origine, e ora si divertiva più del previsto a riscoprirla.

Una volta superato l'ostacolo del *ma-non-siamo-a-Londra*, stava apprezzando molte cose, a Nottingham. E poi, per quanto le sembrasse strano, le piaceva l'idea di appartenere a un luogo meno concitato, impersonale e dispersivo. Se invecchiare faceva quell'effetto, non era poi tanto male. Quand'era piccola, Meg aveva chiesto a Edie come ci si sentisse a morire. Lei le aveva risposto, con cautela, che era come addormentarsi profondamente quando si è stanchi. Quindi forse invecchiare era come potersi sedere dopo aver passato tutta la giornata in piedi.

Un giretto in una piccola galleria commerciale la condusse a una crêperie con le piastrelle bianche alle pareti, gli arredi in legno e una signora simpatica col grembiule che girava sapientemente le crêpe in speciali padelle molto grandi.

Edie si sedette a un tavolino rotondo fuori dal locale e tranguggiò la versione francese di un pancake ripieno di caramello salato. Le stava decisamente tornando l'appetito.

Sentì squillare il telefono, una chiamata da Hannah, e rispose con la bocca piena.

«Auguri!» Le compagne di scuola non dimenticano mai il tuo compleanno: è una grande verità della vita. «Allora, che si fa stasera?»

«Ti aspettavi di fare qualcosa?»

«Be', certo. È il tuo compleanno, accidenti, ed è stata una settimana lunga e sanguinosa. Che stai facendo?»

«In questo istante mi sto gustando un pranzetto francese e poi pensavo di trovare un parco con delle anatre. Non so bene dove, però.»

«Non sei un'amante dell'aria aperta, Edith. Non lottare contro la tua natura. Ricordo le gite scolastiche; restavi sempre sul pullman con il walkman nelle orecchie. La professoressa Lister doveva trascinarti giù per i capezzoli. Perché non hai fatto progetti per il tuo compleanno?»

«Ho promesso a papà e a Meg di andare con loro al Lion. Non vedevo l'utilità di festeggiare il fatto di essere vecchia e derisa da tutti.»

«Parla così solo chi si arrende. Ti dico io cosa farai, invece. Ti comprerai un vestito nuovo, andrai a casa, farai una doccia bollente, berrai un bicchiere di Poke mentre ti prepari e io e Nick ci uniremo alla famiglia Thompson. A che ora?»

Di fronte a tanta determinazione, Edie capitolò. «Alle otto.»

«Perfetto. Ci vediamo dopo. Ti avverto, stasera mi va di ballare.»

Edie sbuffò e rise e si accorse, controvoglia, di essere più felice di prima. Un successivo messaggio di Nick confermò che poi sarebbero andati a ballare.

Non poteva non festeggiare quel compleanno solo perché era una paria sociale. Aveva paura di lasciarsi andare anche con le persone più care. Temeva di farsi venire la sbornia triste, di mettersi a piangere, di ritrovarsi nei panni della donna di mezz'età che si rifugia nell'angolo a lamentarsi della giovinezza perduta. E della mancanza di una famiglia che aveva sempre detto di non volere, quantomeno dopo Matt, ma che ora – forse – voleva, anche se – forse – era un po' troppo tardi. Edie non aveva mai desiderato davvero dei figli; si irritava molto con chi le rivolgeva facce compassionevoli o collegava esplicitamente la cosa alla perdita di sua madre.

In realtà, Edie non aveva idea se la sua indecisione fosse dovuta o meno a quello. Ma d'altronde non poteva vivere in un passato alternativo in cui sua madre prendeva le medicine e scoprirlo, giusto?

Si pulì la bocca con un tovagliolo, mise consapevolmente da parte i pensieri cupi e girò per negozi di vestiti alla moda con la musica a tutto volume, dicendosi che aveva tutto il diritto di essere lì tra le adolescenti che marinavano la scuola. Si trovò un semplice maxiabito nero con le spalline, non c'era neanche bisogno di provarlo per sapere che le sarebbe stato bene. Evitava gli specchi, da un po' di tempo. Ogni volta che si vedeva riflessa le tornavano in mente i commenti sul profilo di Charlotte.

*Troppo truccata... strizzata in quel vestito. Chi se la sposa, quella?* NESSUNO.

Mentre tornava a casa a piedi sentì vibrare il telefono nella borsa. La vista del nome le diede un brivido: era al contempo del tutto plausibile eppure ridicolo.

Fu difficile non sventolare l'iPhone sotto il naso dei passanti innocenti su Mansfield Road gridando: GUARDATE: ELLIOT OWEN! *Quell'*Elliot Owen! *Non un omonimo, o uno che ho salvato per scherzo sul telefono con quel nome quand'ero ubriaca.*

«Pronto?» rispose con voce acuta e tono neutro, come se non sapesse chi c'era all'altro capo.

«Ciao, Edie. Sono Elliot.»

*Aiuto.* Non aveva mai fatto caso a quanto fosse bella la sua voce. Probabilmente perché, quando non era isolata dal resto del corpo, si veniva distratti dal resto. Dai muscoli virili con cui ti prendeva in braccio, per esempio, o da quell'ombra di barba...

«Ciao!»

«Volevo sincerarmi che tu stessi bene, dopo ieri.»

«Che gentile. Sì, sto bene, grazie. Grazie di tutte quelle parole di incoraggiamento. E del whisky.»

Era stato molto generoso da parte sua. Tuttavia Edie si sentiva terribilmente in imbarazzo dopo quella crisi di nervi. Di solito, teneva separate le questioni personali da quelle professionali – con un'unica, vistosa eccezione. Non era il tipo che piange o che confessa i propri affari a tutti quelli che si trova di fronte. Detestava essere compatita.

«Quello che tento sempre di ricordare è che a distanza di una settimana nessuno ricorda più le storie inventate. Quei pettegoli si annoieranno, succede sempre.»

«Vero, grazie.» Pausa. Dio, avrebbe dovuto immaginare che quella conversazione sarebbe arrivata, prima o poi. Avrebbe dovuto prepararsi. «Ehm... Come sta Archie? Spero si sia calmato.»

«Archie? Ah, sì... è sempre lo stesso. Ora ci stiamo scontrando perché il mio accento non è abbastanza di Nottingham. Si è procurato un CD degli Sleaford Mods e ha visto *Sabato sera, domenica mattina* e tutt'a un tratto è un esperto del dialetto di queste parti. Non ho intenzione di parlare come in uno sketch dei Monty Python per far piacere a lui.»

Edie rise e cercò disperatamente di farsi venire in mente qualcosa da dire.

«Parlando d'altro, oggi è il mio compleanno.» Aggirò un passeggino saltando giù sulla strada e di nuovo su sul marciapiede, e una macchina suonò il clacson. Gestire una telefonata con una celebrità internazionale e orientarsi nel traffico: un'impresa non da poco.

«Auguri! Fai qualcosa di bello?»

«Solo un salto al pub. Non amo i compleanni.»

Stava quasi riuscendo a sembrare una persona piena di vita. Ben presto Elliot avrebbe declinato l'invito sullo yacht di Puff Daddy per andare con Edie al supermercato Asda di Forest Fields.

«Be', divertiti. Te lo meriti.»

«Grazie, ci proverò. Sei sul set al momento?»

«Sì, sul set ma nella mia roulotte. Sto leggendo sceneggiature e mi domando come si faccia a saltare dietro un divano e sopravvivere a cinque pallottole di un fucile d'assalto. Penso che la risposta sia: Perché ci sarà un sequel.»

«Ahahah.»

«A un certo punto un personaggio dice: "Andrò all'inferno pur di ucciderti". Te lo giuro. Liam Neeson è in trattative. C'è anche una pessima commedia romantica: io sono un brillante ostetrico-playboy che si innamora di una donna single che sta avendo tre gemelli con l'inseminazione artificiale.»

«Mi hai conquistata a *ostetrico-playboy*.»

Elliot rise. «C'è una battuta in cui dico di essere l'Obi-Wan Kenobi dei ginecologi. Ho cercato di leggerla a voce alta e mi è venuto da piangere.»

«Ma poi cosa vorrebbe dire?»

«La Forza del forcipe, ovviamente.»

Edie rise di gusto. «Devi farlo! Così apparirai su una di quelle classiche locandine da commedia romantica in cui tu e la protagonista vi date le spalle, tu alzi le mani in segno di resa e lei ti indica col dito e fa un'espressione stizzita.»

Anche Elliot rise, una risata vera e propria, e Edie si sentì improvvisamente più sicura di sé.

«Chiamerò la mia agente subito dopo questa telefonata. Cosa potrebbe andare storto? A parte il distacco della placenta. Ah, scusa lo spoiler.»

Risero ancora, e Edie pensò che fosse meglio chiudere la telefonata in quel momento di gloria anziché aspettare di non avere più niente da dirsi.

«Comunque, il tuo discorsetto motivazionale mi ha fatto davvero sentire meglio. Sto tenendo a mente quello che mi hai detto, sai, "chi mi conosce meglio sa chi sono davvero". È un buon consiglio. Grazie.»

«Ah bene, sono contento che sia servito.» Pausa. «Penso che fosse una frase di Marilyn Monroe, a proposito della gente che credeva che il suo seno fosse rifatto. Ma se funziona funziona, no?»

Edie scoppiò in una risata sguaiata di cui si pentì un po' al termine della telefonata.

Mentre arrivava a casa vide Margot davanti alla porta. Aveva una sigaretta in mano come al solito e con l'altra reggeva un vassoio con una torta. Indossava un ampio abito color crema, con i volant. Si vestiva ancora come la sirena che era stata un tempo. Era una bella cosa, a dire il vero, se non si considerava la personalità da vipera.

«Ciao!» la salutò Edie.

«Ah, eccoti! Mi si stava addormentando la mano.»

«Come facevi a sapere che è il mio compleanno?» chiese Edie in tono neutro, perché non le andava particolarmente di chiacchierare con quella donna, dopo la spiacevole seduta di psicanalisi amatoriale.

«Ah, non lo sapevo, è il tuo compleanno? Che tempismo perfetto, allora. Quanti ne compi?»

«Trentasei» rispose con riluttanza Edie.

«Non dirlo a nessuno. In una giornata nuvolosa puoi passare per una ventottenne, direi. Resta ferma lì finché non sei costretta a passare a trentaquattro.»

Edie non intendeva lasciarsi blandire. «Se non sapevi che è il mio compleanno, perché mi hai portato una torta?»

Era una creazione impressionante: una cupola di glassa color visone, decorata a righe con i denti di una forchetta e tempestata di noci. Margot si era chiaramente impegnata molto.

«Per scusarmi, naturalmente» disse Margot, indicando di nuovo il vassoio. Edie glielo prese dalla mano.

«Sono delle scuse?»

«È una torta, tesoro. Una Café Noisette. Al mio ex marito piaceva molto. Era più o meno l'unica cosa che gli piacesse.»

«Perché mi hai detto quelle cose?» le chiese.

«Ero un po' brilla. Alcune persone, semplicemente, nascono due bicchieri sotto il livello delle altre. È una croce che devo portare.»

«*Mmh*» disse Edie, non sapendo cos'altro aggiungere.

«Fai qualcosa di interessante per festeggiare?» chiese Margot.

«Andrò solo al pub.»

«Bevi un bicchiere per me, tesoro» disse Margot, scavalcò la bassa staccionata che separava le due proprietà e aprì la porta di casa sua. «O due.»

Pur avendo già consumato abbastanza zucchero da farsi venire una crisi glicemica, entrata in cucina Edie si tagliò una fettina di Noisette. Era la torta più buona che avesse mai mangiato. Forse poteva perdonare Margot.

# 38

Come sarebbe stata quella sera se il Disastro di Harrogate non fosse mai avvenuto? Edie se lo domandò mentre faceva roteare distrattamente sotto gli occhi un gigantesco pennello da fard. Si ritrovò con due cerchi rossi da pagliaccio che poi dovette sfumare con le dita.

Trentasei: più quaranta che trenta, ormai. Si sarebbe sforzata ancora di più di mostrare che non era una single triste. Avrebbe organizzato una festa in un posto chic come l'Arts Club a Soho, si sarebbe infilata in un abito con la gonna a ruota e il vitino di vespa che le avrebbe richiesto una settimana di digiuno preparatorio.

Instagram si sarebbe riempito di foto di lei nel seminterrato con le luci rosse, mentre beveva cocktail da un buffo bicchiere o ballava avvinghiata a Louis sulle note di Madonna con i colleghi dell'Ad Hoc. Se Jack e Charlotte si fossero degnati di partecipare, Edie avrebbe passato l'intera serata a sentirsi addosso lo sguardo di lui. Avrebbe recitato senza sosta: *Sono così simpatica e spensierata*. Ah, l'intera festa sarebbe stata una performance.

E non ci sarebbero stati Nick né Hannah. Edimburgo era un po' lontana per una serata tra estranei del settore della pubblicità, e Nick odiava Londra.

Le venne in mente un pensiero che la stupì: era molto più felice di passare quella serata al Lion. Era un grazioso pub tradizionale con i mattoni a vista e ghirlande di luppolo rampicante, a pochi minuti a piedi da casa di suo padre. Era il genere di posto in cui la gente portava i cani bagnati dalla pioggia e si poteva incontrare un gruppo di uomini panciuti concentratissimi su una partita a *Magic: L'Adunanza*, intenti a mormorare incantesimi.

Quando Edie, suo padre e una taciturna Meg entrarono nel pub, Hannah e Nick erano già lì. Fecero cenno di raggiungerli a un tavolo con una bottiglia di prosecco in un secchiello. Hannah indossava un abito drappeggiato di jersey color caramello pallido e i capelli legati mettevano in mostra gli splendidi zigomi; Nick portava una camicia blu sottile e abbottonata fino al collo. Sembravano una coppia felice di giovani professionisti, forse liberi per una sera dai marmocchi.

Spinsero verso Edie un mucchio di regali: una foto incorniciata di loro tre al college – *Guarda i jeans e gli anfibi!* – una bottiglia di profumo, della cioccolata.

«Stavo per chiederti cosa volevi» mormorò Meg, e lei si affrettò a rispondere: «Ti prego, non spendere soldi per me! Offrimi da bere e siamo a posto».

Sua sorella sembrò spiazzata e Edie temette di esserle sembrata troppo condiscendente e sbrigativa.

Nick insistette per offrire una birra a suo padre e un sidro a Meg. Quando furono tutti seduti, Hannah scambiò qualche parola con Meg, mentre il padre iniziò a raccontare a Nick le sue mirabolanti avventure con la distillazione casalinga.

«Il vino di rabarbaro era letale. Non ti prendeva qui» disse, picchiettandosi la testa, «ma attaccava le estremità. Come un veleno nervino. Ti rendeva incapace di camminare.»

«Ne farebbe un altro po'?» gli chiese Nick. «Se ricevesse un'ordinazione?»

«Non mi azzarderei più a scherzare con quelle forze. È negromanzia» rispose il padre di Edie scrollando il capo. «Farebbe risorgere Aleister Crowley in persona.»

Nick rise e il padre sembrò contento, e Edie pensò che avrebbe dovuto farlo socializzare più spesso. Era profondamente contrario agli incontri online. *Autopromozione da negozio di animali* la chiamava lui. «Preferirei bere l'inchiostro» aggiunse poi.

Intanto Hannah stava chiedendo a Meg del suo lavoro all'ospizio. Sua sorella non riusciva a fare la scontrosa di fronte alle domande intelligenti e interessate di Hannah, né riusciva ad arrabbiarsi con una persona che di mestiere salvava vite umane. Ben presto al loro tavolo si respirò un'atmosfera di armonia e buonumore alticcio.

Edie gongolava. I suoi amici erano così simpatici. Era tutto così bello. A Londra doveva lottare per sentirsi all'altezza delle persone che frequentava: aveva sempre l'impressione di dover fare ordine nelle parti più caotiche e meno fotogeniche della sua vita. Non si era mai chiesta se quel bisogno di fingere le dicesse qualcosa.

Dopo due giri di bevute Hannah si sporse verso Edie. «Nick mi ha parlato del gruppo di Facebook.»

Meg era temporaneamente fuori portata d'orecchio, stava accarezzando un alano sudicio vicino al portaombrelli.

Edie si sentì in imbarazzo per la sua umiliazione online, anche di fronte all'amica di più lungo corso e più avversa a Internet. Annuì. «Una delizia, vero?»

Hannah la guardò e si accorse della sua espressione turbata.

«Ecco un pensiero che potrà ispirarti» le disse in tono incoraggiante. «Stavo pensando alla tua situazione per evitare di pensare alla mia; spero non ti dispiaccia.»

«Cercavo di non pensarci neanch'io, quindi per fortuna che qualcuno ci pensa.»

«E se tu e Jack vi foste baciati, e la sposa *non* vi avesse scoperti?»

Edie esitò. Non aveva mai preso in considerazione quella possibilità, nella Grande Avventura a Bivi della Vita.

«Ecco la mia previsione» disse Hannah. «Lui ti bacia e rientra enigmaticamente nel suo romanticissimo matrimonio prima che tu riesca a chiedergli il perché. Lui parte per la luna di miele a St Lucia e tu sei in purgatorio, più confusa che mai. Lui torna felicemente sposato e abbronzato e non puoi certo metterlo alle strette e chiedergli cosa gli è preso. Quindi aspetti, continui a stare al gioco, pensi che prima o poi la risposta salterà fuori. Ma lui ti ha solo infuso una grande, rinnovata speranza.»

Edie guardò pensierosa i nodi del legno sul tavolo. «Starei piangendo in qualche bar di Edimburgo dopo la sua ennesima presa in giro. Ah, e poi l'ecografia finirebbe online, giusto?»

«In due secondi netti» confermò Hannah.

Edie trattenne il respiro. Tante volte, negli ultimi giorni, aveva desiderato che le cose fossero andate diversamente, senza pensare che sarebbe stato terribile anche se fossero proseguite così com'erano. Jack l'avrebbe fatta soffrire comunque, in un modo o nell'altro. Perlomeno così tutti sapevano che bastardo era stato. Edie non aveva mai pensato che il suo desiderio di privacy e segretezza fosse l'ideale anche per Jack.

«Per come la vedo io, è comunque meglio che tu soffra quello che stai soffrendo, perlomeno quello stronzo non l'ha passata liscia un'altra volta. Spesso il cambiamento è doloroso.»

Edie annuì. «Sei spaventosamente incisiva.»

«Ah, be'» disse Hannah. «Se fossi tanto incisiva anche verso me stessa avrei lasciato Pete cinque anni fa, prima di iniziare a essere meschina con lui. È solo che nel tuo caso sono più lucida perché vedo la situazione da fuori e in modo spassionato, a parte la preoccupazione che provo per te.»

All'orario di chiusura del pub, dopo che Meg e il padre se n'erano andati, Hannah annunciò che *dovevano assolutamente andare a ballare* e Edie cedette senza troppe obiezioni, come tendono a fare gli ubriachi.

Presero un taxi e si ritrovarono al Rescue Rooms, un night-club-sala-concerti-bar-fast-food con i soffitti bassi che odorava di ormoni, bibite e patatine.

Edie si guardò intorno e accettò l'idea che *potrei essere la loro madre* non era più un modo di dire ma un'arida realtà aritmetica. Si procurarono i necessari superalcolici e si sedettero vicino alla pista da ballo, dove i primi avventori stavano aprendo le danze sotto una strobosfera.

«Ti rendi conto che stanno ballando i Cure, i New Order e gli Smiths come noi ballavamo i Beatles e i Rolling Stones? Autentica musica vintage dei loro genitori» osservò Nick.

Edie e Hannah sbuffarono.

«Il tempo è un bastardo» disse Nick, scrollando la testa.

«Il tempo è un bastardo» brindarono con bicchieri di plastica.

Finirono per ballare *Billie Jean* in una nube di ghiaccio secco che odorava di patatine al bacon. Con un bicchiere di Cuba libre dolciastro come sciroppo per la tosse, Edie provò un brivido di sana felicità che non era dovuta solo all'alcol.

Colpita da un'intuizione che, da ubriaca, le parve molto intelligente, fece cenno a Hannah e Nick di avvicinarsi: «Alcune amicizie sono come le cassette mix che facevamo da ragazzi. Puoi metterle in pausa, ma quando premi di nuovo play ricominciano proprio da dove le hai lasciate. Sai tutte le parole a memoria e sai già cosa viene dopo».

Brindarono di nuovo con i bicchieri di plastica. «Spero che quello che verrà dopo non sia un po' di vomito» disse Nick.

Ondeggiando, Edie tirò fuori il telefono: quando sei di buonumore ci sono alcune persone con cui ti va di condividerlo.

Continuava a tornarle in mente la petizione, ma ogni volta il ricordo diventava più vago: pian piano, perdeva mordente.

Quando scese dal taxi ed entrò in casa, alle due di notte, sudata, con gli occhi assonnati, canticchiando mentalmente *due Nurofen e acqua*, inciampò su un gigantesco mazzo di fiori bianchi. Eh? Accese la luce dell'ingresso e guardò il biglietto. *Edie Thompson*.

Era un bouquet ridicolo, appariscente e costoso, il genere di fiori che si vede solo al cinema. Un indecente cespuglio di rose, giacinti, bocche di leone e gigli. Edie avrebbe dovuto dividerlo in almeno tre vasi. Aprì la bustina del biglietto.

Buon compleanno, Edie. Sono un tuo fan. Elliot x

Si strinse il biglietto al petto e ridacchiò come una scema. Gli piaceva! Un fan? Wow. Quello sì che era un souvenir.

Ehi, aspetta... Aveva scritto messaggi a Elliot, quella sera? Le venne il terribile sospetto di averlo fatto. Prese il telefono: nessuna risposta. Con crescente trepidazione, aprì la cartella dei messaggi inviati. Oh Gesù, non gli aveva chiesto se si faceva la ceretta allo scroto, vero?

Elliot! Sono COSÌ BBRIAca. Volevo solo ringraziarti di essere stato così gentile mi sembra di iniziare finalmente a riprendermi. AMICI. È tutta questione di amici no? Quelli buoni, voglio dire. Li adoro <3 PS sono il cardinale Willy. PPS Devo farti una domanda personale, la prossima volta che ti vedo. Riguarda le palle e la cura della persona. Ahahah.
Edie xxx

Oddio. Di sicuro adesso non era più un suo fan.

# 39

Edie era in giardino a espellere il doposbronza col sudore, in compagnia del suo scadente romanzo poliziesco e di un panino al prosciutto vegano Quorn, quando Meg la raggiunse con un lettore CD portatile e un CD.

Edie alzò gli occhiali da sole e guardò sua sorella premere play e sedersi, le Birkenstock color argento posate sul lettino, le mani incrociate sullo stomaco, gli occhi chiusi. Il volume era a un livello apertamente provocatorio e Edie scelse di non lasciarsi provocare. Andò a guardare cosa c'era scritto sulla custodia del CD.

«*Ibiza chillout mix?* Musica ambient? Non mi sembra molto nel tuo stile.»

«Costava una sterlina in un negozio dell'usato a Sherwood» disse Meg senza aprire gli occhi. La musica continuava a emettere le sue vibrazioni rilassanti a un volume non molto rilassante, mentre Edie cercava inutilmente di concentrarsi sugli omicidi nell'East End di Londra. Alla fine percepì un nuovo strato di rumore che andava a sommarsi a quello esistente, con voci virili e una brass band che non provenivano certo da Ibiza.

Meg aprì gli occhi. «Ma che...?»

Abbassò lievemente il volume e dal tessuto sonoro

emerse l'inconfondibile voce di Frank Sinatra, proveniente dall'altra parte dello steccato. Qualcun altro cantava a voce alta. *My kind of town, Chicago is...*

«È quella donna!» disse Meg, spegnendo il lettore e scattando in piedi per guardare oltre lo steccato. «Salve?» disse. «Può smetterla di essere così meschina e patetica e abbassare il volume delle sue schifezze antiquate, per favore?»

«Meg...» disse Edie in tono d'avvertimento.

«Mi sto godendo un po' di sana vecchia musica» disse la voce di Margot in lontananza. «Proprio come te.»

«Io non sto cantando!»

«Be', no, la tua è musica strumentale, no? Peccato.»

«Sta ascoltando la sua musica solo per rovinarmi l'ascolto della mia!»

«È la tua a rovinare la mia, tesoro. Ci troviamo in quella che viene definita un'*impasse.*»

«Spenga subito!»

«Oooh, questa mi piace molto. *Is my idea of nothing to do...*»

«Ma porca puttana» disse Meg. Prese il lettore CD ed entrò in casa a lunghi passi, mentre *I Get a Kick Out of You* rieccheggiava nel giardino e anche Sinatra sembrava divertito dalla situazione.

Da sopra lo steccato spuntò la faccia di Margot. «Uno a zero per me! Grazie a Frank.»

Edie cercò di non sorridere. «Voi due avete mai valutato la possibilità di una tregua?»

«E che divertimento sarebbe?» disse Margot, facendo dondolare le braccia sopra lo steccato e mettendo in mostra un vistoso bracciale. «Cosa stai leggendo?»

«Parla di un serial killer che avvelena la gente nell'East End negli anni Cinquanta.»

«Mi piace l'horror, ma preferisco le storie d'amore. Soprattutto quelle in costume. Ehi, di' al tuo attore di recitare in una di quelle.»

«Riferirò.» Edie ebbe una visione improvvisa di Elliot nei panni infangati e sudati di Heathcliff, o come un gentiluomo in stile reggenza, stretto nei vestiti e nell'impossibilità di sfogare la passione, e il cuore le fece una piccola capriola nel petto. Rabbrividì. *Perché ho scritto quello stupido messaggio, perché...*

Vide uscire in giardino suo padre con un libro sottobraccio e un'espressione contrariata. «Meg dice che è stata cacciata dal giardino?»

«Ha avuto un assaggio della sua medicina, per meglio dire.»

«Edith...» Suo padre accennò un sospiro. «Questa guerra civile non serve a niente, sai. Possiamo andare tutti d'accordo, se ci sforziamo.»

«Papà!» disse Edie, perdendo la pazienza con effetto immediato. «Non ho fatto niente per cacciarla dal giardino, anzi al contrario. Ho sopportato l'inquinamento sonoro, e Margot» indicò la donna che li fissava con i suoi occhietti penetranti, e solo allora suo padre la notò, «ha reagito mettendo su una big band e Meg si è offesa e se n'è andata. Ha iniziato lei.»

«Ah, Margot. Buongiorno» disse suo padre.

«Buongiorno, Gerald.»

«Papà» disse Edie, ormai incapace di trattenersi anche davanti a un pubblico, «perché gliela dai sempre vinta ogni volta che fa i capricci? È chiaro a tutti che ha delle pretese assurde. Se le dai retta peggiori la situazione.»

«Non le do retta, cerco solo di capirla e di non schierarmi con nessuno.»

«A volte bisogna schierarsi.» Edie amava i modi pacati di suo padre, ma pensava che quello fosse un suo difetto. Per esempio, il giorno del funerale avrebbe voluto sentirlo dire a zia Dawn di chiudere quella boccaccia, benché capisse che in quel momento lui era vulnerabile.

«Sono d'accordo!» disse Margot. «Un bambino che le ha tutte vinte è un piccolo mostro.»

«Questa bambina ha trentun anni e la mia famiglia è affar mio, grazie» disse il padre. Poi si rivolse a Edie: «Mi arrendo. Rinuncio al mio ruolo di Ban Ki-moon di questa casa. Vi auguro di vedervela tra di voi con successo».

Batté in ritirata dentro casa, e Margot disse: «Non hai fatto niente di male, mia cara. Quella ragazza ha bisogno che qualcuno le dica le cose come stanno».

Edie la ringraziò domandandosi se l'approvazione di Margot fosse una cosa positiva o meno.

«Posso chiederti un piccolo favore?» le chiese poi. Ahia, Edie avrebbe dovuto immaginarlo. «La prossima volta che vai a fare la spesa, puoi farmi qualche giocata al lotto? Ecco, ho segnato qui i numeri». Sparì sotto lo steccato e ricomparve con un foglietto tra le dita dalle unghie laccate di magenta. Edie lo prese. «Di solito ci va Mr Singh per me, ma è a Hyderabad fino a mercoledì della prossima settimana.»

«Nessun problema. Giochi ogni settimana?»

«Immancabilmente» rispose Margot. «Non sai mai quando la fortuna può girare per il verso giusto. La mia sta andando male da tanto di quel tempo che sono in debito di qualche piccola vincita.»

«Ah, davvero?»

Margot sparì di nuovo, e Edie pensò che questa volta non sarebbe tornata, e invece riapparve dopo qualche secondo con l'immancabile sigaretta.

«Avevo un po' di risparmi, ai vecchi tempi, dal mio spettacolo teatrale, e ho incassato una bella somma quando io e Gordon abbiamo divorziato. Poi mi sono messa con un buono a nulla che mi ha convinta a investirli in qualche corbelleria...» Edie adorava il modo di parlare di Margot. «... e addio soldi. E poi addio uomo, anche. Ero una ragazza molto sciocca.»

«Per questo ti sei trasferita a Nottingham?»

Margot si tirò indietro e spense la sigaretta. «I miei genitori avevano vissuto qui per qualche anno quand'ero piccola, una bella casa sulla Ropewalk. Ora c'è uno studio legale. Londra costa cara, ovviamente, e Nottingham era l'unica altra città che mi sembrava di conoscere. E non avevo un soldo. Quindi eccomi qua. Ho semplicemente scelto a caso sulla mappa della città: Forest Fields mi sembrava un nome deliziosamente bucolico.»

Edie rise. «Immagina se avessi scelto The Meadows, *i prati*.» Era buffo che le aree più malfamate avessero i nomi più graziosi, come i condomini popolari di Mega City One nel distopico *Dredd* che si chiamano Peach Trees, *alberi di pesco*.

Provò una miscela di compassione e ammirazione per quella donna: le cose non erano andate come voleva lei, ma c'era un ammirevole sangue freddo nel suo senso dell'umorismo e nella determinazione con cui si godeva i suoi vizi.

«Sei un po' arrossata, tesoro» disse Margot. «Fossi in te tornerei in casa. La pelle chiara come la tua si riempie di rughe come la carta velina.»

Edie sorrise, inforcò gli occhiali da sole e si alzò. Mentre tornava verso la cucina sentì Margot che canticchiava sottovoce.

*«Nottingham è la città che piace a me...»*

# 40

Qualcuno, pensò Edie, avrebbe dovuto coniare una nuova parola per descrivere l'ansia strisciante, unta, appiccicosa, che affligge chi viene bellamente ignorato dopo aver inviato un SMS che avrebbe fatto meglio a non inviare.

Dopo aver passato il sabato mattina a controllare il telefono ogni due minuti in attesa di una risposta, si era fatta coraggio e aveva inviato un secondo messaggio a Elliot per ringraziarlo del bouquet e profondersi in scuse per il messaggio precedente. E... niente di niente. Per l'intero weekend.

In un carteggio con interlocutori meno diligenti, ci si poteva consolare pensando che semplicemente non avessero letto il tuo messaggio. Eppure, nonostante il suo convulso stile di vita da superstar internazionale, Elliot rispondeva sempre in poco tempo. Comportarsi in quel modo non era da lui. Era ormai lunedì: Edie doveva pensare che fosse colpa di quel riferimento alla depilazione dei testicoli.

Uffa, come le era venuto in mente di scrivere una cosa del genere? Com'era possibile che il cervello ubriaco somigliasse tanto al cervello sobrio e al contempo fosse così diverso? Un'imitazione sinistra del normale buonsenso si impadroniva della mente.

Quando aveva digitato quel messaggio, Edie era ubriaca di vita e ricolma di gioia: inarrestabile, convinta che fosse spassosissimo indagare indirettamente sulla situazione tricologica dello scroto di qualcuno. Ora voleva andarsi a sotterrare per la vergogna.

Avrebbe voluto poter vedere la casa coperta di fiori senza che le venissero in mente associazioni negative.

Naturalmente sua sorella immaginava che Edie fosse molto soddisfatta di sé, quindi osservò: «Li avrà fatti spedire da qualche schiavetto. Gli basta premere un pulsante».

«Sì, probabile. Grazie, Meg» disse Edie, ancora in dopo sbornia fisico e psicologico. Meg brontolò sulle miglia aeree sprecate per il trasporto dei fiori esotici e, qualora l'episodio di Sinatra avesse lasciato qualche dubbio, chiarì che l'amnistia concessa agli amici di Edie era finita.

Edie non riusciva a non controllare il telefono ogni cinque minuti, anche se lo schermo vuoto era un rimprovero costante. *Oddio, dammi anche della stupida, basta che mi dici qualcosa*, si torturava. Non c'è niente di peggio che il silenzio.

Il lato positivo di tutta quella faccenda è che aveva molto tempo per scrivere, e il dattiloscritto che stava prendendo forma sul suo computer non era affatto brutto, modestamente. La sua selezione di citazioni dalle divertenti chiacchierate con Elliot aveva messo in risalto il suo lato sardonico e settentrionale senza però farlo suonare sprezzante, presuntuoso o suscettibile. C'erano osservazioni davvero interessanti su cosa significava diventare molto famosi in pochissimo tempo. Non si profondeva in complimenti per il fatto che Elliot fosse il Laurence Olivier della sua generazione nel corpo di un dio greco, eppure le sembrava che lui ne uscisse molto bene.

Dovevano ancora affrontare i difficili capitoli sull'amore – Elliot li stava schivando, e anche Edie, per via del gigantesco GAY? che le lampeggiava in testa – ma quella prima stesura era una soluzione elegante che accontentava tutti. In seguito all'invio regolare per email di nuovi capitoli al soggetto della biografia, alla sua agente e all'editore, le reazioni erano state molto positive.

Ma forse la reazione di Elliot stava per cambiare. Edie rabbrividì: e se lui avesse sporto una lamentela formale? Sembrava improbabile, ma lo erano anche due giorni filati di silenzio.

Quando finalmente sentì squillare il cellulare e vide un numero sconosciuto, quel lunedì sera, il cuore le fece una capriola in petto. *Alleluia!* Forse Elliot aveva perso il telefono o qualcosa del genere? Forse non aveva mai neppure ricevuto il messaggio? CHE LA GIOIA SI PROPAGHI SCONFINATA.

«Pronto?» rispose, guardinga ma impaziente.

Una voce femminile. «Parlo con Edie Thompson?»

«Sì?»

«Sono Sally, l'assistente di Archie Puce. Vorrebbe parlare con lei.»

«Certo.» Edie tacque, aspettando che Archie venisse al telefono.

«Le invio una macchina. Dove si trova?»

«Oh. Be', okay...»

Edie dettò il suo indirizzo e restò lì nervosa ad aspettare finché non vide fermarsi davanti a casa un'Audi scura senza contrassegni. Durante il tragitto si chiese cosa potesse rendere necessaria una convocazione così repentina. L'ultima volta che aveva dovuto affrontare la rabbia di Puce, Elliot si era interposto tra loro. Non le andava di ripetere l'esperienza, e presumibilmente senza poter contare su una persona di status più elevato a proteggerla.

Non poteva avere a che fare con il messaggio sui testicoli, vero? *Certo che sì, pazza che non sei altro!* le diceva una vocina, ma Edie non riusciva a capire perché fosse coinvolto anche Archie. Forse Elliot stava delegando ad altri il suo licenziamento? L'avrebbero licenziata per aver parlato dello scroto di qualcuno?

L'auto la stava portando verso sud, fuori dalla città ormai avvolta dal crepuscolo. Iniziò a sentirsi molto a disagio.

«Ehm, mi scusi, dove stiamo andando?» chiese all'autista, in tono lievemente contrito, mentre uscivano dalla tangenziale.

«Al set.»

Si era persa qualche passaggio, evidentemente. «E dov'è?»

«Wollaton Hall» rispose l'autista in un tono secco che mise fine alla conversazione.

In quel momento, le arrivò un messaggio di Jack. Com'erano cambiati i tempi: quel messaggio non avrebbe potuto essere più sgradito.

E.T., non sono riuscito a scoprire chi è Ian Connor, ci ho provato, mi dispiace tanto. Neanche Charlie sa chi sia, ma capisci che ho dovuto stare attento a rivelare perché e per conto di chi lo chiedevo. Charlie è d'accordo con me: il commento su tua madre è vergognoso. Quella pagina è stata chiusa. Mi sono impuntato personalmente per farla chiudere. Ho trovato il suo account su Twitter, forse puoi contattarlo lì? Al posto tuo però non lo farei, è chiaramente uno stronzo. (Chiunque confonda i social media con le Pagine gialle è peggio dell'Isis, secondo me.) Spero che tu stia bene. Jx

Edie seguì il link all'account di Twitter. Un altro avatar dei cartoni animati, stavolta Beep Beep. Era roba blanda, perlopiù lamentele sulla metropolitana di Londra e, come diceva Jack, richieste di consigli sul negozio migliore in cui comprare gli stivali di gomma Hunter.

Andando indietro arrivò ai primi post di Ian Connor.

@EdieThomson che effetto fa sapere di aver rovinato la vita a una donna, puttana che non sei altro? subito seguito da @EdieThomson scusi l'ho scambiata per un'altra persona.

Le venne in mente una cosa: se quelli erano i primi tweet, allora l'account era nato al solo scopo di insultarla? Le corse un brivido giù per la schiena.

Spense il telefono. Era un pessimo modo per passare il tempo in quel viaggio verso l'ignoto.

Quando l'auto si inoltrò fra i campi, diretta verso una grande villa illuminata a giorno e circondata da camion, Edie sentì il cuore in gola. Quel faccia a faccia non poteva contenere buone notizie. E perché Elliot la ignorava?

# 41

L'auto si fermò e vennero borbottate alcune parole attraverso finestrini abbassati. Stavolta c'era un'atmosfera diversa. Edie percepiva di non essere più irrilevante, relegata ai margini. Una donna bionda la scortò bruscamente verso una roulotte ai margini del set, con un'espressione truce.

«Piacere di conoscerla!» disse Edie, sperando di avviare una conversazione e magari scoprire perché era stata convocata. La donna finse di non averla sentita.

Dentro la roulotte, Archie Puce stava camminando avanti e indietro nello spazio angusto. La donna richiuse la porta e si posizionò alle spalle di Archie, a braccia conserte, e fissò Edie con aria accusatoria.

«Ciao» disse Archie con falsa allegria, senza alcun calore. «Ecco la Yoko Ono della mia piccola produzione televisiva! Come sta andando il bed-in per la pace? Perché io non mi sento pacifico per un cazzo.»

«Eh?» disse Edie.

Archie le si avvicinò minaccioso. Non era grosso, ma era reso più imponente dall'energia malevola che emanava.

«Dirò subito le cose come stanno, *Edie Thompson*. O convinci il tuo fidanzatino a mollarti e tornare al lavoro, oppure dirò a certe persone potenti di questo settore, non dotate della mia bontà naturale, che sei tu la responsabile dell'attuale, imprevista e costosissima interruzione delle riprese. E credimi, ti tratteranno con tutta la gentilezza di una gallina impalata sullo spiedo in un barbecue di senzatetto.»

Edie cercò di capire cosa le stesse dicendo, al di là della vivida e metaforica minaccia sul pollame.

«E io cosa c'entro? Non so dove sia Elliot» disse.

«A letto, dove l'hai lasciato?» ribatté Archie, gli occhi strabuzzati nel suo *j'accuse.*

«Non vado a letto con lui!»

«Ah, devo essermi immaginato il remake a basso budget di *Ufficiale e gentiluomo* che avete messo in scena sul mio set qualche giorno fa. Certo, anch'io non faccio altro che prendere donne in braccio! Senza neppure conoscerle, il più delle volte! Le vedo, me le carico in spalla come un fottuto cavernicolo e via, andare!»

«Non era niente di romantico, avevo ricevuto una brutta notizia.»

«Certo, non ne dubito. Brutta, eppure stranamente sexy.» *Santo cielo.*

«Senti, le truccatrici, che sono fonti attendibili, affermano che tu sei l'unica donna nella sua vita. Quindi smettila di fare la finta tonta con me, cazzo, e dimmi DOVE CAZZO È IL TUO RAGAZZO PRIMA CHE MI ASSALGA UN LIEVE NERVOSISMO.»

A-ah! Edie aveva riconosciuto la tattica: millanta di sapere più di quanto sai, fa' innervosire la vittima e sta' a vedere quante informazioni ti rivela. Si rifiutava categoricamente di lasciarsi spaventare da lui.

«Sono la ghostwriter della sua autobiografia. Non puoi andare in giro ad accusare qualcuno di andare a letto con qualcun altro, senza prove» disse Edie, e nel frattempo pensava: *Certo che può farlo.* «Lavoro con Elliot e basta: sono per lui quello che lei è per te» disse indicando la donna che la stava incenerendo con lo sguardo.

«Sally è mia moglie.»

«Oh.» Porca vacca. Essere l'assistente e la moglie di Archie Puce, che destino orribile. Certo, probabilmente era l'unica donna che Archie non avrebbe mai licenziato. *Forse.*

«Okay» disse Edie. «Se fossi stata a letto con Elliot quando mi hai chiamato, per quale motivo sarei venuta fin qui? Non ti avrei mandato a quel paese per poi tornare alle mie attività erotiche?»

Archie serrò le labbra e non rispose. L'aveva fregato.

«Cos'è successo? Da quanto tempo è sparito?» chiese Edie. Voleva proprio saperlo. E se qualche fan fuori di testa lo teneva prigioniero in un seminterrato, con un taglierino e un rotolo di nastro isolante, ballando sulle note di *Stuck in the Middle* come nelle *Iene* di Tarantino? Quel pensiero le annodò lo stomaco.

«Quel cretino di una Primula Rossa ha ricevuto una telefonata venerdì pomeriggio, nessuno sa da chi...» Archie la fulminò con lo sguardo. «Ed è sparito. Ha preso, e se n'è andato. I suoi genitori sono chissà dove nei Caraibi e suo fratello è a sciare, quindi non è con loro. Quella sera è stato visto entrare in casa sua e uscire con una borsa. Abbiamo continuato le riprese usando la controfigura e inquadrandola di spalle, ma siamo a corto di tempo e abbiamo sforato il budget. Perdonami i tecnicismi cinematografici, ma certe volte c'è bisogno dell'attore in carne e ossa sul set.»

«Gli ho scritto un messaggio venerdì sera e non mi ha risposto. Non so altro» disse Edie.

Ci fu un breve silenzio durante cui ebbe l'impressione di essere finalmente creduta.

«Be', fantastico, cazzo» disse Archie alla moglie. «Se si sta scopando quella di prima, non si schioderà più da Bel Air. Perché lavoro con gli attori, Sally? Dimmelo un po'. Preferirei gestire una pensione per gatti sulla luna, cazzo. Danno il tesserino del sindacato attori a gente che non sa nemmeno allacciarsi le scarpe.»

Ehi, un attimo: Elliot poteva essersi rimesso con Heather? Poteva davvero essere scappato in America? Senza neanche salutare? Edie si sentì imprevedibilmente turbata e ferita. Le aveva detto tutte quelle brutte cose sul conto di Heather e poi lei aveva schioccato le dita e lui era saltato sull'altra sponda dell'Atlantico? Cristo, era proprio vero che gli attori erano tutti falsi. Quasi quasi faceva il tifo per Archie, ora.

«E va bene» disse Archie pizzicandosi la radice del naso. «Fammi un favore: riprova a contattarlo, okay? E mettici un po' di emozione. Ricordagli che hai le tette.»

Edie fece una smorfia.

«Sarà l'intuito, ma penso proprio che sarai più fortunata di noi. E quando riesci a parlargli, ovunque sia, digli che se non vuole buttare la carriera nel cesso tornerà immediatamente su questo set. Bene. CIAO.»

Una funerea Sally riaccompagnò Edie alla macchina.

Se lo stava immaginando, o tutti i presenti sul set la fissavano quando passava?

In auto, rifletté sulla situazione.

Il telefono di Elliot era probabilmente scarico, in un altro continente, gettato a terra in un mucchio di vestiti a casa di Heather. *Bleah.* La rabbia e la delusione a quel pensiero erano un utile antidoto all'imbarazzo. Non sapendo che altro fare, Edie gli scrisse di nuovo.

Elliot, non so dove sei o cosa stia succedendo, ma Archie pensa che io c'entri qualcosa e mi ha appena convocato sul set per una lavata di capo. Se non sei morto, potresti almeno dirgli che io non c'entro niente? Grazie. Spero tu stia bene. Ex

Rimise il telefono in tasca. Pochi secondi dopo lo sentì vibrare e pensò: *Non può essere lui.* Il cuore le balzò in gola. Oddio, era lui!

Merda, Edie, mi dispiace un sacco. Dove sei?

In una macchina, di ritorno dal set a Wollaton. Tu dove sei?

In un albergo in città. Hai tempo per vederci ora?

Non era in California! Non era con Heather! Edie si sentì incredibilmente sollevata, persino raggiante.

Sì, certo.

Di' all'autista di portarti al Park Plaza. Non dirgli altro, mi raccomando. Sono registrato sotto lo pseudonimo di Donald Twain, sali direttamente in camera. x

OK! Ci vediamo tra poco. xx P.S. Donald Twain? ahahah

È chiaro che non te ne intendi di vecchi film, Thompson. Ora capisco perché vuoi farmi fare quello del ginecologo playboy. A tra poco xx

# 42

Per un momento Edie ragionò come un agente segreto e chiese all'autista di lasciarla a Market Square, da dove percorse a piedi il breve tragitto fino al Park Plaza. Era possibile che Archie chiedesse all'autista dove l'aveva portata, e a quanto pareva la casa dei genitori di Elliot era già piantonata.

Mentre l'ascensore la conduceva al quarto piano, sentì sbiadire la gioia al pensiero di quell'invito. E se Elliot era in preda a una crisi di nervi? Se la sua stanza era cosparsa di prove di una dipendenza da antidolorifici, o di qualche altro modo molto americano con cui le giovani star tormentate si uccidono? Inoltre le aveva fatto promettere di non dire a nessuno dove andava... E se si fosse trovata a dover scegliere fra tradire la sua fiducia e sentirsi parzialmente responsabile per la sua morte prematura?

Elliot venne ad aprire la porta con una maglietta grigia e jeans neri. Aveva l'aria avvilita e stanca ma allo stesso tempo l'espressione del protagonista di un video speciale dietro le quinte di un servizio di copertina per *Esquire*. Lo stomaco di Edie si rotolò pigramente in avanti. La stanza era in penombra, la finestra aperta per lasciar entrare l'aria della sera, e lei pensò a quante donne sarebbero state felicissime di trovarsi lì. E quanti uomini, anche. Tuttavia, la sua emozione predominante era l'apprensione, che rasentava la paura.

«Ah, che bello vedere una faccia amica» disse Elliot con un sorriso triste.

Ricambiò il sorriso. «Non sono ancora sicura di essere amica. Archie me ne ha dette di tutti i colori.»

Il nervosismo la rendeva loquace.

«Oddio, sul serio? Mi dispiace tanto. Ma perché ti ritiene responsabile se io non mi presento al lavoro?»

Be', ecco... Purtroppo aveva riassunto bene la situazione.

Edie non voleva assolutamente vedere lo shock e l'orrore sul volto di Elliot quando gli avrebbe spiegato che genere di voci girava, quindi si limitò a stringersi nelle spalle.

«Mi tuffo sulle mignon del minibar, unisciti pure a me» disse lui.

«Sono a posto, grazie.»

Per fortuna non c'erano in giro strumenti per il consumo di droga, a meno di contare una mignon di Jack Daniels e una bottiglia mezza vuota di Coca-Cola, accanto a un bicchiere portaspazzolini.

Elliot versò un dito di vodka Smirnoff nel portaspazzolini e si gettò su una sedia.

Edie si sedette sul bordo del letto matrimoniale.

«Che succede? Con chi hai parlato al telefono? Archie ha detto che ti ha chiamato qualcuno e te ne sei andato.»

«Era la mia addetta stampa.» disse, senza aggiungere altro.

Edie non sapeva da quale domanda iniziare. «Perché non sei a casa?»

«Perché c'è un cretino seduto in una macchina lì davanti a controllare l'entrata. Sospetto che c'entri qualcosa Jan. O forse è solo un giornalista. In ogni caso mi ha spaventato.»

«Penso che possa esserci lo zampino di Archie.»

«Cosa?!»

«Ha detto che "eri stato visto" mentre portavi via qualcosa da casa tua venerdì sera. Quindi deve avere mandato lì qualcuno.»

Elliot si stropicciò gli occhi. «Dio. È stato un weekend orribile, Edie.»

Non sapendo cosa dire, lei aspettò.

«Non volevo che la tizia che sta scrivendo la biografia non autorizzata spiasse la mia vita, perché c'è un aspetto in particolare che non volevo farle spiare.»

Certo: la sua vita sessuale. Edie avrebbe tanto voluto abbracciarlo e dirgli che probabilmente tante persone avevano già indovinato.

«La telefonata era per avvertirmi che il segreto sta per venire fuori. Non avrei dovuto uscire di testa, eppure è successo. Questo lavoro... Sai, a volte mi pento tantissimo di aver scelto questo lavoro, Edie. E non posso dirlo, altrimenti sembro un ingrato.»

«Sì che lo puoi dire» ribatté Edie, convinta. «Puoi dirlo a me, e prendere a calci un cuscino, o qualcosa del genere.»

Lui sorrise. «Grazie.»

«Elliot, questo momento passerà. Ma forse non vale la pena di mantenere il segreto, se ti fa stare così male. Anzi, magari ti sentiresti meglio, se lo sapessero tutti.»

«*Mmh*, non sono convinto che sia così semplice» disse Elliot.

«Lo so, ti capisco.» Edie annuì vigorosamente per incoraggiarlo.

«Aspetta, ma tu lo sai... E se sì, da chi l'hai saputo?» le chiese in tono asciutto. Sembrava furioso, e Edie percepì i segnali di pericolo.

«No!» si affrettò a negare. «Volevo solo dire che la tua vita non è sempre stata facile come può sembrare da fuori, e forse è per via di questo segreto che...»

«*Questo segreto?* Sembra proprio che tu lo conosca, Thompson.»

Elliot sembrava maledettamente serio, eppure non l'aveva mai chiamata con un soprannome... Okay, non era un soprannome, ma chiamarla per cognome era pur sempre un modo simpatico di rivolgersi a lei...

Edie si rilassò un po'.

«Non lo conosco. Ma non è possibile che io l'abbia intuito?»

«Intuito? Come un astrologo o un chiaroveggente? O mi hai hackerato il telefono?»

Quel ragazzo non aveva mai sentito nominare il *gaydar*? «Sono una scrittrice, e abbiamo parlato a lungo.»

«*Sì?*» fece Elliot, come a dire: *Prego, va' avanti.*

«A volte ti viene un sesto senso...»

«Un sesto senso molto potente. Un terzo occhio, in pratica.»

Oh, santo cielo. Perché ovviamente nessuno avrebbe mai dubitato della sua virilissima, machissima eterosessualità, giusto?

Proseguì imperterrita: «... e inoltre sono una donna».

Elliot strabuzzò gli occhi. «Accidenti, è proprio la serata dei segreti, eh. Che accidenti vorrebbe dire?»

«Sai, è una sensazione che ti viene...»

Edie stava avanzando per gradi nell'acqua gelida, che ora le arrivava ai fianchi. Ben presto le sarebbe arrivata al collo.

Elliot emise un risolino incredulo. «No, scusa, non capisco cosa intendi. Una sensazione. Hai le ovaie sensitive o qualcosa del genere? O è come in quel film, il petto che fa le previsioni del tempo? Sarò sincero, pensavo che le tette meteorologiche fossero un'invenzione.»

Ecco, visto? Solo un gay poteva parlare delle tette con spirito comico, senza mai abbassare lo sguardo a dare una sbirciatina.

Edie si augurò che non ci restasse troppo male quando gli avrebbe detto che sapeva la verità, ma ormai era inevitabile.

«Elliot, so che sei gay.» *Bum! E non ho altro da aggiungere, vostro onore.*

Lui restò a bocca aperta. «C-cosa? Come?»

Edie non si aspettava che lui le chiedesse le prove: pensava che bastasse ammettere di saperlo.

«Perché non vuoi parlare delle donne con cui sei stato?» azzardò.

Elliot scoppiò a ridere. «Quindi secondo te gli uomini etero vanno in giro tutto il giorno a dire: "Ah, sì, guarda questa che tette; a proposito, ora ti racconto di una che mi sono fatto"? Dove hai condotto i tuoi studi di preciso? Nei locali per spogliarelliste?»

Edie avvampò fino all'attaccatura dei capelli.

«Secondo te il mio segreto sarebbe questo? Che sono un gay non dichiarato?»

Lei annuì, ma avrebbe voluto soltanto volare via dalla finestra. Capì che Elliot non fingeva, la sua reazione era spontanea.

«Wow» disse lui, posandosi una mano sulla testa. «Ma *abbiamo* parlato delle mie relazioni... Cosa ci facevo con Heather, per esempio.»

Edie rabbrividì. «Ma tu hai detto tu che era... per motivi promozionali? Un rapporto di lavoro...»

Elliot era sempre più accigliato. Le tende ondeggiavano nella brezza della sera mentre lui assorbiva la strampalata teoria di Edie e lei si rimproverava amaramente. Non sarebbe stato più facile chiedergli semplicemente di cosa stesse parlando? No, doveva dargli della checca con la fidanzata di copertura. Bel colpo, Edie, complimenti. Cinque stelle su cinque.

«Non mi conosci bene come credevo, eh? Pensavi di me le stesse cose che pensano quelli che mi insultano su Internet.» fece una smorfia triste, e lei si sentì profondamente in colpa.

«Mi dispiace! Ma non volevo insinuare che fosse qualcosa di cui vergognarsi.»

«Pensavi solo che io fossi un bugiardo, certo.»

«Scusami» disse Edie. «Ho fatto due più due e mi è uscito diciassette. Sai, quando ti metti a seguire un ragionamento... Uff. *Scusa*.»

Ci fu una lunga pausa ed Elliot sospirò. «No, Edie, senti. Dispiace a me. Non avrei dovuto lasciarti tirare a indovinare. Mi sto comportando come un bastardo egoista e me la prendo con l'unica persona che ho davanti, che guarda caso è l'unica che cerca di capirmi. Non mi dà fastidio se la gente mi crede gay, ma è triste se tu pensavi che io mi stessi nascondendo. Poi c'è di mezzo anche un po' di orgoglio virile ferito, perché evidentemente non mi sono posto nel modo in cui credevo.»

Le rivolse un sorriso di scuse e lei ebbe un tremito, perché era assolutamente impossibile non amarlo quando faceva dell'autocritica. Inoltre, ehm, non *giocava per l'altra squadra*, quindi era pericoloso. Si sentì torcere lo stomaco.

«Voglio dire... Se fossi gay, perché dovrei nascondermi, invece di dichiararlo orgogliosamente e dedicarmi allo shopping al mercato dei prodotti biologici di Santa Monica

291

con il mio fidanzato che gioca nell'NBA, con indosso canottiere in colori coordinati?»

Edie rise e le venne una gran voglia di abbracciarlo. L'ordine e l'armonia erano stati ripristinati. Restava soltanto da scoprire quale fosse il vero segreto.

«Ma... se non riguarda la tua sessualità, allora che cosa ha scoperto l'altra biografa?»

«La verità su mio padre.»

# 43

Pausa.

«Tuo padre? È via per un viaggio, no?»

«Ha trovato il mio vero padre. Oddio, odio la parola *vero*. Mio padre è quello che ora è in crociera, sì. Ma sto parlando dell'*altro*, quello che ha contribuito al mio DNA. Lui. Sicura di non voler bere qualcosa?»

«Magari un po' di gin» disse Edie, che all'improvviso ne sentiva un gran bisogno. Elliot versò un Gordon e tonica e la schiuma rischiò di traboccare dal bicchiere. Teneva lo sguardo fisso sulla moquette.

«A undici anni ho scoperto di essere stato adottato. Avevo litigato con Fraz e come al solito mi ero rifugiato in soffitta. Ho sempre avuto tendenze melodrammatiche, già allora.»

Edie ascoltava in silenzio, rapita.

«Stavo curiosando in giro e ho trovato i documenti dell'adozione di una persona di nome Carl, proveniente da St Helens. All'inizio ho pensato che i miei genitori avessero adottato un bambino di cui non sapevamo niente. Forse era morto, ho pensato. Forse era meglio non chiederlo a loro, per non tirare fuori brutti ricordi. Ma dentro di me sapevo già che la verità era un'altra, credo.»

Guardò Edie, che sentì il desiderio improvviso di sporgersi a prendergli la mano.

Si trattenne.

«E poi sul modulo c'era la mia data di nascita. Già, ero piuttosto scemo, vero?»

Edie rimase in silenzio, perché temeva che qualsiasi commento potesse suonare superficiale, o carente.

Elliot si passò le mani tra i capelli. «Cioè, a quell'età ero già un asociale nevrastenico, pieno di fantasie, e poi mi imbatto in una cosa del genere. Comincio a pensare: e se è stato adottato anche Fraser? Poi ho cercato nei vecchi album di famiglia, mia madre nel reparto maternità con lui in braccio, la flebo ancora attaccata. No, lui era figlio loro. Poi mi sono ricordato che non c'erano foto di me, appena nato. Solo un paio di polaroid, in cui ero in una culla diversa da quella di Fraser. Quando chiedevo perché, mi rispondevano: "Nessuno scattava tante foto a quei tempi, ce ne saranno sicuramente altre in qualche cassetto". Ho capito che mi avevano mentito.» Prese fiato. «Ho dormito con i documenti sotto il cuscino per tre settimane o giù di lì, e poi un giorno io e mia madre abbiamo discusso e la cosa è venuta fuori. Non l'ho fatto apposta. Una parte di me sperava ancora che ci fosse un'altra spiegazione, e che lei sarebbe scoppiata a ridere e avrebbe detto: "Ah, pensavi quello? Ahahah".»

«... e invece cos'ha detto tua madre?»

«È stato un colpo durissimo per lei. Era devastata. Avevano deciso che era meglio che io non sapessi niente, e ovviamente il fatto che l'avessi scoperto in quel modo era lo scenario peggiore che potesse concretizzarsi.»

Edie annuì.

«Lei e papà mi hanno fatto sedere e mi hanno raccontato tutta la verità in versione integrale. Sono stato adottato dopo che mio padre, un alcolizzato, ha causato un incidente d'auto mentre era ubriaco e ha ucciso mia madre.»

Elliot la guardò e Edie ricambiò il suo sguardo, a bocca aperta. Per tutto quel tempo aveva pensato che lui fosse un ragazzo fortunato, senza problemi e, prima di diventare famoso, con una vita normale.

«Era seduta davanti, senza cintura. Lui è sopravvissuto. E incredibilmente anch'io, benché fossi seduto dietro senza seggiolino. Mi hanno trovato sotto il sedile.» Alzò un braccio e indicò una piccola cicatrice accanto al gomito. «Penso di essermi fatto questa, ma non ne sono sicuro.»

«Oh, Elliot... Dio» disse Edie, con grande e sincero trasporto. Ricordava quel bambino dall'aria solenne e con gli occhioni, nelle foto di famiglia. Effettivamente sembrava diverso, molto più scuro del resto del clan, che aveva i capelli chiari e l'aria borghese.

«Devo precisare che non ricordo nulla di tutto ciò» disse lui, con una mano sulla nuca. «È una storia che ho sentito raccontare, come lo è per te. Avevo due anni.»

«Perché i tuoi genitori non te l'avevano detto?» chiese Edie, e si affrettò ad aggiungere: «Non li sto giudicando, vorrei solo capire».

«Mi hanno adottato pensando di non poter avere figli, ma mia madre è rimasta incinta di Fraz quasi subito dopo. Mi hanno detto che sono stati molto indecisi, poi l'ecografia ha mostrato che era un maschietto, e allora hanno pensato di tirarci su come fratelli. Dopotutto non ci avrebbero mai trattato in modo diverso. Credo che fossero molto turbati, sinceramente; travolti dalle emozioni. Per anni avevano voluto una famiglia e non erano riusciti ad averla. Poi, quando finalmente l'adozione è andata in porto, mia madre ha scoperto di essere incinta. Da zero a cento in due secondi. Nascondermelo non è stata la scelta migliore, col senno di poi, ma eccoci qua. Le intenzioni erano buone.» Edie annuì.

«Penso che volessero dirmelo, al momento giusto. Ma il momento giusto non è mai arrivato. È andata avanti per troppo tempo finché non è diventata una cosa troppo grossa per dirmela. Temevano che mi sarei arrabbiato, e che li avrei respinti.» Esitò. «Ora li capisco benissimo, alla luce delle scelte che ho fatto.»

«In che senso?»

«Fraser non lo sa ancora. Ho chiesto loro di non dirglielo.»

Le tende si mossero nella brezza e Edie disse: «Fraser non sa che sei adottato?».

«No. Ho pregato i miei genitori di mantenere il segreto. Ci scontravamo spesso in quel periodo. Solo sciocchezze tra fratelli, ma sai com'è. Non me la passavo molto bene neanche a scuola, e se fosse venuto fuori, se Fraz l'avesse detto ai suoi amici... Be', non volevo farmi la reputazione di quello *diverso*. A parlarne adesso sembra una stupidata, ma a undici anni è una cosa enorme. Vuoi essere uguale agli altri, no?»

Edie annuì: sì, era proprio così.

«E volevo un po' di tempo per fare i conti con quella notizia prima che lo scoprisse anche Fraser. Avevo paura che iniziasse a guardarmi in modo diverso, che sarei diventato un estraneo per il resto della famiglia. Sai, ogni volta che mi interrogavo su cosa mi rendesse così diverso da lui – Perché non sono sportivo come Fraz? Perché non sono sicuro di me quanto lui? – mi sembrava che gli bastasse guardarmi, per capire la verità. E temevo che a ogni litigio avrebbe pensato: "Be', ma tu non dovresti neppure essere qui".»

Per un attimo gli vennero gli occhi lucidi e Edie non riuscì a capacitarsi di non poterlo aiutare in qualche modo.

«E insomma... Il tempo passava, e non era mai il momento giusto. È andata avanti così a lungo che non averlo detto a Fraz è diventato uno scandalo altrettanto grande, e di cui ero responsabile io. Immagina, Edie...»

Edie sentì la forza della fiducia che Elliot riponeva in lei. O forse dipendeva dal fatto che non c'era nessun altro, ad ascoltarlo?

«... i drammi non facevano che aumentare e io mi sentivo sempre più diverso da Fraz. La nostra casa era l'unico posto in cui potevo essere me stesso. Fraser mi guardava strano nei primi tempi in cui ero in televisione. Non volevo certo complicare le cose dicendo: "A proposito, non sono tuo fratello". È un discorso molto difficile da fare, no?»

«Ma tu *sei* suo fratello! Sei suo fratello proprio come Meg è mia sorella.»

Lui fece un sorriso tenero e triste. «Sì.»

Edie si ricordò di cose le aveva detto Fraser: *Era come se lui non ci appartenesse più.* Forse avrebbe tolto quella frase. Avrebbero dovuto parlare dell'adozione, nel loro libro, se era in quello di Jan? Ci avrebbe pensato più avanti.

«E tuo... *padre* non è mai venuto a cercarti?»

Elliot bevve un sorso. «No. Né io ho mai cercato lui. Quindi, finché quell'impicciona, Jan Clarke, non l'ha chiamato, qualche mese fa, mio padre non sapeva che io fossi suo figlio. Gentile da parte sua incaricarsi di dargli la notizia.»

Si stropicciò gli occhi e rivolse uno sguardo assassino nel vuoto. Edie ricordava quell'espressione: l'aveva vista in *Sangue & Oro.*

«Cosa?!» esclamò incredula. «Come faceva a non saperlo?»

Elliot riprese il bicchiere. «Non mi vede da trent'anni. Presumo che l'agenzia di adozioni gli avrebbe detto con chi vivevo, se l'avesse chiesto, ma a quanto pare non gliene è mai importato abbastanza. Ormai sono cresciuto, sono diverso, ho un *nome* diverso. Non vedo perché avrebbe dovuto riconoscermi.»

Edie cercò di immaginare che qualcuno le piazzasse una rivista sotto il naso e le dicesse che il principe Wulfroarer era suo figlio. Non nutriva grande simpatia per il padre di Elliot, ma doveva essere stato un brutto colpo.

«Se stai pensando che avrei dovuto immaginare che prima o poi sarebbe venuta fuori, hai ragione. Sono stato un cretino. Ho messo la testa sotto la sabbia e ho sperato che tutta questa storia svanisse magicamente, e che Jan non riuscisse a impossessarsi del mio certificato di nascita. La mia addetta stampa mi ha detto chiaramente che ho peggiorato la situazione. Queste cose andrebbero tenute sotto controllo. Non puoi aspettare che il padre assassino chiami i tuoi collaboratori dal carcere.»

«Cosa? Era quella la telefonata? Quella che ti ha spinto a scappare dal set?»

«Sì. Lui ha capito che c'è da guadagnare vendendo la storia ai tabloid. Ora è una corsa tra lui e Jan per chi riesce ad andare in stampa per primo. Probabilmente vincerà mio padre perché fra tre settimane può chiedere la condizionale.»

«Oddio.»

«Lo so. Quindi devo dirlo a Fraser. Non c'è più tempo. Sono stato un tale idiota, Edie. Penserai che sono un proprio un cretino.»

Edie scosse la testa. «No, non lo penso. Penso che tu abbia dovuto prendere una decisione importante quand'eri solo un bambino. I tuoi genitori ne hanno presa una ancora più importante, da adulti, di cui ora probabilmente si sono pentiti. Non è colpa tua. Era un grosso peso da portarsi addosso.»

Elliot la guardò. «Sei così buona, tu.»

Edie rabbrividì per il piacere che le davano quelle parole, quella sincerità.

«È quello che penso. Sei troppo severo con te stesso.»

«Sì, lo so. E tu sei buona, davvero.»

Edie gongolò. Era da parecchio tempo che nessuno la faceva sentire una brava persona.

«Fraz è a sciare, torna la prossima settimana. Forse dovrei andare nel Surrey. Non posso fare nient'altro per risolvere questo casino finché non avrò parlato con lui.»

«Andrà tutto bene» disse Edie, ma le sembrò una frase molto banale.

«Andrà bene oppure no» disse Elliot in tono piatto. «Non lo biasimerò se si arrabbierà a morte con me. Non è giusto che per tutti questi anni non abbia saputo qualcosa che noi tre sapevamo. E quando sarà passata questa tempesta, vedremo se le cose potranno mai tornare come prima.»

Una pausa.

Elliot posò il bicchiere. «Dio, ho il terrore che Jan scopra che Fraser non lo sa. Immagina che colpo se fosse lei a fargli la grande rivelazione.» Guardò Edie, avvilito. «Mi si ferma il cuore ogni volta che squilla il telefono. E sarebbe colpa mia. Un'estranea ha il potere di far soffrire così tanto la mia famiglia, ed è tutta colpa mia.»

«No, non è colpa tua. Tu hai fatto il massimo che potevi fare all'epoca. Tutti ci sforziamo di fare del nostro meglio nelle situazioni in cui ci troviamo.»

Elliot si sporse in avanti e batté il suo portaspazzolini sul bicchiere di Edie. Condivisero un momento di assoluta comprensione reciproca e lei provò un'emozione a cui decise di non dare un nome, per il momento.

# 44

«Servizio in camera!» annunciò una voce, riscuotendoli da quell'atmosfera intima.

«Ah, sì, ho ordinato un club sandwich. Tu vuoi qualcosa?»

Edie scosse la testa. Elliot andò ad aprire la porta, elargì una mancia generosa al cameriere e quando quello se ne fu andato tornò a sedersi.

«Ovviamente, oltre a mio fratello, anche l'opinione pubblica potrebbe odiarmi dopo le rivelazioni di mio padre. La mia addetta stampa mi ha spiegato che, se lui si presenta come la vittima, è molto difficile smentirlo senza passare per il cattivo della situazione. Dovrò *fare il superiore*, che significa stare zitto mentre altre persone dicono falsità tremende sul mio conto.»

Edie, consapevole di aver appena avanzato l'accusa di omosessualità repressa, decise di affrontare quel tema con cautela. «Ma... tuo padre ha ucciso tua madre e ha quasi ucciso anche te. Di certo la gente non penserà che abbia il diritto di criticarti, giusto?»

«Sì, è quello che ho detto anch'io. Ma mi è stato fatto gentilmente notare che lui la farà passare come la *sua* tragedia. "Sapete, prima ho perso mia moglie e poi mio figlio."» Elliot si alzò, ispezionò il club sandwich, ne prese un triangolo e tornò a sedersi. «Oh, Edie, è così bello stare in compagnia di una persona perbene, sai. Per tutto il weekend non ho fatto altro che parlare con Los Angeles di gestione delle emergenze, e rimuginare. Molto tenebroso, sì.» Assunse la sua espressione da *Crumple Zone* e poi sorrise.

Addentò il panino e Edie sorrise timidamente. Voleva tanto essere l'amica di cui lui aveva bisogno. Immaginava che qualsiasi donna l'avrebbe voluto.

«Piaci a tutti, Elliot, e penso che ormai la gente sappia come funzionano i tabloid scandalistici» disse. «Come mi hai detto tu stesso, con la bontà si supera tutto.»

«Ah sì, ma è palesemente falso, lo dicevo solo per rallegrarti.»

Edie rise.

«A proposito, come sta andando tutta quella storia?» chiese lui.

Per l'ennesima volta, Edie si pentì di avergliene parlato. Se solo non avesse controllato il telefono quel giorno a quell'ora.

«Va ancora avanti. Penso di sapere cosa significa imporsi di stare zitti mentre gli altri spargono bugie sul tuo conto.» Si corresse: «Su scala molto più ridotta, ovviamente».

«Le emozioni sono le stesse. Non cambiano se a odiarti sono venti persone oppure due milioni. Sono più preoccupato per quello che potrebbe pensare Fraser che tutti i lettori di un giornale. A parte gli scherzi, Edie. Non hai fatto niente per meritare quello che ti sta succedendo, lo sai, vero?»

Edie sorrise debolmente. «Ho baciato il marito di un'altra il giorno del loro matrimonio.»

«Sì, okay, quello è stato un pezzaccio.» Elliot sorrise. «Wow, però doveva tenerci moltissimo a baciarti, eh?»

Edie si sentì avvampare e mormorò: «Ehm, forse era ubriaco».

Elliot non rispose e Edie scoprì che il fatto che lui pensasse a lei, fosse concentrato interamente su di lei, la metteva in profondo imbarazzo.

Ci fu una pausa carica di significato, riempita dai suoni smorzati che provenivano dalla stanza accanto: lo scarico di un water e il ronzio basso di un televisore.

Edie deglutì e si guardò intorno alla ricerca di qualcosa da dire. «Quindi non hai mai conosciuto tuo padre?»

«Sì, venerdì sono andato in carcere. È stata un'esperienza inquietante. Lui mi somiglia, è una versione più vecchia di me. Ha pianto qualche lacrima di coccodrillo e poi ci siamo messi a parlare d'affari. Quanti soldi sono disposto a dargli perché non esca l'articolo?»

Edie fece una smorfia. Finalmente entri in contatto con tuo padre dopo trent'anni, e quello cerca di estorcerti dei soldi. Si poteva giustificare la cosa dicendo che era disperato, ma Edie conosceva bene lo scarto tra emozioni e razionalità. «Ci hai pensato?»

«Sì.» Elliot sembrava amareggiato. «Mi crederai ancora uno stronzo.»

Edie scosse la testa. «No, perché?»

Gli importava davvero così tanto della sua opinione? Oppure era un trucco da attori, metodo Stanislavskij, per farla sentire importante?

«È da vigliacchi, no? Cercare di risolvere il problema con i soldi.»

«Niente affatto. Io pagherei per cancellare quello che mi è successo, se potessi.»

«Anch'io» disse lui, guardandola negli occhi.

Edie sentì un tuffo al cuore, ma non sapeva se Elliot parlasse di lei o di lui.

«Comunque, mi è stato fatto notare che se gli do dei soldi non farà che spenderli e chiederne altri. Poi, quando alla fine pubblicherà l'articolo, i soldi che gli avrò dato verranno chiamati *il prezzo del silenzio* e renderanno ancora più credibile la sua versione. Che gabbia di matti, eh?» Elliot scosse la testa.

Edie non era mai stata così felice di non essere famosa. All'improvviso si sentì terribilmente protettiva nei confronti di quel ragazzo. Recitava in telefilm di grande successo, dava gioia a un sacco di persone. E quella era la sua ricompensa? Elliot prese un altro triangolo del panino e l'offrì a Edie, che fece cenno di no.

«Non avevo mai fatto una cosa così poco professionale come scappare da un set. Non sopportavo più gli strilli di Archie, l'avrei preso a pugni o sarei scoppiato a piangere, quindi me la sono filata... A un certo punto un attore deve farsi la reputazione di *stronzo difficile*, no?»

Edie vibrò d'indignazione per lui.

«Dillo ad Archie, digli tutto quanto. Tanto verrà fuori comunque. Odio l'idea che ti consideri un damerino cotonato, quando chiunque avrebbe perso la testa dopo una telefonata del genere.»

Elliot la guardò con un'espressione intensa. «Grazie. Meglio chiamarlo il prima possibile, se ha già iniziato a prendersela con innocenti scrittrici freelance. Mi dispiace per quello che ti è toccato sentire.»

Edie disse che non c'era problema e rabbrividì di nuovo all'idea che Elliot sapesse ciò che Archie Puce aveva insinuato.

In quel momento, il telefono di Elliot vibrò sul tavolino. «Ah, parli del diavolo e ti chiama su FaceTime. Ecco Archie... Lo richiamerò quando avrò finito il panino.»

Il cellulare si illuminò con la notifica di un messaggio in segreteria.

«Ti lascio a vedertela con lui» disse Edie, alzandosi: non voleva abusare dell'ospitalità. «Spero che la situazione non precipiti. Cioè, spero che lui non si metta a urlare come un indemoniato.»

Elliot rise, si spazzolò le briciole dalle mani e si alzò per aprirle la porta. «Mi ridai sempre l'allegria, Edie.»

«Ah...» fece lei un'alzata di spalle come a dire: *Capirai, non è niente*, e si imbarazzò per la gioia che provava.

«Grazie di essere venuta. Sei una gran brava ragazza. Vieni qui.»

La tirò in un abbraccio, e appena fu tra le sue braccia Edie si disse che avrebbe voluto restarci per sempre. Elliot era così solido. Aveva un vago profumo di cocco e pelle maschile calda. *Mmh...*

Quando si separarono lui disse: «Ehi, il cardinale Willy è il nome di un gatto? O il principe di Bel Air?».

Edie esitò, poi ricordò dove aveva già sentito quel nome. «Oddio... no...» Sapeva cosa stava per succedere. «No, *Wolsey*. Era un cortigiano di Enrico VIII.»

«Ah, capisco. E io che credevo che quella sera tu dicessi cose senza senso. E poi avevi una domanda da farmi a proposito delle... palle? Spero intendessi il ping pong.»

Edie si sentì avvampare, scossa dalle risate. «Oddio. *Scusa*. Era una battuta stupida tra me e Nick.»

Elliot si accigliò leggermente. «Ah, ti vedi con qualcuno?»

«Eh? No! Nick è solo un amico.»

«E qual era la battuta?»

«Oh, Elliot... non farmela spiegare, per favore...»

«No, adesso devo saperlo, mi spiace.»

Edie chiuse gli occhi e disse: «Nick è interessato alla moda della ceretta maschile estrema. Voleva sapere se gli attori la praticano».

«Lo sai, vero, che io recito in film veri, non nei porno, giusto?»

Edie cacciò uno strillo. «Oddio, vorrei morire!»

«Giardinaggio delle parti intime? Forse questo libro lo scriverò con Jan, mi sembra più rispettosa della mia privacy.»

«Non toccherò più un goccio d'alcol in vita mia» disse lei, paonazza.

«A parte quel gin che ti sei appena scolata.»

Se possibile, Edie divenne ancora più rossa, per l'intimità di quelle battute e per la vergogna di aver chiesto lumi sulle condizioni dello scroto di lui.

«Grazie per stasera» disse Elliot, mentre apriva la porta. «Dico sul serio.»

«Piacere mio. Vorrei soltanto avere la risposta giusta per te.»

«È sufficiente che mi ascolti.»

Edie annuì.

Mentre camminava in corridoio, ricordò la sensazione delle braccia di Elliot intorno a sé e desiderò che non fosse così vero che il piacere era suo.

Perché Elliot aveva indagato subito su Nick, appena l'aveva sentito nominare? Perché l'aveva presa in braccio, quel giorno sul set? Era davvero un gesto significativo, e sexy, come pensava Archie? Perché le truccatrici conoscevano il suo nome, e soltanto il suo?

*Non farti queste domande sciocche, assurde, inutilmente ottimistiche, Edie Thompson. Solo i pazzi si spezzano il cuore da soli.*

Tanto più per la seconda volta.

Quei pensieri furono sufficienti a distrarla dalla cinquantenne con la tintura all'henné che la oltrepassò scrutandola con due occhietti penetranti.

«Mi scusi» disse la donna, con una voce che sembrava arrochita da decenni di sigarette senza filtro. «Ho sentito dire che Elliot Owen è in questo albergo. Lei l'ha visto?»

Edie esitò prima di rispondere: «No».

Sapeva istintivamente che quella donna non era una normale cacciatrice di autografi. La vide proseguire lungo il corridoio, e prima di aver valutato se fosse la cosa giusta da fare, chiamò: «Jan?».

# 45

La donna si voltò, accigliandosi per un momento, e poi il viso pesantemente truccato assunse un'espressione di gioia malevola. Si era disegnata il contorno delle labbra con una matita scura che le dava l'aspetto di un clown malvagio.

«Bene, bene, bene. E tu chi saresti?»

Edie non aveva mai ragionato come un giocatore di poker, neanche un po'. E anche in quel caso aveva semplicemente gettato sul tavolo tutte le sue carte. «Non sono affari tuoi.»

Jan fece un ghigno e Edie comprese la stupidità di ciò che aveva fatto. Se avesse incrociato Jan senza dire niente e poi avesse scritto un messaggio di avvertimento a Elliot, forse sarebbe andato tutto liscio. E invece, ovviamente, era riuscita solo a confermare che Elliot era in quell'albergo.

Non sapeva più che fare. Non poteva andarsene: Jan era quasi arrivata alla porta di Elliot. Se avesse bussato, c'era il rischio che lui aprisse senza fare domande, pensando che fosse Edie. Sapeva almeno che aspetto aveva Jan? Probabilmente sì, tuttavia Edie aveva sentito nominare quella donna un sacco di volte e fino a un istante prima non sapeva nemmeno che faccia avesse. Non poteva darlo per scontato. Forse Jan pensava di spacciarsi per qualcun altro e convincere Elliot a dirle qualcosa...

«Quello che stai facendo è sbagliato» disse, incerta.

«E cosa starei facendo?» chiese Jan.

«Interferisci con la vita di una persona, e non ne hai il diritto.»

Jan fece una risatina. «Ne ho tutto il diritto, invece. È un paese libero. O pensi di lamentarti con tutti i giornalisti che hanno scritto di lui?»

«È diverso.»

«E come mai?»

«Perché loro non vanno...» Edie poteva dirlo, vero? Oddio... *Se non ti sei preparato, preparati a fallire.* «Non vanno a visitare prigioni e tirar fuori certificati di nascita e creare problemi per guadagnare due soldi.»

«Quello che stai descrivendo non è altro che giornalismo attento e scrupoloso. Le informazioni sono là fuori a disposizione di chiunque. Le informazioni sono una risorsa naturale. E io le scopro, non me le invento.»

«Non ritieni che la gente abbia diritto a una vita privata?»

«Guarda che non gli ho messo una telecamera nella doccia, tesoro.»

«Hai fatto piangere sua nonna.»

«Ehm, no.» Jan alzò l'indice. «Stava benissimo quando me ne sono andata. Non è colpa mia se qualcun altro l'ha fatta piangere, *dopo*.»

Edie restò senza fiato. «Oddio, è una contorsione mentale incredibile...»

«Tu saresti la fidanzata?»

«No, certo che no.»

«*Mmh*. E adesso gira voce che si sia dato alla macchia; puoi aiutarmi a capire se è vero?»

«*No.*»

Prima che diventasse evidente che Edie non aveva intenzione di rispondere alle domande ma, stranamente, non aveva neppure intenzione di andarsene, Elliot apparve nel corridoio dietro di loro.

«Così mi sarei dato alla macchia, eh?» disse, infilando le mani nelle tasche dei jeans. «Ehilà. Ti sei fatta un'amica?» chiese a Edie.

Lei avrebbe voluto gridargli: SCAPPA!, ma sarebbe stato un po' ridicolo.

«Stavo dicendo a *Jan* di lasciarti in pace.»

«Ti sei trovato una splendida ragazza, piena di energia. Come si chiama?» chiese la donna a Elliot, in tono dolce.

«È la mia biografa e non ti riguarda.»

«Ma riguarda moltissimo te. Cosa stava *biografando*, di preciso, nella tua stanza d'albergo a quest'ora?»

«Oh, sei una farabutta» disse Elliot. «E se non sei ospite di questo albergo, penso che il direttore possa cacciarti.»

«Ah, e invece lo sono. Ho appena preso una stanza.»

«Staremo a vedere.»

«Non ho usato il mio vero nome, tesoro. E neppure tu. *Donald Twain*, voi persone famose non resistete mai alla tentazione di farvi belli, eh? Vi fate fregare sempre.»

Elliot sembrò colto alla sprovvista per la prima volta e Jan gongolò visibilmente.

«La tua ex... O almeno presumo fosse la tua ex? Ha dichiarato alla rivista *InStyle* che negli alberghi eravate sempre Donald Twain e Dolly Grip. La ricerca è tutto.» Jan guardò Edie. «Lo imparerai anche tu, non ne dubito.»

«Buon per Heather» disse Elliot, con un sorriso largo e falso.

«Non dovresti andare a lavoro? Ti stanno cercando dappertutto, ho sentito dire.»

«Hai sentito male.»

«Ho sentito anche che ti nascondevi in questo albergo, ed era vero, a quanto pare. Non hai un posto dove stare in questa città?»

Elliot sospirò e alzò gli occhi. «Che vita...»

«Mi guadagno solo da vivere» puntualizzò Jan.

«La mia, intendevo.»

«Ah, certo. Ogni sera ti asciughi le lacrime con le mazzette di banconote.»

Elliot guardò Edie con un'espressione incredula e divertita e lei la ricambiò, scrollando la testa.

«Edie, ti chiedo scusa per la mia maleducazione. Avrei dovuto offrirmi di chiamarti un taxi» le disse. Aprì la porta e le fece cenno di entrare nella sua stanza. «Vuoi aspettare qui, per favore?»

«Edie» ridacchiò Jan. «Perciò ha un nome.»

Elliot si pentì immediatamente dell'errore.

«Che vinca il libro migliore!» disse Jan rivolta a Edie. «Quello tutto a colori o la noiosa versione della scolaretta innamorata? Non ho dubbi su quale dei due preferirei leggere.»

Edie si voltò di scatto, rossa per l'imbarazzo, pronta a ribattere. Ma Elliot le cinse le spalle con un braccio e la spinse gentilmente nella stanza. Poi la lasciò andare e si chiuse dentro con lei.

Prese un telecomando dal letto, accese il televisore al massimo e parlò a voce bassa.

«Lo fa apposta per provocare. Quando ti arrabbi ottengono di più da te. È una tecnica molto usata anche dai paparazzi: ti pungolano per ottenere foto migliori.»

«Ma scrive un mucchio di pettegolezzi e di bugie» disse Edie.

Elliot le scoccò un'occhiata. «Lo so.»

Tuttavia, mentre Elliot chiamava il taxi in un'atmosfera ormai tesa, Edie pensò che forse Jan aveva ragione: scovava informazioni, ma non inventava niente.

# 46

«Sento puzza di bruciato. Anzi, di bacon.»

Meg annusò l'aria nel rettangolo erboso del giardino sul retro di casa. Indossava un abito a grembiule color fango sopra un paio di jeans e un paio di Birkenstock a doppia fascia, argentate con i lustrini. I capelli erano ancora più verticali del solito, stretti in un ananas di dreadlock ossigenati in cima alla testa.

«Sarà il ristorante qui dietro» disse Edie, sdraiata sul vecchio lettino prendisole di suo padre a mangiucchiare pane in cassetta. «Margot, la vicina, lo chiama *il porcile.*»

Sì, menzionare Margot era una provocazione gratuita, ma Edie si era ufficialmente stufata del regno di terrore instaurato da Meg. L'ultimo incontro con Elliot le aveva ricordato che non era il caso di prendersela per le piccolezze, tra fratelli e sorelle.

E il punto era che la sera al pub, al compleanno di Edie, Meg aveva fatto saltare la sua copertura. Era stata dolce e docile con Hannah e Nick. Aveva ricordato a Edie che loro due erano in grado di essere in buoni rapporti. I suoi amici non avevano soppesato e misurato ogni parola quando parlavano con lei: si erano buttati senza paura nella gabbia del leone ed erano stati se stessi. In cambio Meg aveva chiacchierato amabilmente, riso delle loro battute, offerto informazioni sul proprio conto. Quella sera, Edie era riuscita a vedere la Meg che era concessa alle altre persone, persino a quelle che si macchiavano della colpa di trovare simpatica Edie.

E aver perso la pazienza con suo padre perché dava troppa corda a sua sorella l'aveva aiutata a focalizzare: doveva smetterla di camminare sulle uova – uova che non avevano il permesso di mangiare – e stare a vedere cosa succedeva.

«Ma è davvero bacon?» chiese Meg.

«Già già» annuì Edie con la bocca piena di quella delizia illecita. Aveva fatto arricciare in padella le strisciolline di pancetta e aveva cosparso il pane di salsa HP. Se doveva pagarla cara, che almeno fosse a stomaco pieno.

«Lo sai che è proibito. Trovo il bacon, in particolare, una tentazione troppo forte.»

«Tentazione? Cioè ne vorresti anche tu? Guarda che ne è rimasto un po'.»

«Ho deciso di diventare vegana quando ho sentito le grida dei maiali assassinati nel mattatoio di Spalding, durante quella gita scolastica.»

Vegetariana, all'epoca, non vegana, ma Edie non corresse quella piccola imprecisione storica. Aveva un maiale più grosso da pelare.

«Sì, ricordo. Il fatto è che.... Perché devi essere tu a stabilire le regole? Perché la tua scelta è più valida della mia? Magari per me sono una tentazione i piselli, visto che una volta mi hanno dato la diarrea.»

Meg andò su tutte le furie. «Non dire stronzate. I piselli non sono morti per diventare il tuo spuntino, tanto per dirne una. Non c'è un'*equivalenza morale*, quindi non cominciamo.»

Edie finì di mangiare il mezzo panino e si pulì le mani sulle gambe. «Be', ecco come stanno le cose. Ho chiesto a papà se potevo mangiare il bacon e lui ha detto di sì. È casa sua. La sua casa, le sue regole.»

«Aveva accettato il veganesimo, prima che tu tornassi.»

«Non confonderei *accettare* con *non avere la forza mentale di opporsi*.»

«Dio, quanto te la tiri. Sei meglio di tutti gli altri, tu: così speciale, e hai sempre la risposta pronta.»

«Brava, passiamo direttamente agli insulti, perché non sai rispondere nel merito» ribatté Edie, perdendo rapidamente la pazienza.

«Ero qui da prima di te!» esclamò Meg quasi gridando.

«Sì, eri qui a non pagare l'affitto e a scroccare le sigarette a papà.» Edie aveva lanciato la bomba e ora si preparava a fuggire. Quel litigio era nell'aria da quando era tornata. «Ho dato dei soldi a papà per la spesa. Ecco, ora capisci perché questo panino al bacon...» disse mostrandole il pezzo di pane restante, «ha più diritto di te di stare qui.»

«Non li ho, i soldi!»

«Perché non hai un lavoro. Non ci vuole una laurea per capirlo.»

«Mi hanno licenziata!»

«Quando, nel 1981?»

«Sei una stronza! Non vedo l'ora che te ne torni a Londra e ci lasci in pace, siamo molto più felici senza di te!»

Per tutta risposta, Edie addentò il panino e le mostrò il pollice alzato. Meg se ne andò infuriata. Non era la soluzione ideale, ma Edie doveva mettere alla prova la teoria secondo cui solo tenendo testa a sua sorella avrebbe potuto sconfiggerla in quella battaglia senza fine.

Il computer era aperto sulla sdraio. Mentre la porta sul

retro sbatteva rumorosamente, sullo schermo apparve una finestra di G-chat. Per fortuna non era Jack. Per sfortuna, era Louis.

EDIE EDIE EDIE! Lo so che sei online!

Ciao Louis

Quando torniiii? Ci si annoia tanto senza di te, giurosudio *emoji che si mette lo smalto*

Ah. Louis sospettava che Edie se ne fosse andata per sempre e voleva l'esclusiva. Non così in fretta.

Tra poche settimane! Tutto bene in Ad Hoc? x

Sì. Come sta il giovane attore? Gli sei saltata addosso?

Non ancora, ma penso che ci siamo quasi ☺

Bum! *E adesso riferisci pure questa battuta come se fosse la verità*, pensò Edie. *Lasciamoli confermare tutti i loro pregiudizi sul mio conto.* Non che non le importasse più, ma di certo le importava molto meno di un tempo.

Spero VERAMENTE che alla fine salti fuori che gli piace il cazzo.

In tal caso me ne farò trapiantare uno.

Ahahahahah! Ah, la spiritosa Edie. QUANTO MI SEI MAN- CATA <3

Sì sì, come no. Qualcosa a proposito di Louis stuzzicava i neuroni di Edie, un dettaglio importante che aveva assorbito ma non ancora elaborato razionalmente. Forse la petizione? O un'informazione cruciale che Louis si era lasciato sfuggire? Le sarebbe venuto in mente, prima o poi. Al momento il problema principale era dire a Richard che non sarebbe più tornata. Aveva molta paura di quella conversazione. Richard non nutriva molto rispetto per i rinunciatari.

# 47

«Era forse la melodica voce di tua sorella, quella che ho
sentito?»

Edie sussultò. Digitò *torno subito* nella chat con Louis
e si girò verso Margot. I suoi capelli castani erano ancora più spettinati del solito. Si affacciava dallo steccato con
aria soddisfatta.

«Dovreste andare d'accordo!»

«Ci sto provando.»

«Sono figlia unica. Fratelli e sorelle sono le uniche persone che ti restano accanto quando sei vecchio. Oltre ai figli. Tranne nel mio caso, naturalmente.»

Il tono era molto cambiato. Margot spostò la sigaretta
all'angolo della bocca e Edie non se la sentì di chiederle
cosa intendesse. Pensò a Elliot e si domandò se avesse già
confessato la verità a Fraser.

«Volevo ringraziarti di nuovo per la torta» disse. «Era
fantastica. Ah, e ti ho giocato i numeri al lotto!» Rovistò
nella borsa ai suoi piedi e tirò fuori le schedine.

La torta era così buona che, sebbene Meg ne conoscesse la provenienza e sapesse che conteneva uova e latte,
Edie non pensava fosse stato il loro padre – che non era un
amante dei dolci – a rubarne una grossa fetta nottetempo.

«Te ne ho fatta un'altra. *Ganache* al cioccolato. Avevo tirato fuori tutti gli accessori per torte, quindi tanto valeva andare avanti.»

«Wow, Margot! Sei gentilissima» disse Edie. «Dovrò dividerla con qualcuno per non ingrassare.»

La donna la guardò. «Secondo me un paio di chili in più ti farebbero bene. Certo, dico così perché sono vecchia. Vuoi venire a prenderla ora?»

«Ehm...» Edie guardò il computer. «Sì!»

«La porta di casa non è chiusa a chiave.»

Edie sentiva provenire dal piano di sopra la musica arrabbiata di Meg mentre si chiudeva la porta alle spalle senza far rumore e scavalcava lo steccato per andare da Margot.

Entrò da sola e si meravigliò di nuovo che l'ambiente fosse così diverso dall'altra metà della bifamiliare: un mini universo di pizzi, trine e raso color perla.

Trovò Margot in cucina, con un top color ciliegia dalle maniche a pipistrello, intenta a versare champagne in due flûte. Un *gateau* al cioccolato assolutamente magnifico era già pronto in una scatola per biscotti, incoronato da riccioli di glassa.

«Non per me, grazie. Troppo presto» disse, rifiutando lo champagne. Cristo santo, non era neppure mezzogiorno. «La torta sembra buonissima.»

«È il mio compleanno!» disse Margot, mettendole in mano il bicchiere.

«Ah! Allora tanti auguri!» Edie lo accettò e le dispiacque per Margot, che doveva costringere una vicina a festeggiare con lei. Non sapendo che altro dire, domandò: «In cambio posso chiedere di quale compleanno si tratta?».

«Oh, l'ho dimenticato. Apposta.» Margot brindò alzando il bicchiere e sorseggiò lo champagne.

«Sembra molto meglio dell'alternativa» disse Edie, e sentì lo champagne che le andava dritto alla testa. Bere di giorno le faceva sentire la fronte pesante.

«Quello che nessuno ti dice, tesoro, è che alcune persone sono brave a essere giovani e per niente brave a essere vecchie. Io sono una di queste persone. Non invecchiare, se puoi evitarlo. Vattene sul più bello con un simpatico aneurisma il giorno del tuo sessantesimo compleanno al Dorchester con un Dirty Martini in mano. Lasciati alle spalle un bel cadavere e splendidi ricordi. Cerca di filartela all'inglese dalla festa, come si suol dire: senza scomodarti a salutare nessuno.»

Margot non aveva smesso di essere un'attrice, pensò Edie.

«Questa me la segno.»

«Ci sediamo?»

Portarono i bicchieri in salotto, con le mantovane di pizzo e i pappagallini. A guardarli meglio dovevano essere parrocchetti, erano troppo grandi per essere cocorite. Hannah non aveva torto quando accusava Edie di non essere in stretto contatto con la natura.

«Dov'è vostra madre, se non è una domanda indiscreta?»

«È morta» rispose Edie in tono asciutto. «Si è suicidata quand'eravamo piccole. Depressione.»

Aveva chiuso con gli eufemismi e le omissioni. L'esperienza di Elliot le aveva fatto capire che spesso i segreti pesano più della verità.

«Oh, cielo. Con due bambine piccole! Che egoista.»

«Non è stata egoista» disse Edie, con la calma di chi ha fatto quel discorso a se stessa tante volte. «Era malata di mente e probabilmente si era già trattenuta centinaia di volte. Il suicidio è un gesto disperato, non egoista.»

«Non sono d'accordo, tesoro, può anche essere egoista. Il mio ex marito si è fatto saltare il cervello con un fucile dopo una lite con la famiglia della seconda moglie nella loro casa delle vacanze a Gdansk. Quello è stato un gesto egoista, te l'assicuro. Hanno dovuto noleggiare una pulitrice ad aria compressa per pulire la soffitta e ritinteggiarla completamente.»

«Oddio!»

«Era sempre stato un esibizionista, Gordon» disse Margot, spegnendo la sigaretta. «Niente pillole e bagno caldo per lui, doveva per forza sporcare tutto.»

«Perché l'ha fatto?» chiese Edie.

Margot si accese un'altra sigaretta. «Era una persona volubile, irascibile come un irlandese durante un'ondata di caldo. A quanto pare il matrimonio non filava liscio e lui aveva un sacco di debiti. Non era bravo nei matrimoni; Dio sa perché ci abbia riprovato. D'altronde non ero brava neanch'io.»

«È con lui che hai avuto i figli?» chiese Edie, cauta.

«Al singolare, un figlio solo. Eric. Già, non lo vedo mai. Non andiamo d'accordo.»

Per la prima volta Edie vide la tensione sul volto di Margot. «Cos'è successo?»

La donna esitò. «Mi accusava di non essere stata molto presente durante la sua infanzia. Volevo vivere le mie avventure, capisci. Ho avuto un figlio troppo presto, ero ancora una bambina a mia volta. Avevamo i soldi per una tata e quindi lo lasciavo con lei e me ne andavo in giro, a fare baldoria. Se potessi tornare indietro mi comporterei diversamente. Di sicuro. Quando ci siamo separati si è schierato con suo padre, è andato a vivere con lui... Devo ammettere che non sono stata la madre migliore del mondo...» Lasciò la frase in sospeso. «Insomma, è andata così.»

Richiuse l'accendino di scatto. Edie immaginò la forza della personalità di Margot e la sua bellezza da giovane, e pensò che equivalesse più o meno a pretendere di tenere una pantera come gatto domestico.

«Perché si è schierato con Gordon?»

«Suo padre gli ha detto che ero un'alcolizzata sessualmente promiscua. Suo padre era a sua volta un alcolizzato sessualmente promiscuo, ma chissà perché nel suo caso era meno grave.» Fece una risatina stridula, falsa, e Edie provò una tristezza profonda per lei. Tutta quella spavalderia nascondeva così tanto dolore.

«Non vedi mai Eric?»

«No.» Margot prese una boccata dalla sigaretta e buttò fuori il fumo. «Non lo vedo da anni. Mi considera responsabile della tragica morte di suo padre. Gordon è stato canonizzato, è intoccabile agli occhi di Eric.»

Edie deglutì. «Accidenti.»

«Ecco perché ti consiglio di far pace con tua sorella prima che la situazione degeneri in modo irreparabile. È logico che abbiate i vostri problemi, dato che non avete avuto una madre. Ma la famiglia è tutto, tesoro. Non puoi trovartene un'altra.»

«Ma se sei tu a dire che Meg è matta!» sbottò Edie.

«Però mette passione in quello in cui crede. Non c'è niente di peggio di chi non ha a cuore niente e nessuno tranne se stesso.»

Edie si ritrovò a pensare a Jack. Si sentiva di umore diverso rispetto all'ultima volta che era stata da Margot; un umore più avventuroso. Il Moët era d'aiuto.

«Margot, ricordi quando hai detto che mi sono andata a cercare gli uomini sbagliati? Lo pensi davvero?»

La donna sorrise e riprese il bicchiere. Edie notò che,

come tutti i bevitori abituali, aveva l'abitudine di buttar giù mezzo bicchiere in un sorso solo.

«Hai mai sentito il detto: "I critici recensiscono sempre se stessi"? Mi ricordi me stessa. Ecco perché sono stata dura con te.»

*Per quello e per il troppo brandy,* pensò Edie. Oddio, anche lei sarebbe uscita a far baldoria anziché prendersi cura di un figlio? Era quello che aveva fatto, in un certo senso, con i suoi bagordi da adolescente?

«Mi conoscevi così bene dopo una sola visita?»

«Le pareti sono molto sottili, tesoro, e i tuoi parenti passano molto tempo in giardino.»

Edie sorrise. *Che impicciona.*

«Non troverai un uomo che ti tratti come meriti finché non inizierai a credere di valere abbastanza per quelli che vuoi. Trova un uomo che ti apprezzi al tuo meglio, non uno che conferma i tuoi peggiori sospetti su te stessa. Tempo fa ho visto un film che diceva: sta' attento a chi non ti applaude quando vinci. Gordon *disprezzava* la mia carriera. Mi serbava rancore per il mio successo. Non voleva che io fossi felice, voleva tenermi chiusa in una scatola. Al posto che, secondo lui, mi spettava.»

Edie pensò a Jack. L'aveva tenuta chiusa in una scatola, come un animale domestico. Come gli insetti stecco a scuola, con uno strofinaccio sopra la gabbia a fine giornata, quando non serviva più come intrattenimento.

Margot intuì cosa stava pensando. «Cosa faceva l'ultimo? Si divertiva alle spalle della fidanzata, scherzava con te? *Sii una con cui non si scherza.* Sarebbe già un buon inizio.» Scrollò la sigaretta nel posacenere a forma di cigno. «Non aspettare il permesso di un uomo. Anzi, non aspettare il permesso di nessuno.»

Margot, una femminista! Più o meno. Avrebbe voluto che Meg la sentisse.

«Sembra tutto molto saggio. I più interessanti, però, probabilmente sono ormai tutti sposati» disse Edie in tono triste.

«Sciocchezze. L'opportunità bussa alla porta quando meno te l'aspetti.»

Parlarono dei pessimi investimenti azionari e delle numerose infedeltà dell'ex marito di Margot. Quando la donna le offrì l'inevitabile secondo bicchiere, Edie rifiutò dicendo di dover lavorare, ma le ricordò che era molto felice di portarsi a casa la sua torta.

«Ti andrebbe di uscire a bere qualcosa insieme, uno di questi giorni? Qui intorno» le chiese nell'ingresso, stringendosi al petto la scatola con la torta.

«I pub di queste parti sono topaie, tesoro.» Margot si appoggiò allo stipite in una posa seducente alla Lauren Bacall.

«In centro, allora. Offro io. Potremmo anche cenare.»

Una serata intera con Margot, *mmh...* Rischiava di essere una dose eccessiva. Ma Edie era curiosa di sentire i suoi aneddoti sugli anni Sessanta.

«Ci penserò sicuramente» disse Margot con una certa freddezza. Se aveva gradito l'invito, non lo diede a vedere.

«Buon resto del compleanno» disse Edie.

«Oh, non è il mio compleanno.» Margot agitò una mano ossuta, decorata da un anello di bigiotteria con un brillante grosso come una caramella.

«Allora perché hai detto che lo era?!»

«Era l'unico modo per farti bere un po' di champagne. E per scioglierti un po' la lingua.»

Edie cercò di decidere se offendersi... e rise.

# 48

«Edie, c'è una grande ruota a Market Square» disse Elliot, pronunciando quell'assurda frase d'esordio da un luogo rumoroso.

«Sì, l'ho vista...» rispose lei in tono quasi interrogativo, mentre tirava fuori il pane dal tostapane e lo gettava sul piatto tenendolo tra pollice e indice. Quando lui la chiamava le veniva ancora quella scarica di adrenalina che si prova in presenza di una celebrità, ma anche il sorriso involontario di chi parla con un caro amico. I confini si andavano sfumando intorno a Elliot, e anche i sentimenti di Edie.

«Ti va di andarci? Ho il pomeriggio libero. Ci hanno rubato tutti i cavi delle luci. Pare siano stati degli "zingari sfaccendati", stando ad Archie, che non ha mai pronunciato un termine politicamente corretto in vita sua.»

«Adesso devo intervistarti sulle ruote panoramiche?»

Ci fu una pausa durante la quale Edie immaginò che Elliot fosse in imbarazzo, anche se ovviamente non poteva esserne certa.

«Be', in realtà stavo pensando di farlo per divertimento. Chissà quali segreti potrei rivelarti, però, mentre grido di paura.»

Edie rise. Era bello sentire Elliot più allegro. Voleva chiedergli di Fraser, ma decise che ne avrebbero parlato di persona.

«Non ci saranno problemi con la gente? Non ti assaliranno?»

«Penso che se riusciamo a salire sulla ruota senza che io venga riconosciuto, poi andrà tutto bene. Chiamami quando arrivi lì e io spunterò dal nulla, va bene?»

Edie accettò con gioia e chiuse la telefonata. Scrisse un messaggio a Hannah e notò che le tremava leggermente la mano.

Ora l'attore vuole che vada con lui sul Nottingham Eye! La mia vita diventa sempre più strana. x

È un eufemismo sessuale che non conosco? Hx

Magari!

Edie lo scrisse senza pensare, ma quando lo vide su sfondo verde, nella nuvoletta del messaggio, se ne pentì un po'. Cosa stava succedendo...?

Ah, magari? X

Ah. No, probabilmente no. X

EDITH THOMPSON. STA' LONTANA DAGLI UOMINI DAI QUA-
LI DOVRESTI STARE LONTANA. X PS devo occuparmi di una nefrectomia radicale, quindi al momento la tua vita è migliore della mia.

«Ti convoca come una specie di vassallo feudale con una serva della gleba? Come in quel suo stupido telefilm?»

Edie trasalì. Non si era accorta che Meg fosse dietro di lei.

«Hai le orecchie di Dumbo! Sì, più o meno. Ma oggi non è per lavoro, ha un giorno libero.»

Meg inarcò le sopracciglia.

Dopo essersi ritoccata il trucco con particolare cura ed essersi detta che non lo faceva per nessun motivo in particolare, Edie prese l'autobus per il centro e percorse l'ultimo tratto a piedi. Prese il telefono per chiamare Elliot e in quel preciso momento lo vide comparire: il berretto di lana, gli zigomi incredibili e la pelle lucente rivelavano la sua natura di personaggio famoso. Era una giornata triste e grigia di fine estate, eppure Edie si sentì avvolta in mille arcobaleni quando lui le sorrise. Doveva stare attenta a non abituarsi troppo a quella sensazione. Anche Elliot se ne sarebbe andato con la stessa rapidità del sole estivo.

«Come mai proprio la ruota panoramica?» gli chiese.

«Cosa può fare un uomo che ha già tutto?» disse Elliot. «La scelta era tra questo e una partita a laser tag. Oppure, be'...» Fece un sorrisetto. «*Twerking* in discoteca?»

Lei arrossì e alzò gli occhi al cielo. «Certo, certo.»

Si misero in fila e Edie sentì dei mormorii alle loro spalle: ovviamente c'era già qualcuno che si chiedeva perché quel tizio col berretto avesse un'aria familiare.

Se ne accorse anche Elliot, e le rivolse un accenno di sorriso. La cinse delicatamente in vita e la fece spostare davanti a sé, tenendola vicina. Si posizionò in modo da guardarla come se fossero una coppia che si scambiava confidenze, con l'ulteriore vantaggio di nascondere il proprio viso.

«Scusa, era necessario» le mormorò all'orecchio, come per lasciar intendere a tutti che stessero per baciarsi.

«Scommetto che non verrò pagata per questo» disse Edie, con falsa indignazione, mentre il cuore le martellava in petto e la pelle le formicolava. Fingersi la fidanzata di Elliot era davvero troppo per i suoi nervi. Alzò lo sguardo su di lui e cercò di non assumere un'espressione che potesse essere interpretata come adorante.

«Chiederei ai presenti di concederti un bonus per i servizi speciali prestati» disse Elliot, facendosi ancora più vicino, «ma ho a cuore la tua reputazione.»

«Be', tanto, ormai...» disse Edie, cinica.

«Non mi sembra messa male, vista da qui. Dico sul serio. Mandali tutti al diavolo. Mi riferisco ai tuoi detrattori.»

Parlare a bassa voce aiutò Edie ad aprirsi di più. «E se invece avessero ragione loro? Se fossi davvero una rovinafamiglie? Le brutte persone non pensano mai di esserlo, sai.»

Non sapeva da dove le fosse uscito quello sfogo. Non riusciva a non essere se stessa quand'era con Elliot. No, non era quello. *Voleva* essere se stessa con lui.

«Non dire stupidaggini. Volevi rubare lo sposo? Avevi escogitato un piano e te l'eri scritto su un tovagliolino?»

«No!»

«Ecco, vedi? Sei... Eri...» Elliot fece un cenno secco del capo.

«Cosa?»

Elliot prese fiato. «Be'. Ci andavi a letto?»

«No!» Era convintissima di averglielo già detto. «Non te l'avevo già detto?»

«Volevo solo una conferma. Per aggiornare i miei archivi.» La guardò. «Se ci pensi, è un bel complimento che lui fosse disposto a rischiare così tanto per un bacio. È romantico, a dirla tutta. Nel suo modo contorto.»

«Oddio, credimi, non c'è niente di romantico» disse

Edie, ed Elliot sorrise. Le sembrò di avergli fatto buona impressione, e non riusciva a capire perché, visto l'argomento. «Comunque, vuoi che gli telefoni nei panni del Principe e gli dica che la sua testa verrà gettata nella Fossa dei Vagabondi?»

Edie scoppiò a ridere. «Ahahah! *Mmh...* non lo so. Sì?»

«Vedila così: hai fatto un'audizione per un ruolo e non l'hai ottenuto. Ora il film è uscito e fa schifo. Pessime recensioni, l'hai scampata bella. Qualcun'altra recita con lui in quell'obbrobrio.»

Edie sapeva che Elliot era intelligente, ma non poteva avere improvvisato tutte quelle similitudini. Ci stava pensando da prima. Sentì le farfalle nello stomaco.

Iniziò a piovigginare e Edie si tirò sulla testa il cappuccio del giaccone. Si accorse che nessuno li stava più guardando con curiosità. Evidentemente tutti avevano ritenuto improbabile che il Principe Wulfroarer si mettesse in fila per una giostra sotto la pioggia con una tizia vestita male.

«Sembri un Jawa di *Star Wars*» disse Elliot, strattonandole il pelo del cappuccio, mentre lei protestava e si godeva quell'affettuosa presa in giro.

Stavano flirtando? Era arrivato il loro turno e salirono in una delle cabine, dove la sbarra di sicurezza li imprigionò calando sopra le loro ginocchia.

Mentre iniziavano l'ondeggiante ascesa, Edie disse: «Hai già parlato con Fraser?».

«No» rispose Elliot, serrando la mascella. «Non riesco a organizzare un incontro. È difficile, devo fingere che sia solo una gita. Non posso dirgli: "Svuota l'agenda, ho cose grosse da dirti" perché uscirebbe di testa e pretenderebbe di parlarne al telefono. Fraz è uno che da bambino si alzava alle quattro la mattina di Natale per aprire i regali.»

«Quest'attesa dev'essere logorante» disse lei.

«Ogni volta che penso che Jan potrebbe chiamarlo, mi vengono i brividi. Non dormo più, le truccatrici si sono accorte delle occhiaie. Ho dovuto chiedere all'albergo di non accettare più Jan, perché ho il terrore che si apposti fuori dalla mia stanza.»

Le truccatrici che conoscevano il suo nome. Elliot le stava citando di proposito? Sembrava tranquillo: evidentemente erano solo chiacchiere. Edie doveva smettere di pensarci. Restò in silenzio mentre la cabina proseguiva la sua lenta ascesa, cigolando sui cardini.

«Senti mai la mancanza di tua madre?» chiese infine.

Come le era saltato in mente di fargli una domanda così diretta e personale? Probabilmente dipendeva dal fatto che si trovavano sospesi a mezz'aria sopra la città: non era mai stata *così* sola con Elliot, pensò, ecco perché saltavano fuori quelle cose.

Elliot la guardò. «Sì, a volte. È una mancanza strana, però, perché non l'ho mai conosciuta. È più la sensazione di un vuoto che resterà sempre vuoto e non verrà mai riempito... È così anche per te? Be', è una domanda ridicola, scusa.»

Edie annuì. «Non è ridicola. Sì. Anzi, direi che sento la stessa mancanza. Non ho fatto in tempo a conoscerla bene. È una parte di me che mancherà sempre. Un dolore sordo, non una fitta acuta. Tante domande a cui non avrò mai risposta. A volte penso a cosa darei per passare un'ora con lei. Un'ora soltanto, per chiederle tutto quello che ho bisogno di sapere.»

«Sì» esclamò Elliot, guardandola intensamente. «Impari a convivere con quell'incompletezza. È questo che le altre persone non capiscono. Devi fare pace con questa... *eterna ignoranza.* Ecco la differenza tra me e Fraz. Lui è completo, non gli manca niente. A volte mi chiedo se faccio questo lavoro per sperimentare altre personalità, che siano un po' più in ordine della mia. Persone che sanno chi sono... persone che non esistono. Quindi, in un certo senso, è sano.»

Edie annuì di nuovo. Era roba perfetta per il libro, ma molto probabilmente era troppo personale.

Lei non aveva mai pensato che potesse esserci un collegamento tra l'essere orfana di madre e aver scelto di lavorare in pubblicità. Forse poteva trovarne uno con la fuga a Londra, dove si era costruita una nuova personalità che era una scatola vuota accuratamente incartata. Bella, lucida, piena di palline di polistirolo. La sua autobiografia si sarebbe intitolata: *Solo esposizione – modello non in vendita.*

«Tuo padre sta bene? Si è risposato?» chiese Elliot.

«No» rispose Edie. «No. Ha avuto un esaurimento nervoso un anno dopo la morte di mia madre. Ha perso completamente la fiducia in se stesso. È scappato in lacrime da un'aula in cui stava insegnando...» Ripensandoci, faticava a raccontare quella perdita di dignità. «Era capo di dipartimento ma ha dovuto prendere un'aspettativa per malattia, così ci siamo trasferiti a Forest Fields, in una casa più piccola. Da allora la sua esistenza somiglia più alla sopportazione che alla vita.»

Elliot posò una mano sulla sua, la strinse forte per un attimo e poi la lasciò andare. Edie gioì in silenzio per quel gesto e per quell'inatteso contatto.

Mentre arrivavano all'altezza dell'orologio della Council House, Edie pensò: *Ecco perché non bisognerebbe mai soccombere alla disperazione. Un momento prima sembra che tutto sia perduto; quello dopo la grande ruota riprende a girare e ti ritrovi sulla vetta del mondo, a guardare i tetti e a scambiare battu-*

*te con un attore bello e famoso che ti ha persino presa per mano. Per un istante. Com'è tutto bizzarro, improbabile e buffo.*

Come a sottolineare l'assurdità della vita, la pioggia decise di fare sul serio. Non avevano niente con cui ripararsi, a parte berretti e cappucci. Risero entrambi, mentre si coprivano la testa con le mani e si inzuppavano fino alle ossa, e quando iniziò la discesa, Edie squittì: «Owen, sei un *bastardo*».

«Oh, scusa, Thompson. I capricci idioti degli attori.»

Scesero dalla cabina, fradici, appena si fu fermata. Edie immaginò che metà del suo trucco sapientemente ritoccato le fosse colato sulle guance, ma non le importava. Stava per proporre un caffè ristoratore quando Elliot tirò fuori il telefono, lo asciugò con il polsino del cappotto e disse: «Oh accidenti, hanno trovato dei cavi. Mi rivogliono sul set».

Edie sentì la tristezza che le si dipingeva in faccia.

«Grazie per avermi tenuto compagnia, Edie. Una meravigliosa compagnia» disse lui, e si sporse a baciarla sulla guancia.

In quel momento si udì un grido dalla vicina hamburgeria Five Guys.

Si girarono e videro un gruppo di donne di mezz'età in piumino trapuntato che indicavano Elliot e strillavano.

«A presto» disse lui frettolosamente. Nascose il mento nel bavero e si incamminò sul marciapiede bagnato. A Edie venne in mente la celebre foto in bianco e nero di James Dean a Times Square, stretto in un cappotto e a testa bassa contro il vento.

Ma con una differenza, tipica del ventunesimo secolo: Elliot con l'iPhone all'orecchio anziché la sigaretta tra le labbra.

# 49

Da quanto tempo Edie non tornava a Sneinton? Era un quartiere a sud della città, raggiungibile a piedi dal centro. Case a poco prezzo, un solo buon pub, molti altri pub in cui era meglio non mettere piede a meno di essere cintura nera di krav maga.

Ricordava vagamente una festa piuttosto squallida da quelle parti, quand'era adolescente, con fiori attaccati alle pareti con lo scotch, il lavandino pieno di bottiglie vuote di vodka da due soldi e un tizio dall'aria equivoca che aveva messo su una videocassetta senza titolo in cui delle suore tedesche urinavano.

Edie bussò alla porta di Nick e agitò la mano intorpidita per il peso della busta della spesa. Aspettò, bussò di nuovo e aspettò ancora, e alla fine lo chiamò al cellulare. Nick l'aveva definito un triste pied-à-terre da scapolo, ma in realtà era una casa che faceva parte di una villetta bifamiliare. Carina, anche, con un vaso di violette alla finestra che lasciava intuire un padrone di casa decente, perché Nick non era noto per tocchi di classe di quel genere. Il quartiere non era dei più salubri ma quella strada sembrava tranquilla, oltre che piena di gatti.

«Scusa, stavo fumando in giardino.» Nick si sporse a baciarla, emanando una zaffata di Marlboro rossa.

«Belle scarpe» disse Edie guardando gli stivaletti marroni sotto i jeans risvoltati, che a un occhio poco esperto avrebbero fatto subito new wave anni Ottanta. «Clarks?»

«Sono Grenson, tonta!»

Sembrava teso e nervoso, e lo rimase anche quando arrivò Hannah, fresca di parrucchiere, con la frangia e un nuovo color caramello. Dimostrava circa cinque anni di meno e Edie iniziò subito a invidiarla e a progettare di farsi lo stesso taglio.

«Che ne dici? Il mio parrucchiere lo chiama biondo-castano.»

«È fantastico» disse Edie, girandole intorno. Nick borbottò parole di approvazione e andò a prendere da bere, e si sedettero sul divano del salotto, che era stato ravvivato – nascosto – con una trapunta a righe.

«Ho pensato: se i genitori di Pete dicono che sto avendo una crisi di mezz'età tanto vale averla per bene e cambiare anche look.»

«Ti sembra di avere una crisi?» domandò Edie.

«No. Mi sembra che la crisi siano stati gli ultimi cinque anni, e che ora le cose inizino a tornare alla normalità.»

Nick tornò con due bicchieri di vino rosso. Edie provò ancora quell'effervescente sensazione di trovarsi esattamente dove doveva essere. Era così nuova, per lei, che impiegò un momento per riconoscerla.

Nick andò a prendere una tazza di tè e si sedette, dopo aver richiuso la porta con il piede.

«Ti stai prendendo una pausa?» chiese Hannah, stupita.

«Sì, non mi sono ancora ripigliato da ieri sera. Ma ho preso un Dioralyte, quella roba ti rimette in sesto, l'hai mai provata? È un reidratante per la diarrea. Vi confido un segreto: non importa quanto hai bevuto, dopo un Dioralyte puoi ricominciare subito a bere.»

«*Mmh*» disse Hannah. «Ricordi che sono un medico? Approvare una cosa del genere non mi sembra coerente con il giuramento di Ippocrate.»

«E dai, chiudi un occhio. Con me puoi fare il giuramento di Ipocrita.»

«Dove sei stato ieri sera?» gli chiese Edie, ma intuì da sola la risposta.

«Sono rimasto a casa.»

«Nick» disse Hannah. «Tu bevi troppo. È preoccupante.»

«Lo so» fece lui, giocherellando con il risvolto dei jeans. «Lo so.»

Ci fu un silenzio imbarazzato, ma Hannah e Edie lasciarono vivo l'imbarazzo per vedere dove li avrebbe condotti.

«Alice mi obbliga ad andare da una psicologa.» Vedendo le loro espressioni inorridite aggiunse: «Non per rimetterci insieme, ma per instaurare rapporti civili tra divorziati».

«È un bene, no?» disse Edie, cauta. «Se significa che così potrai vedere Max.»

«*Mmh*, non penso che andrà così. Finora funziona che lei si lamenta per tutto il tempo dandomi del bastardo. A quanto pare devo solo lasciarle spazio.»

«*Lasciarle spazio?*» disse Hannah. Non era una grande fan dello psicologhese.

«La terapista dice che molte persone non ascoltano il partner durante le conversazioni, ma aspettano solo che arrivi il loro turno di parlare. Quindi, durante le sessioni, l'altra persona parla e tu non dici niente, non pensi a come risponderai e non giochi ad *Angry Birds*, ma ascolti e basta.

E intanto immagini Alice che viene gettata in un inceneritore. Quest'ultima parte l'ho aggiunta io.»

«Ma... perché vuole farlo, se non desidera una relazione migliore?» chiese Edie.

«Si nutre di conflitto, e quando ho dovuto accettare di non vedere Max ha vinto lei. Immagino che questo sia un modo per riaccendere il conflitto.»

«Devi andare dalla psicologa separatamente e dirle che la tua ex moglie è una tossina» disse Hannah.

Nick si strinse nelle spalle. «La psicologa adora Alice e la sua indignazione virtuosa. Si beve tutto quello che le dice.»

«Quando arriva il tuo turno e Alice deve *lasciarti spazio*, parla di come ti senti a non poter vedere Max» disse Edie.

«Non aspetto altro.» Nick giocherellò con i lacci degli stivaletti. «So che bevo per lenire il dolore. Non è neppure un mistero: la nube di tristezza scende e dopo una pinta mi sento meglio. Ma è così che va.»

«Non ho intenzione di farti la predica adesso, ma continueremo a parlarne» disse Hannah. «Ci sono altre cose che puoi fare per tirarti su di morale senza bruciarti il fegato.»

«Per esempio, mangiare!» disse Edie. «Vado a mettere su la cena.»

Nella cucina dalle piastrelle rosse – a Edie piaceva molto quella casa – preparò moltissimo chili con carne che mangiarono dalle scodelle ascoltando l'ultimo mixtape di Nick e ridendo dei suoi pessimi gusti da scapolo in fatto di arredamento...

«Cos'è quella roba?» chiese Hannah, indicando un quadro bizzarro sopra il caminetto.

«È Elton John che canta *Candle in the Wind* alla principessa Diana. Ce l'ha mandato un ascoltatore. Vedi, quella lì è la candela sospesa in aria. È molto commovente.»

«Sembra che Elton stia per essere colpito da un assorbente interno in fiamme» commentò Edie.

«È molto impressionistico» convenne Nick.

Piena di carne e felicità, e foderata di alcol, Edie sentiva il bisogno prepotente di annunciare agli amici la decisione che aveva appena preso, ma si trattenne perché, come aveva suggerito Hannah, voleva esserne sicura prima di dirlo a voce alta.

Disse invece: «Penso che a volte non ci sia niente da imparare dalle cose brutte: succedono e basta. Devi sopravvivere e imparare a conviverci. Nessuno lo ammette, perché non funziona come frase motivazionale sopra la foto di un tramonto. Ne parlavo ieri con Elliot».

«"Ne parlavo ieri con Elliot!"» disse Nick. «Ma sentiti. Ah, sì, come dicevo al caro Kenny Branagh al Groucho...»

«Classico caso di abbagliamento da celebrità» disse Hannah. «Ti capisco, Thompson.»

«Ehi! Lasciatemi un po' di spazio! Elliot è un esempio perfetto di quello che stavo dicendo. Se ti sembra che qualcuno abbia una vita perfetta, probabilmente non è così.»

«La stai prendendo molto alla lontana, se vuoi dirci che hai scoperto che va a puttane» osservò Nick. «Allora, qual è il suo dolore segreto?»

«Già, cosa stai cercando di dirci?» chiese Hannah.

«Niente di specifico» borbottò Edie, e gli altri due la sommersero di fischi.

«Gattamorta che non sei altro!» esclamò Nick. «Fai pure quella faccia gongolante da *ho-un-segreto-e-non-te-lo-dico*.»

«No!» rise Edie, una di quelle risate terapeutiche. «Okay, c'è qualcosa. Non posso dirvelo ora, perché sarei una spia. Ma prima o poi ve lo dirò. Quando verrà fuori.»

«Quando sarà già su tutti i giornali e non sarà più un segreto. Grazie tante» disse Nick. Edie pensò che le sarebbe piaciuto moltissimo presentare i suoi amici a Elliot, poi capì fino a che punto era impossibile e si rabbuiò.

«Uff, che serata» disse Nick. «Quell'attore famoso *forse* è interessante ma non possiamo sapere perché. Ora posso avere un bicchiere di vino per calmarmi?»

«No» disse Hannah.

«Allora prenderò un Tetley.» Si alzò in piedi. «Vi porto la bottiglia, ubriacone.»

Andò nell'altra stanza e poi tornò indietro, affacciandosi alla porta. «Grazie di essere venute. Mi rallegrate moltissimo, voi due.»

«Anche a me» disse Hannah.

«E a me.» Edie si appoggiò allo schienale del divano. «Dedica il tuo tempo alle persone giuste» disse. «È uno dei grandi segreti della vita, vero? Vorrei che qualcuno me l'avesse detto quando avevo vent'anni. Non farti *degli amici*. Trovatene due. Trova due persone che adori e con cui non vuoi creare confusione andandoci a letto, e tienitele strette.»

Nick alzò una mano. «Ehi, forse c'è stato un malinteso.»

# 50

Il serial killer di *Gun City* non si semplificava certo la vita.

Quel cadavere – Edie aveva scommesso con se stessa che era un'altra modella di intimo – era posizionato sopra un mucchio di libri nella galleria d'arte contemporanea di Nottingham, a mo' di macabra installazione. Era già prevedibile che un vecchio e cinico poliziotto facesse una battuta sulle nomination per il Turner Prize.

La location in centro, scelta per quella parte delle riprese, aveva attirato molti curiosi e Edie dovette farsi largo per raggiungere la roulotte di Elliot, parcheggiata davanti al palazzo delle Galleries of Justice, poco più su, nel Lace Market.

Temeva di dover aspettare a lungo, perché al termine delle riprese Elliot sarebbe dovuto passare tra le forche caudine dei cacciatori di autografi. Ma nel giro di mezz'ora da quando Edie si era seduta con il Kindle e una tazza di tè, Elliot arrivò, tutto allegro.

«Ciao, tesoro, sono a casa!»

Edie alzò gli occhi al cielo, sorrise e masticò la penna. Lui si tolse il giubbotto di pelle, aprì il frigo e bevve da una bottiglia d'acqua.

«Penso che la scena sia andata molto bene» disse. «Ti sei preparata da bere, vedo. Bene.»

Edie sedette facendo dondolare i piedi, con la stessa strana sensazione di quando suo padre la portava a scuola e la lasciava nella stanza delle bidelle a colorare un disegno. Elliot si sedette davanti a lei e sorrise. I suoi capelli corti erano arruffati – quanti detective si sistemavano il ciuffo con Wella Shockwaves? – e i suoi denti sembravano più bianchi del solito, incorniciati da quell'ombra di barba. Edie si sentì mancare i sensi e capì che era ora di ristabilire la loro consueta irriverenza. Pensava di conoscerlo bene, ormai, e che potessero bisticciare e fare subito la pace, la prova del nove della confidenza.

«Elliot, puoi spiegarmi una cosa a proposito di questa serie? Perché un serial killer dovrebbe fare la fatica di introdursi in una galleria d'arte invece di lasciare il corpo in una piazzola di sosta della A453?»

Una pausa, durante la quale Elliot si asciugò la bocca e sembrò pensieroso. «È un serial killer di quelli esibizionisti, no?»

«Ma quanti assassini corrono rischi del genere? Pensavo che Archie volesse sensibilizzare gli spettatori sul tema degli omicidi in questa regione. Invece sembra un romanzo di Thomas Harris...»

«Be', non tutto dev'essere realistico...» La guardò indignato, e lei pensò di averlo irritato sul serio. «È *arte*, Edie Thompson! Non deve somigliare alla vita!»

Scoppiarono entrambi a ridere e Edie sentì un fremito, una *pre-fitta* di nostalgia per Elliot in previsione del momento in cui si sarebbero detti addio per sempre.

Vennero disturbati da qualcuno che bussava alla porta. Archie Puce si affacciò nella roulotte.

«Bel lavoro, Owen, è stato un trionfo, cazzo. Non sei solo una bella faccia. Avrei bisogno di una bambola per mostrarti dove mi hai toccato.»

«Grazie, bello!»

Archie vide Edie e sbiancò di colpo. «Oh. Ariciao, Linda. Tu e il tuo tamburello siete proprio quello che ci vuole per la nostra band, di nuovo.»

Edie colse il riferimento ai Beatles, con una vampata d'imbarazzo, e annuì seccamente. «Ciao, Archie.»

«Hai smentito completamente tutte le cose di cui ti avevo accusata al nostro ultimo incontro, complimenti. Mi pare che ti ci siano volute meno di due ore, sbaglio?»

In effetti, Edie aveva davvero trovato Elliot e l'aveva convinto a parlare con Archie. Ma senza usare i metodi che il regista immaginava.

Non disse nulla; Archie la fissò ancora per un istante e poi se ne andò.

«Linda?» disse Elliot. «Di che cosa parlava? Cosa avresti smentito?»

«Ritiene simpatico sbagliare apposta il mio nome, o qualcosa del genere» rispose in fretta Edie. «Gli avevo detto che non sapevo dov'eri e ora se la sta tirando perché immagina che invece io lo sapessi.»

«Ah. E cosa stava dicendo a proposito del tuo tambur...»

«Meglio se iniziamo, si è fatto un po' tardi» disse Edie, spingendo il registratore verso di lui. «Allora, oggi parliamo d'amore.»

«Uff. Prima offrimi almeno da bere.»

«Ahahah. Mmh...» Edie sfogliò i suoi appunti, fingendo di leggerli. «Essere famosi aiuta a conoscere donne? Oppure no?» chiese. Non voleva davvero sapere la risposta.

«Prima di cominciare, puoi garantirmi che troverai un

modo per dire tutto questo senza farmi sembrare grottesco? È una cosa che ti riesce bene.»

Lei annuì e sorrise. Elliot ricambiò il sorriso e bevve un altro po' d'acqua, continuando a guardarla. Edie percepì che aveva energie accumulate da sfogare dopo le riprese; ecco perché si divertiva a flirtare con lei. Era per quello, vero?

Se la sarebbe cavata molto meglio se Jan non l'avesse accusata di essere una *scolaretta innamorata*. Ora sentiva di dover smentire quell'accusa con ogni sua parola e azione.

«Il problema è che appena diventi un volto conosciuto la gente inizia a buttartisi addosso. Succedeva già prima di *Sangue & Oro,* perché è sufficiente aver recitato in qualsiasi cosa. E non è neppure vera attrazione. Non ti fa sentire molto lusingato. Sai che stanno pensando: "Anche se non è bravo a letto, sarà un aneddoto da raccontare". Ti senti un trofeo. Alle donne capita molto più spesso, immagino. Non so tu, ma il mio ego preferisce piacere per la mia...» inspirò, «*personalità.* Non: "Oh, sei quell'attore della televisione, okay, ora mi interessi". Così non ti senti lusingato, ti senti depresso.»

Edie ascoltava interessata.

«Cioè, se un uomo...» – Elliot indicò la sedia libera accanto a lui – «ha un feticismo per le copywriter di talento e ti invita a cena perché vuole uscire con una copywriter, ti senti adulata? Oppure preferiresti uscire con quest'altro che ha notato tutti i motivi particolari per cui sarebbe bellissimo uscire con te, Edie, la persona?»

Quale altro? Chi? Edie si sentiva andare a fuoco. «Sì, certo. Ho capito cosa vuoi dire.»

«Mi fa passare la voglia, rispetto a quando dovevo faticare per uscire con qualcuna. Sai, il ragazzino avido nel negozio di caramelle diventa Augustus Gloop nella *Fabbrica di cioccolato*. Non volevo diventare un Gloop e farmi schifo da solo con il mio comportamento.»

«Ah, un Gloop! Che bella definizione.»

«Sì, ma non girarla in modo da farmi dire che le donne sono barrette Snickers.»

«Ti manca il brivido della caccia?»

«Bleah, no, vedi: solo chiamarlo così è disgustoso. Diciamo che è molto più difficile lasciar crescere lentamente l'attrazione per una persona, l'interesse reciproco, finché una mattina ci si sveglia e non si riesce più a pensare ad altro che a lei.»

Elliot la stava fissando e Edie annuì e finse di dover prendere appunti per interrompere il contatto visivo.

«È difficile conoscere donne a cui piaci perché sei tu?»

«Be', cosa vuol dire "perché sono io?" Faccio questo lavoro da un po', ormai. Sarebbe ipocrita pensare che le donne vedano in me il ragazzino di Nottingham.»

*Accidenti, quanto sei intelligente*, si disse di nuovo Edie.

«E innamorarsi delle colleghe?»

Elliot premette il pulsante per interrompere la registrazione e bisbigliò: «Stai parlando di Greta? È come tentare di entrare nelle grazie di un paio di cesoie».

«Ma è così bella...»

Elliot finse di rabbrividire. «Sì, come la tundra artica. Non ti consiglierei di passarci la notte.»

«Okay, a parte Greta allora» disse Edie, e si sentì una fidanzata possessiva che preme per sapere cose del passato che poi non riuscirà ad accettare.

Elliot riaccese il registratore.

«Quando reciti la parte di un uomo innamorato, puoi trasformarti in un innamoramento *vero*?» continuò Edie.

«No, non proprio, o non fino a quel punto. La cosa emozionante quando stai baciando qualcuno per davvero è che

342

avete scelto di baciarvi. Se togli quell'elemento, e magari una determinata persona ti odia ma il bacio è scritto sul copione, è molto meno sexy. E c'è qualcuno che regge il microfono e dei tizi con il sedere peloso che riprendono e un regista che sta per gridare: "Stop!". Le cose che ti passano in testa non c'entrano niente con l'amore.»

«E non hai mai...» Edie si schiarì la gola. Era la domanda successiva nella lista e al momento lei non ci stava abbastanza con la testa per improvvisarne un'altra. «Non hai mai fatto una... ehm, scena di nudo?»

«Ahahahah!» Elliot trovava divertentissimo il suo imbarazzo. «No.»

«Ne faresti una se il ruolo la imponesse?»

Elliot scoppiò di nuovo a ridere, mentre lei arrossiva e protestava: «Che c'è? È una domanda legittima, no?!».

«Sì, sì, solo che è un cliché talmente buffo... Insomma, a meno che non sia un film su una colonia di nudisti, si può restare vestiti praticamente per qualsiasi cosa. È raro che un ruolo lo *imponga*.»

«È un sì o un no?»

«Dipende da cosa lo impone, presumo.» Elliot esitò. La guardò negli occhi. «O da chi.»

Edie pregò che le sue emozioni non trasparissero all'esterno. Ci fu un terribile silenzio carico di imbarazzo e lei non trovava le parole per spezzarlo.

«Insomma, Scorsese. Per lui sì» disse Elliot.

«Ah, certo!» esclamò Edie con voce strozzata.

Se Hannah e Nick l'avessero vista in quel momento se la sarebbero letteralmente fatta addosso.

Di solito aveva una maggiore padronanza di sé.

«Posso chiederti un favore?» le disse Elliot. «Sto avendo qualche problema con una scena di *Gun City* e...» abbassò la voce, «non voglio fare più prove del necessario con Greta. La leggeresti con me?»

«Non so recitare...»

«Non devi recitare, devi leggere.»

«Che problema ha la scena?» Non le piaceva quell'idea, e non sapeva perché.

«Edie, sembra che ti abbia chiesto di fare il bagno nuda con me!»

Lei arrossì di nuovo. Non aveva mai visto Elliot in quello stato: iperattivo, malizioso, deciso a stuzzicarla. Lui si accorse del suo disagio e allentò un po' la presa.

«Il mio personaggio è un maschilista, fin troppo sicuro di sé e penso che in questa scena debba apparire molto affascinante agli occhi delle donne, ma ho paura di esagerare. Mi fido della tua opinione e se la leggi con me puoi dirmi cosa ne pensi.»

Edie tergiversò. «Devo proprio...?»

«Non devi. Ma ti sarei molto grato se lo facessi.»

«Be', allora okay...»

«Fantastico! Grazie.» Elliot scattò in piedi e tornò con una grossa sceneggiatura piena di orecchie alle pagine, in font Courier su carta bianca formato A4. Si sedette accanto a Edie e lei si sentì percorsa da una scarica elettrica.

«Pagina 124» disse lui, sfogliando le pagine. «Iniziamo. Tu sei Orla.»

INTERNO NOTTE. *Una finestra bagnata dalla pioggia nel piano bar quasi deserto di un albergo, un pianista che suona. I fari delle auto che passano gettano una luce intermittente nella penombra. L'inquadratura gira lentamente sugli unici clienti.* GARRATT *e* ORLA, *seduti da soli a uno dei tavoli. È il primo bicchiere dopo una giornata di lavoro molto lun-*

*ga. L'atmosfera è tesa ed entrambi evitano accuratamente di parlare di ciò che è accaduto tra loro all'obitorio, poco prima.*

Edie deglutì. «Cos'è successo fra di loro all'obitorio?»

«Hanno litigato.»

«Ah.»

«Garratt, che sarei io, non era d'accordo sull'interpretazione dei segni di legatura sul collo.»

«Capisco.»

«Bisticciamo continuamente.»

«Okay.»

«Perché io ti piaccio tantissimo.»

Edie lo fissò e lui sorrise.

«Ti ho avvisato che non so recitare» disse infine lei, trovando in sé una delle risposte pronte che sapeva di avere.

# 51

ORLA
(attenta a mantenere un tono professionale)
Se la vittima che abbiamo a Retford combacia con le impronte e il DNA del...

GARRATT
(interrompendola)
Perché sei così scostante con me? Fin dal caso Colwick.

ORLA
Non sono scostante.
(pausa)
Questo lavoro mi distrugge. Le cose che vediamo. Perché ci facciamo questo, Garratt?

GARRATT
Non possiamo non farlo. Ecco perché. Vediamo queste cose e vorremmo scappare. Eppure qualcosa ci spinge verso l'oscurità.

ORLA
Certo che scappiamo, invece. Ci rifugiamo nelle profondità di noi stessi.

«Wow» disse Edie.

«Cosa?»

«Un po' pomposo, no? Chi parla in questo modo?»

«Tu, proprio adesso. Resta nel personaggio!» protestò Elliot.

GARRATT
Vedi, volevo parlarti di noi due e tu devi per forza ricondurre tutto al lavoro.

ORLA
Non c'è un *noi due*.

GARRATT
Ah, no?

ORLA
(faticando a mantenere il consueto autocontrollo)
Non voglio complicare le cose con una persona con cui lavoro, Garratt.

*Sorseggia il suo drink senza staccare lo sguardo da Garratt. Percepiamo il suo nervosismo ma anche il tumulto del suo desiderio inconfessabile.*

*Oh, porca vacca. Inespressiva, resta inespressiva e fissa la sceneggiatura,* si disse Edie.

GARRATT
Non c'è niente di complicato in ciò che proviamo l'uno per l'altra.

ORLA

Oh, è sempre complicato. E tu non sai cosa provo per te.

GARRATT

Il pensiero è nei tuoi occhi ogni volta che mi guardi.

A Edie venne il batticuore. Non poteva continuare a leggere o avrebbe perso il filo, si sarebbe messa a balbettare e si sarebbe fatta scoprire.

ORLA
(sulla difensiva)
Cosa?

GARRATT

Ti stai domandando se sarei all'altezza delle tue aspettative.
Pensi a come sarebbe. Guardami negli occhi e dimmi che non ci hai mai pensato.

Elliot la guardò e girò pagina. A Edie andò quasi di traverso il tè. *Oh, Gesù.*

ORLA

Non ci ho mai pensato.
(Ma distoglie lo sguardo all'ultimo istante e beve un altro sorso)

GARRATT

Dillo un'altra volta, con più convinzione.
(pausa)
Io ci ho pensato. Ci sto pensando anche ora.

ORLA
Buonanotte, Garratt.

*Orla si alza, attraversa la sala a lunghi passi e preme con forza il pulsante dell'ascensore. Sa di avere pochi secondi per opporsi, per lottare contro se stessa.*

GARRATT
Orla.

*La prende per un braccio e la stringe a sé. Si baciano, si strusciano uno contro l'altra: è un bacio concitato, passionale, con un intento preciso. La porta dell'ascensore si apre e i due ci salgono insieme.*

Edie alzò lo sguardo ed Elliot disse: «E... stop. Ti risparmio quella parte».

Doveva aver scelto proprio quella scena per farla innervosire. No?

«Cosa ne pensi di Garratt? Non mi piace quella battuta, *Ci sto pensando anche ora.* Suona come una telefonista di hot line. Ma i dialoghi di Archie sono intoccabili.»

«Be', sì... è piuttosto esplicito.»

«Se un uomo con cui lavori ti dicesse: "Ci sto pensando proprio adesso" ti spaventeresti un attimo, no?»

«Sì. Fino al punto di rivolgermi all'ufficio del personale.»

«Il passo da "Ti sto spogliando mentalmente" è breve.»

Edie non sapeva proprio cosa dire. Quel giorno aveva in programma di chiedergli di Fraser, ma non era il momento. Elliot stava giocando con lei?

«Edie» disse lui, in tono basso, confidenziale. «Ora ti faccio una domanda e voglio che tu sia *completamente* sincera con me.»

«Sì?» pigolò lei, tremante di aspettativa e apprensione.

«*Gun City* fa totalmente, irrimediabilmente schifo?»

«Oh.» Edie prese fiato, si chiese quale altra domanda avesse sperato di sentire e provò a pensare a quale fosse la risposta appropriatamente adulatoria per una celebrità in cerca di complimenti. «Elliot, sono sicura che nessuna produzione con te dentro potrebbe mai fare irrimediabilmente schifo» disse, con un tono serio e professionale.

Elliot rise e la tensione si spezzò.

«Ah, mi piaci. Puoi restare.»

Ed ecco fatto: Edie provò un moto di rancore per quelle parole, dette con quel tono spiccio, quando ancora palpitava per le cose che lui le aveva detto per finta...

Simulare emozioni che non si provano non è un bel modo di guadagnarsi da vivere.

# 52

Edie sapeva già da un po' che non sarebbe tornata ai vecchi account sui social media. Tuttavia, col passare del tempo, starne lontana sembrava sempre meno una forma di auto-difesa e sempre più un modo per lasciar vincere i prepoten-ti. Inoltre voleva sapere cosa succedeva là fuori, accidenti.

Poteva tornare indietro, con un nuovo profilo e un nuo-vo punto di vista. Rilanciò il suo Facebook. Scelse come ava-tar la foto con lei, Hannah e Nick scattata al suo complean-no; loro tre abbracciati nella cappa di fumo del Rock City.

Aggiunse agli amici Nick e alcuni altri utenti di com-provata neutralità e non-ostilità, per esempio i cugini di suo padre. Pochi giorni dopo ricevette una richiesta di amicizia da Louis – non c'era da stupirsi che scrutasse con-tinuamente l'orizzonte – e la lasciò in sospeso. Non voleva una spia tra i suoi ranghi. Ma non voleva nemmeno litiga-re. Avrebbe usato la bugia *Oh, lo controllo così di rado* finché non avesse deciso il da farsi.

Hannah organizzò una serata a casa sua per guarda-re qualche film. «Ho registrato *Zodiac*, e col cavolo che lo guardo da sola, quindi potete venire tu e Nick» aveva detto al telefono una settimana prima. «Inoltre non è il pub. Ho chiesto a Nick di venire a correre con me anziché bere. Mi ha risposto con parole molto scurrili, ma ammette che ora si sente meglio. Pensi che dovremmo parlargli più spesso della situazione con Max? Cioè, non per infierire, ma per spingerlo ad aprirsi.»

«Nick adora le battute di cattivo gusto. Penso che forse dovremmo fare dell'ironia sull'argomento.»

«Okay. Potrebbe andare benissimo o malissimo. Restiamo in equilibrio sul filo del rasoio.»

Dio, Hannah aveva una casa bellissima. Aveva disfatto gli scatoloni dall'ultima volta che erano stati lì, e ora c'erano candele in portacandele marocchini che disegnavano geometrie di luce negli angoli delle pareti tinteggiate di bianco. Il gatto intruso era raggomitolato sul divano rivestito in lino.

«Il *roscio* si è ambientato, vedo» disse Nick, togliendosi la giacca fresca di negozio e appendendola con cura. «Fammi spazio, pel di carota.»

Edie non si era ancora tolta la giacca e si stava guardando intorno. Una certezza che si era andata formando aveva finito di formarsi.

«Stavo pensando... Potrei tornare a vivere qui. A Nottingham.»

Hannah e Nick la fissarono.

«*Sul serio?*» esclamò Hannah, palesemente incredula.

«Sì. È così sorprendente?»

«Sei sempre stata così Londra-o-niente. "Chi è stanco di Londra è stanco della vita." Davvero non avrei mai pensato che te ne saresti andata di lì.»

«Tra l'altro pensavo che Nottingham non ti piacesse tanto, no?» disse Nick.

«Probabilmente odiavo ciò che rappresentava, certi brutti ricordi» ammise Edie.

«Ma la senti, Hannah? Ci sta pisciando direttamente nelle orecchie.»

«Disgustoso» convenne lei.

«Non voi due! Voi siete la cosa migliore di Nottingham. Intendevo le questioni di famiglia.»

Annuirono.

«Be', se decidi di restare, sarò felicissima. Questo è chiaro» disse Hannah.

«È una gran bella notizia, Thompson» disse Nick. «Ci abbiamo messo un po', noi Avengers, ma alla fine ci siamo riuniti, eh?»

Si scambiarono tutti e tre un sorriso stupido. Edie pensava che si sarebbe sentita un po' smarrita nel momento in cui avrebbe ammesso di essere stanca di Londra, e invece no: provava solo un senso di libertà.

Hannah preparò patatine, noci, uva e olive in varie scodelle e si godettero un po' di omicidi seriali nella nebbia della San Francisco anni Settanta.

«Non so perché sei così nervosa, Hannah, hanno arrestato il colpevole» disse Nick, quando riaccesero le luci. «Ah no, aspetta, non l'hanno trovato, giusto? Ahahah. Comunque ormai sarà molto vecchio. Ti correrebbe dietro con lo scooter elettrico come un'ape assassina.»

Hannah riempì i bicchieri e Nick raccontò che i suoi colleghi stavano cercando di farlo mettere con una ragazza di nome Ros che era stata definita *adorabile ma un po' matta*.

«È pieno di donne adorabili ma matte» sentenziò Hannah. «Hai già dato. Non sei lo strizzacervelli del quartiere. Sta' alla larga.»

«A questo punto mi domando come riassumerebbero me in tre parole» disse Edie, un po' avvilita.

«Boccaccia, belle tette» disse Nick. «Non serve che mi ringrazi.»

Facendo zapping si imbatterono in un vecchio episodio di *Sangue & Oro*. Il principe Wulfroarer, che somigliava tantissimo a un tizio che Edie conosceva, stava per baciare la sua adorata servetta Malleflead. Edie li guardò rapita, vide le loro labbra incontrarsi sul campo di battaglia e i loro cuori dilaniati da emozioni contrastanti: gelosia, desiderio e, stranamente, orgoglio. *Bel lavoro, Elliot.*

«Pagherà per quel che ha fatto, col sangue o con l'oro» disse Nick.

«Ha pagato con l'oro e poi anche col sangue» disse Edie. «Non credere mai alle promesse del conte Bragstard.»

«Ah grazie, regina degli spoiler!» disse Hannah. «Volevo fare una maratona di *Sangue & Oro* dopo aver finito quella di *Breaking Bad*.»

«Ormai è andato in prescrizione» disse Nick. «Wulfroarer è morto da secoli. Se non fosse morto, come potrebbe Elliot Owen lavorare qui?»

Hannah lo incenerì con lo sguardo, poi chiese: «Lo frequenti ancora, Edith? A proposito, quel segreto che non volevi dirci? Non sarà mica che è gay?»

«No! Gliel'ho chiesto. È stato imbarazzante e abbiamo stabilito che non lo è.»

Nick scoppiò a ridere. « È bello immaginare come ci sarai andata piano. Gli hai chiesto se era il tipo d'uomo che trova Judy Garland favolosa?»

«Sta' zitto!» piagnucolò Edie. «L'ultima volta che l'ho visto mi ha costretto a provare una scena sexy con lui e sono diventata la vecchia zia di *Downton Abbey*. Mortificante.»

Hannah mangiò un acino d'uva e assunse un'espressione pensierosa. «Le due cose non potrebbero essere collegate?»

«Eh?»

«Il fatto che tu lo credessi gay e quello che di lì a poco lui si sia sforzato di dimostrare la sua eterosessualità.»

Oh. Edie non ci aveva pensato. Ricordava soltanto che Elliot aveva detto qualcosa a proposito del suo orgoglio virile ferito.

«Ci ha provato con te?» chiese Hannah.

«Sì, un po'. Ma solo per farmi arrabbiare.»

«Come mai ritieni impossibile che lo facesse perché gli piaci?»

«Perché è Elliot Owen! E io sono io.»

«Sei molto attraente.»

«Sono d'accordo» disse Nick.

«Siete molto gentili, ma lui esce con persone famose e di una bellezza stratosferica.»

Hannah inarcò un sopracciglio. «E flirta con te.»

Edie non riuscì a trovare una risposta.

«A proposito, più o meno: ho iniziato a frequentare la mia scappatella del corso di aggiornamento. Sapete, la persona con cui sono andata a letto quando ho rotto con Pete?» disse Hannah.

«Wow, e lui dove vive?» chiese Edie.

«*Lei* vive nello Yorkshire. A Leeds.»

Una pausa durante la quale Edie e Nick si guardarono.

«Scusa, chi...?»

«Lei è una lei. Esco con una donna» disse Hannah.

Ci fu un breve silenzio, che fu spezzato da Nick: «Questa è la cosa più sexy che sia mai successa».

Hannah gli lanciò un acino d'uva e scoppiò a ridere mentre Edie diceva: «Hannah, è una notizia bellissima!».

«Ho aspettato a dirvelo perché non sapevo se potesse diventare una storia. Non mi ero mai sentita attratta da una donna e non sapevamo se sarebbe durata. Suppongo di non saperlo tuttora. Sapete, troppa gaiezza e vino rosé. Ma Chloe è l'unica a piacermi in quel senso.» Pausa. «Inoltre i genitori di Pete si sono comportati malissimo dopo la rottura e non volevo dare loro la soddisfazione di dire: "Povero figlio nostro, mollato dalla lesbica di mezz'età".»

«La mia vita fa ancora più schifo di quanto pensassi» disse Nick. «Sesso lesbico, gente che flirta con attori famosi. Ehi, ecco un'idea.» Si girò verso Edie. «Pensi che potresti organizzarmi un'intervista con Elliot per la mia trasmissione?»

«Be', chiederò. Ho l'impressione che la sua agenda sia stabilita ai piani alti.»

«Grazie. Sarebbe come il Viagra per i dati di ascolto.»

Edie ricordò quello che le aveva detto Archie, che solo lei riusciva a convincere Elliot a fare certe cose, che tra loro due c'era un rapporto speciale... Oddio, doveva smetterla di ricamarci sopra, erano solo i deliri di una pazza.

«Edith torna a vivere a Nottingham. Io esco con una donna. È la giornata delle notizie sorprendenti» disse Hannah. «E ora che succederà? Magari risposerai Alice, Nick?»

Nick si alzò per andare al bagno. «Preferirei leccare il perineo del principe Carlo.»

# 53

Edie avrebbe voluto chiedere a Elliot com'era la situazione con Fraser, ma ogni volta che formulava una domanda temeva di sembrargli un'impicciona.

Poi, un noioso sabato pomeriggio fu inaspettatamente spezzato da un messaggio in arrivo, proveniente proprio dall'irrefrenabile fratello minore.

> Edie! Vieni stasera? Elliot te l'ha ricordato? Andiamo al Boilermaker, ti ho messa in guest list, è a nome mio. PS ho il tre per cento di batteria, quindi scusa se questa conversazione si interrompe bruscamente. Fraz x

> Grazie! A che ora? Scusa per averti sottratto una parte del 3% Ex

Silenzio. Avrebbe potuto scrivere a Elliot, naturalmente. Doveva? Non era nemmeno sicura che ci sarebbe andata... Avvertirlo poteva essere un pretesto utile, così si sarebbe risparmiata la sua faccia sorpresa. Dopotutto, lui non gliene aveva parlato.

Ciao, Elliot. Mi chiedevo solo se ci fosse un'ora di inizio stasera. Fraser mi stava dando tutte le info quando gli è morta la batteria. E x PS presumo che tu non gli abbia ancora parlato...

Il telefono squillò: era Elliot. Strano che avesse reagito così presto. O era un ottimo segno, oppure *non* era un ottimo segno.

«Edie, ciao! Sono io. Ehm... vieni stasera?»

Il suo tono lasciava intendere: non un ottimo segno.

«Sì, mi ha invitato Fraser. Scusa, pensavo che lo sapessi anche tu.»

*O quantomeno speravo che avresti finto di saperlo.*

«No, Fraser non me l'ha detto.» Elliot esitò. «Non abbiamo ancora parlato, no. È qui con i suoi amici e non riesco a stare da solo con lui neanche per un momento.»

«Oh.»

«Ha il tuo numero?» Elliot sembrava nervoso.

«Ci siamo scambiati i numeri quando ci siamo conosciuti, e ha detto che voleva che venissi a questa festa.»

«Ah! Okay, certo.»

*Ahia.* Era chiaro che Elliot non gradiva l'idea. Le sembrava di sentirlo prepararsi la predica da fare a Fraser. *Sarebbe stato meglio chiedere prima a me... Lavoriamo insieme, preferirei non dover pensare al lavoro quando esco per divertirmi..."*

«A meno che la mia presenza non sia inopportuna...» Ormai era troppo tardi per scoprire magicamente di avere un impegno per quella sera.

«Niente affatto. Sei assolutamente la benvenuta. Sarò felice di vederti.»

*Aaargh.* Era l'imbarazzo beneducato di chi è costretto a fingere che la cosa gli stia benissimo. Lei cercava di offrirgli una via d'uscita e lui la rifiutava perché la cortesia glielo imponeva.

«Sicuro?»

«Ehm, certo. Be', si inizia verso le otto.»

«Splendido.»

La trappola si era chiusa ed erano prigionieri insieme. Edie si era impegnata ad andarci ma avrebbe preferito tirarsene fuori, ed Elliot si era impegnato a fingere di volerla lì, quando chiaramente avrebbe chiamato Fraser non appena il suo telefono avesse ripreso a funzionare e gliene avrebbe dette di tutti i colori per aver inserito ghostwriter a caso sulla sua guest list.

Si sedette davanti allo specchio della sua stanza e pensò: *Stasera devi sforzarti di essere carina*. Non poteva più evitare di guardarsi, non poteva vestirsi per sparire solo perché quella gente su internet le dava della puttana. Non poteva uscire con gli Owen e sembrare una povera vecchia.

Fece una doccia, si asciugò i capelli e poi li tirò indietro con una fascia di spugna, per dedicare la dovuta cura e attenzione al trucco. Si disse che non stava diventando un clown, ma una creatura affascinante fatta di occhi e zigomi.

*Molto attraente, così hanno detto i tuoi migliori amici*, disse l'angioletto sulla sua spalla.

*Già, appunto, i tuoi migliori amici! Invece gli estranei che non ti devono niente dicono che ci vai giù troooppo pesante con il fard e che hai troppe tette*, disse il diavoletto.

Purtroppo i suoi capelli avevano intuito di dover fare i bravi quella sera, e quindi avevano deciso di apparire opachi, stopposi e *mosci*, come diceva suo padre.

Disperata, Edie ci passò un po' di mousse, fece due trecce e le fissò sulla testa con le forcine. Temeva che quel look facesse un po' *Principessa Leila che si è lasciata andare*, ma non restava più tempo per farsi la messa in piega.

Scelse un vestito che aveva conservato per un'occasione speciale che non era mai arrivata. Scollo all'americana, nero fantasia, stringeva sotto il busto e si allargava sui fianchi. Inoltre scopriva un po' di pelle senza farla sentire spiacevolmente esposta.

Tuttavia aveva bisogno di farsi coraggio. Nel frigo di sotto c'era ancora lo champagne rosé del suo compleanno. Lo aprì e si sedette al bancone della cucina a sorseggiarlo con cautela.

«Accidenti, qualcuno si è messo in tiro!» esclamò suo padre entrando in cucina. «Che bella figlia che ho.»

«*Papà*» disse Edie con l'obbligatoria voce imbarazzata da adolescente. «Grazie.»

«Dove vai di bello?»

Edie rabbrividì al pensiero che i suoi sforzi fossero così evidenti, ma effettivamente si era sforzata più del solito. Di certo l'effetto desiderato non era suo padre che le chiedeva: *Ah, vai a fare un po' di giardinaggio?*

«Esco a bere qualcosa con Elliot Owen e suo fratello.»

«Santo cielo, l'alta società. Divertiti. Di' loro che sono disponibile a ricevere visite nel caso qualcuno volesse chiedere la mano di mia figlia.»

Edie trasalì e borbottò che era improbabile. Era il momento giusto per dire a suo padre che voleva tornare a vivere in città? Forse no: non aveva ancora deciso i dettagli e aveva bisogno di qualche altra risposta.

In quel momento, Meg entrò in cucina e la squadrò con tanto d'occhi. «Ma che succede?»

«Esco» disse Edie.

«A battere?»

# 54

È facile capire che la fama può gonfiarti l'ego e farlo esplo-
dere, soprattutto se di partenza hai già un ego di buone dimensioni e composto di materiali infiammabili.

In quel locale di solito c'era la fila, ma se di nome facevi
Elliot Owen potevi saltarla a piè pari. L'impossibilità per
lui di abitare lo stesso spazio ristretto delle persone comuni gli dava diritto a un trattamento speciale ovunque
andasse.

Il concept di quel locale era: uno speakeasy dei tempi
del proibizionismo nascosto dietro l'insospettabile facciata
di uno showroom di caldaie. Diversi modelli di boiler erano appesi alle pareti nello spartano ingresso in cui la gente
si radunava ad aspettare che si liberasse un tavolo nel bar
nascosto al piano di sotto.

Edie diede il nome di Fraser all'annoiato buttafuori, che
prese un walkie-talkie e ripeté il nome appena sentito. Un
ronzio di interferenze, una risposta e il buttafuori annuì:
«Va' pure».

Si trovò in quello che sembrava il ripostiglio di un negozio. Ma cosa...? Capì che la porta era una falsa parete con
sopra appesa una scopa. Spinse il falso lavandino e si ritrovò nella buia e rumorosa sala principale, che odorava d'in-

censo. Andava detto che Nottingham era un po' cambiata dai tempi in cui Edie beveva sidro e grappa negli antiquati pub storici della città.

C'era solo il servizio al tavolo, un mucchio di piante in vaso e l'atmosfera di un vivaio in cui qualcuno avesse spento le luci e installato una discoteca. Un cameriere le indicò il gruppo di Elliot: due grandi tavoli alla destra del bar che correvano per tutta la lunghezza della parete opposta all'entrata, oltre a quella che sembrava essere una zona cuscinetto composta da altri due tavoli vuoti che fungevano da barriera anti-intrusi.

Gli avventori incutevano soggezione. I ragazzi erano alti, ben vestiti, dall'aria sportiva: Serpeverde delle scuole private. Del tipo con cui di solito Edie non avrebbe voluto avere niente a che fare. Si prese un momento per cercare Elliot con lo sguardo. Era seduto nell'angolo più buio, con un maglione nero e i capelli neri che lo rendevano un'ombra, circondato di persone protettive e possessive.

E naturalmente c'era un mucchio di belle ragazze, dall'aria punk e hipster: caschetti geometrici dalla tinta sfumata e trecce laterali cotonate, gonne di pelle e abiti con la schiena nuda. Una ragazza forse spagnola era in top corto e jeans, che esponevano una pancia incredibilmente scolpita. Edie ricordò che alcuni corpi erano semplicemente sfortunati alla lotteria genetica, e non c'era numero di ore in palestra che potesse fruttare un corpo plasmato come quello.

Già. Profonda soggezione. Edie si avvicinò al tavolo con una faccia da *scusate se esisto* e sentendosi sexy quanto una tartaruga in un panino da kebab. Evitò accuratamente di incrociare lo sguardo di Elliot e guardò invece Fraser, la persona che davvero la voleva lì, quella sera.

Appena la vide, Fraser si staccò dal gruppo. Si impegnò per trovarle posto a sedere di fronte a lui, le mise in mano un menu e chiamò un cameriere. Edie si sentì coccolata.

Passò da *Oddio, cosa accidenti ci faccio qui* a *Brilla, ridanciana e forse propensa a flirtare* in quindici minuti netti, con l'aiuto di un Negroni strapieno di ghiaccio consigliatole dal suo premuroso nuovo amico. Sì, i fratelli Owen avevano ottime maniere.

Aveva immaginato che il precedente, buffo corteggiamento di Fraser fosse dovuto semplicemente al fatto che si erano incontrati a casa Owen. In compagnia di splendide donne, con almeno dieci anni meno di lei, Edie non si aspettava molto più di un saluto cordiale.

E invece Fraser *instagrammava* i cocktail fosforescenti e le dedicava tutte le sue attenzioni.

«Prova il mio!» La osservò intensamente, con aria un po' lasciva, mentre Edie prendeva la cannuccia tra i denti e succhiava.

Quando Fraser pensava che lei non lo stesse guardando, il suo sguardo le correva sulle clavicole e sulle braccia nude. Era da un po' che Edie non si sentiva fisicamente desiderata: era piacevole. Il loro senso dell'umorismo era abbastanza simile per trovarsi simpatici in una serata fuori. Edie capiva che Fraser non era esattamente una persona profonda, ma andava bene così: non devono esserlo tutti.

Dopo una risata particolarmente sguaiata, guardò Elliot e vide che lui li fissava con una costernazione che cercò subito di nascondere. Edie avrebbe voluto dirgli: *Rilassati, anche se mi ubriaco non tradirò i tuoi segreti*, ma forse il suo disagio dipendeva dal fatto che lei era entrata lì di straforo. Si era infiltrata in un'occasione sociale senza prima chiedere a lui. Non andava bene.

A un certo punto, Elliot le fece cenno di avvicinarsi. C'era un posto temporaneamente libero davanti a lui.

Mentre Edie si sedeva le chiese: «Mio fratello dice oscenità?».

«Oscenità?!» Rise. «No. Non è *licenzioso*, vostra altezza, nonostante vi siano *fanciulle* e *vettovaglie*.»

Lui sorrise.

«Vettovaglie, ecco cosa ci vuole. Che ne dici del bar?»

«Buffo.»

«La città è un po' cambiata da quand'eravamo giovani, eh?»

«Sì, ci stavo proprio pensando! Be', la mia giovinezza è più lontana della tua. Tu sei maledettamente giovane.»

«Non lo dico per provarci con te, ma non siamo più o meno coetanei? Pensavo che tu avessi trent'anni al massimo.»

«Trentasei» disse Edie. La sua vanità si dispiacque un po' di doverlo correggere, ma non avrebbe dato retta a Margot: non voleva mentire.

Pensava che lui l'avrebbe giudicata troppo vecchia senza nemmeno cercare di nasconderlo, invece disse: «Ottimi geni». Poi lo vide assumere *quell'*espressione: *Oddio, ho detto ottimi geni e sua madre si è suicidata a quell'età.*

«Grazie, è bello sentirselo dire!» esclamò Edie, cercando di trasmettere un entusiasmo sufficiente per comunicargli che non era stata una gaffe. Poi si guardò intorno e chiese: «A chi ho rubato la sedia?».

«Non ti muovere» mormorò Elliot posandole una mano sul braccio. «Questi sono amici di Fraser. Preferisco la compagnia degli adulti.»

Edie sorrise. Quel complimento era azzeccato.

La conversazione virò sulla storia di Nottingham: il soffitto che gocciolava sul pubblico al Rock City, le prime pinte illecite all'Old Angel, incontrare gli amici al Left Lion, comprare cavolate goth da adolescenti all'Ice Nine.

Edie si rese conto che lei ed Elliot – un tipo ostinato, eloquente e sensibile – sarebbero diventati amici ai tempi della scuola, se il destino li avesse fatti incontrare.

E accadde una cosa meravigliosa, mentre bisticciavano allegramente su dove si trovasse un bar chiuso da tempo al Lace Market. Edie capì che Elliot era diventato *il suo amico*, per prima cosa, e *il personaggio famoso*, per seconda. Ecco cosa intendeva Fraser: la celebrità era diventata qualcun altro, un'identità parallela, non l'uomo che loro conoscevano.

«Questa musica» disse Elliot a un certo punto, dopo che *Never Tear Us Apart* degli INXS lasciò il posto a *Don't You (Forget About me)* dei Simple Minds, «è pensata per rendere nostalgici i trentenni, vero?»

«*Saudade*» disse Edie.

«Cosa?» Elliot gridò, sopra la musica e il chiacchiericcio.

«Una parola portoghese che non ha una traduzione diretta. Significa *profondo desiderio di qualcosa o qualcuno che è assente e forse non tornerà mai*. Una specie di nostalgia esasperata e ultramalinconica. *L'amore che rimane quando qualcuno se n'è andato*.»

«Wow. E come si dice?»

«*Sau-dagi*.»

Elliot lo ripeté. «Mi piace molto.»

I suoi occhi brillavano nella penombra del bar e Edie sentì il bisogno prepotente di sporgersi e baciarlo su quella bocca incredibile. Non poteva più sottrarsi o schivarlo: sì, si era presa anche lei una cotta, come tutti. Una cotta bella forte. Che problema c'era se i sentimenti per Elliot potevano aiutarla a riaccendersi dopo la débâcle con Jack? Dopotutto, non sarebbe successo niente di concreto.

Per un momento cedette alla fantasia e si permise di immaginare: *E se questo momento fosse reale? E se fosse reciproco? E se andassimo a casa insieme?*

Con l'alcol nelle vene e *I Feel You* dei Depeche Mode nelle orecchie e lo sguardo di lui che la fissava troppo a lungo – in un modo che sembrava chiaramente *dire qualcosa* – Edie voleva lasciarsi andare per un istante e sognare che fosse possibile.

Poi si fermò, perché non era reale, e da un momento all'altro si sarebbero riaccese le luci. E allora al fianco di Elliot sarebbe apparsa una creatura flessuosa e si sarebbero dileguati insieme nella notte. Una ragazza con cui Elliot intratteneva una relazione solo fisica, del tutto priva di complicazioni, da marinaio in licenza, instaurata nei modi segreti in cui le persone famose organizzano i loro incontri.

Edie non voleva sentirsi triste quando sarebbe successo l'inevitabile. Conoscere Elliot l'aveva resa più felice e non aveva spazio per altra tristezza.

# 55

Tuttavia, Edie non riusciva a immaginare quale delle ragazze presenti potesse essere quella destinata a spuntare sinuosamente dall'ombra. Quando Elliot le aveva spiegato di non voler diventare un Gloop, nella fabbrica di cioccolato sessuale in cui si trovava, Edie aveva preso quell'informazione con beneficio d'inventario, anche perché non sapeva cosa contasse come *moderazione* nel mondo delle persone famose. Magari il sesso a tre una volta alla settimana equivaleva a un'esistenza monastica.

Eppure doveva ammettere che Elliot non sembrava guardare nessuna delle belle ragazze che gli ronzavano attorno. Nemmeno uno sguardo di sottecchi: ma forse se l'era perso, perché le luci erano basse e il locale era affollato. La sua ultima ex era Heather Lily, per la miseria. Edie detestava pensare a quali potessero essere i requisiti estetici minimi per fargli girare la testa.

Si scrollò di dosso il lieve imbarazzo di aver pensato che potesse ragionevolmente esserci un'attrazione fra loro e si alzò per andare al bagno e poi al bancone. La cameriera le disse di tornare a sedersi, ma nel frattempo il suo posto di fronte a Elliot era stato occupato da Fraser.

Qualcosa nel modo in cui chinavano la testa l'uno ver-

367

so l'altro e parlottavano fitto, e poi Fraser che faceva correre lo sguardo per tutta la sala e lo posava proprio su di lei, le fece sospettare di essere l'oggetto della loro conversazione.

Fraser le lasciò il posto e le fece cenno di tornare a sedersi.

«No, non fa niente» rispose lei gesticolando. «Non voglio monopolizzare gli Owen.»

Elliot fece il broncio e si prese il viso tra le mani. «Sono così noioso?»

Edie percepì che molte ragazze assistevano a quello scambio e speravano vivamente che lei restasse dov'era.

«No, lo sono io!» disse sorridendo.

«Torna subito qui!» ordinò Elliot, indicando enfaticamente la sedia.

Edie fece una smorfia esasperata e tornò a sedersi al posto di prima. Forse sarebbe stata così importante per lui solo per quella sera, ma era emozionante lo stesso. Era pur sempre una sera in più di quante pensava che ne avrebbe trascorse in compagnia di una celebrità.

«Sai, potrei offendermi» disse Elliot.

«Pensavo che volessi dividerti fra tutti!» disse Edie.

«Cosa cazzo sono, un vassoio di pasticcini?»

Edie scoppiò a ridere e si accorse che Elliot era contento di averla divertita; la guardava da sopra il bordo del bicchiere con la sua espressione impertinente.

Era una bella serata. E lui era una persona simpatica.

Era un vero amico? Si sarebbero tenuti in contatto dopo il suo ritorno in America? Un'email spiritosa ogni tanto? Gif comiche con i gattini? Insomma, forse lui si sarebbe dimenticato di quel breve interludio della sua vita, ma Edie non ricordava di essere andata così d'accordo con qualcuno da un tantissimo tempo. Dai tempi di Jack, forse. *Brrr.*

«Ora parliamo sul serio. Ti piacciono le GIF di gatti che fanno cose buffe?» gli chiese.

«Certo, non piacciono a tutti? Hai visto quella del gatto con il casco e la spada laser?»

Edie scosse la testa, e mentre Elliot cercava il link sul cellulare immaginò di passare le dita fra i suoi capelli castano scuro.

Lui le mostrò il telefono e lei guardò ridendo un persiano confuso che girava la testa di qua e di là seguendo i fendenti di una spada laser in un salotto.

In quel momento, apparve un messaggio sullo schermo, da *Fraz*. Perché Elliot non aveva disattivato le ant... Ehi, aspetta. Senza volerlo, Edie lesse cosa c'era scritto nella nuvoletta azzurra dell'anteprima di notifica.

Dici che Edie ha un mucchio di problemi ed è un caso disperato? Allora la prenoto io.

# 56

Edie guardò il messaggio e sbatté le palpebre. Lo rilesse, comprendendone il senso. Fu come una mazzata in testa: il tonfo sordo, il dolore improvviso.

Elliot la stava ancora fissando con aria di aspettativa, pensando che lei guardasse dei gatti che giocavano a *Star Wars*.

Aveva pochi secondi per decidere il da farsi.

Si girò, si alzò e uscì a lunghi passi, facendosi strada tra la gente che aspettava di entrare nel bar in cui girava voce ci fosse un attore famoso. Non poteva restare un minuto di più con quelle persone.

*Ecco come si fa a filarsela all'inglese, Margot.*

Cercò un taxi, con il cuore in gola. Ce n'era uno con la luce accesa, in fondo alla strada, davanti al cinema Broadway. Accelerò il passo per raggiungerlo.

La voce di Elliot risuonò alle sue spalle. «Edie? Edie!»

Continuò a camminare. Elliot la superò e le sbarrò il passo.

«Fammi passare» disse lei, alzando lo sguardo. *Brrr,* non riusciva nemmeno più a guardare quella sua stupida faccia bella e falsa.

«Quello che hai letto non è quello che pensi.»

«Certo. Lasciami stare, Elliot. Davvero, dico sul serio.»

Sembrava ferito. Bene. Edie sapeva di comportarsi come Meg quando faceva l'offesa, ma non le importava. Era su tutte le furie.

«Lasciami spiegare. Posso spiegare.»

Edie incrociò le braccia. «Okay. Adesso mi dirai che non mi stavi criticando e non stavi consigliando a tuo fratello di non andare a letto con il caso umano, giusto?»

«È vero che non voglio che mio fratello vada a letto con te, il resto non è vero...»

«Hai detto quelle cose di me?»

«Sì, ma se mi lasci spiegare il contesto...»

«Quale contesto potrebbe renderle accettabili?»

Elliot voleva cercare di limitare i danni e giustificarsi; ovvio che volesse farlo. Non voleva passare per il cattivo della situazione. Ma concedergli una scusante avrebbe significato soltanto essere una stupida di prima categoria.

E se non fosse stato per quella gaffe tecnologica, adesso Edie starebbe ancora ridendo e facendo confidenze a quell'uomo, pensando di stargli simpatica. Aveva fantasticato di portarselo a casa, santo cielo. Un colpo tremendo per l'autostima, e soprattutto la scoperta di un altro amico falso: era più di quanto Edie potesse sopportare.

«Sai una cosa, Ellliot? Capisco che sei *uno che conta*, ma per me sei irrilevante. Non sono una tua fan, e tu sei solo un tizio con cui lavoro per un arco di tempo molto limitato. Non c'era bisogno di fingerti mio amico. Non ho chissà quale *bisogno* di amici. Una sana distanza di sicurezza mi andava benissimo lo stesso.»

Elliot sembrò turbato, e la cosa la spronò a proseguire. «Non me ne frega un cazzo di te, per dire le cose come stanno, e non mi importa se la cosa è reciproca. Quindi, perché le persone come te...»

Per tutta quella sfuriata, lui era rimasto immobile, l'espressione tesa, ma a quel punto sbarrò gli occhi per lo shock. «Adesso esistono *persone come me?*»

«... le persone come te si fingono amici, e poi dietro alle spalle dicono che sarei un *incubo?* Sarebbe bastato evitare la mia compagnia. Era così difficile?»

«Non penso che tu sia un incubo! Neanche lontanamente!»

Edie prese fiato e si preparò al gran finale. Non le importava il prezzo che avrebbe pagato. Era talmente arrabbiata e delusa che ci vedeva doppio.

«E quando ti ho parlato di mia madre, e a proposito non te lo volevo dire ma mi hai messo con le spalle al muro, invece di compatirmi: "Oh Edie, che orrore, povera te", perché non dire semplicemente: "Oh accidenti, devi essere un caso clinico"? Oh, non sia mai.» Alzò le mani. «Sarebbe una cosa orribile da dire, giusto? Ma l'hai detta. Alle mie spalle. Cosa fa più male, secondo te? Quale delle due ti rende la persona migliore o peggiore?»

«Non ti considero un caso clinico!» disse Elliot, quasi gridando. «Penso che tu sia una delle persone più sane di mente che ho mai conosciuto.»

«"Edie ha un mucchio di problemi"» citò Edie. «È un bel voto di sfiducia, no?»

Elliot rabbrividì. «Cercavo solo di scoraggiare Fraser. Gli ho detto che sei un tipo complicato, il che non è vero, ma era per spingerlo a flirtare con qualcun'altra. Stasera ti stava proprio addosso, e il mio è stato un modo molto poco avveduto e molto poco gentile per farlo indietreggiare. È assurdo, dico sul serio.» Si passò le mani tra i capelli e Edie pensò: *Oh, va' al diavolo se pensi che la tua espressione da videoclip musicale ti servirà a qualcosa.*

«Perché è una tragedia che io piaccia a Fraser? Non sono neppure all'altezza di un'avventura? Non mi sembra che "la prenoto io" indichi un desiderio di matrimonio. Penso che non ci sia il rischio che io contamini la stirpe degli Owen.»

«Perché...» Elliot esitò. «Perché non mi piaceva l'idea. Per niente.»

Sapeva cosa intendeva: temeva che se lei e Fraser avessero condiviso attimi di passione, Edie avrebbe rivelato il suo segreto. Che brutta opinione aveva della sua integrità, una volta raschiato via lo strato più superficiale.

«Ehi! Io sono il mio regno! *Ehi!*»

Si girarono e videro un gruppo di ragazzi con la camicia a scacchi fuori dal negozio di dischi indie dall'altra parte della strada.

«Sei il principe? Wolf Coso?»

Elliot li ignorò.

«Mi dispiace se trovi così disgustosa l'idea di me con un tuo parente» riprese lei. «Un grado di separazione da Kevin Bacon, tutta quella storia. Mi sembra molto snob che io non risponda ai tuoi severi criteri per la scelta di una degna consorte.»

«Oh... povero me. Di male in peggio. Non è perché non ti ritenessi all'altezza di Fraz. È esattamente il contrario.» Elliot si massaggiò il mento. «Lavoravi con me ed eravamo amici e... mi sembrava che tu... appartenessi a me, non a lui. Mi rendo conto che suona malissimo, e mi dispiace.»

Il ragazzino viziato che non voleva farsi soffiare la servetta dal fratello. Ora Edie lo capiva un po' meglio, ma non per questo lo trovava più simpatico.

«E non potevi semplicemente dire a Fraser: "Non provarci con lei, è una mia amica"?»

373

«Il motivo per cui non ho detto a Fraz che... Be', c'è un perché se ha vinto tutte quelle medaglie sportive. Se avesse saputo che non volevo che facesse una certa cosa, l'avrebbe vista come una sfida...»

«Oddio, quindi io cosa sarei, un trofeo di ping pong?»

«No! Oh, Cristo. Come faccio a spiegartelo, adesso...» Elliot si massaggiò la fronte.

«Oppure potevi dirmi: "Ehi, Edie, per cortesia, non andare a letto con mio fratello, perché poi mi sentirei in imbarazzo visto che lavoriamo insieme".»»

«Non ho avuto il coraggio di dirtelo.»

«E perché no?»

«Perché potevi rispondermi che *volevi* andare a letto con lui. Davvero non capisci perché ne ho parlato con lui e non con te?»

«I fratelli prima delle tipe: è così che si dice, no?»

«No! Dio.» Elliot si prese la testa tra le mani come un calciatore che ha appena sbagliato un rigore. «Capisco perfettamente perché sei arrabbiata, se hai pensato che io stessi parlando di te in quei termini. Ma ora ti sto dicendo la verità.»

«No, non è vero. Non volevi che andassi a letto con Fraser perché pensi che io sia disperata e incasinata e bisognosa d'affetto. Pensi che approfitti di ogni occasione che mi si presenta. Sai, Elliot, non è una grande sorpresa. Sapevo dalla nostra telefonata di oggi che non volevi che io venissi, stasera. Non reciti sempre benissimo.»

Accidenti, era proprio scatenata. Elliot sembrava a pezzi. E stava soffrendo solo una piccola percentuale di ciò che aveva fatto patire a lei.

«Ma non era perché non volevo che tu venissi! Avevo paura che mio fratello avesse il tuo numero e potesse mandarti foto del suo cazzo o roba del genere.»

«Ehi, dal vivo sei più basso!» gridò qualcuno dall'altra parte della strada.

Adesso il capannello dei disturbatori contava qualche membro in più rispetto a prima, tra cui alcune donne.

«Vaffanculo» disse Elliot, e dal gruppo si levarono risatine e prese in giro.

«Devi tornare dentro, prima che ti accerchino» disse Edie. «E io voglio andare a casa.»

«Edie, non voglio che restiamo così.»

«Be', è così che stanno le cose. Porterò a casa i miei tanti problemi con quel taxi. Per fortuna è a cinque posti.»

«Tira fuori le tette! Ehi, tira fuori le tette per il principe!»

Edie si girò e mostrò il medio alzato a quel nuovo antagonista maschile, provocando altri strilletti divertiti.

«Buonanotte» disse a Elliot, sempre più turbato, e aprì la pesante portiera di un taxi nero. Non si girò a guardarlo, ma si arrabbiò con se stessa per essersi preoccupata che lui fosse lì fuori senza protezione e circondato da iene. Non doveva importargliene niente. Da quel momento in poi non le sarebbe più importato.

# 57

Quand'era giovane e sentiva il bisogno di scappare dalle mura e dal soffitto della casa che la opprimevano, andava a camminare. E a camminare, e a camminare. Da quand'era tornata a Nottingham le piaceva avere di nuovo una città compatta da poter attraversare: le distanze che riusciva a coprire la facevano sentire come un esploratore dell'Antartide.

*Esco, forse starò via un po'.*

Suo padre la sorprese a uscire dalla casa immersa nel silenzio prima delle nove di mattina. «Niente dopo sbornia? Santo cielo, dov'è mia figlia e cosa ne hai fatto di lei?»

Edie disse qualcosa a proposito del fatto che i cocktail erano una fregatura e al giorno d'oggi non si riusciva neanche più a ubriacarsi, e sparì prima che lui potesse notare il suo avvilimento.

Oltrepassò le case a schiera di Forest Fields, attraversò il Forest Recreation Ground, una volta l'anno occupato dal caos organizzato della Goose Fair, e l'Arboretum, seguendo le linee dei tram fino al centro città. Era quasi la fine di agosto e nell'aria si percepiva l'odore di settembre.

*Perché fare la fatica di provare affetto per qualcuno?* si chiese mentre arrivava in centro e prendeva un caffè in un bicchiere di carta, e lo sorseggiava dal foro da tracheotomia nel coperchio di plastica. *Quasi tutti ti deludono. Quasi tutti sono persone orribili.* La rabbia iniziale verso Elliot aveva lasciato il posto a una profonda, terribile delusione nei confronti dell'umanità. Il suo cinismo aveva detto, a proposito della loro amicizia: *Troppo bello per essere vero.* Ora non era più certa che fosse cinismo: forse era solo realismo.

Si aspettava i mea culpa e li ricevette a metà mattina. Prima Fraser, che cercava invano di fare Kofi Annan.

Edie, sono uno stronzo per aver mandato quel messaggio, la colpa è mia. Elliot si è spaventato perché pensava che io volessi portarti a casa e in quel messaggio stavo assolutamente parafrasando. Ti prego di perdonarlo, so che ha un'ottima opinione di te. Fraz x

Rispose con un ringraziamento beneducato e assolse Fraser da ogni crimine. Non se la sentì di rispondere al messaggio quasi simultaneo di Elliot per più di un'ora.

Ieri sera ti ho chiesto scusa varie volte, e mi rendo conto che ripetere le stesse scuse può essere inutile e irritante, ma comunque: mi dispiace tanto, Edie. Non penso quelle cose di te, niente affatto, neanche un po'. Le ho dette preso dal panico. Detesto più di quanto possa spiegarti l'idea di averti ferita. Ex

L'ultima frase le fece un certo effetto. Poi ricordò che era un attore, che leggeva dalle sceneggiature. Nella vita reale non era la persona che lei credeva. Non trovava la forza di dire un generico: *È tutto a posto.* E perché poi per farlo sentire meglio avrebbe dovuto mettersi a zerbino lei?

Quel che è successo è successo. Non pensiamoci più e finiamo il libro.

Non era soltanto il fatto che lui l'avesse ferita, ma il
modo.

Avrebbe forse perdonato più facilmente le tipiche frasi
da maschi. *Edie? Be', ragazza simpatica, ma secondo me potresti trovare di meglio, e lo sai che ha trentasei anni?*

Essendo una persona pragmatica, si sarebbe rattristata
ma non sorpresa di scoprire che Elliot l'aveva giudicata e
trovata inadeguata sotto quel profilo.

Quello che non poteva tollerare era il tradimento delle confidenze sul suo passato, usato per dipingerla come
una nevrotica appiccicosa. Era davvero quella l'impressione che dava, di una persona instabile? Si pentì moltissimo
di avergli parlato di Jack e della pagina di Facebook. E di
sua madre. Si era resa vulnerabile e lui aveva usato quella
vulnerabilità contro di lei.

E la cosa peggiore era che Elliot avrebbe dovuto provare empatia. Lui sapeva quant'era difficile superare un'esperienza del genere, aveva idea del lavoro che bisogna fare su
se stessi per lasciarsela alle spalle. In un certo senso, avevano legato proprio grazie a quello. Edie faceva risalire a
quel preciso istante in albergo l'origine dei suoi sentimenti più intensi per lui.

Elliot stava cercando di coprire il suo tradimento con
quelle spacconate sul fatto che non gli piaceva pensare a lei
e Fraser insieme, magari sotto il tetto dei suoi genitori, ma
per Edie non era una spiegazione soddisfacente.

Tornò a casa con l'iPod a tutto volume nelle orecchie, *Bi-
zarre Love Triangle* dei New Order, che sembrava riassume-
re piuttosto bene l'ultimo anno. Tranne la parte sull'amore.

Quando fu in camera sua controllò il telefono e trovò tre chiamate senza risposta da Elliot. Decise di ignorarle, di farlo soffrire fino al giorno dopo. Non era pagata per parlargli di domenica e non sapeva che tono assumere.

Cortese ma freddo? Brusco ma professionale? Arpia furiosa, per adeguarsi allo stereotipo?

Poi la chiamò Nick. Edie ebbe il presentimento che stesse succedendo qualcosa, dato che di solito, di domenica, non riceveva così tante attenzioni.

«Edith?» disse Nick. «Stai bene?»

«Mmh... Sì?»

«L'hai visto?»

«Cosa?»

«Sei sul *Mirror.*»

«Dove sono?»

Per un attimo Edie pensò agli specchi delle fiabe, vetri ovali incantati che parlavano chiaro e tondo alle regine cattive. Poi il suo cervello elaborò il senso della frase. «Sono *cosa?*»

«Va' a vedere online, poi richiamami.»

Edie tirò fuori il computer e con mani tremanti aprì il sito del *Mirror.*

Nella colonna di destra vide, con un sussulto che le diede la nausea, un articolo illustrato da una foto dei paparazzi scattata di notte. Riconobbe Elliot e, porca vacca, c'era anche lei. Iniziò quasi a vederci doppio. Didascalia: *Elliot Owen litiga con una donna misteriosa.*

Si sentì torcere lo stomaco e le venne da vomitare. Cliccò sul link.

# 58

È stato decapitato in Sangue & Oro, dopo essersi innamorato della ragazza sbagliata: e il rubacuori della TV Elliot Owen potrebbe giocarsi il collo anche questa volta se la
sua fidanzata – l'attrice Heather Lily – vedrà le nostre foto.

Il trentunenne inglese è stato sorpreso in un acceso dibattito in mezzo alla strada con una bruna misteriosa, e
non sembrava che parlassero del controverso finale di stagione della serie.

La star, nota al grande pubblico per il ruolo del principe
Wulfroarer, è tornata nella sua città natale, Nottingham,
per girare la serie poliziesca Gun City della BBC. E a quanto pare non ha perso tempo e si è ambientato subito.

Un testimone commenta: «Si capiva che la donna era
molto arrabbiata e lui cercava di calmarla. Parlavano in
modo molto intenso e sembrava che si conoscessero bene.
Non ti aspetti di vedere il principe Wulfroarer che bisticcia
con qualcuno davanti al tuo pub di quartiere!».

A un certo punto è sembrato che Owen si prendesse la
testa tra le mani in un gesto di disperazione. Al termine di
un confronto carico di emozioni la donna è salita su un taxi
ed è andata a casa senza di lui: una decisione che risulterà
incomprensibile all'esercito delle fan di Owen.

*L'episodio sembra confermare le voci secondo cui Elliot e la sua fidanzata tira-e-molla Heather Lily, ventotto anni, che vive a Manhattan, sarebbero in pausa. Criptici tweet pubblicati il mese scorso dalla bellezza originaria dell'Hampshire sembravano criticare velatamente la scarsa propensione di Elliot a impegnarsi.*

*Una fonte vicina alla coppia afferma: «Elliot e Heather si sono lasciati da un po', ma lui continua a chiederle un'ultima possibilità. Lei sta pensando di concedergliela, ma è probabile che sia davvero l'ultima. Heather pensa che Elliot l'abbia presa in giro a sufficienza. Deve decidere cosa vuole».*

*E non è stato solo Owen a far arrabbiare la sua nuova amica, ieri sera. La graziosa brunetta ha espresso i suoi sentimenti anche a un passante che ha tentato di intervenire nel litigio, rivolgendogli un gesto molto eloquente. Forse avrà bisogno di questo spirito battagliero se Heather dovesse decidere di andare a trovare il suo uomo.*

*\* Sapete chi è la ragazza ritratta con Elliot Owen? Chiamate subito la nostra redazione.*

Edie esaminò le foto. Il litigio tra lei e Owen era immortalato in una serie di crude istantanee scattate con il telefono. C'era Elliot con le mani sulla testa e la faccia da cane bastonato durante la sua sfuriata, e poi lei a braccia conserte che lo guardava male e lui che cercava di calmarla. E poi il pezzo forte: Edie che faceva un gestaccio a un tizio. Oddio. Oh, no. Chiaramente tutte quelle persone avevano tirato fuori i cellulari, ovvio.

Non poteva più rimandare la telefonata a Elliot. La gravità della situazione metteva in sospeso le regole del loro attuale conflitto. Non si può continuare a litigare con una persona che ti sta aiutando a scappare da un edificio in fiamme.

«Edie» disse Elliot appena rispose al telefono. «Hai visto i giornali?»

«Sì. Mi dispiace molto.»

Una pausa che si rivelò essere un silenzio sorpreso. «Perché mi chiedi scusa?»

«Dovevo immaginare che ci stessero fotografando, dovevo andarmene più in fretta. E non fare gestacci.»

«Non dire sciocchezze. Sono stato io lo stupido a seguirti. E quel tizio ti stava gridando di fargli vedere le tette; avrei dovuto prenderlo a pugni.»

«In tal caso adesso ci troveremmo in una situazione peggiore, credo» disse Edie, posandosi una mano sulla fronte sudata.

«Ho parlato con la mia addetta stampa. Dice che senza altre foto di noi due insieme, probabilmente l'interesse si spegnerà nel giro di un giorno o due. Cioè, altri siti riprenderanno la notizia, ma in termini di notizie *nuove*...»

«Okay» disse Edie, cercando di riprendere il controllo dei suoi respiri. Dal tono di Elliot sentiva che si stava avvicinando un grosso *ma*.

«Ma... l'appello che chiede chi sei. Probabilmente, quando lo scopriranno, scriveranno un altro articolo. E non è impossibile che Jan si impicci anche di questo.»

«Certo» disse Edie, in tono inespressivo. Oddio. Doveva scendere al piano di sotto e dirlo a suo padre...

«Non temere che Heather possa venire qui, tra parentesi. Non saprebbe trovare Nottingham su una mappa.» Elliot esitò. «Non avresti di che preoccuparti in ogni caso.»

Edie scelse a caso una delle sue tante, tante domande. «Cos'è la storia di te che scongiuri Heather di concederti un'altra possibilità?»

«Ah, bellissima, vero? Lì è intervenuto il team di re-

382

lazioni pubbliche di Heather. Già, mi domando dove abbiano trovato questa fonte misteriosa che fa sembrare me lo stronzo e lei l'angelo tormentato. "Elliot deve decidersi." Ricamano più loro che mia nonna quando fa il punto croce.»

Edie non aveva intenzione di lasciarsi fregare di nuovo dalla bravura di Elliot con le parole. Sapeva che dovevano collaborare per risolvere quel problema, ma tornare al rapporto a di prima era fuori discussione.

«Quello che devi fare» proseguì Elliot, «è avvertire gli amici e i parenti che qualche giornalista potrebbe provare a contattarli, e chiedergli di non parlare con loro. Immaginalo come un incendio: più gli sottrai ossigeno e prima si spegne.»

«Il problema è che molte persone ce l'hanno con me per quello che è successo al matrimonio. Appena leggeranno l'appello prenderanno in mano il telefono.» Non ci aveva pensato finché non l'aveva detto a voce alta. «Quindi probabilmente verrà fuori anche la storia del matrimonio, giusto?»

Una pausa carica di tensione, durante la quale Edie sperò che Elliot la contraddicesse.

«Merda, non ci avevo pensato.»

La situazione era terribile a trecentosessanta gradi.

«Edie, qualsiasi cosa io possa fare per proteggerti, la farò. Non meriti tutto questo.»

Edie trasse un lungo respiro tremante e non riuscì a parlare per lo sforzo di trattenere le lacrime.

«Edie, sei ancora lì?»

«*Mmh-mmh.*» Poi un bisbiglio roco: «È solo che... *Dio*». Non riuscì più a trattenere i singhiozzi.

«Merda, Edie, non piangere. Per favore. Andrà tutto bene. Mi prenderò cura di te, promesso.»

Belle parole, ma vuote. C'era già passata. «Non importa» boccheggiò. «Ora è meglio che vada a dirlo alla mia famiglia.»

«Mi dispiace molto che conoscermi ti abbia causato tutti questi problemi. Per favore, avvertimi se c'è altro che posso fare. Posso chiedere alla mia addetta stampa di parlarti direttamente, se pensi che possa servire.»

Lei lo ringraziò, ma le sembrava che non dire niente fosse già un messaggio chiaro e semplice.

«Un'altra cosa, Edie. A proposito di ieri sera...»

«Parliamone un'altra volta. Al momento non ce la faccio.»

Edie scese le scale e trovò suo padre e Meg in salotto a guardare *Il mercatino dell'antiquariato*.

«Papà, Meg...» disse.

«È un orologio bruttissimo» disse sua sorella. «Io lo venderei. È una cosa che potresti trovare nella casa di un vecchio pedofilo.»

«I pedofili collezionano un tipo particolare di orologi?» domandò suo padre. «Forse sarebbe meglio comunicarlo alla polizia.»

«*Papà*. Ho una cosa da dirvi.»

I due alzarono gli occhi. Edie decise di togliersi subito il dente.

«Sono sul *Mirror*. Il giornale. Be', online. Ieri sera ho avuto un... dibattito con Elliot in mezzo alla strada e qualcuno ci ha fotografato. Dicono che sono la sua nuova ragazza, ma non è vero.»

Pochi istanti dopo erano tutti radunati intorno al computer di Edie al bancone della cucina, il padre con gli occhiali da lettura sul naso.

«Be', non è la cosa peggiore che poteva succedere, è solo uno stupido pettegolezzo.» Il padre indicò la terza foto, in cui Edie aveva le braccia conserte e un'espressione furiosa. «Ahia, conosco quella faccia. Pover'uomo.»

«Inoltre, potrebbe saltare fuori un'altra storia» disse Edie, e Meg la fissò come se fosse spuntata da un caminetto in una nube di Polvere Volante. «Una storia secondo cui avrei baciato qualcuno al suo matrimonio. Il marito di una collega, per la precisione.»

«Ed è vero?» chiese Meg con aria disgustata.

«Be'... sì. Cioè, lui ha baciato me! È durato solo un secondo.»

«*Bleah*. Il matrimonio è una tale stronzata» sentenziò sua sorella.

«Gli sposi si sono lasciati per via di quel bacio.»

«Oh, Edith, santo cielo» disse suo padre con un'espressione costernata.

«Papà, non avevo una relazione né niente del genere!» Be', a dire il vero era *qualcosa* del genere, ma ci teneva a precisare che non c'entrava niente il sesso, senza però dirlo esplicitamente. «Ora si sono rimessi insieme. Ma al lavoro pensano tutti che sia colpa mia.»

Suo padre e sua sorella la guardarono senza sapere che dire, e Edie si pentì di non aver raccontato tutta la saga appena era arrivata a casa.

«Aspetta, è per questo che sei qui? A Nottingham?» chiese Meg. «Ti hanno licenziato?»

«No, diciamo che mi hanno messo in panchina in attesa che la situazione si calmi» disse Edie.

Meg tirò su col naso. «Ah! Lo sapevo che saresti venuta qui solo se qualcuno ti avesse costretta.»

«Speriamo allora che i tabloid non vengano a saperlo» disse suo padre. Guardò l'articolo. «Sembri molto turbata. Cosa stava succedendo?»

Edie non poteva mentire apertamente, non in quel momento. Guardò le foto: era evidente che stava arrostendo vivo Elliot. Doveva solo girarci un po' intorno.

«Ho visto un messaggio che non avrei dovuto vedere, in cui Elliot diceva che a volte sono una persona difficile. Risaliva alle nostre prime discussioni, quando ci eravamo appena conosciuti. Avevo bevuto un po' troppo e mi sono offesa. Ora abbiamo fatto pace.»

Molte bugie, in quella versione dei fatti, ma Edie non poteva certo dire: *Sostiene che io sia problematica per via della mamma.*

«A chi stavi mostrando il dito medio?» chiese Meg, sporgendosi di nuovo verso il computer.

«Oh, a un tizio che mi chiedeva di tirarle fuori.»

Meg sorrise. «Ahahah. Ben fatto.»

«Di certo sembri piena di *personalità*» disse suo padre, con un sorriso. «Se non della tua solita e contagiosa gioia di vivere.»

«Se vi cerca qualche giornalista, non dite niente. Sul serio: neanche una parola. Riagganciate e basta.»

«Non abbiamo più il telefono fisso» disse suo padre. «Ci chiamavano solo i call center e un poveretto di nome Leonard con l'Alzheimer.»

«Cellulari?»

«Mi stupirei se trovassero acceso il mio, e Meg deve prima pagare i conti arretrati.»

Edie dovette ammettere che le probabilità erano basse in entrambi i casi e in parte si sentì sollevata.

Tuttavia, aveva la sensazione di non avere ancora visto il peggio, soprattutto se i giornalisti avessero scoperto la storia di sua madre. Ma non lo disse.

# 59

È difficile capire davvero quanto sia brutto ritrovarsi sui giornali per il motivo sbagliato finché non ti succede. Non era terrificante quanto Edie aveva temuto, ma la lasciava disorientata come i sogni che si fanno con la febbre alta e l'intera situazione era completamente al di fuori del suo controllo.

E ancora più spiacevole di essere finita sui giornali era la consapevolezza che presto ci sarebbe finita di nuovo.

Su quello non c'era il minimo dubbio. Edie visse una mezz'ora di delirio in cui si convinse che per qualche miracolo nessuno l'avesse riconosciuta. Quella ridicola speranza fu rapidamente spazzata via quando arrivò una valanga di misteriose richieste di amicizia sul suo nuovo profilo di Facebook. C'era stato un ping pong di messaggi, evidentemente. Alcune di quelle persone erano perfetti estranei, altri erano chiaramente giornalisti ma, ed era la cosa più sorprendente, cinque o sei erano dipendenti di Ad Hoc.

Dopo aver firmato una petizione per il suo licenziamento, ora le chiedevano l'amicizia? Incredibile. Curiosamente, però, nessun contatto da parte di Louis. Con un pettegolezzo di quelle proporzioni, doveva essere caduto in un tombino. O nel letto di un uomo.

Il lunedì, scrutando da dietro le tende, consapevole che non erano ancora apparsi altri articoli, valutò di potersi azzardare a uscire di casa, benché in taxi. Corse a testa bassa dalla porta di casa alla portiera dell'auto, sentendosi al contempo incosciente e ridicola nella sua paranoia.

Doveva sapere che non si può frequentare una persona molto famosa e non aspettarsi che la notorietà ti finisca addosso, come la vernice fresca in un corridoio troppo stretto.

«Ehi, pietra dello scandalo, lo sai che sei diventata un trending topic su Twitter?» disse Nick – che si era autonominato manager della crisi – quando Edie arrivò per mangiare un enorme panino nel minuscolo Brown Betty's café.

Edie perse subito l'appetito. «Oddio, cosa?!»

«Ecco, guarda qui. È sotto l'hashtag #laragazzadelmistero, cercano di capire chi sei. A quanto pare Heather non piace alle fan di Owen, da quando in un'intervista ha detto che lei ed Elliot non avrebbero più potuto uscire con dei civili. Ahahah. Le fan hanno deciso che gli piaci, perché contraddici Heather. Penso che sia stato il gestaccio a segnare il tuo destino. Dicono che sei una di loro.»

Edie cliccò sull'hashtag, il terzo della lista dopo #comerovinareunamoreconunaparola e #sesangueeorofosseambientatoingranbretagna. Vide molte strambe didascalie associate alle foto di lei ed Elliot. LEGGENDA, <3 questa svergognata e la domanda chiara e semplice: CHI È QUESTA?

Le sovvenne un pensiero orribile: che quella pausa prima dell'articolo successivo fosse solo altro tempo per indagare. Immaginò che Lucie Maguire avesse accumulato un conto telefonico da spavento per chiamare tutti i giornalisti del paese. Edie aveva avvertito tutte le persone che le erano venute in mente, cioè non molte, chiedendo loro di non parlare con la stampa. Il suo telefono squillava di continuo, numeri di cellulare sconosciuti, e quando ascoltava i messaggi vocali in segreteria prima di cancellarli sentiva voci anonime che cercavano di ingraziarsela e le offrivano una straordinaria opportunità di raccontare la sua versione dei fatti.

Nick scortò Edie sul taxi con fare protettivo e l'accompagnò a casa, accertandosi che non fossero osservati, ma per tutto il tempo non smise un attimo di ridere.

«Grazie mille!» disse, fingendosi offesa. In realtà Nick era un tonico per Edie. Molto meglio di uno che, come lei, temesse la fine del mondo.

Passò un pomeriggio inquieto finché Meg, di ritorno dall'ospizio, disse: «Ehm, credo che ci sia qualcuno dall'altra parte della strada che sta scattando delle foto».

«*Cosa?*» Edie scostò leggermente la tenda ed effettivamente c'era un uomo con un teleobiettivo appoggiato a una macchina. Ormai era agli arresti domiciliari. Era una sensazione terribile, essere braccati come una preda. L'unica persona con cui potesse chiacchierare era Margot, dall'altra parte dello steccato in giardino. Ma la donna non aveva ben presente la gravità della situazione.

«Favoloso!» commentò, fumando una sigaretta e lasciando penzolare dalla staccionata la mano libera. Lo smalto era color terra di Siena. «Se tutti pensano che te la fai con lui, tanto vale farlo davvero. Ormai gli sarà passato per la testa, tesoro. Perché lasciarti impiccare per un crimine che non hai commesso? Scommetto che anche lui la pensa così.»

Edie non sapeva se ridere o piangere.

E poi arrivò martedì. Appena vide il titolo del link, capì che era l'articolo che temeva.

*Chi è la ragazza misteriosa? Il passato colorito della nuova donna nella vita di Elliot Owen.*
Era illustrato con fotografie prese da Facebook oltre alle immagini scattate con i telefoni. Viste nell'insieme sembravano tese a ritrarre una ragazza festaiola: c'era Edie che brindava con il bicchiere rivolto all'obiettivo, o posava abbracciata a qualche collega di Ad Hoc, fingendo timidezza e alzando al cielo i grandi occhi incorniciati dalle ciglia finte.
*Oh, Dio.*

*I fan non vedevano l'ora di scoprire chi fosse la nuova donna di Elliot Owen, star di* Sangue & Oro.

*I due sono stati visti litigare in strada nel fine settimana, in un incontro carico di emozioni, lasciando pensare che lui e l'attrice Heather Lily si siano lasciati definitivamente.*

*Ora il* Daily Mail *può rivelare in esclusiva che la bellezza misteriosa è Edie Thompson, trentasei anni, una redattrice che lavora all'autobiografia di Elliot, di prossima pubblicazione. Le sue visite sul set della serie poliziesca* Gun City *non hanno lasciato dubbi sul carattere approfondito delle ricerche condotte da Edie.*

*«Tutti sul set hanno capito che quei due si amano alla follia» dice la nostra fonte. «Un giorno Elliot è riuscito a malapena a terminare le riprese prima di portarsela nella roulotte. L'ha presa in braccio e se l'è portata via, letteralmente. Sembrava proprio il principe Wulfroarer. Ci hanno detto di "non bussare se la roulotte ondeggia" e per quel giorno le riprese si sono interrotte. Tutta la troupe era furiosa.»*

*L'ex fidanzata Heather non ha fatto mistero della sua rabbia per questo tradimento. Di recente ha scritto su Twitter: "Quando una persona ti delude, mostrati superiore" e "Ciò che non ti uccide ti rende più forte".*

*E a quanto pare non è la prima volta che la bruna Thompson, che come Elliot è originaria di Nottingham, solleva un polverone.*

*Pare che fosse single quando ha conosciuto Owen, ma qualche mese fa è stata sorpresa avvinghiata al marito di un'amica... il giorno del loro* MATRIMONIO.

*La coppia lavorava con Thompson nell'agenzia pubblicitaria Ad Hoc di Clerkenwell, e in seguito alla controversia Thompson è stata messa in congedo... e incaricata di scrivere il libro di Owen. Il neosposo, Jack Marshall, è stato licenziato.*

*«Edie è una rovinafamiglie» dice un'ex amica della giovane pubblicitaria. «Quello che ha fatto a Jack e Charlotte è stato disgustoso, e non si è pentita. Quando c'è in giro Edie, meglio tenere gli uomini sotto chiave. Non mi stupisco che si sia buttata subito addosso a Elliot Owen. Quel poveretto non sa con chi ha a che fare.»*

UN PASSATO DIFFICILE

*Mentre scrive il libro su Owen, la pubblicitaria risiede temporaneamente con suo padre e sua sorella nella loro modesta villetta a schiera in un quartiere popolare di Nottingham. Sua madre si è suicidata nel 1988 in seguito a una depressione post partum.*

*Jan Clarke, autrice della biografia non autorizzata* Elliot Owen. Un principe tra gli uomini *– in uscita il 12 novembre – sostiene che potrebbero essere stati questi trascorsi complicati ad attrarre la star. «Nel mio libro ci saranno rivelazioni esplosive sul passato di Owen, che è molto più turbolento di quanto si pensi. Senza dubbio sono stati questi punti in comune a far scoccare la scintilla fra loro.»*

*Un rappresentante di Owen ha definito completamente false le voci di una relazione. «È un rapporto strettamen-*

391

*te professionale, non c'è amore»* ha dichiarato il portavoce dell'attore.

Jan Clarke, ma che sorpresa.

Edie sentì la bocca secca. Rilesse l'articolo altre sei volte. *Un passato difficile.* Era profondamente sconcertante vedere la propria vita riassunta in breve a beneficio di perfetti estranei.

Trovò un messaggio di Jack che diceva:

MACHECAZZO EDIE?!

e una chiamata senza risposta e li ignorò. Non gli doveva niente. Era stato lui a gettarla in pasto ai lupi dopo il matrimonio, ora toccava a lei.

Con passo molto pesante scese le scale e mostrò l'articolo a Meg e a suo padre.

Il padre si alzò, incurvò le spalle, sospirò. Meg lesse l'articolo a bocca aperta e all'inizio dell'ultimo paragrafo sussultò. «Un quartiere popolare! Accidenti al *Mail* e alla sua ossessione per i prezzi delle case.»

Poi continuò a leggere. «Perché ci hanno messo in mezzo la mamma?» disse, alzando su Edie uno sguardo risentito. Il padre non la guardava nemmeno, ed era peggio che vederlo arrabbiato.

«Non lo so» disse Edie. Pensava che Meg avrebbe gridato o pianto, invece era rimasta in silenzio. Si scusò con entrambi, ma non c'era molto da dire.

«E tu *non* frequenti quel giovanotto?» chiese suo padre, incredulo. Invece di farla sentire meglio, non faceva che sottolineare l'insensatezza di tutta quella storia.

«No» rispose Edie.

Suo padre tornò a leggere l'articolo sul computer e Edie si sentì disperata: vedeva che lui e Meg non erano convinti, ed erano la sua famiglia. In qualche modo, quando una cosa è scritta nero su bianco sul giornale, diventa una semiverità.

«Ce ne saranno altri?» chiese suo padre.

«Non lo so. Spero di no.» Avrebbe voluto rassicurarlo, ma non aveva consolazioni da offrire, ed era chiaro che Meg non voleva trovarsi nella stessa stanza con lei. Edie tornò nella sua camera e pianse in silenzio. L'unica telefonata a cui rispose, tra le tante che facevano vibrare il suo maledetto telefono, fu quella di Elliot.

«Edie, stai bene? Sono in mezzo al caos, quindi scusa se sarà una chiamata breve» disse da un luogo rumoroso.

«La sai una cosa? Mi viene da vomitare» disse Edie. «Eppure allo stesso tempo mi sento completamente distaccata.»

Era un tipo di vergogna diverso rispetto a quello del matrimonio. Lì aveva avuto come pubblico tutte le persone che conosceva. Stavolta il palcoscenico era il mondo intero, perfetti estranei. Una nuova dimensione di umiliazione. Che sarebbe rimasta su Google per l'eternità.

«Mi fa piacere che vedere il tuo nome associato pubblicamente al mio ti faccia venire da vomitare» disse Elliot, strappandole la prima debole risata dalla sera del litigio. Si sentì grata.

«Ehi, e tu non sai con chi hai a che fare» disse in tono cupo. «Chi è questa femme fatale di cui sto leggendo? La cosa peggiore è che è difficile distinguere le parti vere da quelle false. Hanno formato un insieme totalmente distorto, chissà come.»

«Esatto! Ora capisci come funziona. Anche quando le informazioni sono vere, sono sbagliate lo stesso. Spero che la smentita sia sufficiente a chiudere tutto. Abbiamo il vantaggio di non essere a Londra: non sprecheranno tanti fotografi per spedirli quassù nelle Midlands. Inoltre la mia addetta stampa è fenomenale, sta già approntando una strategia. Ti dirò di cosa si tratta appena lo saprò.»

«Grazie.»

Edie notò che Elliot non aveva menzionato la velata minaccia di Jan sull'adozione: forse l'aveva detto a Fraser? Sospettava che non l'avesse fatto, impegnato com'era a riprendersi dai postumi della loro lite; e pensò che fosse gentile da parte sua non mettersi al centro dell'attenzione. Ma per quanto gli fosse grata per il suo sostegno, per lui era diverso. Lui era abituato a essere famoso. L'aveva scelto.

Hannah e Nick crearono un WhatsApp di gruppo intitolato *Oggi giornale, domani incarto per il fish and chips*, e promisero a Edie che un giorno ne avrebbero riso insieme.

Il suo telefono squillò di nuovo. Era Richard. Richard, che in quel momento era a Santorini e doveva restarci fino alla settimana successiva. Era un pessimo segno che chiamasse al di fuori dell'orario di lavoro. Richard lo stakanovista proteggeva con ferocia la santità del suo tempo libero, e così faceva anche la sua formidabile moglie.

«Chiamatemi solo se è scoppiata una bomba» diceva sempre. «E anche in tal caso, se è stato condotto il triage sul campo e nessuno sta morendo dissanguato, chiedetevi: non essendo un medico, in che modo potrei rendermi utile?»

«Ciao, Edie!» disse con robusta e minacciosa allegria. «Mi sto godendo un brunch con la famiglia in una taverna tipica. E invece di stare con loro a mangiare uova alla greca, sono al telefono con te. Riesci a indovinare perché?»

«Richard, mi dispiace tanto. Nulla di quello che è sui giornali è vero. Non esco con Elliot Owen.»

«Ho qui il tuo fotoromanzo... e perdonami, ma non sembra che tu gli stia spiegando come pensi di impostare il libro.»

Richard era esasperato, ma perlomeno non gridava. Edie avrebbe dovuto interpretarlo come un buon risultato.

«Siamo andati a bere qualcosa e suo fratello ci ha provato con me e c'è stato un piccolo malinteso. Ora è tutto chiarito.»

«È con suo *fratello* che te la fai? Ah, molto bene. Devo dire che Owen sembra felicissimo della cosa. Sai, una mia dipendente che litiga con un cliente in mezzo alla strada non è proprio l'immagine di Ad Hoc che vorrei proiettare.»

«Richard, ti assicuro che non è come sembra!»

«Temo che tu non capisca: il modo in cui sembra è il modo in cui è. A meno che tu non voglia girare tutto il paese porta a porta per presentare la tua versione dei fatti, i giornali ti hanno battuto sul tempo.»

«... ma come cliente, Elliot è completamente soddisfatto. Te l'assicuro. Il libro sta venendo bene.»

«Lui sarà soddisfatto, ma l'editore no.»

«Cosa?»

«Già. La brutta notizia è che mi hanno fatto una gigantesca scenata per via di queste attenzioni negative. Vogliono che tu vada da loro lunedì per spiegare perché dovrebbero permetterti di continuare a lavorare sul libro. La bella notizia è che, già che sei a Londra, dopo puoi venire da me.»

Edie si afflosciò. Un doppio licenziamento. Almeno non doveva più dire a Richard che se ne andava.

«E per quanto riguarda l'autobiografia, presenta le tue argomentazioni. Ma ti avverto, penso sia una di quelle occasioni in cui la condanna a morte è già stata emessa.»

«Ma ho scritto così tanto!»

«Edie, forse mi considererai un fanatico delle regole con

una memoria da elefante» disse Richard. «Ricordi quando ti ho assegnato questo lavoro? Non ti avevo detto, direttiva numero uno, *Non andare a letto con l'attore, porca puttana*? Avevi un solo incarico. Uno.»

Non aveva tutti i torti.

# 60

Tre dirigenti della casa editrice sedevano davanti a Edie, dall'altra parte di un tavolo da riunioni a Bloomsbury, con stampate a colori formato A4 degli articoli del *Mirror* e del *Mail*. Poiché li avevano già letti, Edie immaginò che li lasciassero lì per intimidirla e imbarazzarla, e la cosa funzionava. Il viaggio in treno era stato lungo e snervante e l'atmosfera giustificava appieno la sua paura. Nell'ultima settimana non erano usciti altri articoli, solo versioni rielaborate, eppure non era affatto sicura che il peggio fosse passato.

«Prima di cominciare» disse Edie, «voglio assicurarvi che non c'è stata alcuna relazione impropria tra me ed Elliot Owen. Quelle foto sono state scattate la sera in cui sono stata invitata a unirmi a un'uscita di gruppo e abbiamo tutti bevuto un po' troppo. Ora è tutto risolto» concluse, mentre tre paia di occhi la fulminavano in silenzio. E quel silenzio diceva: *Oh, no. No che non è risolto.*

«Lasci che le spieghi la nostra posizione» disse Becky, l'elegante e ben vestita donna al comando, in un tono lievemente condiscendente e cortesemente ostile. «Per questo progetto volevamo un autore che restasse invisibile. C'è un motivo se si chiama *ghostwriter*, scrittore fantasma. Vogliamo davvero posizionarci nella fascia alta del mercato, in contrasto con il libro di qualità inferiore che uscirà nello stesso periodo.»

Edie si ravviò i capelli dietro l'orecchio, annuì e le parve di essere nell'ufficio del preside, in procinto di essere espulsa.

«Ora abbiamo *questa* pubblicità» – spinse verso Edie l'articolo del *Mirror*, come se lei potesse desiderare di rinfrescarsi la memoria – «che non è proprio sinonimo di qualità del prodotto. E l'autobiografia è stata citata da tutte le testate che hanno riferito dell'articolo del *Mail*. Lei è apparsa su...» Consultò una lista. «*Huffington Post, Metro, Digital Spy, Express, Just Jared, Washington Post*. Devo continuare?»

Sì, Edie era proprio nell'ufficio del preside.

«Siamo in acque inesplorate; non ci è mai capitato che un ghostwriter fosse così coinvolto nella vita del soggetto, e in modo così *pubblico*. Dopo lunghe discussioni, riteniamo che questo episodio complicherebbe eccessivamente la situazione per il lettore. A meno che lei non possa offrire informazioni speciali in qualità di... partner...»

«Non posso!» esclamò Edie. Oh, se solo avesse fatto davvero tutto il sesso di cui veniva accusata! A quell'ora avrebbe camminato a gambe larghe.

Becky tacque per il tempo sufficiente a chiarire che l'interruzione di Edie era volgare e sgradita. «No, non può. Se non altro perché lei ha firmato un accordo di riservatezza.»

Anche le domande trabocchetto, adesso.

«Come dicevo, a meno che lei non possa offrirci quello, *e non può*, la consideriamo una situazione priva di risvolti positivi. Creerebbe confusione nei consumatori. Verrebbe visto come il libro scritto dalla fidanzata, che ci piaccia o no. E chissà quali storie verranno fuori la prossima...»

«Non ce ne saranno!»

«Ne è sicura?»

«Be', non c'è niente di nuovo da dire... Niente di vero, quantomeno.»

Becky sbarrò gli occhi. Raccolse gli articoli dal tavolo e li lasciò cadere di nuovo. «Ma lei sta dicendo che queste cose scritte sui giornali non sono vere?»

«Esatto.»

«Allora come può essere certa che non ne usciranno altre, dal momento che non è necessario che siano vere?»

*Scacco matto.*

Richard aveva ragione, quell'esecuzione era stata ordinata direttamente dalla sala del trono.

«Le verseremo un compenso parziale e passeremo il suo materiale a un altro scrittore che porterà a termine il libro. Il suo nome non apparirà in copertina ma verrà citata nei ringraziamenti.»

«Ma...» Edie si sentì sconfortata. «Il materiale che ho è basato in gran parte sulle mie conversazioni con Ellliot. Fingerete che io non sia stata lì con lui?»

«Il libro parla di lui, non di lei» disse una donna più giovane seduta alla destra di Becky, con un tono a dir poco tagliente. Edie pensò che, in confronto, Becky sembrava una sua ammiratrice.

Bussarono alla porta e una donna si affacciò nella sala. «Becky, c'è una telefonata per te. Kirsty McKeown. È urgente.»

Restarono seduti in un silenzio teso mentre Becky usciva dalla stanza. Rientrò dopo cinque lunghi minuti, si sedette, si schiarì la voce e scoccò a Edie un'occhiata che, se non era in grado di uccidere, di sicuro poteva menomare gravemente.

«Elliot Owen non intende finire il libro se non con questa autrice.»

Nonostante tutto, Edie sentì un tuffo al cuore.

La donna sulla destra era davvero infuriata. «Non possiamo offrire...?»

«È inamovibile.» Becky fulminò di nuovo Edie con uno sguardo che diceva: *E così non ci andresti a letto, eh?*

Amici ai piani alti: non restava nient'altro da aggiungere.

«La preghiamo di evitare altre situazioni che possano interessare alla stampa.»

«Sì, certo» disse Edie con un filo di voce.

Doveva ringraziare Elliot. Appena uscì in strada gli telefonò, controllando che nessuno la stesse fotografando. A quanto pareva, a Londra era di nuovo anonima, grazie al cielo. Le persone che vogliono diventare famose non sanno cosa le aspetta.

Rispose la segreteria. Quando, poco dopo, Elliot la richiamò, le sembrò inquieto: parlava in tono secco e sbrigativo. «Volevano toglierti il libro?»

«Sì, a meno che non lo scrivessi da...» Edie esitò. «A meno che non lo scrivessi dal punto di vista di una persona che ha una storia con te, e ovviamente ho detto che non potevo.»

«Perché non me l'hai detto? Se non l'avessi saputo per caso dalla mia agente, rischiava di essere troppo tardi per un mio intervento. Avrei potuto evitarti anche quella riunione.»

«Non sapevo cosa volevi...» Edie lasciò la frase in sospeso. Perché non gliel'aveva chiesto? Le era suonato troppo da *damigella in pericolo*, forse. Inoltre sembrava paradossale chiedere aiuto a Elliot come amico, quando il messaggio che voleva comunicare era appunto che il loro fosse un rapporto puramente professionale. E poi sì, lo stava evitando. «E ho pensato che magari per te sarebbe stato più facile con un altro autore.»

Una pausa imbarazzata.

«Edie, chi se ne frega di cosa voglio o non voglio, a questo punto sarebbe stato un enorme spreco del *tuo* tempo. A meno che non volessi andartene tu...»

«No, certo che no. Voglio davvero finire il libro. Sono orgogliosa di ciò che abbiamo fatto.»

«Allora perché non mi hai chiesto di intervenire?»

«Non volevo implorare favori. Non era una tua responsabilità.» Si augurò che il fatto di aver scartato subito quell'opzione fosse un segno di grande indipendenza e non di totale stupidità.

«Mi odi davvero così tanto che non te la sei neanche sentita di chiedere?»

«No!» si affrettò a negare, ma era chiaro che Elliot credeva che le cose stessero in quel modo.

Edie non sapeva cosa provava per Elliot. Non era più arrabbiata, ma non si sentiva più come prima. Si erano lasciati alle spalle l'sms per praticità, ma non emotivamente. Tuttavia, non ebbe bisogno di trovare le parole adatte per spiegare tutto ciò, perché il nome di Richard apparve come chiamata in attesa e Edie non osava lasciarlo aspettare troppo a lungo.

# 61

Edie non conosceva nessun altro uomo che, come Richard, si abbottonasse la giacca ogni volta che si alzava, come se avessero appena annunciato la sua vittoria in una cerimonia di premiazione. Quel giorno indossava un incredibile completo blu pavone e una camicia color vinaccia.

«Siediti. Cosa prendi?»

«Un bicchiere di vino bianco, grazie.»

«Uno in particolare?»

«Scegli tu.»

Edie si aspettava un caffè sbrigativo per quello sgradevole licenziamento, ma Richard l'aveva chiamata per dire: «Sono ancora sul fuso orario di Santorini. Ti va una birra?». Si erano incontrati in un pub vittoriano ristrutturato, con cestini appesi al soffitto e lampade da carrozza, e un odore di birra e muschio.

Richard tornò dal bancone con i bicchieri. Attraeva sempre gli sguardi perché si vestiva e si muoveva come una persona famosa. Buffo quanto fosse importante un atteggiamento per farsi notare; Elliot invece, con il berretto di lana e le spalle curve, riusciva – quasi – sempre a non farsi riconoscere.

Quando si furono sistemati, Richard disse: «Be', allora. Da dove iniziare con l'ultimo episodio dell'Edie Thompson

Show? Abbiamo avuto un bel colpo di scena nel finale di metà stagione. Sei ancora tu a scrivere il libro, vero?».

«Sì. Solo perché Elliot ha insistito.»

Richard inarcò un sopracciglio e si sforzò di non ridere. «Ah, ha insistito? Jack Marshall e ora quel damerino impomatato. Al posto tuo non so se me ne vanterei.»

«Elliot è una brava persona» protestò Edie. «Sul serio. Le sue obiezioni iniziali erano molto sensate, è solo che non conoscevamo i retroscena.»

«Se lo dici tu» ribatté Richard. «Sono d'accordo che stavolta ti ha, come direbbero le mie figlie, salvato le chiappe.» Fece scorrere il bicchiere sul tavolo come a disegnare cerchi. «Ora. Per quanto riguarda il tuo futuro in Ad Hoc...»

«Richard, non serve che tu mi dica che devi lasciarmi a casa. Tanto non potrei comunque tornare in Ad Hoc. C'è stata una petizione per mandarmi via. L'hanno firmata tutti.»

«Lo so» disse Richard.

«E... Aspetta, lo sapevi?»

«Sì. Hanno usato la stampante dell'ufficio e ne ho trovato una copia nella scatola della carta da riciclare.»

«Ah.»

«Non sono proprio consumati maestri dell'intrigo.» Richard sorseggiò la sua birra e osservò Edie. «Sai, dopo averti conosciuta all'ultima festa di Natale in ufficio, mia moglie ha detto che hai un'intelligenza emotiva molto spiccata. E sono d'accordo con lei. Quindi puoi svelarmi il segreto di come una persona così intelligente possa comportarsi tanto spesso come un'idiota patentata?» Lo disse senza cattiveria.

«Non lo so. Se lo sapessi, la smetterei» rispose lei con sincerità.

«Voglio cose belle per te, Edie. Sono giunto alla conclusione che sei tu a non volere cose belle per te stessa. Forse non in modo cosciente, ma penso che il subconscio ti remi contro.»

Edie annuì. «Non sei la prima persona che me lo dice.»

«Parlando più come amico che come capo, ti lasci continuamente danneggiare da persone che valgono meno di te. Inizia a vestirti per la vita che vuoi. Parlo metaforicamente, anche se quel cappottino a quadri ha forse avuto il suo *pomeriggio di un giorno da cani*.»

Edie rise.

«Comunque. Hai talento, sei leale, sei intelligente e hai il senso dell'umorismo, e sei proprio il genere di persona che voglio in Ad Hoc. Voglio che continui a lavorare per me, Edie, e ho una proposta da farti.»

«Ti ringrazio, Richard, ma non posso tornare nell'ufficio che ha firmato una petizione per cacciarmi. Dammi pure della codarda se vuoi, ma...»

«Ho licenziato Charlotte. Ho licenziato anche Louis. Avevo bisogno di questa vacanza, te l'assicuro.»

«Cosa? Perché?»

«Charlotte per aver ideato la petizione, e Louis per averla fatta girare. Non so che genere di follia collettiva gli sia presa, ma se vogliono fare un remake di *Mean Girls* possono andare in un'altra agenzia.»

«Oh.»

Ecco perché Louis non si faceva vivo da un paio di settimane. Era troppo difficile spiegare perché l'avessero licenziato. Ed ecco come aveva tenuto il suo nome fuori dalla petizione: facendo tutto il resto. Edie avrebbe dovuto immaginarlo.

«Il punto è che ti sono estremamente grata per questa seconda possibilità, ma ho scelto di restare a vivere a Nottingham. Mi sono accorta di stare bene a casa. Be', non necessariamente a casa di mio padre e mia sorella, ma in quella città. Lì vivono i miei migliori amici.»

Richard annuì. «Non cambia nulla. La mia offerta prevede la possibilità di lavorare a distanza. Il copywriting si può fare ovunque. Quando c'è un cliente da incontrare, vieni qui. Li incontriamo fuori dall'ufficio, così non dovrai metterci piede.»

«Dici sul serio?»

«Sì. So che sei diligente. A parte quando fai piedino a idioti del calibro di Jack Marshall. O quando fai la predica in pubblico ai divi del cinema. E poi non mi chiederai un aumento per un po', perché traboccherai di gratitudine e ti stupirai di quanto costi poco la vita lassù.»

Edie rise, lievemente incredula. «Wow. Be', grazie mille, Richard. Questa giornata sta andando molto meglio del previsto.»

Non solo non era stata licenziata, ma avrebbe potuto lavorare per Ad Hoc da Nottingham! Reddito garantito, un lavoro che le piaceva... Quel giorno *aveva vinto l'amore.*

Mentre finiva la sua birra, Richard tirò fuori un pezzo di carta piegato dalla tasca della giacca.

«Ho aspettato finora a mostrartelo perché non volevo farti pensare che avesse influenzato la mia decisione. Avevo già licenziato Charlotte e Louis, e avevo già deciso di farti un'offerta quando ho ricevuto questa. Puoi farne ciò che credi. Per quanto mi riguarda, pensavo già che lui fosse un coglione di prima categoria. Ci sentiamo quando avrai consegnato il libro per parlare di come organizzarci, va bene?»

«Sì. Grazie, Richard.»

Richard le posò una mano sulla spalla. «Stammi bene, Edie.»

Quando se ne fu andato, Edie aprì il foglio e lesse. Era la stampata di un'email.

Da: Martha Hughes

Chiedo scusa per il contatto non richiesto. Scrivo a proposito di Edie Thompson. Ho letto sul Mail che è stata messa in congedo dalla vostra agenzia dopo essere stata sorpresa con il vostro dipendente Jack Marshall il giorno del matrimonio di lui. Non ho capito se siano stati licenziati entrambi. Ecco perché scrivo, perché se lei è stata licenziata mi sembra il caso di dire qualcosa. Quando ho letto questa storia, ho avuto un déjà-vu. Ho lavorato con Jack quattro anni fa in un'altra agenzia di creativi. Lui aveva una relazione a distanza con un'altra persona, ma io non lo sapevo. Chissà come è riuscito a non dirmelo in nessuno dei nostri tanti pranzi al ristorante e uscite dopo il lavoro (sempre messi in conto spese). Avevo una relazione infelice. Ci siamo avvicinati molto – non fisicamente – e lui è stato per me una spalla su cui piangere in un periodo difficile. Alla fine mi ha detto di avere una fidanzata a Leeds, Stephanie, ma ormai ero troppo legata a lui per mantenere le distanze. Un venerdì la fidanzata si è presa una mezza giornata libera ed è arrivata prima del previsto. Ha sorpreso me e Jack a bere in un locale, noi due da soli. Ha urlato molto, e io mi sono sentita la cattiva della situazione. Quando in ufficio si è venuto a sapere tutti hanno pensato che avessimo una relazione. Questa circostanza ha contribuito alla mia decisione di andarmene circa tre mesi dopo, e questo benché non avessi alcuna colpa, se non forse quella di non aver fatto un passo indietro quando avrei dovuto. Quando ho letto del matrimonio ho pensato: ecco, l'ha fatto di nuovo. Quel coglione (chiedo scusa) ha ingannato una donna mentre usciva con un'altra. È il suo hobby. Non conosco questa Edie, e per quanto ne so può essersi portata a letto tutto l'ufficio, e questa mia testimonianza non conterebbe niente. Ma ho pensato che doveste saperlo.

Quando finì di leggere, Edie aveva gli occhi lucidi per l'emozione. Per così tanto tempo aveva pensato di essere la colpevole di quel che era successo con Jack, e molte persone erano d'accordo con lei.

Era stata troppo debole, aveva commesso troppi errori e si era odiata troppo per credere davvero che fosse colpa di Jack. Nei momenti più bui aveva persino creduto di averlo sedotto involontariamente, di avergli alterato l'equilibrio, di aver provocato da sola tutto quanto.

E adesso c'era Martha, che agitava una bacchetta magica come una fata madrina. Era riuscita a fare una cosa che Edie credeva impossibile: convincerla davvero che non era colpa sua. *Ti ha inseguito lui. Ti ha fatto pressioni. È così che si comporta. Non sei una persona orribile.*

Stupidamente non le era mai venuto in mente che Jack potesse averlo già fatto altre volte. Tutto il trucco si basava sull'illusione di un legame unico e speciale tra loro due. Ma *ovviamente* non c'era quel legame; *ovviamente* quello era il suo modus operandi.

A ripensarci, Jack aveva forse menzionato una certa Martha. Era una cara amica che lui non poteva più vedere perché stava con un uomo cattivo e insensibile, e Jack aveva cercato di aiutarla ma lei non voleva lasciarlo. «Perché le donne migliori si accontentano di uomini così inutili, Edie? È un tale peccato» le aveva detto una volta durante una lunga chiacchierata in un giorno di pioggia. E lei aveva pensato: *Accidenti, che uomo sensibile.*

Le sembrava che le avessero tolto un peso gigantesco dalle spalle: era raggiante, quasi ubriaca di felicità. E sentiva di avere la forza di vendicarsi.

Senza sapere bene perché, aprì il profilo Twitter di Ian Connor. Aveva condiviso i link degli articoli sul *Mirror* e sul *Mail* commentando:

La zoccola perde il pelo ma non il vizio.

Ehi, aspetta. Il tweet più recente lamentava una lunga attesa per il pranzo. Ed era taggato con la posizione. In quel preciso istante, Ian Connor, se c'era da fidarsi dei social media, era seduto in un pub a una decina di minuti di macchina da lì.

Ma insomma @TheShipTavern quanto sarà mai difficile riscaldare una lasagna? Siete andati a prenderla in Italia? #staremmoaspettando

Il cuore iniziò a martellarle nel petto. Una strada si biforcava davanti a lei. Mettersi la giacca, andare a prendere il treno, evitare il conflitto e quasi certamente non scoprire mai chi fosse Ian Connor: l'opzione infinitamente più semplice. Oppure, affrontare direttamente il suo critico più severo e più insensato.

Pensò a ciò che le aveva detto Richard a proposito dei comportamenti stupidi. Ma quella non era stupidità. Era l'unico modo per trovare un po' di pace. L'unica chance di chiudere quella faccenda.

Era giunto il momento di scoprire cosa fa un leone da tastiera quando lo guardi negli occhi e lo inviti a ripeterti le stesse cose in faccia.

# 62

Edie scese dal taxi e si domandò se stesse per fare una pazzia. Trasse un lungo respiro, poi un altro, chinò la testa ed entrò nello Ship. Guardò terrorizzata tutti i volti maschili, interpretando ogni sguardo ricambiato come la riprova che si trattasse di Lui.

Dopo un istante però tornavano alle loro conversazioni e Edie capì che, se ti aggiri guardando gli uomini, la maggior parte degli uomini guarderà te. Tuttavia doveva continuare a cercare reazioni rivelatrici: Ian Connor sapeva che faccia aveva Edie, perché aveva condiviso le foto apparse sui giornali.

Girò intorno al bancone e lanciò un piccolo strillo per la sorpresa. A un tavolo erano seduti Louis, Charlotte e Lucie Maguire. La quarta sedia – Ian, evidentemente? – era vuota.

Louis la vide per primo e, per un istante, non fu chiaro chi dei due fosse più scioccato.

«Edie, cosa ci fai qui?!» disse, in un'imitazione strozzata della sua solita voce cantilenante e sarcastica.

Edie si costrinse a riprendersi, benché sentisse palpitare il cuore nelle orecchie. «Stavo cercando Ian Connor...»

Charlotte, Louis e Lucie la guardarono ammutoliti, come se fosse uno spettro uscito da una tomba.

«Pessima imitazione di *Terminator*» disse uno dei tizi in giacca e cravatta al tavolo accanto. «È John Connor.»

Ignorarono l'interruzione.

«Chi è?» chiese alla fine Louis. Appoggiò le braccia sullo schienale della sedia, ostentando disinvoltura. Sembrava che l'avessero appena sorpreso con il marito di qualcuno. Edie aveva presente la sensazione.

«Stando a Twitter, Ian Connor è qui ad aspettare il pranzo. Dovete conoscerlo per forza, perché sa cose di me che nessun altro sa. Per caso è qui con voi?»

«No. Non l'ho mai sentito nominare!» disse Louis, in tono deciso. Sembrava così convinto che per un attimo Edie lo credette sincero.

Charlotte, che indossava una maglietta a righe alla marinara e portava i capelli raccolti in uno chignon ordinato, la guardò con disgusto. «Non sappiamo di chi parli.»

*Mmh*, meno convinta. Se davvero Jack aveva parlato a Charlotte di Ian Connor, lei doveva avere almeno una minima idea di ciò che Edie le stava chiedendo.

Alle loro spalle si materializzò una cameriera con dei piatti in mano.

«Scusate per l'attesa! Qui abbiamo le polpette, il curry alla thailandese e la lasagna.»

Edie guardò, con gli occhi sbarrati, mentre Louis alzava la mano per rivendicare le polpette, Charlotte si vedeva posare davanti un piatto di sbobba color avocado e Lucie accettava la lasagna.

«Anche Ian Connor ha ordinato la lasagna» disse Edie.

Tutti gli occhi si girarono verso il piatto galeotto e fumante che era davanti a Lucie, una barca piena di formaggio gorgogliante come lava.

Edie guardò la sedia accanto a Lucie. Non c'era una

giacca, una borsa, un bicchiere né un posto a tavola apparecchiato. Non c'era nessun altro lì con loro.

«Ian Connor sei *tu*?» chiese a Lucie.

Lucie era rigida e pallida. Di solito Edie non disprezzava le persone per l'aspetto fisico, ma in quel caso avrebbe fatto un'eccezione. Era brutta fisicamente quanto lo era spiritualmente: occhietti malevoli da struzzo e labbra sottili sotto i capelli dalla costosa tintura bionda fatta da Toni & Guy.

«Hai un falso account su Twitter, creato apposta per insultare me? A nome di *Ian Connor*?»

Lucie si schiarì la voce. «Non è *per te*. È un account privato. Tu cosa c'entri?»

«Quando qualcuno mi insulta online, sono anche affari miei. E non è privato: non l'hai reso visibile solo agli amici, altrimenti ora non saresti qui.»

Mentre cresceva la rabbia, svaniva la paura: Edie la sentiva evaporare come acqua bollente. Quelle persone avevano solo il potere che lei sceglieva di conferire loro. Nella realtà erano piccole. Erano impaurite.

«Con il nome di Ian Connor hai postato un commento su quella pagina Facebook dove dicevi che mia madre si era suicidata per la vergogna di avermi partorito.»

Ora Louis e Charlotte fissavano Lucie, che era diventata rossa come il sole al tramonto.

«Mia madre si è suicidata quando avevo nove anni. Non ne parlo mai con nessuno. Era un segreto. Tu hai preso questa informazione da lei» guardò Charlotte, che ovviamente sapeva che Lucie era Ian, «e l'hai usata per fare una battuta online?»

I professionisti incravattati del tavolo accanto avevano posato le forchette e assistevano alla scena a bocca aperta.

411

«Non ricordo tutto quello che c'era scritto» disse Lucie. «Hai un bel coraggio a venire qui, dopo quello che hai fatto a Char...»

«No» la interruppe Edie. «Non ti nascondere dietro quello che è successo tra me e lei. Hai preso in giro una persona per aver perso la madre nel modo più terribile. La prossima volta che *pensi* di far parte della maggioranza morale, Lucie, e di conseguenza di poter giudicare gli altri, ricorda che sei una dei peggiori. Sei una codarda e una prepotente, entrambe le cose insieme. Hai figli, vero? Io avevo nove anni quando ho perso mia madre, mia sorella ne aveva cinque. Come ti sentiresti a sapere che qualcuno prende in giro i tuoi figli perché sei morta?» Fece una pausa. «Si chiamava Isla, a proposito. Era quello il nome di mia madre. Aveva trentasei anni, la stessa età che ho io adesso. Prendeva il citalopram e l'amitriptilina. Si è buttata da un ponte ed è affogata. L'hanno trovata dragando il fiume, il corpo era rimasto impigliato in una chiusa del canale. Mio padre ha dovuto identificarla dagli anelli. Ti sembra ancora così buffo? Dimmi quando devo ridere.»

«Tu sei andata con suo marito!» strepitò Lucie. «Non fare la vittima!»

«Sì, ho baciato suo marito» disse Edie. «Per circa tre secondi, dopo che lui mi è praticamente saltato addosso. Non per questo smetto di essere una persona, giusto? Anzi, mi rende più umana.»

«Non hai mai chiesto scusa» disse Lucie, ma stava giocherellando con il tovagliolo, labbra imbronciate, faccia mogia. Aveva perso e lo sapeva. Quello che aveva fatto era aberrante; l'unica protezione era stata l'anonimato.

«Sì, invece. Ho chiesto scusa a Charlotte. Lei meritava le mie scuse, a te invece non dovevo niente.»

Si levarono timidi applausi dal tavolo accanto.

Edie riprese fiato. Ormai era scatenata. Era potente, inattaccabile e aveva fatto strage del loro pranzo ormai freddo. Ebbe un momento di ispirazione divina. Si tolse di tasca il foglio con la lettera e strappò via la parte superiore, tenendo per sé il nome e l'indirizzo email di Martha.

«Inoltre, Charlotte, quello che è successo al tuo matrimonio è stato orribile, è vero, ma non ti dava il diritto di farmi quello che mi hai fatto, dopo. Non hai trattato Jack allo stesso modo, perché? Pensavi davvero che fosse stata una mia idea? È così che ti ha detto lui? Forse ti interesserà questa. È stata inviata a Richard.»

Posò il foglio sul tavolo.

«Grazie a tutti, buon appetito.»

Si girò e uscì dal locale.

«Edie? Edie!»

Louis le corse dietro in strada. Era curioso che lo facesse davanti a Lucie e a Charlotte. Forse gli si era risvegliata la coscienza molto in ritardo. Forse Lucie non sarebbe riuscita a spadroneggiare per un po'. Forse Louis non voleva perdere la *fidanzata dell'attore famoso* come amica.

«Edie!»

Sembrò sorpreso che lei si fosse fermata e per un momento non seppe cosa dire.

«Mi dispiace tanto, tesoro. Davvero.»

«Per cosa?»

«Per non aver detto loro di smetterla. Era come a scuola, sai. Se non ti univi a loro, se la prendevano anche con te.»

«Già, terrificante» disse Edie. «Costringerti a pranzare con loro. Spingerti le polpette in gola. Che mostri. Ah, e obbligarti a far girare quella petizione. Ti hanno minacciato con una pistola, immagino.»

«Dico sul serio, piccola! Se non avessi messo in giro quella stupida petizione, non sarebbe più valsa la pena di vivere. Charlie sapeva che eravamo amici e mi ha fatto giurare. Non sapevo neppure se saresti tornata. Era la via d'uscita più facile.»

«È stata coercizione? Puro istinto di sopravvivenza e nient'altro?»

«Sì!»

«In tal caso, come hanno trovato la mia foto che hanno messo sulla pagina di Facebook? Era quella di me e te insieme al matrimonio. L'hai scattata tu, ricordi? Eri stato ritagliato via dall'immagine.»

«Ehm...» Louis sembrava perplesso. «Il matrimonio... Quella foto era sul mio Instagram. Era pubblica. Devono averla presa da lì.»

«No, non era pubblica. L'hai cancellata la sera del matrimonio. Lo so, ho controllato. Appena è iniziata la campagna Diamo Addosso a Edie, hai preso subito le distanze da me. Eppure hai continuato a fingerti mio amico, per sentire i pettegolezzi, per schierarti dalla parte di tutti e da quella di nessuno. Per certi versi sei peggio di Lucie.»

Louis sembrò pentito di averla seguita fuori.

«E quando hanno aperto quella pagina vergognosa per farmi a pezzi, tu avrai detto: "Ah sì aspettate, ho una sua foto da metterci".»

Louis non negò.

Edie si mise la borsa in spalla. «Sai, Louis, mi fai compassione. Almeno io, anche quando non mi piaccio, so ancora chi sono. Tu hai una faccia per ogni occasione. Quando sei da solo sparisci, immagino. Chi sei davvero, quando nessuno ti guarda?»

Lo piantò lì, a cercare una scusa da accampare, e se ne andò.

Tutti quegli anni sprecati a cercare di piacere a gente insignificante. E non si era mai chiesta perché quelle persone dovessero piacere a lei.

# 63

Elliot aveva lasciato Edie per un'altra donna. Secondo gli ultimi titoli dei giornali, il fedifrago era saltato nel letto della sua coprotagonista, Greta Alan, e d'un tratto la stampa sembrò afflitta da un'amnesia collettiva sulla presunta amante di una settimana prima.

Erano uscite foto di *Gun City* che sembravano dimostrare che era sbocciato l'amore. Non stavano girando – saranno state le prove? Greta portava gli Ugg, non le Louboutin – ed erano stati *sorpresi in un abbraccio passionale*. Le braccia di Greta cingevano Elliot sotto il giubbotto di pelle da detective, i loro sguardi si incontravano adoranti.

Un'altra fonte anonima sul set era pronta a confermare la relazione, negli stessi toni febbrili con cui avevano descritto il flirt con Edie. A quanto pareva:

*tutti hanno notato fin dal primo giorno una fortissima sintonia tra di loro ed Elliot ha portato la bella americana a visitare la sua città e non hanno avuto bisogno di molto incoraggiamento per tuffarsi nelle scene d'amore.*

In quegli articoli su Greta non c'era traccia di Edie, a parte un fugace accenno alla *presunta relazione con la sua biografa, che i rappresentanti di Owen hanno smentito*. Capiva perché: era difficile spiegare come quello stallone potesse aver avuto una tresca tempestosa con Edie se stava corteggiando Greta. Capiva che i media preferivano di gran lunga affiancare Elliot a un'altra persona famosa, soprattutto se c'erano belle immagini da associare al racconto, e così Edie era diventata improvvisamente una notizia vecchia.

Sapeva che avrebbe dovuto sentirsi sollevata, e in effetti era così. Ma provava anche un'altra emozione con molta intensità. Elliot non sopportava Greta, giusto? E se con lei si era trattato solo di un'invenzione della stampa, forse lo era anche quella?

Lesse e rilesse i virgolettati e ne estrasse i fatti. *Fortissima sintonia*: attori. *Visitare la sua città*: attori che recitano in un telefilm ambientato nella città natale di Elliot. *Non hanno avuto bisogno di molto incoraggiamento*: attori. Sommando le conferme delle fonti, l'abbraccio di Elliot e Greta si poteva spiegare con: *due attori mentre lavorano*.

Edie passò in rassegna tutto ciò che Elliot le aveva detto a proposito di Greta. In privato l'aveva stroncata: ma forse era un *Chi disprezza compra*? *Mmh*. E poi perché erano in quella posizione, se non erano in corso le riprese? Anche Edie aveva interpretato Orla, ma non la parte in cui si strusciavano uno contro l'altra davanti a un ascensore. A quel pensiero, all'idea di poterlo fare anche solo per finta, provò uno spasimo, ma lieve.

Cos'era Elliot per lei? Amico, nemico, *altro*? Stava osservando tristemente le bugie dei tabloid che le mettevano sottosopra lo stomaco, quando il diretto interessato le telefonò. Edie chiuse di scatto il computer portatile e si prese un momento per ricomporsi, e prima di rispondere si alzò dalla scrivania, come se fosse un atteggiamento più professionale.

«Ciao Edie, sono io.» Il tono di Elliot era rassegnato, non più allegro, nessuna traccia dell'antica euforia. «Come stai?»

«Bene, grazie. Felice di non interessare più ai giornalisti. Ora tu stai con Greta.» Puntava a un tono spiritoso, ma gliene uscì uno rigido.

«Ah, già! Fantastico, eh? Ogni giorno le stesse stronzate, ma diverse.»

Suonava come una smentita. Lo era, no?

«Volevo dirti che ho parlato con Fraser. Farò un'intervista con il *Guardian* a proposito dell'adozione. Uscirà tra qualche giorno. Dovrebbe contribuire ad allontanare i riflettori da te.»

«Hai parlato con Fraser?» Edie tornò a sedersi. «Com'è andata?»

«All'inizio male. Come puoi immaginare si è arrabbiato molto perché per tanti anni l'ho tenuto all'oscuro. "Ti fidavi così poco di me da temere che ti avrei respinto?" Quando gli ho chiesto se cambiava qualcosa, mi ha guardato come se avessi due teste e ha detto: "Come sarebbe, siamo cresciuti insieme per trent'anni?".»

La voce di Elliot era incrinata dall'emozione e Edie si rammaricò che non potessero fare quella conversazione di persona. «Poi, dopo un sacco di urla e pugni sul tavolo e parolacce e una telefonata ai miei genitori su un telefono satellitare per strillare un po' anche con loro, si è calmato. Ho dovuto ricordare che io ho avuto vent'anni per farmene una ragione, e mi aspettavo che lui ci riuscisse in venti minuti. Ma dopo un po' ha cominciato a dire che era evidente, che avrebbe dovuto capirlo guardandomi giocare a calcio...»

Edie rise sottovoce. Elliot parlava in tono stranamente

pacato, e Edie percepì che anche lui stava cercando di classificarla nella categoria *amica, nemica* oppure *altro*.

«Comunque... ce l'aveva anche con Jan e con mio padre, perché hanno cercato di guadagnarci sopra. Insiste sul fatto che dovrei mettergli i bastoni tra le ruote. Ho parlato anche con i miei e anche loro convengono che dobbiamo parlarne. L'articolo del *Guardian* non parlerà di Fraser, ma spiegherà le mie origini. Il mio vero padre può diffondere la sua versione dei fatti, ma almeno così là fuori c'è anche la mia. Ho detto che non rilascerò altre interviste su questo tema.»

«Mi sembra tutto molto positivo» disse Edie.

«Edie, mi dispiace. Se non fossi stato così codardo avrei potuto organizzarmi meglio e impedire che nascesse tutto quell'interesse nei tuoi confronti. Ho detto esplicitamente in questa nuova intervista che sono single e che io e Heather non stiamo più insieme. Certo, la stampa non si fida mai delle mie dichiarazioni...»

*Single.*

«Oh.» Edie lo trovò toccante. «Grazie. Ma non è stata colpa tua.»

«Sì invece, dovevo stare più attento e non lasciare che scattassero quelle foto. Mi dispiace che siano andati a scavare nel tuo passato. È diverso per me, ho scelto io di fare questa vita e ricevere queste attenzioni, ma detesto che si ripercuota sulle persone che amo.»

*Cosa?* Edie trattenne il fiato.

«O sulle persone con cui lavoro» proseguì lui, e Edie espirò. «L'articolo del *Guardian* sarà anche uno spoiler per il libro di Jan. Evviva.»

«Secondo te, perché Jan non ha ancora pubblicato la notizia dell'adozione?» Il suo riserbo nell'articolo sul *Mail* l'aveva stupita.

«A quanto pare è una tecnica molto frequente, quando un biografo ha trovato qualcosa di interessante: è molto più difficile mandare al macero un libro una volta che è uscito. Quando ormai il danno è fatto c'è meno rischio di denunce. Aspettano che il libro sia al sicuro sugli scaffali.»

«Ah» disse Edie, guardando il soffitto. «Sì, può avere senso.»

«A questo punto dovremmo parlare un po' dell'adozione anche nel nostro libro.»

Edie esitò. «Certo.» Poi, in tono scherzoso, fingendo leggerezza, chiese di nuovo: «Quindi ora esci con Greta, eh? Non perdi tempo».

*Ti prego, non dire: Sì, stranamente stavolta i giornali ci hanno preso! Ti prego.*

«Ah sì, a quanto pare adesso sto con lei. Non c'è tregua per i dannati, eh?»

No. Edie aveva bisogno di qualcos'altro. «E io che pensavo che non andaste d'accordo!»

*Negalo.* NEGALO.

«Ah be'. Ovviamente anche in questo caso non ho colto i segnali. Non riesco mai a capire quando piaccio alle donne. E quando no.»

Ahia. Non era solo la battutina: nel suo tono c'era una chiusura, uno *stanne fuori* che non c'era mai stato. Non sarebbero mai tornati alla confidenza di prima.

Imbarazzata e rattristata, disse: «Ah».

«D'altro canto non riesco a immaginare come sarebbe uscire con Greta. Quelle foto erano una classica mossa delle sue. Fa così con tutti, ti si appiccica addosso. Be', a parte Archie. Se provi a toccare Archie in quel modo, ti morde.»

*Grazie a Dio.*

«Allora, puoi venire da me domani per l'intervista? Alle due va bene?»

«Sì, benissimo.»

«Questa è l'ultima, in base al mio programma, confermi?»

«Sì.» *Oh, no.*

Edie era sicura che esistessero parole buone, affettuose, *riparatrici di amicizie* da dire in quel momento, ma non riuscì proprio a trovarle.

# 64

Quando arrivò a casa degli Owen, l'indomani, fu Fraser ad aprirle la porta. Era in tuta da ginnastica, e di Elliot non c'era traccia; una pulsazione ritmata e lontana rivelava la sua presenza al piano di sopra.

«*OK Computer*» disse Fraser, mimando una pistola alla tempia con due dita. Edie sorrise, appese la giacca e si chiese se dovesse dar prova di sapere della conversazione che c'era stata tra i fratelli Owen. Avrebbe dovuto chiederlo a Elliot.

«Questo litigio tra te e Lell... Mi sento in colpa» disse Fraser abbassando la voce.

Edie lo guardò incuriosita. «Lell?»

«Elliot. Scusa, soprannome di quand'eravamo bambini. Ah, è strano, non lo uso mai con nessuno che non sia di famiglia. Sicura di non essere una Owen?» Si dondolò sui talloni.

Edie intuì che Elliot non aveva detto a Fraser che lei sapeva. Altrimenti sarebbe stata un'osservazione davvero indelicata.

«Be', sì, sicurissima» disse. Era un pensiero interessante: Elliot poteva avere fratellastri o sorellastre e non saperlo. Ecco la rassegna stampa del futuro.

«Meglio così, altrimenti ci sarebbe un disgustoso sottotesto alla Luke e la principessa Leila.»

Edie rise. Ehi, ma chi era Han Solo in quello scenario?
Non lo sapeva; sapeva solo che Fraser era bravo a flirtare.
Riusciva sempre a fare battutine spinte senza mai risultare volgare o viscido. Era come un grosso labrador: rischiava di spaccare qualcosa per l'eccessiva esuberanza, ma era
difficile arrabbiarsi con lui quando succedeva.

«Potete fare pace, per favore? Perché odio i Radiohead
e l'album che sta ascoltando non è neppure l'unico quasi
decente.»

«Abbiamo già fatto pace» disse Edie.

«Ehm, a giudicare dalla musica che ascolta direi di no.»

«Sì invece. Gli ho detto che lo perdonavo e abbiamo parlato. Probabilmente il suo umore dipende da qualcos'altro.
O da qualcun altro.»

Se c'era di mezzo una nuova ragazza, Edie era egoistica-
mente felice di essere arrivata troppo tardi per la tiratura
della prima edizione.

Fraser fece una smorfia. «Non dire sciocchezze, è pazzo di te.»

Il cuore di Edie mancò un colpo. *Pazzo di me?*

«Davvero?»

«Sì! Gli dispiace moltissimo di averti fatta arrabbiare.
Sul serio, Edie. Non ci avrei provato con te se l'avessi saputo. Avrai pensato che sono un maniaco, a provarci in quelle circostanze.»

*Quali circostanze?*

Fraser tacque per un momento poi disse: «Prende le
cose sul personale, sai. È sempre stato così. Non ti chiedo
di fare chissà cosa, ma almeno puoi dirgli che non lo odi?».

«Ma certo che non lo odio!»

«Be', invece lui si odia, al momento, e tu sei l'unica persona che possa aiutarlo.»

«Gli parlerò» rispose lei, un po' sorpresa. Fraser si sporse dal corrimano delle scale e gridò a Elliot che Edie era arrivata. La musica cessò improvvisamente.

«Accidenti, mi dispiace tanto di aver combinato un casino. Mi perdoni?» chiese Fraser.

«Ma certo.»

Andò da lei e la strinse in un forte abbraccio. Imbarazzata, Edie gli diede un'amichevole pacca sulla schiena. Quando si separarono Elliot era sulle scale e li stava guardando. Aveva un braccio alzato e la maglietta grigia gli scopriva parte degli addominali. Edie dovette sforzarsi per non sciogliersi lì, all'ingresso. Il cuore le finì in gola.

«Ciao» disse lui, in tono piatto.

«Ciao. Fraz mi stava...»

«*Fraz*. Hai bisogno di bere qualcosa o possiamo procedere?»

«Cominciamo pure» disse Edie, percependo il gelo della disapprovazione di Elliot.

Mentre trafficava con il registratore in salotto, cercò di interpretare le parole di Fraser. *Pazzo di te?*

Doveva provare a calmare le acque.

«Elliot, prima di iniziare. Vorrei dirti... a proposito di quello che è successo fuori dal locale. Una volta per tutte, scuse accettate. Ti prego di accettare le mie in cambio, per averti insultato a voce alta.»

«Certo» disse lui in tono neutro. «Ma non mi devi delle scuse. Ogni volta che ci ripenso vorrei pugnalarmi a una gamba con una forchetta. Se vuoi uscire con Fraser, a proposito, a me sta benissimo. Non avevo alcun diritto di impicciarmi.»

Eh? Non avevano già risolto quella questione?

«Non sono...» Stava per dire *interessata a tuo fratello* ma forse sarebbe suonato un po' brusco. Quindi disse: «Grazie. Ma no».

«Okay. Va bene anche in questo caso» disse Elliot con un'alzatina di spalle.

Oh. Di fronte a un simile muro di indifferenza, Edie sapeva sempre meno cosa pensare. Dunque se usciva con Fraser non c'era problema? Elliot non era attratto da lei in quel senso, era evidente. *Ho frainteso le parole di Fraser*, pensò con un brivido. *Pazzo di te* poteva non implicare nulla di sessuale, giusto? Un tempo lei era pazza dei suoi gerbilli.

Si misero al lavoro. Parlarono della famiglia di origine, dell'adozione, lasciando fuori il fatto che Fraser fosse all'oscuro della verità. Elliot abbassò la voce. «L'ha presa incredibilmente bene, tutto sommato, e non voglio rischiare di rovinare tutto.» Lei annuì vigorosamente. «Cioè, per ora sembra a posto, ma non è detto che abbia assorbito il colpo.»

«E lui non sa che io so?» bisbigliò Edie.

Lui scosse la testa. «Volevo mantenere più corta possibile la lista delle persone che l'avevano saputo prima di lui.»

«Certo.»

Parlarono della biografia ufficiale e, quando Edie ebbe materiale a sufficienza sul suo bloc notes, si accorse che il termostato tra lei ed Elliot manteneva una temperatura inferiore alla norma.

Le riprese di *Gun City* sarebbero terminate di lì a pochi giorni.

«Be', fammi sapere se ti va di bere qualcosa prima della tua partenza» disse Edie in tono allegro, vuoto, pronto a un rifiuto. Si sentiva molto triste. Non era quello il modo in cui pensava che si sarebbero salutati.

«Sì, certo» disse lui, in un tono che diceva il contrario.

Mentre usciva per l'ultima volta da casa degli Owen, Edie si girò di scatto.

«Elliot, non lo ritiro fuori per la milionesima volta perché voglio irritarti, ma devo chiedertelo. La cosa che hai detto a Fraz. Perché hai scelto proprio *quello* per dissuaderlo? La cosa di mia madre, intendo. Perché non prendertela con il mio aspetto o la mia personalità o le mie capacità di scrittrice o la mia risata stupida e i vestiti brutti, o qualcos'altro ancora? Tra tutte le cose possibili, perché proprio *quella*?»

Era il nucleo del suo turbamento, la cosa che proprio non riusciva a perdonare.

Elliot incrociò le braccia e la guardò. «Non c'è niente di brutto da dire su di te. Le uniche cose negative che ti riguardano sono cose che ti sono successe. Ecco perché.»

Ma allora... se aveva un'opinione così alta di lei, perché i loro rapporti erano diventati così freddi?

«Grazie» disse Edie.

«Di cosa?»

«Di avermelo detto.» Gli porse la mano. «È stato un piacere lavorare con te, Elliot.»

Lui si grattò la testa come se non capisse il senso di quelle parole, poi le strinse la mano. «Idem. Stammi bene.»

Edie ebbe di nuovo la sensazione che ci fossero altre mille cose di cui parlare, eppure non le venne in mente nulla da dire.

# 65

Si scoprì che il *forse* di Margot, a proposito dell'invito di Edie a bere qualcosa insieme, equivaleva in realtà a un *no*. Probabilmente anche perché la turbolenta vita sentimentale immaginaria di Edie aveva fatto ritardare il tutto.

«Troppa fatica. Ho tutto il grog che voglio a casa, tesoro.»

«Lo so, ma è per cambiare aria! Al Lion hanno il vino frizzante, sai. Ho controllato.»

«Sono le mie gambe, cara. Sono gambe vecchie.»

Alla fine, dopo lunghe insistenze durante le ormai frequenti chiacchierate alla staccionata in giardino, Edie riuscì a strapparle la verità: una vita di sigarette l'aveva lasciata praticamente priva di capacità polmonare. Era costretta in casa.

«Il medico dice che non potrei correre per prendere l'autobus neanche se ne andasse della mia vita» spiegò, sistemandosi il turbante modello *principessa Margaret a Mustique*. Erano gli ultimi giorni di tepore tollerabile prima dell'autunno vero e proprio.

«E se usassi una sedia a rotelle?»

Il viso di Margot si contrasse in una smorfia di disgusto. «Una sedia a rotelle, come una povera invalida? O una povera vecchia?»

Edie rise. «Vedila come un ruolo da interpretare. Recitazione.»

«Orrore» disse Margot, alzando al cielo gli occhi dal trucco pesante.

«E se ne noleggiassi una e la provassimo? Solo per un giorno, se non ti piace non la userai mai più.»

«Meryl e Beryl diventano bellicose quando le abbandono.»

Edie sperò che non fossero i nomi di parti anatomiche. «Chi?»

«Le mie bambine! I pappagalli.»

«Ah. Se la caveranno per qualche ora.»

«Non hai un fidanzato? Cosa ne è stato di quell'attore, è migrato verso nuovi pascoli?»

«No» rispose Edie. Esitò. «Non lo so.»

Aveva riletto molte volte l'intervista sul *Guardian*. Nella foto di accompagnamento Elliot aveva un'aria pensierosa e... be', devastante. Le sue parole misurate sulle difficoltà dei veri genitori e la generosità dei genitori adottivi e il tono solidale dell'articolo rendevano difficile immaginare che qualcuno potesse essere severo con lui, quando suo padre avrebbe provato a rovinargli la reputazione. Edie diede un'occhiata online e le sembrò che l'ombra della tragedia l'avesse reso ancora più attraente agli occhi delle donne. Si sentì possessiva.

«Mi piaceva molto quell'attore, sai? E, incredibile a dirsi, ma forse a un certo punto anch'io piacevo a lui. Poi però le cose si sono freddate» disse a Margot, incurante.

«Gli attori sono così. Sono vagabondi, tesoro. Vanno dove li porta il vento. Se vuoi mettere la testa a posto, non puoi scegliere una persona così. Ne so qualcosa, io. Gordon... il vento lo faceva approdare a nuovi lidi ogni settimana.»

«Un po' di sesso mi avrebbe fatto piacere, però» mormorò Edie, e Margot sghignazzò.

Non si era accorta che suo padre era uscito in giardino. Il signor Thompson udì per caso quell'ultima frase e ricordò immediatamente di essersi dimenticato qualcosa in casa. Lui e Meg si erano un po' ammorbiditi nei confronti di Margot dopo la strabiliante torta al cioccolato. Sua sorella non l'aveva assaggiata ufficialmente, chiaro. Aveva solo ammesso che sembrava appetitosa, senza disporre di informazioni di prima mano.

«Per quanto riguarda la nostra uscita, ci penserò» disse Margot.

Quella sera Edie andò con Hannah e Nick al cinema all'aperto nei giardini di Wollaton Hall.

Il pensiero di Elliot le infettava la mente: c'era poco da fare, l'ultima volta che era stata in quel posto era una scena del crimine di *Gun City*. Si ricordò di quando lui l'aveva presa in braccio. *Difficile che succeda ora*, pensò avvilita.

Aprirono le sedie pieghevoli, tirarono fuori il picnic e stapparono le birre. «Guardate, la mia sedia ha il portabicchieri sul bracciolo!» disse Nick, infilandoci la lattina di Stella. «E ho i timballi di maiale di Marks & Spencer con le uova sode nel mezzo. Gioia pura» disse. «A parte il fatto che non verrò mai più toccato da una donna.»

Hannah lo pungolò con un dito. «Ecco fatto.»

«Ora ho raggiunto la pace dei sensi.»

Edie si sentiva sempre molto meglio quand'era con gli amici. Con il sole al tramonto, a distanza di sicurezza dagli altri spettatori, raccontò a Hannah e Nick tutta la triste storia con Elliot.

Hannah la guardò storto e si strinse nel plaid. Era sempre stata freddolosa. «Passami un'altra mini salsiccia, per favore. Sono molto stupida io o lo sei tu?»

Edie ricambiò l'occhiataccia. «A giudicare dai precedenti storici, mi sembra molto più probabile che la stupida sia io. Quindi inizio a preoccuparmi.»

«Elliot non voleva che tu andassi a letto con suo fratello perché voleva venirci *lui*, giusto? Cosa mi sono persa?» Scartò la mini salsiccia dalla stagnola.

«No... non penso che fosse un desiderio così intenso, sempre che l'avesse davvero...»

Era possibile che Edie, accecata dalla rabbia dei loro litigi, si fosse lasciata sfuggire quel dettaglio? «Ma allora perché non dirlo chiaro e tondo?» chiese.

«Non è sempre facile. Hai paura del rifiuto, se non sei sicuro dell'altra persona. Chiunque tu sia.»

«Va bene, ma ora ci siamo chiariti e lui si comporta come se non gli importasse niente di me.»

Nick accartocciò la prima lattina e ne aprì una seconda. «È possibile che in certe occasioni tu abbia trattato quell'uomo un po' troppo come se venisse da un altro pianeta? Cioè, in base alle normali regole di interazione sono d'accordo con Hannah, si direbbe che tu gli piacessi.»

Hannah annuì. «Guarda come si è comportato, nel complesso. Ti ha mandato dei fiori, flirtava con te, si confidava con te. Tutto lascia sospettare che tu gli piacessi, non che ti ritenesse Una Da Evitare.»

Non avevano tutti i torti.

«Be', se a un certo punto gli sono piaciuta, il momento è passato. Non gli piaccio più. Mi spingerei a sospettare di non stargli neanche simpatica.»

«*Mmh*... Sembra più che altro prudente. Quando ti sei arrabbiata con lui gli hai detto cose molto dure?»

«Sì...»

«Quali, di preciso?»

«Be'...» Era doloroso da ricordare. «Che non ero una sua ammiratrice. Che eravamo solo colleghi, non amici, e non me ne fregava niente di lui.» Rabbrividì. «Ma sa che ho detto così perché ero arrabbiata. Sa che l'ho detto per sfogarmi.»

«Lo sa... come? Gliel'hai detto tu?»

«Non esplicitamente.»

Edie ripensò alla sua segretezza in Ad Hoc. Louis la definiva una persona misteriosa. O, per esempio, lei non aveva mai chiesto a Jack che cosa diavolo stesse succedendo tra loro. Inoltre non aveva avuto il coraggio di domandare a Fraser: *Davvero stai dicendo che secondo te io piaccio a tuo fratello?* Forse nella vita di Edie mancava un po' di comunicazione.

«Gli hai detto che non ti importava di lui e ora si comporta come se non gli importasse di te: semplice.» Hannah sorrise. «I grandi misteri della nostra epoca. Perché non gli dici che non lo pensavi davvero, e non gli chiedi chiaro e tondo cosa prova per te?»

«È troppo tardi» disse Edie.

«Come fai a sapere che è troppo tardi se non ci provi nemmeno?»

«Non lavoriamo più insieme.»

«Se prova quello che secondo me tu speri che provi, non c'è bisogno di lavorare insieme.»

Era innegabilmente vero. Ma come poteva Edie chiedere una cosa del genere a *Elliot Owen*? E se fosse morto soffocato strozzandosi dal ridere?

Il cielo si scurì e sullo schermo apparve il logo della Warner Bros. avvolto nella nebbia, tra gli applausi. Edie sprofondò sulla sedia.

Era preferibile pensare di non essere mai piaciuta a Elliot Owen. Perché se, per un imponderabile e assurdo scherzo del destino, per un attimo lui l'avesse desiderata – e magari avesse anche provato a farglielo capire – e lei avesse rovinato tutto, avrebbe dovuto prendersi a pugni in faccia per l'eternità.

# 66

Margot avrebbe preferito una sedia a rotelle manuale o elettrica? Edie si rendeva conto che non era la più elettrizzante delle decisioni da prendere, per la donna dal vitino di vespa per cui, un tempo, tutti gli uomini in farfallino e smoking facevano a gara ad accendere le sigarette. Ma tutte quelle Sobranie senza filtro avevano lasciato il segno, quindi la carrozzina era diventata necessaria. Edie studiò il dépliant della Shopmobility e valutò il modo migliore per convincere Margot a posarci le sue chiappe ossute.

*Per favore, fallo, così mi distrai dall'attore.*

Era sicura che, se fosse riuscita a far uscire Margot di casa e a farle comprendere i benefici di quell'attività, poi sarebbe voluta uscire di nuovo. Aspettò l'ora del cocktail per andare da lei.

Bussò alla porta: nessuna risposta. Le luci erano accese, quindi doveva essere in casa. Certo che era in casa, non usciva mai. Entrò con la chiave di scorta che era sotto il vaso accanto alla porta e chiamò: «Margot! Ci sei? Sono Edie!».

Udì un rumore sommesso dal salotto, accompagnato dal cinguettio degli uccelli. Si sporse con cautela dalla soglia. Margot indossava un kimono fantasia sui toni del rosa ed era stravaccata sul divano: dormiva con la testa rovesciata all'indietro, mentre il televisore trasmetteva un film ormai ignorato da tempo. Rosalind Russell si sporgeva per farsi accendere la sigaretta, negli anni Quaranta.

Edie pensò di lasciare il dépliant con un biglietto... Era maleducato cercare in giro carta e penna? Mentre si aggirava intorno al tavolo dell'ingresso le venne in mente una cosa. Tornò in salotto. Perché non russava?

Guardò Margot. E poi lo vide. Il pallore cereo. La bocca aperta, un po' storta. La spaventosa immobilità. Il modo in cui le mani artigliavano il bordo del divano. Una stretta che durava forse da ore.

«Margot?» disse Edie, spaventata. Era un terrore infantile. «*Margot?*»

Le girò intorno e la esaminò da un'altra angolazione, sentendosi stranamente invadente. Non aveva mai visto un cadavere. Quando leggeva sui giornali che una persona appariva *visibilmente* morta, si era sempre chiesta come si potesse averne la certezza.

Guardando Margot in quel momento, capì. Qualsiasi cosa avesse reso quella donna *Margot*, ora si era spenta, era volata via. Sembrava una scultura. La fiamma pilota si era smorzata.

Tornò nell'ingresso e prese il telefono di plastica lilla appeso alla parete. Ebbe la stranissima sensazione di trovarsi nella realtà sbagliata: forse, se fosse tornata sui suoi passi, si sarebbe ritrovata fuori dalla porta, avrebbe bussato, sarebbe entrata di nuovo e avrebbe bevuto qualcosa con Margot.

Parlò con una voce che non le apparteneva. «Pronto... un'ambulanza, per favore. È la mia vicina di casa. No, penso che sia morta. Non ne sono sicura.»

Si sedette sulla poltrona di Margot, guardò i mozziconi sporchi di rossetto nel posacenere a forma di cigno, e guardò il corpo per quella che le parve un'ora intera. Si sentiva intorpidita. Gli uccellini saltellavano e pigolavano e mangiucchiavano il mangime. I paramedici che bussavano alla porta la fecero trasalire di colpo, benché li stesse aspettando.

All'improvviso la casa si riempì di estranei rumorosi, persone in divisa verde che parlavano in tono sicuro e le fecero mille domande. Come si chiamava, da quanto tempo Edie era lì, sapeva se assumesse farmaci, eccetera.

Quando qualcuno posò due dita sul collo di Margot, e poi sul polso, e scosse la testa, Edie dovette ricacciare indietro il primo singhiozzo. Non era stato pienamente reale finché un professionista non l'aveva dichiarato a voce alta. Si radunarono intorno a Margot e Edie guardò le sue pantofole, chiese alle sue gambe di tremare.

«Si direbbe un grosso infarto, ma non possiamo esserne certi» disse un uomo robusto dalla faccia gentile con l'accento dello Yorkshire. «Se è così non si sarà accorta di niente. Sarà stato rapido.»

Edie annuì inespressiva.

Caricarono il corpo esile di Margot su una barella; la cintura rosa della vestaglia penzolava come un nastro. Con il motore acceso dell'ambulanza in sottofondo, chiesero a Edie dei parenti più prossimi. Lei riferì che c'era un figlio. Ora sentiva il bisogno di uscire da quella casa: c'era troppa ufficialità. Le sembrava di avere di nuovo nove anni.

In un soffio, da un momento all'altro, tutto ciò che era appartenuto a Margot non era più privato. Sembrava talmente immorale. *Smettetela. Tornate indietro, riportatela qui. Svegliatela.*

Tornò a casa sua, stringendo il dépliant di Shopmobility nella mano sudata. Nel loro salotto c'era Meg che guardava la televisione. Edie non era mai stata così felice che sua sorella fosse viva.

«Meg» disse, ferma sulla soglia, e quando iniziò a parlare sentì crollare i muscoli del viso. «Margot è morta. L'ho appena trovata.»

«Oh, merda. La vicina? La vecchia bisbetica?»

«Era mia amica!» disse Edie.

Si gettò su Meg e l'abbracciò, scossa dai singhiozzi, bagnandole di lacrime la felpa.

Sua sorella ricambiò l'abbraccio d'istinto.

«Le avevo portato questo dépliant» disse Edie, e lo mostrò a Meg, che era sconcertata. «Volevo noleggiarle una sedia a rotelle. Volevamo fare cose insieme. Volevo portarla alla Goose Fair.»

Sua sorella strinse gli occhi. «Non sarai di nuovo a Londra quando ci sarà la Goose Fair?»

«No, torno a vivere a Nottingham» boccheggiò Edie. «Non preoccuparti, me ne andrò da questa casa.»

Meg sembrò confusa e accennò ad accarezzarle la schiena. Edie piangeva ormai in modo convulso.

«Perché scomodarsi a voler bene a qualcuno, Meg? Tanto se ne vanno tutti. Cazzo, mi abbandonano tutti» disse in un torrente di lacrime. «Non ne faccio una giusta. Ogni cosa va a puttane.»

«Io e papà non ti abbiamo abbandonato» disse Meg, ma senza rancore. Era chiaramente sbigottita, disarmata persino, dallo stato in cui versava la sorella maggiore. Non l'aveva mai vista così.

«No, è vero» disse Edie. «Semplicemente, non mi volete qui. Almeno è già diverso.» Si asciugò la faccia e sorrise per mostrare che non l'aveva detto per rabbia.

«Ma io ti volevo qui» disse Meg a voce bassa. «Sei tu che

te ne sei andata. Ci hai lasciato. Ogni volta che torni non vedi l'ora di andartene di nuovo.»

«Solo perché mi sento sempre in colpa.»

«Perché?»

Nessuno gliel'aveva mai chiesto. Probabilmente perché lei non l'aveva mai ammesso con nessuno. Prima di rispondere dovette prendersi un momento per ricomporsi.

«Ho cercato di compensare l'assenza della mamma e non ci sono riuscita. Tu eri delusa da me e papà non era comunque felice. Ho pensato che, se non ero all'altezza, tanto valeva andarmene.»

Vide le lacrime sul viso di Meg. Le sembrò tornata bambina. «Non volevamo che tu te ne andassi. Ci sembrava di non essere mai abbastanza per te. Pensavamo che ti vergognassi di noi. Mi sembrava così, e anche a papà. Lui diceva che ti capiva, che non era riuscito a darti la vita che voleva.»

Edie guardò la sorella. «Non mi vergognavo, perché avrei dovuto vergognarmi?»

«Non eravamo a Londra, non eravamo fighi.»

«Londra non è figa» disse Edie, ridendo tra le lacrime. «È solitaria e merdosa, per la maggior parte. Era questo che pensavi? Che io mi vergognassi della mia famiglia?»

«Sì.»

«No, non era quello. Avevo provato a renderti felice e non c'ero riuscita, e pensavo che tu mi odiassi per questo.»

«Come avresti potuto rendermi felice?»

«Facendoti da madre, immagino. Prendendomi cura di te e di papà come avrebbe fatto la mamma.»

«Non volevamo che tu diventassi la mamma. Volevamo che tu fossi tu.»

Com'era possibile che non si fossero mai dette tutte quelle cose?

Edie riuscì a dire soltanto: «Oh».

«Inoltre mi hai resa felice, quasi sempre. Quando sono triste o mi manchi tu o mi manca la mamma, preparo ancora quella cioccolata calda che mi facevi da bambina, ricordi?»

«Oddio... sì.»

Edie non ci pensava da anni. Quand'erano piccole, Meg era inconsolabile per la perdita della madre, così Edie aveva deciso di combinare due rimedi eccellenti: le bugie e lo zucchero. Aveva detto a Meg che se avesse bevuto la sua speciale cioccolata calda – marshmallow, barrette di cioccolato e latte in polvere: circa tremila calorie a porzione, tutti ingredienti disponibili al distributore di colesterolo del quartiere, ovvero l'alimentari all'angolo – si sarebbe sentita meglio. Spesso funzionava.

«Ti sei sempre presa cura di noi» disse Meg. «Ma non eri tenuta a farlo. Avresti potuto restare e fare la stronza, purché restassi.»

Ricominciò a piangere e Edie si domandò come avesse potuto perdere di vista la sua sorellina. Era la stessa Meg che la seguiva dappertutto tenendo in braccio il suo coniglietto Mungy, che pendeva dalle sue labbra e le rubava i vestiti e copiava i suoi gusti musicali e idolatrava le sue amiche. In qualche modo, tra le incomprensioni e la lontananza e i malintesi, si erano allontanate.

«Mi dispiace» disse Edie, prendendola per le spalle e abbracciandola di nuovo. «Mi dispiace tanto di essere scappata. Ma non scappavo da te, o da papà. È solo che a volte la mamma mi manca tantissimo.»

«Anche a me» disse Meg, e si abbracciarono piangendo.

«A volte mi arrabbio così tanto con lei» disse Meg quando si furono un po' calmate. «Non ho fatto quasi in tempo a conoscerla. Che schifo è?»

«Anch'io mi arrabbio con lei» disse Edie. «Penso che ne abbiamo il diritto. Penso che la mamma ce lo permetterebbe. Crescere senza di lei non è stato facile. Era una gigantesca cosa non detta che ci stazionava sopra come un dirigibile. Ogni volta che facciamo finta di niente, neghiamo che sia stato difficile, e non è giusto.» Esitò. «È ancora difficile. Lo è sempre stato. Siamo condannate a sentire la mancanza della mamma per tutta la vita. È così, vero?»

Si interruppe. Chissà perché, nominare la cosa terribile la rendeva un po' meno spaventosa.

«Una volta forse pensavo che sarebbe arrivato un momento in cui avrei sofferto di meno, o che ci fosse un posto in cui andare per soffrire di meno. Anche per questo sono scappata. Casa nostra era l'unico posto in cui ero obbligata ad ammettere fino a che punto sentivo la sua mancanza.»

Meg annuì ed entrambe ricominciarono a piangere. Piansero l'equivalente di venticinque anni in quindici minuti.

«Ho letto di un'analogia per la depressione» disse Meg asciugandosi gli occhi con il polsino della felpa. «Che suicidarsi è come saltare giù da un palazzo in fiamme. Tu non vuoi saltare giù, ma progressivamente diventa impossibile non saltare perché hai troppa paura e soffri troppo. Nessuno pensa che chi si butta da un palazzo in fiamme lo faccia perché vuole farlo.»

«Ogni volta che penserò che la mamma ha scelto di andarsene, cercherò di ricordare questa analogia» disse Edie. «Nel profondo di me so che non è stata una vera scelta, ma a volte, quand'è difficile da sopportare, arrabbiarsi è più semplice.»

«Sai parlare molto bene dei tuoi sentimenti» disse Meg.

«... e probabilmente ho sempre avuto anche un'irritante risposta pronta» sorrise Edie.

«Sì, anche quella» ridacchiò Meg.

Restarono sedute in silenzio, vicine, mentre i singhiozzi rallentavano. Edie accarezzava la schiena di Meg.

«A proposito, Margot diceva che hai passione.»

«Davvero!?»

«Sì.»

In quel momento, la porta di casa si aprì e poco dopo il padre si affacciò nella stanza. «Ho preso... Oddio, cos'è successo? State bene?»

«Noi sì. Ma Margot... è morta» disse Edie.

«Oh.» Il padre spostò lo sguardo sui loro visi rigati di lacrime, con aria tesa e interrogativa. «Non l'ha uccisa Meg, vero?»

Il padre posò a terra le borse di tela con la spesa e ascoltò la storia della macabra scoperta di Edie.

«Molto triste. Mi dispiace che sia stata tu a trovarla.»

«Lei è morta, papà. A me è toccata la parte facile.»

Il padre spostò lo sguardo da Edie a Meg, perplesso: era evidente che percepiva l'alterazione dell'atmosfera. Edie sapeva di dover approfittare di quella finestra, finché era aperta, prima che suo padre si alzasse per andare a mettere su il tè e Meg se ne tornasse in camera sua.

«Papà» disse, «ho parlato con Meg. C'è una cosa che non vi ho mai spiegato, sul perché non tornavo mai a casa. Meg dice che pensavi fosse colpa tua, che mi vergognassi di voi due, ma non è mai stato così. Ho sempre voluto compensare l'assenza della mamma e non ci sono riuscita. Non potevo stare qui e non potevo sopportare di deludervi. E non volevo fare i conti con il lutto, soprattutto non a costo di rattristare ulteriormente voi due. Mi sento stupida a dirlo, ma è la verità.»

Doveva ancora costringersi, andando contro un'abitudine coltivata per anni, a pronunciare quella parola con la *M*. Non si era resa conto che fosse diventata un simile tabù.

«Non era perché non mi piacesse stare con voi. Era per via della mamma. Era il mio modo per gestire la situazione. Non potevo risolvere il problema, quindi sono scappata. Risolvere o scappare: è una dinamica che si ripete, ora l'ho capito. Ma il più delle volte scappo, credo.»

Suo padre aggrottò la fronte. «Perché hai sentito il bisogno di scappare?»

«Non lo so. Avevo deciso che la perdita della mamma sarebbe stata meno brutta se avessi fatto io le cose che faceva lei in casa, o se mi fossi presa cura di Meg. Poi tu hai avuto i tuoi problemi...» Non voleva farlo stare ancora peggio. «Ho pensato che fosse colpa mia.»

«Mi sono sempre chiesta se fermandosi a una sola figlia sarebbe andato tutto bene» disse Meg, a voce bassa.

Il padre scosse la testa. «Non avete nulla per cui sentirvi in colpa. Mi sembra assurdo, non ne avevo idea. Sono io che dovrei sentirmi in colpa, molto in colpa, temo. Non voi due.»

«E perché dovresti?» chiese Edie.

«Perché non ho saputo gestire le cose dopo la sua morte, perché ho perso il lavoro. Perché non mi ero accorto di quanto stesse male, e la lasciavo sola con voi.»

Aveva gli occhi lucidi, e Edie si rese conto di quanto quelle emozioni fossero vicine alla superficie. Meg iniziò a tirare su col naso e Edie le posò un braccio sulle spalle.

«La malattia della mamma non è stata colpa tua!»

«No, ma chi può sapere come sarebbero andate le cose se io avessi agito prima?»

«Papà, è una pazzia» disse Edie. «Nessuna di noi ti ha mai considerato responsabile di quello che è successo alla mamma. È stata visitata da un medico il giorno prima della sua morte, sbaglio?»

Il padre annuì in silenzio.

«E gli ha promesso che non avrebbe fatto sciocchezze. Non potevi farle la guardia tutto il giorno, tutti i giorni. Non avresti potuto fare di più. La depressione è una malattia, e nessuno criticherebbe una persona rimasta vedova in qualsiasi altra situazione.»

Edie si rese conto che quell'assoluzione era necessaria per tutti e tre. Sua madre era stata uccisa da una malattia, eppure loro continuavano a sentirsi in colpa, convinti che in qualche momento del passato, ciascuno a modo suo, avrebbero potuto cambiare il corso della storia e prevenire quella tragedia. Non ci si può togliere un peso dalle spalle se non si ammette che lo si sta portando.

«Il nostro compito non era impedire che la mamma morisse, perché non avremmo potuto impedirlo» disse Edie. Quelle parole erano come una magia capace di spezzare una maledizione. «Il nostro compito è sempre stato soltanto quello di prenderci cura l'uno dell'altro.»

Suo padre annuì e iniziò a piangere. Edie si alzò per abbracciarlo.

«Meg, unisciti a noi» borbottò con la faccia affondata nel vecchio maglione del padre, che odorava di naftalina, e sentì le braccia di sua sorella intorno a loro. «Siamo a posto, noi tre.»

«Facciamoci un tè» disse il padre quando si separarono e tutto sembrò cambiato. A parte il suo costante desiderio di tè.

«Ora mi dispiace di aver litigato con Margot» disse Meg, asciugandosi le guance con la manica della felpa. «Sembra che fosse una brava persona.»

442

«Stai tranquilla, si divertiva da matti a bisticciare» disse Edie e si sorprese a domandarsi se Margot potesse sentirle, ovunque si trovasse in quel momento.

Avrebbero mai avuto quella conversazione, se non fosse stato per lei? Edie non lo sapeva, ma sospettava di no. Gli angeli custodi arrivano quando meno te li aspetti, e a volte hanno alzato un po' il gomito.

# 67

Il giorno dopo la morte di Margot un uomo magro, alto, dai capelli scuri, con grandi occhi e lineamenti familiari, arrivò davanti a casa sua con un furgone dei traslochi. Aveva una moglie dalla magrezza altrettanto spettrale, i capelli color topo pettinati all'indietro e raccolti. Lasciarono la porta aperta e dissezionarono la casa, ammucchiando in giardino le cianfrusaglie di Margot.

«Bastardi umani» ansimò Meg guardandoli dalla finestra del salotto. Suo padre era accanto a lei a bere una tazza di tè.

«Ognuno ha la sua storia e tu non conosci la loro» disse.

«Scommetto che se la conoscessi odierei i dialoghi, la psicologia dei personaggi e... le loro stupide facce» disse Edie.

«Parli come Megan» osservò il padre. «È una tregua o una fusione?»

Finse di rabbrividire e Edie gli posò la testa sulla spalla. Lui le baciò la fronte e la cinse con un braccio. In casa regnava un'inquietante armonia da circa venti ore. Meg aveva insistito perché Edie mangiasse i suoi amati panini al bacon per superare il trauma e lei aveva insistito che il prosciutto vegano andava bene lo stesso.

Guardò i pappagallini nella loro gabbia che venivano depositati senza tante cerimonie accanto a un comodino.

«Ora se la prendono con Meryl e Beryl, papà! Basta, è troppo.»

Prima che il padre potesse fermarla, Edie era già uscita. «Eric?»

L'uomo si girò, sorpreso di sentirsi chiamare per nome. «Sì?»

«Sono Edie, la vicina. Ero un'amica di Margot.»

Lui alzò le spalle. «Se lo dici tu.»

«Be', è così che so come ti chiami.»

Eric non rispose.

«Cosa ne sarà degli uccellini?»

Eric guardò Meryl e Beryl in un modo che lasciava intendere che non ci avesse riflettuto più di tanto. «Protezione animali? Se se li prendono.»

«Probabilmente vorranno che glieli porti, c'è un rifugio per animali a Radcliffe on Trent.»

Edie si stava comportando come la tipica vicina impicciona, ma non gliene importava minimamente.

«Non sono un taxi per pappagalli. Magari se apriamo la gabbia si troveranno una casa da soli. Se hanno appetito.»

«Li prendo io» disse Edie in tono secco.

«Accomodati pure.»

Edie prese la gabbia. «Posso venire al funerale?» chiese. Ma serviva un permesso? Come funzionava? Nelle case funerarie c'erano i buttafuori?

«Saremo in pochi» disse lui. «Mia madre si è assicurata che fosse così.»

Sua moglie apparve sulla soglia e disse: «Guarda queste pantofole! Quanti chihuahua sono morti per tenere al caldo i suoi piedi?». Edie avrebbe voluto prenderla a schiaffi. E anche lui, già che c'era.

«Vorrei venire» continuò.

Eric la squadrò e fece spallucce. «È giovedì alle tre e mezza. A Wilford Hill. Non opere di bene ma fiori. È quello che avrebbe voluto la mamma.»

«Grazie» disse Edie.

Tornò in casa con la gabbia dei pappagalli.

«Accipicchia, Edith, ma che succede?!» chiese suo padre vedendola avanzare nel piccolo ingresso con la grande gabbia.

«Ho dovuto, papà» ringhiò. «Altrimenti li avrebbero abbandonati.»

Meg scese dalle scale. «Evviva, attivismo animalista!»

«Non voglio che sia *attivato* alcun animale, qui dentro» disse il padre.

«È come in *Free Willy*» disse Meg. «Edie deve liberarli dal giogo dell'oppressione! Costruiremo un recinto più grande, lungo la parete del salotto. O forse faremo della sala da pranzo la loro stanza» disse Meg.

«Ma sì, trasformiamo casa mia in una voliera» disse il padre. «Come sempre, la soluzione perfetta è la più semplice.»

«Li porterò alla protezione animali» spiegò Edie. «È un affido temporaneo, papà, te lo prometto. Sono qui di passaggio.»

Sistemò gli uccelli in sala da pranzo, controllò che avessero da mangiare e da bere e raggiunse il padre e la sorella in cucina. «Venite al funerale con me? È giovedì pomeriggio.»

«Oh, Edith...» disse suo padre. «Non lo so. Non conoscevo molto bene quella signora. E perdonami se te lo dico, ma a entrambi stava bene così.»

«Giovedì lavoro all'ospizio» disse Meg.

«Non puoi scambiarti di turno con qualcuno?» le chiese Edie. «Mi farebbe molto piacere avervi lì entrambi.» Esitò. «Voglio andarci con la mia famiglia.»

Apparentemente, era così semplice da dire, ma vedeva che le sue parole avevano un effetto profondo.

Il crematorio di Wilford era a sud della città, su un colle che si raggiungeva con una strada tortuosa su cui si vedevano spesso lenti cortei funebri. Il padre di Edie guidava la Volvo. Scesero; il padre con un vecchio completo dei tempi in cui insegnava, che gli era diventato un po' piccolo, lucido perché stirato a sproposito. Edie portava un abito da sera che non stava bene con il cappottino a quadri, mentre Meg indossava una T-shirt dei Pixies con sopra un cardigan nero abbottonato.

«Va bene così? Non possiedo nulla di nero a tinta unita» aveva detto.

«A Margot andrebbe bene, penso. Le piacevano le persone originali. Forse le sarebbe piaciuta *Monkey Gone to Heaven*.»

Nell'ingresso di mattoni del crematorio, Edie vide i fiori che aveva inviato. Gigli, rose e foglie di palma in un bouquet bianco, rosa e verde: il più vistoso e ricco che avesse potuto permettersi. «Molto da principessa» aveva chiesto al fioraio. «Amava il lusso e lo sfarzo.»

«È magnifico» disse suo padre. «Sono molto fiero di te, sai. Sei una persona molto affettuosa. E generosa.»

Meg si chinò e lesse il biglietto a voce alta.

*Alla meravigliosa Margot.*
    *Spero proprio che il paradiso sia un eterno happy hour al Dorchester.*

*Grazie per i tuoi consigli. Ci hai aiutato più di quanto potrai mai sapere. Sono felice di averti conosciuta. Con affetto, Edie (e Gerry e Meg) xxx*

Meg accarezzò il braccio di sua sorella.

Nella stanza piuttosto sterile e moderna c'erano Eric e sua moglie in prima fila e altre due donne anziane in una fila centrale: Edie sospettò che fossero infiltrate che partecipavano a funerali a caso, ma non poteva averne le certezza.

La bara di Margot era ornata con un mazzo di rose arancioni: Edie immaginò che fossero le meno care.

In sottofondo suonava *My Funny Valentine* di Frank Sinatra. Eric aveva scelto bene almeno la musica.

Il vicario lesse un brano dai *Corinzi* che a Edie non sembrò molto adatto a Margot. Tenne un breve discorso pieno di tatto sull'entusiasmo e sulla bellezza di Margot e sul suo lavoro come attrice. E disse che, solo perché non sempre andiamo d'accordo con i parenti, non significa che non li amiamo, *e ora sorvoliamo sulla mancanza di convenuti a questo funerale e affidiamo Margot nelle mani del Signore, amen.*

Premette un pulsante, giunse le mani e chinò il capo, e Margot sparì dietro le tende con un sottofondo di musica classica non meglio riconoscibile. Eric e la moglie si alzarono, scambiarono due parole con il vicario e se ne andarono senza salutare i Thompson.

*Non mi dispiace per Margot*, pensò Edie mentre guardava Eric andare via. *Lei è altrove. Mi dispiace per voi, perché qualsiasi cosa lei vi abbia fatto siete voi a rimetterci, se vi importa così poco degli altri esseri umani.*

«Aveva davvero così pochi amici?» chiese Meg, mentre attraversavano il parcheggio.

«Era scorbutica... ma ho l'impressione che molti dei suoi amici risalissero ai tempi di Londra, ed Eric non gliel'avrà comunicato.»

«Che tristezza» commentò suo padre. «Se l'avessi saputo mi sarei sforzato di più.»

«Si divertiva a bisticciare con tutti. Andiamo a bere qualcosa, a mo' di veglia funebre?» propose Edie mentre salivano in macchina. «Un bicchiere al Larwood?»

Uscirono dal mondo silenzioso della morte per rientrare in quello rumoroso dei vivi, e si sedettero a bere un bicchiere di champagne – «Credetemi, Margot si scandalizzerebbe se bevessimo qualsiasi altra cosa» disse Edie – in un affollato gastropub.

«A Margot» disse Edie.

«A Margot» brindarono in coro.

«Dove pensi che disperderanno le ceneri?» chiese Meg. «Se le disperderanno.»

«Spero al Dorchester. O nel West End, o a Cap Ferrat» disse Edie. «Niente scogliere ventose per Margot.» Edie soppesò attentamente le parole successive, benché non sapesse immaginare un momento migliore di quello. «Papà, hai ancora le ceneri della mamma?»

«Sì, certo.»

«Non sapevo se le avevi già disperse.»

Il padre si allentò il colletto della camicia che gli stava stretta. «Mi dispiace di non avervene mai parlato. Ho dovuto scegliere tra dirvi certe cose che vi avrebbero turbate o tenere dei segreti, e non sempre ho fatto la scelta giusta. All'epoca c'era stata molta tensione con vostra zia Dawn, che aveva deciso che le ceneri spettavano a lei. "I legami di sangue vengono prima di tutto." Le ho risposto che "Be', in questo caso il legame più forte è con le figlie." Voi eravate troppo giovani per prendere una decisione, e poi stavate crescendo, vi stavate costruendo una vita. Volevo che poteste... emergere da quest'ombra, capite? E l'avete fatto.»

Si stropicciò gli occhi sollevando gli occhiali, si schiarì la voce. «Quindi ho aspettato. Possiamo disperderle quando volete.»

«Vorrei disperderle» disse Meg.

«Dobbiamo solo trovare il posto giusto» convenne Edie. «Vostra zia Dawn aveva le idee molto chiare in proposito.»

«Zia Dawn può succhiarsi una sacchettata di cazzi» disse Meg.

«Megan!» esclamò il padre. Edie brindò con lei. Zia Dawn e zio Derek sembravano la regina cattiva e il suo ubbidiente scagnozzo più che una coppia innamorata di parenti affettuosi.

«Le ceneri della mamma appartengono a noi» disse Edie. «Fine della storia. Papà, hai in mente un posto dove disperderle?»

«In realtà ci penso da un po'. Era un posto in cui andavo con vostra madre quand'eravamo fidanzati.»

«Allora lo faremo lì.»

«A meno che non sia il sexy shop di Lower Parliament Street» disse Meg.

# 68

Mentre andavano alla macchina Edie disse: «Penso che invece farò una passeggiata. C'è una persona che voglio vedere».

Durante il brindisi a Margot, Edie aveva ammesso a se stessa che sentiva la mancanza di Elliot, una nostalgia che forse sfociava quasi nel rimpianto. Non lo vedeva da dieci giorni. Sì, li stava contando. Sentiva la mancanza delle loro chiacchierate. Il modo in cui avrebbe capito istintivamente, se lei gli avesse parlato di Margot. Sentiva il bisogno di condividere con lui quella storia. Sentiva il bisogno di fare molte altre cose con lui.

Mentre si lasciava rapidamente risucchiare nel vortice dei se, provò un impulso semplice e chiaro: *Chiediglielo e basta*. Almeno, se lui avesse detto che non c'era mai stato niente, o c'era stato ma non c'era più, l'avrebbe saputo con certezza. Come avevano detto Hannah e Nick.

E Margot le aveva fatto tutto un discorso su come un *no* non fosse la cosa peggiore del mondo. Sembrava che avesse previsto quel momento. Edie si sentì quasi obbligata a seguire il suo consiglio, a rischiare: le sembrava di doverlo a Margot. Tirò fuori il telefono.

Elliot, se sei a Bridgford, posso passare un momento da te?
C'è una cosa che voglio dirti. Edie x


Sì, certo. Tra mezz'ora?

Era felice che lui avesse risposto subito, ma notò l'assenza del bacio.

Sì! Se per te va bene.

Va benissimo. X

Oh, meno male. Un *x* conciliatorio, se non altro.

Quando arrivò a casa sua, si accorse che Elliot era un po' apprensivo. La salutò educatamente, ma con un grande punto interrogativo sopra la testa. Restarono nell'ingresso, Edie sperando di non sembrare troppo brilla per lo champagne, Elliot straordinariamente bello in un semplice maglione nero.

«Ehm... dovevi dirmi qualcosa?»

«Sì.» Oddio. Il momento in cui guardi fuori dall'aereo e sai che devi saltare è peggio del salto in sé.

Si schiarì la voce. «Be'...»

L'intrinseca assurdità di ciò che stava per fare le apparve con tanta chiarezza che quasi le venne da ridere. L'enorme rivelazione: dire a Elliot Owen che le piaceva. Piaceva a mezzo mondo, accidenti. Tanto valeva mormorare nervosamente a Elton John che non se la cavava poi tanto male con un microfono in mano.

«Non so cosa sia successo esattamente tra noi due, quando abbiamo litigato quella sera.»

Elliot guardò a terra. Edie prese fiato.

«Una volta mi hai detto che restare in silenzio ad aspettare che gli altri ti leggano nel pensiero è una tattica destinata a fallire, e sono d'accordo. E tra poche settimane tornerai in America, quindi non ho tantissimo tempo per avere una risposta. Ho pensato che fosse meglio fare la domanda...»

Elliot era imperscrutabile, aveva un'espressione neutra.

«... e dire che, se è stato tutto perché ti piacevo, voglio che tu sappia che mi piaci anche tu. Tanto.»

«Grazie» disse Elliot, ma con una lievissima alzata di spalle di delusione. Grande rullo di tamburi, piccolo fuoco d'artificio.

Lo capiva. Si era espressa in termini un po' eufemistici. Era arrivata fin lì, tanto valeva chiarire l'aspetto carnale della faccenda.

«Sono stata a un funerale e ho avuto il genere di giornata in cui sei costretto a ricordarti che la vita è molto, molto breve. Ho sentito un bisogno travolgente di venire da te e passare del tempo insieme. E se vuoi che io mi fermi qui, lo voglio anch'io.»

*Che mi fermi qui?* Oddio, da dove le era venuta? Sembrava la descrizione di un pigiama party delle medie.

«Che ti fermi qui?» ripeté Elliot, mettendosi le mani in tasca. «Nel senso di venire a letto con me?»

Edie deglutì. «Sì.» Espirò, con il cuore in gola.

Be', tutto sommato era fattibile. Ci si poteva piantare davanti a una persona ed esprimere i propri sentimenti, e non era la cosa più brutta del mondo. Era spaventoso, ma in senso buono.

L'espressione di Elliot era ancora indecifrabile. Perlomeno non aveva riso né vomitato.

«Che genere di sesso?» disse. «Petali di rosa sul letto, oppure prendimi-subito-qui-sulle-scale?»

Edie deglutì di nuovo e si sentì un po' sudata. Non aveva cercato di prevedere cosa Elliot potesse dire; si stava rivelando una sfida più complessa del previsto.

«Ehm...»

Silenzio perfetto, da sentir cadere uno spillo. Edie sentì cigolare lo scheletro della casa.

Scelse una risposta alla Edie: «Quello che è disponibile?».

Elliot la fissò e, dopo un po', scosse la testa. «Sono costretto a rifiutare.»

Lei annuì. Fece un'altra scoperta utile: un rifiuto diretto era doloroso, ma non quanto si era aspettata. Non si sentiva in imbarazzo e non stava crollando. Era deludente, ma per fortuna non era umiliante, ed era quello che contava. C'era un grande potere nella sincerità.

«Spero non ti dispiaccia che te l'ho chiesto, e spero di non aver creato troppo imbarazzo. Okay, allora io vado.»

Si girò per andarsene.

«Non vuoi sapere perché?» le chiese Elliot.

Edie si voltò di nuovo. «Suppongo sia perché non mi trovi abbastanza attraente? Penso di poter sopravvivere anche senza i dettagli.»

«Hai avuto una giornata difficile, e sei triste. Se fosse il tipo di sesso da petali di rosa, penserei che tu voglia solo compagnia e solidarietà. Se fosse l'altro tipo, mi preoccuperei perché vorresti solo divertirti, o sfogarti.»

Edie non capiva cosa le stesse dicendo. «Ma infatti ho detto che mi andavano bene entrambi.»

«Sembra che tu lo consideri un incontro occasionale.»

«Ed è un problema?»

«Sì. Non sono capace di incontri occasionali. Ho smesso con gli incontri occasionali...» sorrise. «Da un pezzo, temo.»

«Non penso di seguirti.»

«Se dobbiamo farlo, voglio che tu mi voglia come io voglio te.»

Il cuore le tremò in petto. Oddio, se *dovevano* farlo...? *Come io voglio...?*

«Che genere di sesso avrei dovuto dire di volere?» Sperò che non stessero per avere un momento: *Sai, Edie, i miei gusti sono molto singolari.*

«Il genere in cui non importa, purché sia con me. Il genere in cui lo vuoi sul serio.»

Oh, cielo. Le girava la testa.

«Scusa la schiettezza, ma sai, ormai siamo arrivati fin qui. Se non sai cosa provo, poi potrebbe essere imbarazzante.» Elliot fece una pausa. «Riassumendo, possiamo farlo, ma non aspettarti un'avventura, va bene? Io faccio sul serio con te.»

Edie scoppiò a ridere mentre il suo cuore faceva *tu-tum tu-tum tu-tum.*

Cosa poteva dire, ora? Si ricompose, ma con un certo sforzo dato che non si sentiva più le gambe.

«Mi stai chiedendo se per me è un'avventura? Non mi sento avventurosa con te, per nulla. Sento... ogni cosa per te.»

Un lungo sguardo e un lungo silenzio.

«Forse, se decidi di fermarti qui, potresti toglierti la giacca?» disse infine Elliot, indicando l'ormai celebre giaccone a fantasia scozzese.

«Oh, ah, certo!» Edie fece una risata goffa e se lo tolse, voltandosi per appenderlo al pomello del corrimano. Mentre si girava per borbottare nervosamente qualcosa, Elliot la prese per le spalle e la baciò. Si era rasato dopo *Gun City* e Edie si sentì mancare il fiato quando il suo mento morbido la sfiorò e le loro labbra si incontrarono. Era sicuro di sé – c'era da aspettarselo, con tutta l'esperienza accumulata in *Sangue & Oro* – ma delicato e caldo e con un sapore *perfetto*, tanto che Edie dovette imporsi di concentrarsi sul momento e sull'uomo, senza lasciar partire il monologo interiore: *Oddio La Tua Lingua Sta Toccando La Lingua Di Elliot Owen.*

Perché cose così semplici sembrano tanto difficili prima di farle? Certo che potevano baciarsi. Certo che sarebbe stato così bello. Certo che le avrebbe dato quelle emozioni incredibili.

Dal salotto arrivavano le note di *Creep* dei Radiohead. Edie si staccò dall'abbraccio.

«Che album è questo?»

«Ehm...» Elliot esitò, aveva le pupille dilatate. «*Pablo Honey*, no? Perché?»

«Ho pensato che magari avevi comprato il *Greatest Hits* dei Radiohead, e allora questo incontro sarebbe finito qui.»

«Musicofila snob» disse Elliot, cogliendo la battuta e decidendo di stare al gioco. «Non te ne saresti andata, lo vuoi troppo. Anche se scoprissi che la mia canzone preferita per fare sesso è *Two Princes* degli Spin Doctors, diresti ancora: "Dammelo, Elliot".»

Edie rise e restò piuttosto turbata dall'uso della parola *sesso* in prossimità dell'atto in sé; diventò paonazza.

Elliot rise di lei e la baciò più forte e mormorò: «Mi piaci troppo. Accidenti, quanto mi piaci».

Iniziarono a salire le scale. Edie trovava piacevole sentire Elliot che si spingeva contro di lei e intanto sperava che riuscissero ad arrivare in camera, perché dopo i trent'anni il sesso sulle scale diventa difficile.

«Forse è una gravissima mancanza di rispetto, proprio il giorno del funerale?» chiese Elliot durante una piccola pausa per prendere fiato.

«È quello che avrebbe voluto Margot.»

Mentre partiva il ritornello ed Elliot la baciava sul collo, Edie pensò che avrebbe accettato di rivivere ogni minuto della sua vita, quelli belli e quelli brutti, solo per potersi ritrovare lì un'altra volta.

# 69

La cameretta di Edie da bambina aveva una volta stellata di plastica adesiva, quella di Elliot aveva un lucernario da cui si vedevano le stelle vere.

Abbracciati sul letto, sbagliarono a identificare il Grande Carro, Sirio e la cintura di Orione.

A Edie piaceva il fatto che, ogni volta che indicavano una parte diversa della costellazione, i loro corpi cambiavano posizione uno contro l'altro. L'astrologia amatoriale non era che una scusa.

«Quindi, ora che l'abbiamo fatto, posso andare a parlare con i giornalisti?» chiese Edie.

«Sì, accomodati pure» disse Elliot, sistemando i cuscini. «Forse ti conviene aspettare di vedere se divento davvero famoso in America, perché poi l'esclusiva varrebbe di più. Stavi pensando a uno di quegli articoli del *Sunday Sport*, *è durato come la pausa tè di uno scaricatore di porto*, oppure a uno di quelli del *Sun*, *la sua prepotente sensualità mi ha fatto perdere la testa?*»

«Non saprei. Che problemi legali potrei avere se mi invento tutto?»

Elliot scoppiò a ridere. «Non mi sembrava che ti lamentassi.»

Edie sorrise e arrossì. «Avremmo potuto farlo settimane fa...» disse, pensando a quanto poco tempo le restava con Elliot. *Non ci pensare...* «Speravo così tanto che succedesse qualcosa, quella sera al bar.»

«Quella sera in cui flirtavi con mio fratello, continuavi a scambiarti di posto con altra gente per allontanarti da me, e poi hai gridato in mezzo alla strada che mi odiavi? Perché non ho colto quelle pesanti allusioni?»

Edie rise.

«Hai presente, no? "Non me ne frega un cazzo di te, Elliot". Non so perché, ma non ho percepito un sottotesto che diceva: "Mi sto innamorando perdutamente di te".»

Edie fece una smorfia e rise e inspirò il calore del corpo di lui e non riusciva proprio a crederci. Erano insieme.

«Ho pensato che tu potessi leggermelo negli occhi. Come Garratt e Orla.»

«Credimi, non è facile leggerti.»

Edie ricordò che Louis aveva detto qualcosa di simile al matrimonio, un secolo prima.

«Inoltre ho il sospetto che Archie si sia inventato tutto.»

«Ahahah. Per la cronaca non ho mai flirtato con Fraser, tecnicamente. Non è il mio tipo.»

«Ma non hai mai negato che lui ti piacesse, quando abbiamo litigato. Tanto che, dopo, ho pensato che doveva piacerti parecchio. Lì in strada stavo per dirti che ero pazzo di te e che il pensiero di te con mio fratello mi faceva uscire di testa, ma avevamo un pubblico. Preferisco non incassare rifiuti che possano trasformarsi in video su Instagram.»

«Ma tu sei *tu*. Perché non hai detto, molto prima di quel giorno, "Ehi bambola, sono Elliot Owen, salta su e andiamo"?»

«Ah, certo, perché un comportamento del genere fa certamente un'ottima impressione su chiunque sia degno di essere impressionato.»

«Ma non potevi non sapere che avevi buone chance.»

Elliot si girò verso di lei. «E un tizio ha rovinato il suo matrimonio per baciare te. Ho capito il punto.»

La baciò di nuovo e Edie ricambiò e sentì la sua mano sulla curva del fianco nudo, e pensò che aveva sprecato troppi anni a non sentirsi in quel modo.

La situazione si sarebbe evoluta in una replica della performance, se non avessero sentito sbattere la porta di casa al piano di sotto.

Elliot si alzò a sedere di scatto e si mise in ascolto delle voci. «I miei genitori!» sibilò. «Merda!»

«Ma non erano in crociera?!» sibilò Edie di rimando, percependo all'improvviso ogni centimetro della sua nudità.

«Sì, dovevano tornare domani all'ora di pranzo. Cazzooo.»

Saltò giù dal letto e Edie si rammaricò di non potersi godere una scena di nudo con Elliot Owen, perché stava cercando disperatamente il suo reggiseno.

«Se la prenderanno?» chiese in un bisbiglio roco mentre si infilava mutande e calze sotto il vestito, e mentre la testa di Elliot spariva nella maglietta. «Non sono cristiani devoti o roba del genere?»

Elliot sorrise. «No, ma non volevo presentarti in questo modo, tutto qui.»

Corsero insieme al piano di sotto, Edie dietro Elliot, il cuore che le martellava in petto come un gong, e vide i suoi genitori che li guardavano dall'ingresso. Meno male che non l'avevano fatto sulle scale, pensò.

«Ciao, Elliot!» Poi sua madre vide Edie. «Oh! Che sorpresa. Hai compagnia.»

Portava i capelli grigi in un caschetto ordinato, mentre il padre aveva l'aria di un avvocato in pensione o di un telecronista del cricket.

«Ciao mamma, ciao papà.» Elliot si fece avanti e li abbracciò uno dopo l'altra. «Ehm, lei è Edie.»

«Buonasera, piacere di conoscervi» disse lei, tendendo la mano.

«Bene bene» disse la madre. I due spostarono lo sguardo da Edie a Elliot, notarono i capelli spettinati e le guance rosse di entrambi e sorrisero.

«Edie è la ghostwriter dell'autobiografia» spiegò Elliot, tanto per dire qualcosa.

Quell'affermazione provocò una certa ilarità in suo padre, che si trasformò in un discreto colpetto di tosse.

«Elliot, ti abbiamo chiamato per dirti che avevamo trovato una coincidenza e saremmo arrivati prima» spiegò la madre. «Ma stranamente non rispondi al telefono da ore. Davvero curioso, non è da te.»

«Ah già, il telefono è in cucina da qualche parte» disse lui con un sorriso imbarazzato e una mano sulla nuca.

«Volevamo avvertirti, per non disturbare arrivando al momento sbagliato...»

«Ma visto che questa graziosa signorina sta solo scrivendo la tua autobiografia, non avevamo ragione di preoccuparci» concluse suo padre.

Edie scoppiò a ridere, prima di aver avuto il tempo di valutare se fosse la reazione giusta. Per fortuna sembrava di sì, perché risero tutti.

«Ora me ne vado, vi lascio disfare i bagagli e stare con vostro figlio» disse. Rifiutò educatamente gli inviti a restare e il taxi arrivò pochi minuti dopo.

«Ti accompagno fuori» disse Elliot.

Appena richiusa la porta, prese Edie per le spalle, la fece girare e la baciò con trasporto.

«Baciarsi in giardino! Mi sembra di avere di nuovo sedici anni» disse. «Posso rivederti domani? Posso rivederti tutti i giorni? Posso rivederti senza vestiti addosso?»

«Sì, sì e no: dopo la prima volta resto sempre vestita» rispose Edie. Non riusciva a staccarsi da lui, sentiva il cuore traboccante di gioia. «Elliot, grazie.»

«Di cosa?»

«Di tutto. Oggi era una giornata triste, eppure è stata la serata più bella della mia vita.»

«Non mi devi alcun ringraziamento.» Esitò. «Aspetta, mi è appena venuto in mente che domani c'è il party di fine riprese. Verresti con me?»

«Ehm, sì. Può venire anche chi non c'entra niente con *Gun City*?»

«Sì, dicono che possiamo *portarci la ragazza*.»

«Okay, va bene» disse Edie. La ragazza. LA RAGAZZA.

Lui la baciò di nuovo e li separò solo una voce che da dentro casa chiedeva a Elliot se volesse una tazza di tè.

«Ci vediamo domani» disse Edie, e raggiunse il taxi, totalmente ignara di ciò che la circondava, in preda a un capogiro e ubriaca d'amore.

Il tassista aveva la radio accesa e, mentre guardava passare le luci della città, Edie pensò che non si era mai sentita così elettrica e viva. Era sicura che la canzone *Outer Space* di John Grant fosse stata scritta apposta per loro due.

Durante il tragitto sentì vibrare il telefono per l'arrivo di un messaggio: lo tirò fuori dalla tasca con un sorriso sbilenco stampato in faccia.

E.T.! Notizia troppo grossa per un messaggio, ma ho provato a chiamarti e ha risposto la segreteria. Allora, io e Charlotte ci siamo lasciati. E tu sei stata uno dei motivi. (Ma non
te ne faccio una colpa.) (I miei sentimenti per te non sono, e
non sono mai stati, colpa tua.) Ho bisogno di vederti e parlare di tutto quanto, chiarirci una volta per tutte. Domani
passo dalle tue parti, per andare a trovare mio zio nel Leice-
stershire. Possiamo vederci? Magari tardo pomeriggio/prima
serata? Fammi sapere. Jack x

Il sorriso le morì in faccia. A volte devi fare i conti con
la vera e orribile natura di una persona che pensavi fosse
sensazionale, e accettare di aver commesso un grave errore di valutazione.

Il tono del messaggio di Jack le dava la nausea. *Ehi, ciao.*
*Sono di nuovo sul mercato. Vediamoci appena possibile così ti*
*illustro l'entusiasmante opportunità che ciò rappresenta per te.*
Era stata corteggiata in maniera più discreta sui volantini
pubblicitari per i doppi vetri. Era audace, il bastardo. Non
gli rispose. Ma non cancellò il messaggio.

## 70

Le prime fasi di una relazione traboccano di incertezza e pericoli oltre che di entusiasmo, Edie se n'era dimenticata: era come arrischiarsi in strada con una bicicletta nuova il giorno di Natale.

I dettagli più sciocchi: si sarebbero tenuti per mano? Sì, Elliot era uno di quelli che tengono per mano, e agguantò quella di Edie appena si incamminarono dal Park Plaza – che ora garantiva più privacy della casa dei genitori – verso il party di fine riprese di *Gun City*, che si teneva lì dietro l'angolo. C'era stato un breve interludio di ricognizione, in cui il direttore dell'albergo aveva controllato che non ci fossero fotografi in giro, e poi erano usciti insieme.

«Potrebbe esserci qualcuno appostato» disse Elliot. «Possiamo entrare separatamente, se preferisci.»

«Se non ti dispiace» disse Edie, vergognandosi un po', e si fermò sul marciapiede. Non voleva ritrovarsi di nuovo sul *Mail Online* se non era strettamente necessario, per quanto le piacesse l'idea di essere l'accompagnatrice di Elliot a quella festa.

«È al piano di sopra?» chiese quando si separarono, e sentì lo stomaco torcersi come un pesce spiaggiato. Non era una situazione ideale per un primo appuntamento, essere sotto i riflettori in quel modo.

Elliot la guardò di sottecchi, come se non capisse se scherzava.

«Tutto il locale, credo.»

Certo che era tutto il locale. Altrimenti il piano di sotto si sarebbe riempito di gente che allungava il collo per vedere gli invitati alla festa, in particolare il principe fantasy. Edie era dolorosamente consapevole che avrebbe dovuto sentirsi soddisfatta, orgogliosa e trionfante all'idea di essere la donna al braccio della star. Invece si sentiva agitata, troppo esposta. Il primo appuntamento con una persona che ti piace molto è già un momento difficile, anche se non si tratta di una celebrità.

Smisero di tenersi per mano ed Elliot andò avanti senza di lei.

La festa si teneva al Malt Cross, una music hall vittoriana originale e protetta dalla soprintendenza alle belle arti, con balaustre in ferro battuto e soffitto a volte di vetro. Il nome di Edie fu depennato da una lista: si domandò se avrebbe dovuto presentarsi come la... *qualcosa* di Elliot. Probabilmente *la biografa* andava bene. Le sembrava che la sua vera identità si trovasse su un piano di realtà diverso, in un fuso orario arretrato rispetto a lei, e dovesse ancora mettersi in pari con gli eventi.

Entrando, trovò Elliot che l'aspettava poco oltre la soglia, con una scintilla negli occhi. «Bevi qualcosa?»

Un vassoio pieno di flûte stava già correndo verso di loro, e lui gliene porse una. In pochi secondi si ritrovarono circondati di gente entusiasta per l'arrivo di Elliot e tutti gli occhi si posarono affascinati su Edie.

Lui cercò di restare al suo fianco e di coinvolgerla nelle conversazioni, ma le correnti sociali erano troppo impetuose e lo trascinarono via verso un gruppo di persone che sembravano importanti, in cui Edie non volle seguirlo. Non aveva intenzione di stargli alle costole per tutta la serata. Si sistemò il vestito, un vecchio e amato vestito da ballo, e pensò che forse doveva smetterla di vestirsi sempre di nero. Avrebbe potuto uscire a fare shopping, ma al momento aveva passatempi migliori.

Posso mettermi un vestito vecchio?

aveva scritto a Hannah e a Nick, che le aveva risposto:

Da quello che racconti potresti metterti addosso gli incarti del kebab trovati nei bagni della stazione degli autobus e a lui piaceresti lo stesso

Sorseggiò lo champagne e si guardò intorno. Non restò sola a lungo: una tizia di nome Gail, che lavorava alle scenografie, venne ad attaccare bottone. Edie rispose educatamente ma percepì sempre di più che, presa singolarmente, non risultava interessante.

«Sei venuta con Elliot?» chiese infine Gail, dopo i doverosi preamboli.

«Sì.»

«*Stai* con lui?»

Lei ed Elliot ne avevano parlato: cosa rispondere se le avessero chiesto apertamente se stavano insieme? «Sono circolate così tante bugie, ci manca solo che ne aggiungiamo altre» aveva detto lui. «Voglio che sappiano tutti che stiamo insieme.» Edie non si era sognata di obiettare. Quella sera era alla festa con lui, senza ambiguità.

«Sì.»

«Nel senso che vi frequentate?»

«Sì.»

«E come vi siete conosciuti?»

«Sto scrivendo la sua autobiografia.»

Gail la guardò in faccia, le guardò i vestiti, e Edie percepì che stava avendo una conversazione a cavallo di due archi temporali: il momento presente e il reportage futuro. *Sembrava normalissima, ti giuro... le ho chiesto come si sono conosciuti... sul metro e sessanta, no, non la definirei magra...*

Edie andò al bagno e si sentì addosso lo sguardo di vari curiosi. Nessuno apprezza il mantello dell'invisibilità, l'anonimato, finché non glielo strappano di dosso.

E il punto era che nessuno voleva chiederle del *suo* lavoro. Era lì semplicemente per essere giudicata degna, o indegna, di essere l'accessorio di Elliot. Una campagna monotematica. *Ecco come sarà la vita,* bisbigliò una vocina. *Se tu e lui diventate un noi.*

Ci fu un po' di trambusto all'ingresso e un istante dopo apparve Greta, con i lucenti capelli color rame raccolti sulla testa in una forma che Edie avrebbe definito *cono gelato*. Indossava un abito di jersey grigio chiaro che rivelava frammenti di biancheria in pizzo. Si fiondò subito da Elliot, lo cinse con un braccio scheletrico e pallido, si sporse a sussurrargli qualcosa all'orecchio. Elliot aveva ragione, Greta amava il contatto fisico in un modo che poteva somigliare solo alla seduzione.

Edie aveva sentito Elliot parlare di Greta abbastanza spesso per sapere che non gli stava affatto simpatica. Ma di fronte a quella bellezza ultraterrena, che gli si arrampicava addosso come un'edera, mentre lui le sorrideva e le diceva cose che la inducevano a piegare all'indietro il collo da cigno per ridere, con una mano sul petto, non era facile sentirsi sicura di sé. Prese un altro bicchiere da un vassoio di passaggio.

«Ma guarda chi c'è, l'*autobiografa*!»

Si girò e vide Archie Puce che portava sottobraccio un nano da giardino avvolto in un fiocco regalo. La fissò con malevola allegria.

«Sei una vera stacanovista! Non ti concedi mai una serata libera lontano dall'oggetto delle tue fatiche letterarie?»

«Ciao, Archie» disse Edie, sorpresa di scoprirsi felice della distrazione. «Non sto lavorando. Sono qui come ospite di Elliot.»

«Ma pensa» disse lui, rivolgendole quello voleva essere un sorriso, ma che somigliava più a un ghigno da rigor mortis. «Se mai dovessi decidere di intraprendere la stessa professione del tuo amore, avresti un ottimo potenziale. La tua innocenza ferita quando vi ho accusati di copulare è stata una prova di grande maestria nella recitazione.»

«Non mentivo, all'epoca non stavamo insieme.»

«Certo che no. Ti chiedo scusa per il mio stile aggressivo, dovuto al fatto che il mio telefilm stava sforando il budget mentre lui se la spassava, ma si chiama show-business e non show-amicizia, zuccherino mio. Oh, porca puttana, quanto può essere difficile miscelare un margarita decente? In questo postaccio dimenticato da Dio non sanno neppure tritare il ghiaccio, a quanto pare. No! No! Ma questa è SPRITE, animale depravato che non sei altro?»

Archie era stato distratto dalle attività del bar e Edie era finalmente libera. Inoltre aveva una gran voglia di aggiornare l'ultima versione del libro con il verdetto ufficioso di Archie su Nottingham.

Decise di aggredire il buffet prima di venire aggredita dal nemico successivo.

Purtroppo, il nemico successivo era il buttafuori, che le picchiettò la spalla mentre si infilava in bocca una tartina ai gamberetti.

«Mi scusi, c'è qui fuori un certo Jack Marshall che la cerca.»

Edie assorbì lo shock mentre masticava.

«Non è in lista. Vuole che lo faccia entrare?»

Voleva che entrasse? Aveva il *potere* di farlo entrare? Ecco lo status riservato a chi stava con Elliot.

«No!» disse, deglutendo. Il buttafuori annuì e girò sui talloni premendosi l'auricolare all'orecchio. Edie sentì il cuore che galoppava. Ma che cavolo...? Come aveva fatto Jack a trovarla? Le uniche persone a sapere dove fosse, esclusi i presenti, erano suo padre e Meg. Jack doveva aver chiamato a casa. Ma aveva solo il suo cellulare, no? Oddio, era *andato a bussare* a casa sua, vero? L'invito per il matrimonio era stato inviato lì, a Natale dell'anno prima, quindi aveva l'indirizzo segnato da qualche parte.

Il buttafuori tornò da lei, impassibile. Ormai Edie era ricoperta da un sottile strato di sudore.

«Mi ha chiesto di darle questo.» Le porse un foglio di carta piegato e se ne andò. Edie lo aprì.

*Edie. Scusa se mi sono presentato al tuo party aziendale come uno stalker, ma era l'ultima spiaggia. Volevo davvero parlarti di tutto quello che è successo per lasciarcelo alle spalle. Niente pressioni, non mi offendo se adesso hai da fare, o anche in futuro, ma sarò al deli-bar (Delilah?) per la prossima ora se puoi concedermi un minuto per spiegarmi. J x*

Prima di appallottolare il foglio, restituirlo e comunicare al buttafuori in quale parte del corpo di Jack inserirlo a forza, Edie consultò i propri sentimenti.

Se lei fosse stata inamovibile, quello rischiava di essere il risveglio più brusco della vita di Jack Marshall. Edie aveva scritto un'email a Martha per ringraziarla del suo voto di fiducia con Richard, e Martha aveva concluso: *Un giorno Jack avrà il castigo che si merita.* Quel giorno era arrivato?

Era molto difficile prendere da parte Elliot per *un* momento, perché era l'uomo *del* momento. Il piano terra era stato sgombrato per farne una pista da ballo e le coppie stavano danzando un lento.

Peccato per il pessimo tempismo. Non sarebbe mai riuscita a parlare a Elliot senza che nessuno la sentisse. Esitò per qualche minuto e poi prese una decisione impulsiva, forse alimentata dal prosecco. Andò da Elliot, che si allontanò immediatamente dalle persone con cui stava chiacchierando.

«Scusami, va tutto bene? Ti prendo qualcos'altro da bere.» Si sporse verso di lei. «Ancora un'oretta e poi andiamo da qualche parte, io e te da soli, okay?»

Edie lo prese per mano. «Possiamo ballare?»

Elliot si lasciò cingere in vita e posare una mano sulla spalla, e improvvisamente lei si sentì addosso molte paia di occhi. Per un attimo pensò di rinunciare al suo piano per restare lì con lui, incollati uno all'altra...

«Elliot, è successa una cosa» bisbigliò. «Ho una questione da risolvere. Puoi cavartela senza di me per un'ora? Tornerò prima che tu ti accorga che me ne sono andata.»

«Che succede?»

«C'è Jack, qua fuori, e vuole parlarmi del matrimonio. Voglio dirgli in faccia quello che penso.»

Elliot si tirò indietro bruscamente. «Jack?»

«Lo sposo. Del matrimonio.»

«*Cosa?* E perché cavolo lo devi vedere?!»

Edie lo zittì, anche se non poteva biasimarlo per quella

reazione. «Dice che vuole spiegarmi una volta per tutte la sua versione dei fatti.»

Ripresero la posizione di ballo e lui le mormorò all'orecchio: «Se non ci arrivi te lo dico io: quella è solo *una* delle cose che vuole fare. Non è sposato?».

«Si sono lasciati.»

«Oddio, è single! Sempre meglio. Ti rendi conto che forse, non so, spera di potersi sfogare con te in tutti i sensi?» sibilò Elliot. Si guardò intorno per assicurarsi che nessuno li sentisse e la strinse più forte a sé.

«Se prova a fare qualcosa gli do una ginocchiata nelle palle. Davvero non ti sta bene?» chiese lei.

«Be', no, Edie. Proprio no.»

«Non penserai che ci sia qualcosa tra di noi? Sul serio, devo riuscire a dirgli in faccia quello che penso. Ti assicuro che il mio piano consiste solo in un interrogatorio e molte parolacce.»

«Be', d'altronde non sei andata al suo matrimonio progettando di fartela con lui, immagino.»

«Ma era prima che io e te ci conoscessimo! Questa è la mia unica occasione di farlo pagare per quello che mi ha fatto.»

Edie rise, per allentare la tensione, ma Elliot rimase serissimo. Non lo vedeva così combattivo dai tempi del loro primo incontro. Cioè quando si era lasciato con Heather. Merda.

«Sarebbe bellissimo vedere la sua faccia se arrivassimo insieme. Purtroppo però è una cosa che devo risolvere da sola.»

Elliot la tirò a sé e le parlò all'orecchio in tono deciso.

«Quindi, riassumendo: te ne scappi via dal nostro primo appuntamento per andare da quello lì, e dovete essere soli, senza nessuno a reggere il moccolo. Per fortuna non sono un tipo geloso. Ah no, aspetta, ho controllato, lo sono. Da adesso.»

Edie cercò di non sorridere, perché Elliot era fantastico. Un piacere proibito, dopo il fastidio e il dolore di averlo visto con Greta.

«Dove andrete? O è un segreto? Ti avverto che c'è una risposta giusta e una sbagliata a questa domanda.»

«Al Delilah... La gastronomia con il bar al piano di sopra, su Victoria Street. Elliot, non è lume di candela e violini. Non c'è davvero niente di cui tu debba preoccuparti.»

«Immagina che Heather sia tornata in città e io ti molli di punto in bianco per incontrarla, per chiarire le cose rimaste in sospeso tra noi. E scusa, Edie, non è romantico ma è terribilmente privato, tu non puoi venire.»

Edie ci pensò su. «Mi arrabbierei tantissimo.»

«Ecco, credimi, anch'io non salto dalla gioia. Mi spingerei fino a definirmi *contrariato*.»

«Elliot...» Edie si avvicinò il più possibile al suo orecchio e bisbigliò: «Sono innamorata di te».

Una pausa snervante durante la quale lui non disse nulla, e quando Edie alzò gli occhi vide che la stava guardando male. Il cuore iniziò a galopparle nel petto. La cosa sbagliata da dire? Troppo presto? Non ricambiata? Oddio...

La canzone finì ed Elliot l'abbracciò.

«Edie, non buttare là che mi ami nel bel mezzo di una conversazione in cui mi sto arrabbiando con quell'imbecille, per cogliermi alla sprovvista e impedirmi di obiettare a qualcosa a cui ho tutto il diritto di obiettare.»

«Scusa.»

«Anch'io sono innamorato di te. Ci vediamo qui tra un'ora o peggio per te.» La baciò con impeto sulla bocca, davanti a tutti, poi se ne tornò tra la folla lasciando Edie con gli uccellini che le svolazzavano intorno alla testa come nei cartoni animati.

# 71

Il Delilah sorgeva in una vecchia banca dai soffitti alti e gli stucchi decorativi. Edie immaginò che Jack l'avesse scelto perché era difficile da scambiare per un posto in cui organizzare un appuntamento galante: pieno di rumorosi gruppetti di signore perbene, brille di rosé e tirate a lucido. Un posto in cui i ragazzi ricchi dell'università portavano i loro ricchi genitori e li lasciavano pagare.

Quando arrivò in cima alle scale, vide Jack seduto a un tavolo in fondo.

Indossava una camicia rosa, pantaloni di flanella grigia molto stretti e stringate marroni. Non era un outfit sbagliato, di per sé, ma era vistoso in un modo che andava contro i gusti di Edie, faceva un po' *saldi ai grandi magazzini*. Con un brivido si rese conto di non aver quasi mai visto Jack in abiti casual fuori dall'ufficio. Un piccolo dettaglio, che però le ricordava quanto poco lo conoscesse davvero.

«Ti ho preso un Bellini» disse lui, in tono accattivante. «Spero che vada bene.»

Edie annuì e si disse: *Non mi berrò le tue bugie.*

«Ti trovo benissimo» le disse Jack guardandole il vestito. «Di che occasione si tratta, qualcosa legato alla serie TV di quell'attore? Lui è tornato a Los Angeles, adesso?»

«Ho solo mezz'ora» disse lei in tono asciutto, ignorandolo. «Perché sei andato a casa mia?»

«Non rispondevi al telefono.» Jack spinse giù la fragola nel bicchiere con la cannuccia. «E ti capisco benissimo, a proposito. Ho capito di dover fare un gesto forte. Non incolpare il tuo meraviglioso padre, sono stato io a insistere» disse, e Edie ribollì di rabbia. Sospettò che lui si aspettasse gratitudine per l'impegno profuso. «Allora, cos'è successo alla piccola E.T.? Adesso frequenta le celebrità? Quella foto di te che fai il gestaccio era fantastica.»

«Non è come sembra» disse Edie, per chiudere subito il discorso. «Nulla di ciò che è uscito sui giornali a proposito di quell'episodio è vero.»

«Ah, certo» disse Jack, con un po' troppo entusiasmo. «Probabilmente ora lui se la fa con un'assistente del *Doctor Who*, o con qualche popstar. A quanto pare c'è un ricambio continuo.»

Edie capiva che Jack si credeva incredibilmente spiritoso, mentre alle sue orecchie suonava come un insulto, e per giunta banale. Ma non si scomodò certo a dirglielo: non le importava abbastanza da aver bisogno delle sue giustificazioni. *No no, intendevo soltanto che le celebrità sono capricciose.*

Però c'era sotto qualcosa di più profondo della semplice maleducazione nell'insinuare che Edie non fosse all'altezza di Elliot.

Jack non la rispettava. Come aveva fatto a non accorgersene prima? Era affascinato da lei, divertito, attratto, certo. *Ma una persona che ti prende in giro e ti inganna non ti rispetterà mai davvero*, pensò Edie, *perché si crede più furbo di te.* Se lo sarebbe ricordato, in futuro.

«Cosa volevi dirmi?» gli chiese.

«Ah, andiamo dritto al sodo, va bene» disse Jack, come se Edie fosse stata troppo diretta. Ovviamente avrebbe dovuto prima dimostrare di apprezzare le sue battute.

«Volevo scusarmi come si deve, di persona, per il matrimonio. Ho scatenato i demoni dell'inferno su di me e su di te, ed è stato un incubo. Mi dispiace molto.»

«Già. Non li hai scatenati su te stesso, però» osservò Edie. «Non ho visto pagine di Facebook su di te.»

«Ah, no, quello non mi è toccato. Ma mi è toccato molto altro, credimi. Non hai mai visto il padre di Charlie su tutte le furie. Possiede fucili da caccia, E.T.: pratica il tiro al piattello. Ho creduto seriamente che volesse gambizzarmi.»

«Jack...» Edie esitò, doveva pensarci bene. Se avesse perso la pazienza troppo presto, avrebbe mostrato le sue carte. «Mi stai chiedendo di compatirti?»

«No! Dio, no.»

«Perché hai fatto quello che hai fatto?»

Jack sorseggiò il suo drink. Edie lo guardò in faccia e non trovò niente. Non provò niente. Lei e Jack avevano semplicemente risposto alle rispettive esigenze. Lui voleva una donna che si innamorasse di lui, lei voleva innamorarsi di qualcuno.

«Me lo sono chiesto un milione di volte. Il fatto è che... mi vergogno di dirlo...»

*Ecco, ci siamo,* pensò Edie.

«Sono cotto di te, Edie. Da sempre. Il mio stupido errore è stato andare avanti e sposare Charlie quando sapevo cosa provavo davvero.»

Tacque per un momento. Edie aspettò di sentire il gran finale che immaginava si fosse preparato in anticipo.

«Mentre ci scambiavamo le promesse mi sono girato e ti ho visto. Non mi stavi guardando, eri indaffarata con il fiore all'occhiello di Louis. E in quel momento ho capito. È quella la ragazza che avrei dovuto sposare oggi. Quando ti ho seguita in giardino ero ubriaco, non ci stavo con la testa. In quell'istante ho sentito il bisogno di fare ciò che avrei voluto fare fin dal giorno che ti ho conosciuto.»

Terminò il discorso con le guance un po' arrossate. Edie non dubitava che fosse sincero, *in quel momento*. Lasciò passare un breve silenzio.

«Sai cosa sembra, però? Ti sei lasciato con tua moglie per la seconda volta e vieni qui sperando di conquistare me come premio di consolazione.»

Jack scosse enfaticamente la testa. «Senti, non vado fiero di essere tornato da Charlie, ma era a pezzi e i suoi genitori mi puntavano una pistola alla tempia, come ti ho detto. Avevo rovinato il suo giorno speciale, mi sembrava di doverle almeno quello. Ma ci ho messo poco a capire che non poteva funzionare.»

«Be', poi c'è anche il fatto che ho girato a tua moglie un'email scritta da un'altra donna che avevi preso in giro.»

«Cosa?» Jack inarcò le sopracciglia. «Chi? Quando?»

Edie valutò di appurare fino a che punto Jack fingesse ignoranza, ma decise che non le importava. Forse Charlotte non aveva voluto fargli sapere che Edie l'aveva aiutata a prendere quella decisione. Perché lei non dubitava che fosse stata una decisione di Charlotte.

«C'è una citazione di Maya Angelou che mi fa pensare a te, Jack» disse. Jack annuì beneducato come a dire: *Ah, davvero*, un'espressione vanesia. Era il genere d'uomo al quale le donne dedicavano citazioni letterarie. Ma certo che lo era.

«Dice: "Quando una persona ti mostra chi è, credile la prima volta". È stato questo il mio problema con te. Mi scrivevi messaggi e flirtavi con me dietro le spalle della tua fidanzata. Che genere d'uomo si comporta così? Avrei dovuto accorgermi che eri l'uomo che mi mostravi di essere in quel primo momento, e invece no. Volevo disperatamente che tu fossi un altro. La persona che mi ero costruita nella mente. Ti ho permesso di trattarmi male, più volte. E dato che non volevo capacitarmi di chi eri davvero, di chi mi avevi *mostrato* di essere, mi sono ritrovata in quella posizione al matrimonio.»

«Edie.» Il viso di Jack era una maschera di esasperazione innocente. «Non era calcolato. Affatto.»

«Ci credo.» Edie annuì. «Non ti sei fregato le mani dicendo: "Ora la sistemo io, quella brunetta". Hai seguito l'istinto, senza pensarci troppo. E i tuoi istinti sono cattivi ed egoisti. L'hai fatto apposta, a non riflettere, perché ti conveniva non guardare quello che stavi facendo. Dal mio punto di vista non fa molta differenza che tu l'abbia fatto apposta o no. L'effetto su di me è stato lo stesso.»

Vedeva crescere la sorpresa di Jack per la freddezza della sua reazione. Lo vedeva anche ricalibrare l'attacco, concentrarsi per rispondere alla sua rabbia. Quell'uomo sapeva prosperare nelle avversità, adattarsi per sopravvivere.

«Hai tutto il diritto di avercela con me, non lo sto negando» disse. «Ma se fossi stato un vero bastardo ci avrei provato apertamente con te alle spalle di Charlotte. Non volevo una relazione. Non era giusto, non volevo tradirla.»

«Molto nobile da parte tua» disse Edie con un sorrisetto. «E dai per scontato che a me sarebbe andato bene?»

«Cosa?»

«Stai dando per scontato che io sarei venuta a letto con te a quelle condizioni?»

«No! Stavo solo pensando a voce alta, dal mio punto di

vista... Oddio, sto ballando il tip tap tra le mine antiuomo, vero?»

Le rivolse un sorrisetto del tipo: *Ehi, sono spiritoso, ridiamo ancora delle stesse cose, no?* e Edie provò un istante di autentico disgusto per quell'uomo.

Si era lasciata fregare da un baro mediocre.

# 72

Jack si credeva una vecchia volpe, ma non gli era ancora chiaro fino a che punto Edie l'aveva smascherato.

«Era questo che intendevo al matrimonio quando parlavo di vigliaccheria. Mi sono lasciato trascinare, non volevo far soffrire Charlie...» continuò. Sembrava pensare che, se si fosse commiserato con le parole giuste, Edie sarebbe crollata all'improvviso e si sarebbe buttata tra le sue braccia.

«Non volevi far soffrire Charlotte, quindi hai flirtato con me e mi hai baciata, il giorno del tuo matrimonio?»

«Eravamo amici, l'intenzione non era flirtare. Andavamo d'accordo. Lo sai anche tu com'era, facevamo scintille.»

«So che dicevi una cosa e ne facevi un'altra, sempre.»

«In che senso?»

«Non volevi comprare una casa, non volevi andartene da Londra, non credevi nel matrimonio...»

«Eh? Dicevo così per sfogarmi, non ricordo metà delle cose di cui parlavamo in chat.»

«Eppure dev'essere stato importante, se ora ti dichiari innamorato di me.»

Con grande piacere di Edie, finalmente Jack iniziò a perdere la pazienza. La maschera gli scivolò via dal viso. «Non mi sembra di aver parlato d'*amore*, no?» disse con una nota di disprezzo.

*Ah! Beccato. Non sei più tanto affascinante ora.*

«Ah no?» disse Edie con perfetta indifferenza. «Ah, già, *cotto di me.*»

Jack la guardò con tanto d'occhi. Fregarsene altamente è un superpotere.

Il telefono di Edie vibrò. Un messaggio di Elliot. Edie vide che Jack cercava di leggere il nome e si affrettò a girare il telefono. Capì che la cosa non gli era piaciuta affatto: un assaggio della sua medicina.

«Senti, me lo merito, lo so. Ma anche tu non me l'hai sempre fatta passare liscia. Mi parlavi sempre dei ragazzi con cui uscivi, per ingelosirmi...»

Colpo basso. Era vero, Edie l'aveva fatto. Nel contesto di tutto ciò che aveva fatto lui.

«E non avevo spiegato precisamente alla mia nuova azienda in che modo me n'ero andato da Ad Hoc. Quell'articolo sul *Mail* non mi ha aiutato, ma non mi sono lamentato.»

Edie si accigliò. «Se tu non avessi fatto quello che hai fatto al matrimonio non saresti stato nominato in quell'articolo. La tua logica va a rovescio.»

«Edie, possiamo stare qui tutta la sera a stabilire chi ha fatto cosa.» Jack si sporse in avanti e la guardò negli occhi. Posò una mano sul tavolo, un invito a Edie perché ci posasse sopra la sua. «Sono venuto qui a dirti che non c'è niente al mondo che desidero di più che scoprire se, nonostante tutto, tra noi ci sia quello che penso ci sia. Guarda questo casino, cosa ci sta dicendo? Che vogliamo stare insieme, non importa a che prezzo. E.T., penso che siamo il lieto fine l'uno dell'altra.»

Edie storse il naso e stava per dire al contempo: *Ora vomito* e *Ahahah, lieto fine?!* quando fu interrotta da una voce alle sue spalle.

«Edie?»

Si girò e vide Elliot, con le mani nelle tasche della giacca, che rivolgeva uno sguardo torvo a Jack.

Lui lo riconobbe e sbiancò.

«Ti ho scritto un messaggio» disse Edie. «Per sentire se avevi finito. Posso riaccompagnarti alla festa?»

Spostò di nuovo lo guardo su Jack, che era sempre più pallido.

Edie aprì la bocca per dire *Ho quasi finito* e poi capì che aveva finito. Chiuso. Aveva sentito abbastanza ambiguità e mistificazione da Jack. E quello era l'addio definitivo. Hollywood non avrebbe saputo scriverne uno migliore. C'erano praticamente dei fuochi d'artificio sopra le loro teste che componevano la scritta VAFFANCULO, e in sottofondo una band suonava *You're So Vain*.

«Sì, ho finito, grazie, Elliot» disse alzandosi. Sentì scorrere in corpo un fiume caldo di adrenalina che la fece quasi tremare.

Jack la guardava a bocca aperta, poi guardava Elliot e poi di nuovo lei. Elliot allungò una mano e Edie la prese. Lui la tirò a sé, le posò un braccio sulle spalle e la baciò sulla testa. Era provocante e possessivo, e Edie lo adorava.

Nel ricordo, più tardi, Edie avrebbe immaginato che in quel momento nella caffetteria fosse calato il silenzio, ma forse era solo il modo in cui si era sentita: le era sembrato che ci fossero solo loro tre al mondo, e che la testa di Jack le fosse appena stata servita su un piatto d'argento guarnita con un ciuffo di prezzemolo.

Si girarono e scesero le scale. *Addio, Jack Marshall*, pensò Edie. *Stai già escogitando la storia di come il tuo ultimo amore ti ha lasciato per quell'attore famoso. Ogni cosa è materiale.*

# 73

Nelle settimane successive, amici e parenti chiesero a Edie che effetto facesse stare con Elliot, e a dire il vero era una domanda strana. Come se andasse a letto con un androide, o un ologramma, o qualcosa di diverso da un trentenne delle Midlands che indossava costumi per guadagnarsi da vivere.

Sapeva che la domanda implicita era: *Ma non vivi dei momenti di totale dissonanza cognitiva quando pensi che tu sei soltanto tu, e nel tuo letto c'è il principe Wulfroarer, comandante dell'esercito dei nani di Hellebore e uomo più adorato del regno?* E la risposta era che si sforzava molto di non viverli, per timore di rovinare tutto. Non si soffermava ad ammirare Elliot da lontano; gli stava vicino, in senso letterale e metaforico, e si concentrava sul fatto che l'attrazione sembrava decisamente reciproca. Era la prima volta che usciva con una persona famosa, ma era già stata con altri uomini, e gli ingranaggi erano sempre gli stessi. Edie poteva confermarlo.

La prosaica verità era che uscire con Elliot era come uscire con chiunque altro, con alcuni vincoli e restrizioni in più. Quando stavano insieme da una settimana, una rubrica di gossip rivelò che tra i due *si era riaccesa la fiamma* al party di fine riprese di *Gun City*, ma stranamente, poiché era vero, se ne parlò molto di meno.

«È perché hanno soltanto le foto di noi che litighiamo» spiegò Elliot. «Oggi le foto sono tutto. Forse è meglio stare molto attenti e uscire il meno possibile» disse in una pigra mattina al Park Plaza, seduto sul fondo del letto a sbocconcellare dal servizio in camera. «Se riuscissero a scattarci altre foto, uscirebbero sicuramente altri articoli.»

Edie disse che era la scusa migliore per una maratona di sesso che avesse mai sentito.

Elliot sorrise. «Davvero ci serve una scusa?» Poi, scartando un croissant, disse: «Sii sincera, tutte queste attenzioni danno proprio così fastidio?».

«Non mi piacciono granché, ma no» rispose Edie, sporgendosi ad accarezzargli il viso. «Non mi fanno passare la voglia di stare con te. Neanche lontanamente.»

«È così bello uscire con una persona ragionevole» disse Elliot. «Heather viveva per le attenzioni.»

«*Brrr*, non nominarmela più o finiremo per avere una relazione di odio-amore alla Taylor-Burton» disse Edie, vittima di una stilettata di gelosia.

«Oh!» fece Elliot, fingendosi indignato. «Il bruco è diventato farfalla! Il bruco che mi fa ingelosire in continuazione. Saresti tu quel bruco, tra parentesi.»

Edie rise. «Ma io non...»

«Ricordo bene quel romantico giro sulla ruota panoramica, quando ti ho chiesto con finta disinvoltura: "Ehi ma sei sicura di non essere andata a letto con quel tizio sposato?" e tu: "Ehi ma guarda che ne abbiamo già parlato" e allora ho pensato che avessi capito che passavo tutto il mio tempo a struggermi per te.»

Edie era scossa dalle risate. «Invece non ne avevo idea! Ho pensato solo che tu avessi una pessima memoria!»

«*Mmh.*» Elliot masticò il croissant. «Mi sento un cretino.»

«Non quanto mi ci sono sentita io quando abbiamo provato la scena di *Gun City*. Cos'era quella storia?»

«Ah, quella.» Elliot sorrise. «Giuro che la mia richiesta aveva finalità puramente professionali. Avevo problemi con quella scena e pensavo che, se l'avessi interpretata con qualcuno per cui provavo davvero quelle emozioni, forse avrebbe iniziato a funzionare. E invece tu avevi una faccia... come se fossi entrato lì con i pantaloni calati e l'alito che puzzava di alcol e tu volessi picchiarmi con un mattarello. Non sono più riuscito a sconfiggere la maledizione di quella battuta: "Ci sto pensando adesso".»

«Hai organizzato la ruota panoramica per essere romantico?»

«Sì, be', più o meno. Qualsiasi scusa pur di passare un po' di tempo con te. Era solo per quello.»

«Sarà meglio che mi inventi altre cose da fare insieme, allora. Ma sempre al chiuso.»

Elliot sospirò. «E devi conoscere i miei genitori. Insistono. Quello sfortunato incontro post-coitale dev'essere sovrascritto nella versione ufficiale degli eventi.»

«Ahah, okay. Oh no, significa che anche tu devi conoscere i miei parenti?»

I loro sguardi si incrociarono e Edie capì che entrambi si chiedevano perché dovessero fare la conoscenza dei rispettivi familiari nella prima settimana di quella che era destinata a essere una storiella senza importanza. E allo stesso tempo entrambi avevano deciso di non chiederlo. Perché era una storiella senza importanza, no?

«Voglio conoscere la tua famiglia. E i tuoi amici. Voglio un corso accelerato su come funziona la tua vita, per favore» disse Elliot.

«Ah, non ci vorrà molto. Ti divertiresti di più in quel

parco a tema su Robin Hood che hanno aperto da queste parti, ho sentito che c'è un Fra' Tuck fatto in animatronica.»

«Fai sempre così, l'autocritica feroce, la propaganda zappa-sui-piedi, Thompson» disse Elliot, appoggiandosi sul gomito e ravviandole i capelli dietro l'orecchio. «Non ha niente a che fare con la persona che sei davvero, tanto che all'inizio ci ho messo un po' a capire se si trattasse di falsa modestia. Sai, quando Archie faceva le sue spiritosissime battute sul fatto che tu mi rovinavi la concentrazione e tu avevi l'aria di volerti sotterrare...»

«Infatti era così.»

«Molte persone non avrebbero trovato sgradevole il messaggio implicito sul fatto che sei attraente.»

«Be', non pensavo che fosse quello il messaggio implicito. Pensavo mi stesse accusando di volermi infilare nel tuo letto con la scusa della biografia.»

Elliot scosse la testa. «Capisco come tu abbia fatto a cacciarti nei guai fino al collo in passato.»

«Non sono mai stata nei guai!» sbuffò Edie, ma sorrise.

«Ricordi quando hai rischiato di svenire?»

«Sì?»

«Sono tornato sul set completamente distratto, continuavo a pensare: *Ma chi è?* In te c'è qualcosa di ipnotico. Non solo la bellezza, il senso dell'umorismo o l'intelligenza. Sei una di quelle persone che non riesci più a toglierti dalla testa, dopo averle incontrate. È un incantesimo così potente che l'ha percepito persino quell'idiota di mio fratello. Carisma, è così che si chiama, ma questa parola mi ha sempre fatto pensare a persone ambigue. Nel tuo caso è sincero. Okay, forse sto pensando troppo e quello che mi attrae davvero sono semplicemente i tuoi occhi. Edie... Perché piangi, scema?»

# 74

Edie aveva dimenticato che Nick l'aveva supplicata di convincere Elliot ad apparire nella sua trasmissione radiofonica, finché non si ritrovarono sdraiati sul letto a un'ora indecente di quel pomeriggio ad ascoltarlo mentre riceveva telefonate di protesta sui nuovi cantieri dei tram per poi lanciare una canzone dei Lighthouse Family. Edie stava parlando del suo amore imperituro per i due migliori amici quando le tornò in mente la promessa.

«Non potresti concedergli un'intervista, vero?» chiese, temendo di oltrepassare qualche confine di cui solo le persone famose erano a conoscenza.

«Certo» rispose Elliot.

Edie si alzò a sedere, gridò e lo abbracciò. «Davvero? Nick sarà felicissimo.»

«Quando preferite. Ho già concesso qualche intervista, sai.»

Elliot andò a fare una doccia e Edie scrisse un messaggio a Nick:

ELLIOT HA ACCETTATO L'INTERVISTA!!!

Arrivò subito la risposta:

TI AMO/LO AMO/AMO L'ALTRUISMO CON CUI HAI ACCON-
SENTITO A SOTTOPORTI ALLE DEBILITANTI E DEGENERATE
ATTIVITÀ EROTICHE CHE TI COSTRINGERÀ A PRATICARE IN
CAMBIO.

Registrarono l'intervista l'indomani, in modo da poterne
estrarre dei brani da usare come trailer per una settimana e
aumentare l'audience.

Edie e Hannah ascoltarono la trasmissione a casa di Hannah e Edie rischiò di andare in autocombustione per l'orgoglio: Elliot suonava cordiale, spiritoso e intelligente, e riusciva persino a dare l'impressione che *Gun City* avesse un senso.
*Qualcosa di tutto quello era merito suo?* si chiese. Era la prima
volta che sentiva Elliot esprimersi in pubblico come faceva in
privato. Con meno sarcasmo e meno parolacce, ovviamente.

«Oh, è simpatico, Edith» disse Hannah abbassando il volume della sua radio Roberts. «Finalmente te ne sei scelta
uno buono.»

*È simpatico perché l'ho scelto io, stavolta non mi sono lascia-
ta scegliere,* pensò Edie. *La ragazza che tutti volevano e nessuno sceglieva.*

Più tardi, Nick ed Elliot le raggiunsero a casa di Hannah.
Era strano vedere quanto Hannah e Nick fossero imbarazzati e cauti, all'inizio, e rendersi conto che sulle prime anche
lei era stata così. Ma presto si rilassarono, grazie all'alcol e
vedendo quanto Edie fosse a suo agio con lui. Si rilassarono
un po' troppo, a dire il vero.

«Di solito non mi piacciono le stronzate con i draghi e gli
stregoni» disse Nick. «Ma *Sangue & Oro* era bello. Meglio di
quell'altro, in ogni caso.»

«Dovrebbero scrivere così sulle locandine» concordò Elliot. «Parola per parola.»

Nick bevve a sufficienza per rivelare a Elliot che Edie aveva detto che lui non le piaceva e che, anzi, aveva la faccia di un *apprendista barista*.

«NICK!» gridarono in coro lei e Hannah.

«Le relazioni migliori sono quelle che si basano sulla sincerità» disse Nick, impassibile. «O così ho sentito dire.»

«Non fa niente» disse Elliot. «Non voglio mettere ulteriormente in imbarazzo Edie, ma se è così che tratta un uomo che non le piace, poveretto quello che le piace. Probabilmente divora la preda tutta intera e la rigurgita per ruminarla.»

«Nel caso non fosse chiaro, lui mi piace» disse Nick a Edie, indicando Elliot.

Nel tragitto a piedi dal Park all'hotel, Elliot disse: «I tuoi amici sono simpatici, proprio come immaginavo».

Edie gongolò e lo prese a braccetto.

«Nick non può mai vedere suo figlio?»

«No.»

«Non riesco a immaginare cosa si provi a non poter vedere chi si ama. Essere separati dalle circostanze.»

Era buffo che ci fosse un solo argomento sensibile e intoccabile, e che tutte le strade sembrassero portare lì.

«*Le circostanze* è il soprannome più gentile che abbia mai sentito dare ad Alice» disse Edie.

Un'altra sera andarono a cena da Hart's con i genitori di Elliot.

Lui era in giacca e cravatta, e aveva un aspetto così elegante che Edie si sentiva intimorita. Lo vide uscire dal bagno allacciandosi i gemelli. «Perché quella faccia? Sembro scemo?»

Mentre scendevano nell'ascensore dell'albergo, Edie osservò che Hart's le aveva ricordato che usciva con un ragazzo di buona famiglia: «Hart's è un posto molto chic per un primo incontro».

«Oh, l'hanno scelto per farsi belli, perché sei una potenziale nuora.»

Lo disse distrattamente, mentre controllava il telefono, ma quando se ne rese conto, alzò la testa di scatto.

«Un modo molto indiretto di chiedermelo! *Edie Owen.* Sì, funziona. Accetto. Domani? Al municipio di West Bridgford?»

Elliot la immobilizzò dolcemente contro la parete dell'ascensore, prendendola per i polsi. «Dimentichi quanto sono famoso. Potrei fare due o tre telefonate e organizzare davvero. Colombe bianche e completi Armani per i testimoni e i Maroon 5 per aprire le danze. Un buffet in piedi con tartine e canapè, tutto quanto.»

«Ci sto, allora» disse Edie, ridendo appoggiata al suo petto. «La mia risposta è sì.»

E divennero quelle persone disgustose che si fanno sorprendere a baciarsi quando si apre la porta dell'ascensore.

Al ristorante, lui la prese per mano sotto il tavolo in ogni momento in cui non c'era del cibo davanti a loro. A lei sembrava che si stessero comportando con discrezione, finché la signora Owen disse: «Elliot, caro, se la lasci andare un momento non volerà via. Non è un palloncino».

Edie provò una forte simpatia istintiva per i genitori di Elliot. Come il figlio, anche loro non fingevano interesse ma erano sinceramente interessati. Chiesero a Edie del suo passato, ma non fecero mai domande indiscrete e lei rispose con sincerità. In loro non c'era traccia di snobismo, una qualità che avevano trasmesso a Elliot.

Edie non indagò su quello che era successo con Fraser, ma Elliot la rassicurò dicendo che fino a quel momento regnava l'armonia. Non erano uscite interviste al padre biologico, quindi forse il fatto che Elliot fosse arrivato per primo bruciando lo scoop aveva fatto miracoli.

Quando lui andò al bagno, e tutto il ristorante lo guardò furtivamente attraversare la sala, sua madre si sporse verso Edie e le disse: «Sono molto felice che tu sia indipendente e abbia la testa sulle spalle. Lui non ha bisogno di adulazione, ma di una sfida. Vedo che tu riesci a dargliela».

«Congratulazioni, sei piaciuta moltissimo» disse Elliot quando tornarono in albergo.

Edie era in uno stadio di ebbrezza tale da azzardarsi a dire: «Be', sai, il ruolo di nuora è un obiettivo molto ambizioso...».

«Che fai, provochi?» disse Elliot, spingendola delicatamente nella stanza, e lei sentì lo stomaco fare le capriole. *Quella cravatta...* «Dovrei essere terrorizzato all'idea? O stai forse dicendo che ti sembra uno scherzo?»

Edie riuscì solo a fare un risolino nervoso.

«Non mi hai spaventato, purtroppo per te» disse lui, spingendola sul letto e sovrastandola. «Neanche un po'. Ritenta.»

«Be', tu domani conoscerai mio padre e mia sorella. Vogliono sapere se è vero che sai parlare con i lupi in un linguaggio speciale e vorrebbero sentirti.»

«Okay, ora ho paura» disse Elliot, e risero e si baciarono, mettendo in pausa per il momento le conversazioni sul futuro.

Per l'incontro con suo padre e Meg, Edie scelse un posto più alla mano.

«Non si sentiranno a loro agio in un posto elegante come Hart's» spiegò.

«Bene, tanto ci siamo appena stati.»

490

Alla fine optarono per il pub The Trip to Jerusalem, scavato nelle antiche miniere di pietra arenaria.

«So che è un posto da turisti, ma da quando sto in America provo uno strano affetto per questi pezzi di storia» disse Elliot.

L'America, certo. Edie rabbrividì e non disse nulla.

Dopo un breve riscaldamento in cui lei lanciò una serie di argomenti di conversazione ed Elliot partecipò con entusiasmo, suo padre e Meg si rilassarono e iniziarono a trattarlo come qualsiasi altro amico di Edie. Suo padre non aveva mai visto *Sangue & Oro* e Meg era incapace di mostrare reverenza oltre un certo limite. E non ebbero molto tempo per parlare, perché scoprirono che al pub era stata organizzata una serata quiz.

Parteciparono con entusiasmo. Elliot e Meg discussero su quale fosse la specie di tigre più grande, il padre insisteva che il condottiero da cui hanno preso il nome gli stivali fosse Wellington, quello delle galosce, e non il dottor Marten, quello degli anfibi – come sosteneva Meg. Elliot si stropicciò un occhio e incrociò lo sguardo di Edie, ed entrambi si sforzarono di non ridere. Edie non l'aveva mai amato così tanto.

Lì seduta, pensò che quella fosse una tipica serata fuori a Nottingham, a base di patatine, birra e quiz. Ed Elliot era uno di loro.

Solo che non lo era.

Edie aveva imparato in fretta le regole delle relazioni con le persone famose. Camminare velocemente in strada, non guardare negli occhi nessuno. Mostrarsi cortesi se qualcuno si avvicina. Filarsela alla svelta se riconosciuti.

E si sorprese che la notorietà di Elliot non la emozionasse affatto. Elliot era speciale per lei, non le piaceva che altri lo trovassero interessante pur non conoscendolo affatto. Lo voleva tutto per sé.

Perché non era mai stata così innamorata. Non sapeva che smarrirsi in un'altra persona potesse, allo stesso tempo, farti sentire così presente, così *qui*. Ora che Elliot era sempre con lei e sopra di lei e dentro di lei e intorno a lei, non si era mai sentita così tanto *Edie*.

Erano stati i giorni più belli della sua vita, fino a quel momento, ma ormai ne restavano pochi. Si rifiutava di pensarci. Era il mostro nascosto sotto il letto disfatto nella lussuosa camera d'albergo.

# 75

L'ultima sera andarono a cena presto. Elliot doveva svegliarsi all'alba per andare all'aeroporto. Aveva già saluta-
to i parenti e trasferito i bagagli in albergo. A Edie sembrò
un grande complimento il fatto che volesse passare con lei
il tempo che restava.

Andarono in un ristorante persiano in una tranquilla
strada laterale, con tavoli di formica ed enormi spiedini di
kebab e montagne di riso all'aneto. Un'altra scoperta: nei
luoghi in cui nessuno si aspetta di vedere una persona famosa, nessuno la vede. Alle pareti c'erano dipinti stilizzati
di donne mediorientali con il velo ed enormi occhi a man-
dorla, la boccuccia a cuore e i capelli scuri con la riga in
mezzo. «Ti somiglia» disse Elliot con un sorriso adorante, e
lei sentì un tuffo al cuore.

Mentre tornavano lentamente in albergo, Edie pensò
che forse si erano già detti addio senza dirselo esplicitamente. Senza mai chiedersi: *Cosa c'è stato tra noi?*

Iniziò a piovigginare ed Elliot la tirò a sé. «Sto per scappare da questo clima per andare nella terra dei mangiatori
di loto. Los Angeles e l'assenza di stagioni, quant'è strano?»

«Già. Goditi la pioggerella finché c'è.»

«Non è il meteo che mi mancherà.»

«Ah, ma tornerai presto» disse lei, senza guardarlo negli occhi.

«Non se ho una serie TV da girare.»

«*Mmh.*»

Camminarono in silenzio fino all'albergo. Edie si domandò se dire qualcosa.

Quando entrarono in camera, era chiaro che l'atmosfera non si sarebbe distesa da sola.

Lei trafficò nervosamente con la borsetta mentre lui chiudeva la porta e ci si appoggiava.

«Edie. Perché ci giriamo intorno? Ne parliamo o no?»

«Del fatto che devi partire?»

«Sì.»

«So che devi andare, è solo che non voglio pensarci.»

Elliot la guardò e all'improvviso lei non seppe cosa fare delle sue mani. Penzolavano pesanti dal fondo delle braccia, doveva tenerle impegnate in qualche modo. Se le infilò sotto le ascelle.

«Pensi che a me non importi? Pensi che ti dirò: "Ci si vede, grazie di tutto"? O forse il problema sei tu? Sto impazzendo per cercare di capire se stai temporeggiando perché pensi che lo stia facendo io, o se davvero stai temporeggiando.»

Edie non sapeva cosa rispondere. *Entrambe le cose.*

«A meno che io non mi sbagli di grosso, sei la mia ragazza, no?»

Edie sorrise. «Mi piace pensare di esserlo.»

«Allora perché non ne stiamo parlando? Senti, Edie... Sei troppo importante per fare giochetti con te. Ti amo. Non voglio che questa storia finisca domani. Voglio che stiamo insieme.»

«Ti amo anch'io.» Avrebbe voluto ripeterlo, prima di dire qualsiasi altra cosa.

Elliot fece un passo verso di lei. «Vieni con me, vieni a Los Angeles. Puoi stare nel mio appartamento. E poi, a seconda di come va con il mio lavoro, decideremo la nostra prossima mossa. Insieme.»

Edie sorrise. «E diventerei la tua fidanzata-parassita senza permesso di soggiorno?»

«No! Quel che è mio è tuo» disse Elliot. «È una fase temporanea, tutto qui, ti servirà un po' di tempo per trovare qualcosa e fino ad allora sarà una vacanza, pagata da me. Accidenti, cosa guadagno a fare tutti questi soldi se non posso prendermi cura delle persone che amo? A cos'altro servono? Oppure, se proprio non ti va di lavorare in America, possiamo tornare a Londra il prima possibile. Nella casa di New York non ci metto mai piede, tanto. Insomma, come preferisci tu. Tutto quello che vuoi.»

Wow, la vita nel jet set internazionale, in cui soldi e geografia non contavano niente. Per un istante Edie si concesse di immaginare come si sarebbe sentita nei panni della padrona di casa. E con altrettanta rapidità scacciò quel pensiero.

«Grazie.»

Le era uscita una voce più grave del previsto.

«Non ringraziarmi, scema. Non è questione di ringraziamenti.»

«Sì che lo è, perché è straordinario che tu me l'abbia proposto e te ne sono grata. Perciò grazie.»

Lui fece un passo indietro.

«Ah, bene. Così suona molto formale.»

«Elliot, non penso ad altro che a come poter stare con te. Ma resto qui.»

«In Inghilterra?»

«A Nottingham. Qui c'è la mia famiglia e non voglio

lasciarli di nuovo così presto. Né loro né i miei migliori amici. Ho un lavoro che posso fare da qui. Ho dato a Londra alcuni degli anni migliori della mia vita. È tempo di cambiare.»

«Capisco.» Elliot annuì. «Allora ci saranno conti salatissimi per il telefono e voli aerei avanti e indietro per qualche mese, e poi potremmo cercarci una casa.»

«Qui?»

«Be', qui e lì. Troveremmo il modo.»

Edie scosse la testa. «Lo sai che non funziona così. Gli attori di successo non fanno i pendolari tra la California e le Midlands. Dovrei venire io in America, per forza.»

Elliot fece una smorfia. «Non cominciamo con l'*attore di successo*, Edie, sono stronzate. Ti sto offrendo qualsiasi compromesso tu voglia.» Tacque per un momento, e lei capì che era profondamente ferito. «Se è un no è un no, ma non nasconderti dietro ai problemi pratici.»

Edie lo prese per le braccia, mentre lui abbassava il mento ed evitava il suo sguardo. «Non sono un'ingrata, apprezzo la tua offerta. Ma pensaci. Devi provare a sfondare in America. E l'hai detto tu stesso, probabilmente ti scrittureranno in qualcosa di grosso e non ci sarai mai. Se prendessimo casa insieme la mia vita resterebbe in sospeso, ad aspettare il tuo ritorno ogni sera. A cercare di andarci piano con il gin e le pillole, a non chiedermi cos'avrai fatto tutto il giorno.»

Elliot tornò a guardarla negli occhi. «Ah, è *quello*.»

Edie sentì una pressione nel petto. «No, non è quello. Sto dicendo che non sarebbe un rapporto paritario.»

«Mia madre mi diceva: "Nessuna ragazza sveglia vorrà più avere a che fare con te, sarebbe come sposare il principe Harry"» le disse con un sorriso triste, teso. «E io ridevo. Invece è vero, no? Eccomi con una di quelle ragazze. E lei non vuole.»

«Non è per i riflettori. Mi piaci troppo per lasciarmi sconfortare da qualche articolo di giornale. È perché darmi ciò che desidero ti renderebbe infelice, e se do a te quello che vuoi rischio di essere infelice io.»

«Possiamo trovare una soluzione.»

«No che non possiamo. Tu devi partire, io devo restare. Credimi, non ho detto niente finora perché ero alla ricerca di un'altra risposta. È la decisione più difficile e più semplice che io abbia mai preso, perché è chiarissima. Vorrei che non lo fosse.»

Elliot scosse la testa, tormentato, eppure Edie sapeva che l'unica cosa che non avrebbe detto – e lei non voleva sentirsela dire – era che sarebbe rimasto. Nottingham non era più la sua realtà e non poteva esserlo, per quanto potesse amare Edie. Era lì di passaggio, diretto altrove, come aveva detto Margot. Lei avrebbe dovuto aggregarsi e trovare posto nella sua vita, in un modo o nell'altro, e non era pronta a fare di nuovo quel sacrificio. Neppure per lui, incredibile a dirsi. Voleva una vita sua. Aveva finalmente imparato ad attribuirle valore. Aveva imparato a viverla.

«Elliot, c'è un'altra cosa. Ho trentasei anni. Potresti avere chiunque...»

Elliot sembrò scandalizzato. «Oddio. Non dire...» la interruppe. «*Non* dirmi una cosa del genere, non ci provare. È come se non credessi a quello che provo per te, ed è profondamente offensivo.»

«Ti credo» disse lei.

«Ma...?»

«Ma tutto il resto che ho detto.»

«E allora? È finita?» le chiese, con le lacrime agli occhi.

Edie si sentì serrare la gola. Vedere quelle lacrime avrebbe fatto piangere anche lei.

«Non è il momento giusto. Non significa che non ci sarà mai un momento giusto. Ma almeno partirai senza essere legato a una promessa. Sei libero di fare ciò che vuoi.» Trovò difficile pronunciare quelle parole. «Ecco il punto.»

«È un test di fedeltà? Lo supererò, ma non vedo perché devo affrontarlo.»

«No, no, no. Assolutamente no.»

«Se stai per dire qualcosa tipo: "Se è destino che succeda succederà", ti comprerò un acchiappasogni e ti manderò a quel paese» disse Elliot asciugandosi gli occhi. «Le relazioni sono fatte di scelte. Non è una questione di destino, karma e tutta quella roba.»

«Lo so. Ma non è perché non ti amo abbastanza per provare a fare qualcosa di difficile. Quello che abbiamo è troppo prezioso perché io lo rovini facendo una cosa che l'istinto mi suggerisce di non fare. Ci ho messo così tanto a mettere ordine nella mia vita, Elliot. Non posso buttare via tutto per starmene da sola all'altro capo del mondo ad aspettare che tu viva la tua vita e poi trovi tempo per me. Capisci cosa sto dicendo?»

Elliot trasse un respiro sofferto. «La mia testa dice Forse, può darsi. Il mio cuore dice No, è una pazzia. Ci amiamo. Dev'esserci un modo.»

«Il modo consiste nel fare la cosa più difficile: separarci e stare a vedere cosa succede.»

Un silenzio, rotto solo dai singhiozzi soffocati di entrambi.

Lui la guardò con gli occhi arrossati. «Perché non ammetti che è finita per sempre e basta?»

«Perché ti amo. Mai dire mai.»

«Davvero non cambierai idea? A Heathrow mi guarderò alle spalle, sai. So come funzionano queste cose. Ho visto qualche film.»

Edie rise di sollievo, tristezza e affetto e si rallegrò che lui non fosse arrabbiato, che non la cacciasse via dicendo: *Oh be', allora, se non ti importa abbastanza di me, vattene al diavolo!* Quello l'avrebbe fatta a pezzi. D'altronde era un'ulteriore conferma delle qualità della persona a cui stava rinunciando.

«Per favore, dimmi che capisci» gli disse, abbracciandolo. «Non è stato facile da razionalizzare. Né da dire.»

«Certo che capisco, è solo che non mi piace» disse Elliot. «Forse, dentro di me sapevo che sarebbe successo. Non ero mai stato mollato in modo così elegante e così confuso.» Le lacrime gli scorrevano sulle guance. «Ma capisco che fai sul serio.»

L'abbracciò di nuovo, così forte da mozzarle il respiro. Le mormorò all'orecchio: «Non sposare un cretino con la barba e la birra artigianale e le mollette da ciclista sui pantaloni, per poi andare a vivere nella strada accanto ai miei genitori e chiamare i tuoi figli con nomi da sguattera vittoriana, va bene? Non spezzarmi il cuore per la seconda volta».

Edie rideva e piangeva allo stesso tempo. Deglutì con forza e disse: «E tu non sposare una modella di Victoria's Secret con un nome tipo Varsity per poi trasferirti a Malibu e comprare due brutti boxer e suonare in una pessima rock band nel tempo libero. Nessuno vi dirà che fate schifo, ma sarà terribile lo stesso».

Restarono abbracciati per un minuto, con gli occhi chiusi, per immagazzinare nella memoria quella sensazione.

«Dobbiamo salutarci adesso, però» disse Elliot asciugandosi le guance con la manica della giacca. «Capisci, vero?

Non posso stare sveglio tutta la notte a guardarti e piangere. Non farei altro che chiederti di cambiare idea.»

Lei annuì avvilita. Certo che lo sapeva, ecco perché non ne voleva parlare. «Sì, lo so.»

Elliot le sussurrò tra i capelli: «Dove troverò mai un'altra come te? Dimmelo un po', eh? Okay. Fanculo. Addio, Edie.»

Edie era felice di aver distolto lo sguardo, o la sua certezza rischiava di vacillare.

«Addio, Elliot.»

Si separarono e si guardarono brevemente con gli occhi arrossati dal pianto. Edie raccolse la sua borsa dal pavimento. Per garantirsi un'uscita elegante avrebbe lasciato lo spazzolino in bagno. Elliot la baciò con forza sulla testa e le prese una mano tra le sue.

Lei si asciugò di nuovo gli occhi con l'altra mano, poi pigolò un *Ciao* e uscì dalla porta, richiudendosela alle spalle senza far rumore.

Mentre scendeva le scale rivestite di moquette, uscendo per la seconda volta da un albergo in una situazione difficile, dovette sforzarsi di non tornare indietro per correre tra le braccia di Elliot. Doveva lasciarlo andare.

Da quando lo conosceva, aveva scoperto tutto ciò che contava per lei, ed era abbastanza.

# 76

Edie e Meg dispersero le ceneri della madre alla cascata di Lumsdale nelle valli del Derbyshire, un posto splendido a Matlock dove, aveva raccontato il padre, andavano a camminare insieme tanto tempo addietro, prima che nascessero loro due.

Il padre recuperò l'urna dal fondo del guardaroba. C'era inciso il nome, Isla Thompson, e una data, in caratteri minuscoli come quelli di una ricetta medica. Era strano guardarla, cercare di comprendere che conteneva qualche frammento di una madre perduta da tempo.

Il posto era bello come aveva promesso il padre: verde smeraldo, felci, silenzio totale, a parte lo scroscio dell'acqua.

«Adorava la cascata» disse il padre quando Meg gli fece notare che la madre era morta nel Trent. «Ti assicuro che approverebbe.»

Aprirono l'urna e trovarono al suo interno un sacchetto di cellofan che andava aperto a strappo. A turno si sporsero a gettare nel ruscello limpido quella polvere argentata, tutto ciò che restava di un prezioso essere umano che tanto tempo prima era uscito dalla loro vita.

«Dobbiamo dirle addio?» chiese Meg, in lacrime, e il padre rispose: «Dille quello che vuoi».

«Ciao, mamma. Vorrei ricordarti meglio» disse Meg; Edie l'abbracciò e suo padre pianse, e finirono abbracciati tutti e tre.

«Ciao, mamma» sussurrò Edie. «Grazie.»

«Vorrei che potesse vedervi come siete oggi» disse il padre. «Vi troverebbe fantastiche.» Rise tra le lacrime. «Ha sempre avuto un debole per le persone eccentriche.»

«Non sono un'eccentrica!» protestò Edie, e risero tutti tra le lacrime.

«Vi adorava entrambe, sapete. Eravate la luce dei suoi occhi. Pensava che ve la sareste cavata meglio senza di lei. È questo che non riesco a...» Non riuscì a finire la frase.

Restarono in silenzio per un po', e si lasciarono lenire lo spirito dalla bellezza del panorama.

«Per come la vedo io» disse Edie, tenendoli entrambi per mano mentre guardavano l'acqua scorrere sulle rocce, «le persone importanti per noi ci vengono concesse per un certo periodo di tempo. Non sai mai fino a quando ti sarà dato di averle. Devi accettarlo e sfruttare bene il tempo che hai. La mamma non è rimasta con noi molto a lungo. Ma non significa che non abbia fatto la differenza nella nostra vita. L'abbiamo amata e lei ha amato noi. Non la dimenticheremo mai. La amiamo ancora.»

Un aereo passò in alto tra le nubi e Edie alzò la testa per guardarlo. Strinse forte le loro mani.

Andarono a Matlock Bath e pranzarono in un pub con una flottiglia di motociclette parcheggiate fuori. Erano nel bel mezzo del territorio dei biker.

«Isla è un nome così bello» disse Edie. «Se mai avrò una figlia, sarà il suo secondo nome.»

«Sempre che tu abbia ancora un utero funzionante» disse Meg in tono disinvolto.

«Certo, *sempre che*» convenne Edie. «Probabilmente ci abita dentro una famiglia di talpe, ormai.»

«Santo cielo, Meg. Non accettare mai un impiego come autrice di discorsi politici» disse il padre.

«A proposito, ho fatto domanda per un sacco di lavori» disse Meg. «Negli ospizi. Pensavo di sfruttare l'esperienza che ho già e trovare un posto con più ore.»

«Ottimo» disse Edie. «Complimenti. Anzi, mi chiedevo...» continuò, intingendo gli scampi nella salsa tartara, «... ti andrebbe di vivere con me?»

Meg la guardò incredula. «Cosa? Perché?» Si riprese. «Cioè, grazie. Davvero?»

«Non sei tenuta. Pensavo che potrebbe essere divertente. Ho dato un'occhiata alle case a Carrington. Avrò bisogno di un coinquilino; gli appartamenti mi sembrano tutte troppo grandi per viverci da sola. Se papà pensa di poter fare a meno di te, è ovvio. È solo un'idea. Saremo a pochi minuti a piedi da lui.»

«Papà, cosa ne pensi?» chiese Meg.

«Mi sembra un'ottima idea. Vivendo da sole potreste sentirvi entrambe più, ehm... più a vostro agio quando avrete ospiti di sesso maschile. Non puoi passare la vita a tenere compagnia a tuo padre.»

«Il mio squallido senso morale garantisce che quel posto non sarà altro che un lurido bordello, papà. Le finisci quelle patatine?» Edie ne prese una.

«Ma a una condizione.»

«Sì?» chiese Edie.

«Che vi portiate via quei maledetti pappagalli che mi avete costretto con l'inganno ad accettare in casa mia. Non li voglio più vedere.»

# 77

*Quattro mesi dopo*

Edie e Meg non avevano mai preparato un pranzo di Natale prevedendo di avere ospiti, e sarebbe una bugia dire che filò tutto liscio e non volarono parole grosse. Quei mesi di convivenza nella villetta a schiera di Edie erano andati benissimo, ma i doveri dell'ospitalità misero alla prova la rinnovata armonia tra sorelle.

Tra parolacce e scatti di nervi, qualche giorno prima, lei e Meg avevano montato un tavolo con le rotelle, che avrebbe ospitato i piatti di Meg, affiancati ma distinti dalle pietanze carnivore del pasto principale. Erano andate all'Ikea con la nuova Mini che Edie aveva comprato con i proventi del suo bestseller.

L'autobiografia ufficiale di Elliot Owen aveva venduto benissimo, molto al di sopra delle aspettative, fruttando a Edie un ricco bonus. Che fosse semplicemente l'effetto *Elliot Owen*, o il risultato delle apparizioni in pubblico con Edie, nessuno lo sapeva per certo. Come ripeteva spesso Richard, con evidente soddisfazione: «Il fallimento è sempre orfano e il successo ha molti genitori, e lasciatemelo dire, ormai questo progetto ha così tanti genitori che sembra di essere in una setta religiosa dello Utah».

Edie non avrebbe consigliato a nessuno di tenersi in casa scatoloni pieni di libri con il proprio bellissimo ex fidanzato in copertina, ma i soldi le avevano fatto comodo. Aveva evitato il più possibile di cercare informazioni sul libro di Jan, ma sembrava proprio che avesse venduto pochissimo e le fan più sfegatate di Elliot avevano indetto un boicottaggio.

La sala da pranzo in casa di Edie si apriva sul salotto, creando quasi un'unica stanza, ed erano riuscite a sistemare sette sedie intorno a un tavolo che sembrava piuttosto piccolo con tutte quelle stoviglie sopra.

La piccola cucina era nel caos: pentole su ogni fornello, cavoletti di Bruxelles che aspettavano in un colapasta, il tacchino a riposo mentre Meg cuoceva alla temperatura massima il suo polpettone di noci dall'aria vagamente fecale. C'era roba *ovunque*. Edie pensò che se avesse avuto un'altra cucina di dimensioni equivalenti le sue abilità culinarie sarebbero sbocciate e la sua rabbia si sarebbe placata.

Le cose migliorarono quando Meg prese la decisione di aprire in anticipo una delle bottiglie di cava: «Privilegio dello chef».

Edie corse allo stereo e poco dopo brindarono alle feste e ai loro sforzi culinari sulle note di *My Funny Valentine*, con Beryl e Meryl come coriste.

«È una nostra tradizione: ascoltare Frank Sinatra mentre prepariamo il pranzo» disse Edie.

«Ah sì? E da quando?» chiese Meg.

«Da adesso. Le tradizioni devono iniziare da qualche parte. Ne sto istituendo una.»

Meg non era convintissima, perché Frank Sinatra rappresentava il patriarcato e il capitalismo selvaggio, ma Edie le fece osservare che, in quanto siculoamericano, aveva anche fatto molto per gli immigrati, quindi per quel giorno avevano deciso di soprassedere sui suoi lati più opinabili.

Mentre mescolava la salsa di mirtilli, si interrogò sugli amici lontani. Non sapeva dove lui avrebbe passato il Natale. Forse su una spiaggia. Forse a casa di una nuova fidanzata. Non c'erano stati messaggi, tweet, email, nessuna comunicazione del ventunesimo secolo tra di loro. Avevano entrambi compreso istintivamente che *non abbastanza* sarebbe stato peggio che niente. Tuttavia Fraser si era premurato di tenersi in contatto, per farle sapere che non l'avevano dimenticata, e Edie ne era contenta.

«Devo dirtelo perché tu non pensi che lui sia ignorante o maleducato se avrai qualche notizia personale importante da comunicargli» le aveva detto nella prima telefonata. «Elliot mi ha detto che non vuole sapere, per nessun motivo al mondo, se ti metti con un altro.»

Evidentemente Fraser pensava che fosse difficile per lei sentirsi dire quelle cose, ma Edie trovava confortante che la cosa fosse reciproca.

«È lo stesso per me, se non ti spiace. Dubito però che i mass media rispetteranno i miei desideri.»

«Secondo me fate un mucchio di piagnistei inutili, basterebbe aprire Skype. Ma che volete che ne sappia, io.»

Qualche settimana prima si erano visti per un caffè e Fraser aveva detto di sapere che Elliot le aveva raccontato dell'adozione.

«Capisci cosa ha significato per lui dirtelo? È stata una decisione *enorme*.»

Edie si era detta d'accordo; all'epoca non l'aveva capito.

I media se n'erano infischiati dei desideri di Edie. Qualche settimana addietro non era riuscita a schivare le buone notizie sui suoi successi professionali, un ruolo importante in un film che l'avrebbe reso ancora più famoso e quindi gli avrebbe impedito di tornare. Forse era stato quello a provocare la cartolina.

Era al piano di sopra, in camera sua, incastrata nella cornice dello specchio: palme in controluce e un tramonto californiano. C'erano scritte solo due frasi, le due frasi più rilette nell'intera storia delle frasi.

*Me ne accorgo, quando tu non ci sei. Penso che il termine esatto sia* saudade.

Edie si era concessa una sessione di singhiozzi e rammarico per non essere partita con lui. Poi si era guardata intorno, in quella casa, e aveva ricordato a se stessa perché non era partita. Quello che era successo tra loro non era triste: era meraviglioso. Sarebbe rimasto con lei per sempre.

Arrivarono gli ospiti: prima suo padre, con una bottiglia di porto, poi Hannah e Chloe, e Nick con Ros.

Ros, l'appuntamento al buio, si era rivelata matta in senso buono. Personalmente Edie trovava bellissimo che Ros giocasse a roller derby e avesse un furetto domestico. Le terapie reiki le interessavano di meno.

Chloe era una delle persone più adorabili e serene che Edie avesse mai conosciuto, e aveva un effetto senza precedenti su Hannah.

Meg trovò posto a sedere per tutti e distribuì i cappellini da festa – «Oddio, che roba è, un cappellino?» chiese Nick. «Cappellino» confermò lei, che indossava già il suo – e mise un bicchiere in mano a ciascuno.

Edie si aggirava in preda al panico gridando: «CUOCETE-VI! VI CUOCETE?» alle pastinache.

«Bene, è la prima volta che facciamo un pranzo di Natale, quindi se c'è qualche intoppo ci perdonerete» disse Edie quando tutto fu finalmente pronto. Il purè non era ben vellutato, ma a parte quello doveva ammettere che sembrava tutto a posto.

Mentre si sedevano a tavola suonò il campanello.

«Ho detto a Winnie e Kez che potevano portare il loro nuovo cane per farcelo conoscere.» Meg si alzò leccandosi le dita.

«Purché sappiano che il dress code è *vestirsi*. Ah, cavolo, ho dimenticato le salsicce in forno» disse Edie, correndo in cucina.

Tornarono a tavola nello stesso momento, Edie con una teglia piena di salsicciotti e Meg emozionata più di quel Natale in cui aveva ricevuto un'intera famiglia di scoiattoli di peluche, il che era tutto dire.

«Edie?»

Lei posò il piatto sul tavolo e si asciugò la fronte sudata con il guanto da forno. «Sì?»

Meg la guardò: non stava più nella pelle.

«C'è qualcuno per te.»

# RINGRAZIAMENTI

Uff, mi spiace se vi annoio, ma la lista dei ringraziamenti si allunga ogni volta di più. Ogni libro è un lavoro di gruppo, e sono profondamente grata di avere intorno collaboratori così bravi. Innanzitutto grazie alle mie editor, Martha Ashby e Helen Huthwaite. Apprezzo enormemente il vostro impegno, il senso dell'umorismo, i consigli attenti e l'affetto costante e sincero che avete testimoniato a questo libro. Grazie ancora a Kimberley Young e a tutta la famiglia di HarperCollins per l'entusiasmo, la creatività e le bellissime feste. Keshini Naidoo è una redattrice straordinaria: ottiene risate *e* risultati, chi oserebbe lamentarsi?

Doug Kean, come sempre, ha fatto più del dovuto e non solo è stato un agente bravissimo e premuroso, ma ogni tanto ha anche accettato i miei inviti a bere qualcosa. Cin cin.

I lettori delle prime stesure sono indispensabili e provo per loro una gratitudine che forse non capiranno mai fino in fondo: mio fratello Ewan, Sean Hewitt, Tara de Cozar, Katie e Fraser (grazie per il nome, Fraz), Kristy Berry, Jenny Howe, James Donaghy, Jennifer Whitehead e Mark Casarotto.

Un ringraziamento concreto a Jake Sturrock, che mi ha aiutato sugli aspetti logistici del ghostwriting, e a David

Nolan, per le informazioni sulla stesura di autobiografie: NON sei Jan, okay? Eh, eh.

Il mio protagonista non avrebbe avuto un nome se il mio amico Elliot Elam non mi avesse generosamente donato il suo, e la mia eroina sarebbe rimasta anonima se Julian Simpson e Jana Carpenter non mi avessero concesso di pronunciare invano il nome della loro splendida figlia. A proposito, Julian: grazie anche per le dritte, per i consigli e per quel racconto sul nano da giardino. Non pensavo che avrei mai conosciuto qualcuno che dice più parolacce di me. E grazie alla splendida Elizabeth Hampson per avermi permesso di usare le sue fattezze per descrivere Edie. Non è stato troppo inquietante quando ti ho chiesto di usare le tue foto, vero? Menomale.

È la prima storia che ambiento nella mia città, e mi sembra giusto ringraziare tutte le persone che conosco qui. Scusate, ma non posso nominarvi uno per uno altrimenti sembrerebbe una lista della spesa: voi sapete chi siete. Una menzione speciale va ai miei adorabili parenti acquisiti, Ray, Andrea e Sally, e al loro incrollabile ottimismo. Da quando ho iniziato a scrivere libri, ho sempre apprezzato moltissimo il sostegno di tutta la mia famiglia, da Nottingham a Milton Keynes, fin lassù in Scozia: grazie mille a tutti voi.

E grazie ad Alex. Niente di questo sarebbe possibile senza di te. O forse sì, ma non sarebbe altrettanto bello.

Questo volume è stato stampato nel maggio 2018
presso Rotolito S.p.A. - Milano